CUENTOS MEM

2009.
37565010115896

PETA

Cuentos memorables

según

Jorge Luis Borges

punto de lectura

CUENTOS MEMORABLES SEGÚN BORGES
D.R. © María Kodama, 1999

 punto de lectura

De esta edición:

D.R. © Santillana Ediciones Generales, SA de CV
Universidad 767, colonia del Valle
CP 03100, México, D.F.
Teléfono: 54-20-75-30
www.puntodelectura.com.mx

Primera edición en Punto de Lectura (formato MAXI): diciembre de 2009

ISBN: 978-607-11-0465-6

Diseño de cubierta: Claudio A. Carrizo

Impreso en México

Todos los derechos reservados. Esta publicación no puede ser re-
producida total ni parcialmente, ni registrada o transmitida por un
sistema de recuperación de información o cualquier otro medio, sea
éste electrónico, mecánico, fotoquímico, magnético, electróptico,
por fotocopia o cualquier otro, sin permiso por escrito previo de la
editorial y los titulares de los derechos.

Cuentos memorables

según

Jorge Luis Borges

May Sinclair
Edgar Allan Poe
Francis Bret Harte
Joseph Conrad
Rudyard Kipling
Guy de Maupassant
William Wymark Jacobs
Gilbert Keith Chesterton
Las mil y una noches
O'Henry
Infante don Juan Manuel

Índice

Nota del editor

La presente antología está inspirada en la declaración que hiciera Jorge Luis Borges, el 26 de julio de 1935, en una sección de la revista *El Hogar* titulada "Un cuento, joya de la literatura", en la que explicaba por qué elegía el relato de May Sinclair —"Donde su fuego nunca se apaga"— como el cuento *más memorable* que había leído, al tiempo que mencionaba otros nueve títulos y dos autores sin aclarar preferencias: el Infante don Juan Manuel y O'Henry. Nos atrevimos a elegir "Los regalos perfectos", ya que es el único cuento mencionado por Borges al referirse a la obra de O'Henry en *Introducción a la literatura norteamericana* (Columba, 1967). En el caso del Infante don Juan Manuel, hemos tomado "De lo que aconteció a un deán de Santiago con don Illán, el gran mago que vivía en Toledo", reescrito por Borges bajo el título "El brujo postergado" en *Historia Universal de la Infamia* (Emecé, 1935).

En atención a la importancia que Borges otorgaba al trabajo del traductor hemos optado, en la medida de lo posible, por aquellas versiones que contaban con su aprobación. Así, incluimos las que realizara junto a Adolfo Bioy Casares y Silvina Ocampo para la *Antología de la literatura fantástica* (Sudamericana, 1965): "El relato del ciego Abdula", "El cuento más hermoso del mundo" y "La pata de mono". Si bien en ese libro hay también una versión del cuento de May

Sinclair, conservamos la de Xul Solar, publicada en la revista *El Hogar*.

En el caso de "El corazón de las tinieblas", de Joseph Conrad, nos hemos servido de la traducción que el propio Borges prologó en 1985 en su Biblioteca Personal, editada por Hyspamérica y dirigida por él mismo. Para "Los regalos perfectos", incorporamos la que Borges reprodujo en 1933 en la *Revista Multicolor de los Sábados*, aunque no existe certeza absoluta de que él haya realizado esta traducción. Respecto de "Los expulsados de Poker-Flat", utilizamos la incluida en Bocetos californianos publicada por la Biblioteca "La Nación" en 1909, que coincide con la prologada por Borges en la edición de Emecé de 1946.

Cuando nos fue imposible hallar sus traducciones predilectas, hemos recurrido a las que nuestro criterio juzgó más autorizadas. En esta categoría se inscriben "El escarabajo de oro", "El jardinero", "Bola de sebo" y " El dios de los gongs".

Me piden el cuento más memorable de cuantos he leído. Pienso en "El escarabajo de oro" de Poe, en "Los expulsados de Poker-Flat" de Bret Harte, en "Corazón de la tiniebla" de Conrad; en "El jardinero" de Kipling —o en "La mejor historia del mundo"—, en "Bola de sebo" de Maupassant, en "La pata de mono" de Jacobs, en "El dios de los gongs" de Chesterton. Pienso en el relato del ciego Abdula en "Las mil y una noches", en O. Henry y en el infante don Juan Manuel, en otros nombres evidentes e ilustres. Elijo, sin embargo —en gracia de su poca notoriedad y de su valor indudable— el relato alucinatorio "Donde su fuego nunca se apaga", de May Sinclair.

Recuérdese la pobreza de los Infiernos que han elaborado los teólogos y que los poetas han repetido; léase después este cuento.

JORGE LUIS BORGES
"Por qué eligió este cuento Jorge Luis Borges",
El Hogar, 26 de julio de 1935.

EL CUENTO, JOYA DE
LA LITERATURA, EN
UNA ANTOLOGIA DE

El Hogar

HECHA POR
ESCRITORES
ARGENTINOS

*Por qué eligió este cuento
Jorge Luis Borges*

Me piden el cuento más memorable de cuantos he leído.
Pienso en "El escarabajo de
oro" de Poe, en "Los expulsados
de Poker Flat" de Bret Harte,
en "Corazón de la tiniebla" de
Conrad, en "El jardinero" de
Kipling — o en "La mejor historia del mundo". — en "Bola
de sebo" de Maupassant, en "La
pata de mono" de Jacobs, en "El
dios de los gongs" de Chesterton. Pienso en el relato del ciego Abdula en "Las mil y una
noches", en O. Henry y en el infante don Juan Manuel, en otros
nombres evidentes e ilustres.
Elijo, sin embargo — en gracia
de su poca notoriedad y de su
valor indudable, — el relato alucinatorio "Donde su fuego nunca se apaga", de May Sinclair.

Recuérdese la pobreza de los
Infiernos que han elaborado los
teólogos y que los poetas han repetido; léase después este cuento.

Jorge Luis Borges

Donde su fuego nunca se apaga

Un cuento de May Sinclair

Elegido por Jorge Luis Borges

NO había nadie en el huerto. Enriqueta Leigh salió furtivamente al campo por el portón de hierro sin hacer
ruido. Jorge Waring, teniente de
marina, la esperaba allí.

Muchos años después, siempre que Enriqueta pensaba en Jorge Waring, revivía el
suave y tibio olor de vino de las flores de saúco, y siempre que olía flores de saúco revivía
a Jorge con su bella y noble cara como de artista y sus ojos de azul negro.

Ayer mismo la había pedido en matrimonio, pero el padre de ella la creía demasiado
joven, y quería esperar. Ella no tenía diez y
siete años todavía, y él tenía veinte, y se
creían casi viejos ya.

Ahora se despedían hasta tres meses más
tarde, para la vuelta del buque de él. Después
de pocas palabras de fe, se estrecharon en un
largo abrazo, y el suave y tibio olor de vino
de las flores de saúco se mezclaba en sus besos bajo el árbol.

El reloj de la iglesia de la aldea dió las
siete, al otro lado de campos de mostaza silvestre. Y en la casa sonó un gong.

Se separaron con otros rápidos y fervientes
besos. El se apuró por el camino a la estación del tren, mientras ella volvía despacio
por la senda, luchando con sus lágrimas.

— Volverá en tres meses. Puedo vivir tres
meses más — se decía.

Pero no volvió nunca. Su buque se hundió
en el Mediterráneo, y Jorge con él.

Pasaron quince años.

Inquieta esperaba Enriqueta Leigh, sentada en la sala de su casita de Maida Vale, donde habitaba sola desde pocos años, después
de la muerte de su padre. No alejaba su vista
del reloj, esperando las cuatro, la hora que
Oscar Wade había fijado. Pero no estaba muy
segura de que él viniera, después de haber
sido rechazado el día antes.

Y se preguntaba ella por qué razones lo recibía hoy, cuando el rechazo de ayer parecía
definitivo, y había pensado ya bien que no
debía verlo nunca más, y se lo había dicho
bien claro.

Se veía a sí misma, erguida en su silla, admirando su propia integridad, mientras él
quedaba de pie, cabizbajo, abochornado, vencido; volvía a oírse repetir que no podía
verlo más, que no se olvidara de su
esposa, Muriel, a quien él no debía abandonar
por un capricho nuevo.

A lo que había respondido él, irritado y
violento:

— No tengo por qué ocuparme de ella. To-

DONDE SU FUEGO NUNCA SE APAGA

May Sinclair

No había nadie en el huerto. Enriqueta Leigh salió furtivamente al campo por el portón de hierro sin hacer ruido. Jorge Waring, teniente de Marina, la esperaba allí.

Muchos años después, siempre que Enriqueta pensaba en Jorge Waring, revivía el suave y tibio olor de vino de las flores de saúco, y siempre que olía flores de saúco reveía a Jorge con su bella y noble cara como de artista y sus ojos de azul negro.

Ayer mismo la había pedido en matrimonio, pero el padre de ella la creía demasiado joven, y quería esperar. Ella no tenía diecisiete años todavía, y él tenía veinte, y se creían casi viejos ya.

Ahora se despedían hasta tres meses más tarde, para la vuelta del buque de él. Después de pocas palabras de fe, se estrecharon en un largo abrazo, y el suave y tibio olor de vino de las flores de saúco se mezclaba en sus besos bajo el árbol.

El reloj de la iglesia de la aldea dio las siete, al otro lado de campos de mostaza silvestre. Y en la casa sonó un gong.

Se separaron con otros rápidos y fervientes besos. Él se apuró por el camino a la estación del tren, mientras ella volvía despacio por la senda, luchando con sus lágrimas.

—Volverá en tres meses. Puedo vivir tres meses más —se decía.

Pero no volvió nunca. Su buque se hundió en el Mediterráneo, y Jorge con él.

Pasaron quince años.

Inquieta esperaba Enriqueta Leigh, sentada en la sala de su casita de Maida Vale, donde habitaba sola desde hacía pocos años, después de la muerte de su padre. No alejaba su vista del reloj, esperando las cuatro, la hora que Oscar Wade había fijado. Pero no estaba muy segura de que él viniera, después de haber sido rechazado el día antes.

Y se preguntaba ella por qué razones lo recibía hoy, cuando el rechazo de ayer parecía definitivo, y había pensado ya bien que no debía verlo nunca más, y se lo había dicho bien claro.

Se veía a sí misma, erguida en su silla, admirando su propia integridad, mientras él quedaba de pie, cabizbajo, abochornado, vencido; volvía a oírse repetir que no podía y no debía verlo más, que no se olvidara de su esposa, Muriel, a quien él no debía abandonar por un capricho nuevo.

A lo que había respondido él, irritado y violento:

—No tengo por qué ocuparme de ella. Todo acabó entre nosotros. Seguimos viviendo juntos sólo por el qué dirán.

Y ella, con serena dignidad:

—Y por el qué dirán, Oscar, debemos dejar de vernos. Le ruego que se vaya.

—¿De veras lo dice?

—Sí. No nos veremos nunca más. No debemos.

Y él se había ido, cabizbajo, abochornado y vencido, cuadrando sus espaldas para soportar el golpe.

Ella sentía pena por él, había sido dura sin necesidad. Ahora que ella le había trazado su límite, ¿no podrían, quizá, seguir siendo amigos? Hasta ayer no estaba claro ese límite, pero hoy quería pedirle que se olvidara él de lo que había dicho.

Y llegaron las cuatro, las cuatro y media y las cinco. Ya había acabado ella con el té, y renunciado a esperar más, cuando cerca de las seis llegó él, como había venido una docena de veces ya, con su paso medido y cauto, con su porte algo arrogante, sus anchas espaldas alzándose en ritmo. Era hombre de unos cuarenta años, alto y robusto, de cuello corto y ancha cara cuadrada y rósea, en la que parecían chicos sus rasgos, por lo finitos y bellos. El corto bigote, pardo rojizo, erizaba su labio, que avanzaba, sensual. Sus ojillos brillaban, pardos rojizos, ansiosos y animales.

Cuando no estaba él cerca, Enriqueta gustaba de pensar en él; pero siempre recibía un choque al verlo, tan diferente, en lo físico al menos, de su ideal, que seguía siendo su Jorge Waring.

Se sentó frente a ella, en un silencio molesto, que rompió al fin:

—Bueno; usted me dijo que podía venir, Enriqueta.

Parecía echar sobre ella toda la responsabilidad.

—¡Oh, sí; ya lo he perdonado, Oscar!

Y él dijo que mejor era demostrárselo cenando con él, a lo que ella no supo negarse, y, simplemente, fueron a un restaurante en Soho.

Oscar comía como gourmet, dando a cada plato su importancia, y ella gustaba de su liberalidad ostentosa sin la menor mezquindad.

Al fin terminó la cena. El silencio embarazoso de él, su cara encendida le decían lo que estaba pensando. Pero, de vuelta, juntos, él la había dejado en la puerta del jardín. Lo había pensado mejor.

Ella no estaba segura de si se alegraba o no por ello. Había tenido su momento de exaltación virtuosa, pero no hubo alegrías en las semanas siguientes. Había querido dejarlo porque no se sentía atraída, y ahora, después de haber renunciado, por eso mismo lo buscaba.

Cenaron juntos otra y otra vez, hasta que ella se conoció el restaurante de memoria: las blancas paredes con paneles de marcos dorados; las blandas alfombras turcas, azul y punzó; los almohadones de terciopelo carmesí que se prendían a su saya; los destellos de la platería y cristalería en las innúmeras mesitas; y las fachas de todos colores, rasgos y expresiones de los clientes; y las luces en sus pantallitas rojas, que teñían el aire denso de tabaco perfumado, como el vino tiñe al agua; y la cara encendida de Oscar, que se encendía más y más con la cena. Siempre, cuando él se echaba atrás con su silla y pensaba, y cuando alzaba los párpados y la miraba fijo, cavilando, ella sabía qué era, aunque no en qué acabaría.

Recordaba a Jorge Waring y toda su propia vida desencantada, sin ilusiones ya. No lo había elegido a Oscar, y en verdad, no lo había estimado antes, pero ahora que él se había impuesto a ella no podía dejarlo ir. Desde que Jorge había muerto, ningún hombre la había amado, ninguno la amaría ya. Y había sentido pena por él, pensando cómo se había retirado, vencido y avergonzado.

Estuvo cierta del final antes que él. Sólo que no sabía cómo y cuándo. Eso lo sabía él.

De tiempo en tiempo repitieron las furtivas entrevistas allí, en casa de ella.

Oscar se declaraba estar en el colmo de la dicha. Pero Enriqueta no estaba del todo segura; eso era el amor, lo que nunca había tenido, lo deseado y soñado con ardor. Siempre esperaba algo más, y más allá, algún éxtasis, celeste, supremo, que siempre se anunciaba y nunca llegaba. Algo había en él que la repelía; pero por ser él, no quería admitir que le hallaba un cierto dejo de vulgaridad.

Para justificarse, pensaba en todas sus buenas cualidades, en su generosidad, su fuerza de carácter, su dignidad, su éxito como ingeniero.

Lo hacía hablar de negocios, de su oficina, de su fábrica y máquinas: se hacía prestar los mismos libros que él leía, pero siempre que ella empezaba a hablar, tratando de comprenderlo y acercársele, él no la dejaba, le hacía ver que se salía de su esfera, que toda la conversación que un hombre necesita la tiene con sus amigos hombres.

En la primera ocasión y pretexto que hubo en asuntos de él, fueron a París por separado.

Por tres días Oscar estuvo loco por ella, y ella por él.

A los seis empezó la reacción. Al final del décimo día, volviendo de Montmartre, estalló ella en un ataque de llanto, y contestó al azar cuando él le inquirió la causa, que el hotel Saint-Pierre era horrible, que le daba en los nervios y no lo soportaba más. Oscar, con indulgencia, explicó su estado como fatiga subsiguiente a la continua agitación de esos días.

Ella trató con energía de creer que su abatimiento creciente venía de que su amor era mucho más puro y espiritual que el de él; pero sabía perfectamente que había llorado de puro aburrimiento.

Estaba enamorada de él, y él la aburría hasta desesperarla; y con Oscar sucedía más o menos lo mismo. Al final de la segunda semana ella empezó a dudar de si alguna vez, en algún momento lo había podido amar realmente.

Pero la pasión retornó por corto tiempo en Londres.

En cambio, se les fue despertando el temor al peligro, que en los primeros tiempos del encanto quedaba en segundo término. Luego, al miedo de ser descubiertos, después de una enfermedad de Muriel, la esposa de Oscar, se agregó para Enriqueta el terror de la posibilidad de casarse con él, que seguía jurando que sus intenciones eran serias, y que se casaría con ella en cuanto fuera libre.

Esta idea la asustaba a veces en presencia de Oscar, y entonces él la miraba con expresión extraña, como si adivinara, y ella veía claro que él pensaba en lo mismo y del mismo modo.

Así que la vida de Muriel se hizo preciosa para ambos, después de su enfermedad: era lo que les impedía una unión definitiva. Pero un buen día, después de unas aclaraciones y reproches mutuos, que ambos se sabían desde mucho antes, vino la ruptura y la iniciativa fue de él.

Tres años después fue Oscar quien se fue del todo ya, en un ataque de apoplejía, y su muerte fue inmenso alivio para ella. Sin embargo, en los primeros momentos se decía que así estaría más cerca de él que nunca, olvidando cuán poco había querido estarlo en vida. Y antes de mucho se persuadió de que nunca habían estado realmente juntos. Le parecía cada vez más increíble que ella hubiera podido ligarse a un hombre como Oscar Wade.

Y a los cincuenta y dos años, amiga y ayudante del vicario de Santa María Virgen en Maida Vale, diácona de su parroquia, con capa y velo, cruz y rosario, y devota sonrisa, secretaria del Hogar de Jóvenes caídas, le llegó la culminación de sus largos años de vida religiosa y filantrópica, en la hora de la muerte. Al confesarse por última vez, su mente retrocedió al pasado y encontróse otra vez con Oscar Wade. Caviló algo si debía hablar de él, pero se dio cuenta de que no podría, y de que no era necesario: por veinte años había estado él fuera de su vida y de su mente.

Murió con su mano en la mano del vicario, el que la oyó murmurar:

—Esto es la muerte. Creía que sería horrible, y no. Es la dicha; la mayor dicha.

La agonía le arrancó la mano de la mano del vicario, y enseguida terminó todo.

Por algunas horas se detuvo ella vacilante en su cuarto, y remirando todo lo tan familiar, lo veía algo extraño y antipático ahora.

El crucifijo y las velas encendidas le recordaban alguna tremenda experiencia, cuyos detalles no alcanzaba a definir; pero que parecían tener relación con el cuerpo cubierto que yacía en la cama, que ella no asociaba a su persona.

Cuando la enfermera vino y lo descubrió, vio Enriqueta el cadáver de una mujer de edad mediana, y su propio cuerpo vivo era el de una joven de unos treinta y dos años. Su frente no tenía pasado ni futuro, y ningún recuerdo coherente o definido, ninguna idea de lo que iba a ocurrirle. Luego, de repente, el cuarto empezó a dividirse ante su vista, a partirse en zonas y hacer de piso, muebles y cielo raso, que se dislocaban y proyectaban hacia planos diversos, se inclinaban en todo sentido, se cruzaban, se cubrían con una mezcla transparente, de perspectivas distintas, como reflejos de exterior en vidrios de interior.

La cama y el cuerpo se deslizaron hacia cualquier parte, hasta perderse de vista. Ella estaba de pie al lado de la puerta, que aún quedaba firme: la abrió y se encontró en una calle, fuera de un edificio grisáceo, con gran torre de alta aguja de pizarra, que reconoció con un choque palpable de su mente: era la iglesia de Santa María Virgen, de Maida Vale, su iglesia, de la que podía oír ahora el zumbido del órgano. Abrió la puerta y entró. Ahora volvía a tiempo y espacio definidos, y recuperaba una parte limitada de memoria coherente; recordaba todos los detalles de la iglesia, en cierto modo permanentes y reales, ajustados a la imagen que tomaba posesión de ella. Sabía para qué había ido allí.

El servicio religioso había terminado, el coro se había retirado, y el sacristán apagaba las velas del altar. Ella caminó por la nave central hasta un asiento conocido, cerca del púlpito, y se arrodilló. La puerta de la sacristía se abrió y el reverendo vicario salió de allí en su sotana negra, pasó muy cerca de ella y se detuvo, esperándola: tenía algo que decirle. Ella se levantó y se acercó a él, que no se movió, y parecía seguir esperando, aunque ella se le acercó luego más que nunca, hasta confundir sus rasgos. Entonces se apartó algo para ver mejor, y se encontró con que miraba la cara de Oscar Wade, que se estaba quieto, horriblemente quieto, cortándole el paso.

Ella retrocedió, y las anchas espaldas la siguieron, inclinándose a ella, y sus ojos la envolvían. Abrió ella la boca para gritar, pero no salió sonido alguno; quería huir, pero temía que él se moviera con ella; así quedó, mientras las luces de las naves laterales se apagaban una por una, hasta la última. Ahora debía irse, si no, quedaría encerrada con él en esa espantosa oscuridad. Al fin consiguió moverse, llegar a tientas, como arrastrándose, cerca de un altar. Cuando miró atrás, Oscar Wade había desaparecido.

Entonces recordó que él había muerto. Lo que había visto no era Oscar, pues, sino su fantasma. Había muerto hacía diecisiete años. Ahora se sentía libre de él para siempre.

Salió al atrio de la iglesia, pero no recordaba ya la calle que veía. La acera de su lado era una larga galería cubierta, que limitaban altos pilares de un lado, y brillantes vidrieras de lujosos negocios del otro; iba por los pórticos de la calle Rívoli, en París. Allí estaba el porche del hotel Saint-Pierre. Pasó la puerta giratoria de cristales, pasó el vestíbulo gris, de aire denso, que ya conocía bien. Fue derecho a la gran escalera de alfombra gris, subió los innumerables peldaños en espiral alrededor de la jaula que encerraba al ascensor, hasta un conocido rellano, y un largo corredor gris, que alumbraba una opaca ventana al final.

Y entonces, el horror del lugar la asaltó, y como no tenía ningún recuerdo ya de su iglesia y de su Hogar de Jóvenes, no se daba cuenta de que retrocedía en el tiempo. Ahora todo el tiempo y todo el espacio eran lo presente ahí.

Recordaba que debía torcer a la izquierda, donde el corredor llegaba a la ventana, y luego ir hasta el final de todos los corredores; pero temía algo que había allí, no sabía bien qué. Tomando por la derecha podría escaparse, lo sabía; pero el corredor terminaba en un muro liso; tuvo que volver a la izquierda, por un laberinto de corredores hasta un pasaje oscuro, secreto y abominable, con paredes manchadas y una puerta de maderas torcidas al final, con una raya de luz encima. Podía ver ya el número de esa puerta: 107.

Algo había pasado allí, alguna vez, y si ella entraba se repetiría lo mismo. Sintió que Oscar Wade estaba en el cuarto, esperándola tras la puerta cerrada; oyó sus pasos mesurados desde la ventana hasta la puerta.

Ella se volvió horrorizada y corrió, con las rodillas que se le doblaban, hundiéndose, a lo lejos, por larguísimos corredores grises, escaleras abajo, ciega y veloz como animal perseguido, oyendo los pies de él que la seguían, hasta que la puerta giratoria de cristales la recibió y la empujó a la calle.

Lo más extraño de su estado era que no tenía tiempo. Muy vagamente recordaba que una vez había habido algo que llamaban tiempo, pero ella no sabía ya más qué era. Se daba cuenta de lo que ocurría o estaba por ocurrir, y lo situaba por el lugar que ocupaba, y medía su duración por el espacio que cruzaba mientras ello ocurría. Así que ahora pensaba: "Si pudiera ir hacia atrás hasta el lugar en que eso no había pasado aún. Más atrás aun".

Ahora iba por un camino blanco, entre campos y colonias envueltos en leve niebla. Llegó al puente de dorso alzado; cruzó el río y vio la vieja casa gris que sobrepasaba el alto muro del jardín. Entró por el gran portón de hierro y se halló en una gran sala de cielo raso bajo, ante la gran cama de su padre. Un cadáver estaba en ella, bajo una sábana blanca, y era el de su padre, que se modelaba claramente. Levantó entonces la sábana, y la cara que vio fue la de Oscar Wade, quieta y suave, con la inocencia del sueño y de la muerte. Con la vista clavada en esa cara, ella, fascinada, con una alegría fría y despiadada: Oscar estaba muerto sin duda ninguna ya. Pero la cara muerta le daba miedo al fin e iba a cubrirla, cuando notó un leve movimiento en el cuerpo. Aterrorizada alzó la sábana y la estiró con toda su fuerza, pero las otras manos empezaron a luchar convulsivas, aparecieron los anchos dedos por los bordes, con más fuerza que los de ella, y de un tirón apartaron la sábana del todo, mostrando los ojos que se abrían, y la boca que se abría, y toda la cara que la miraba con agonía y horror; y luego se irguió el cuerpo y se sentó, con sus ojos clavados en los de ella, y ambos se inmovilizaron un momento, contenidos por mutuo miedo.

De repente se recobró ella, se volvió y corrió fuera del salón, fuera de la casa. Se detuvo en el portón, indecisa hacia dónde huir. Por un lado, el puente y el camino la llevarían a la calle Rívoli y a los lóbregos corredores del hotel; por el otro lado, el camino cruzaba la aldea de su niñez.

¡Ah, si pudiera huir más lejos, hacia atrás, fuera del alcance de Oscar, estaría al fin segura! Al lado de su padre, en su lecho de muerte, había sido más joven; pero no lo bastante. Tendría que volver a lugares donde fuera más joven aún, y sabía dónde hallarlos. Cruzó por la aldea, corriendo, pasando el almacén, y la fonda y el correo, y la iglesia, y el cementerio, hasta el portón sur del parque de su niñez.

Todo eso parecía más y más insustancial, se retiraba tras una capa de aire que brillaba sobre ello como vidrio. El paisaje se rajaba, se dislocaba, y flotaba a la deriva, le pasaba cerca, en viaje hacia lo lejos, desvaneciéndose, y en vez del camino real y de los muros del parque, vio una calle de Londres, con sucias fachadas, claras, y en vez del portón sur del parque, la puerta giratoria del restaurante en Soho, la que giró a su paso y la empujó al comedor que se le impuso con la solidez y precisión de su realidad, lleno de conocidos detalles: las blancas paredes con paneles de marcos dorados, las blandas alfombras turcas, las fachas de los clientes, moviéndose como máquinas, y las luces de pantallitas rojas. Un impulso irresistible la llevó hasta una mesa en un rincón, donde un hombre estaba solo, con su servilleta tapándole el pecho y la mitad de la cara. Se puso ella a mirar, dudosa, la parte superior de esa cara. Cuando la servilleta cayó, era Oscar Wade. Sin poder resistir, se le sentó al lado; él se reclinó tan cerca que ella sintió el calor de su cara encendida y el olor del vino, mientras él le murmuraba:

—Ya sabía que vendrías.

Comieron y bebieron en silencio.

—Es inútil que me huyas así —dijo él.

—Pero todo eso terminó —dijo ella.

—Allá, sí; aquí, no.

—Terminó para siempre.

—No. Debemos empezar otra vez. Y seguir, y seguir.

—¡Ah, no! Cualquier cosa menos eso.

—No hay otra cosa.

—No, no podemos. ¿No recuerdas cómo nos aburríamos?

—¿Que recuerde? ¿Te figuras que yo te tocaría si pudiera evitarlo?… Para eso estamos aquí. Debemos: hay que hacerlo.

—No, no. Me voy ahora mismo.

—No puedes —dijo él—. La puerta está con llave.

—Oscar, ¿por qué la cerraste?

—Siempre fui así. ¿No recuerdas?

Ella volvió a la puerta, y no pudiendo abrirla, la sacudió, la golpeó, frenética.

—Es inútil, Enriqueta. Si ahora consigues salir, tendrás que volver. Lo dilatarás una hora o dos, pero ¿qué es eso en la inmortalidad?

—Habrá tiempo para hablar de inmortalidad cuando hayamos muerto. ¡Ah!…

Eso pasó. Ella se había ido muy lejos, hacia atrás, en el tiempo, muy atrás, donde Oscar no había estado nunca, y no sabría hallarla, al parque de su niñez. En cuanto pasó el portón sur, su memoria se hizo joven y limpia: flexible y liviana, se deslizaba de prisa sobre el césped, y en sus labios y en todo su cuerpo sentía la dulce agitación de su juventud. El olor de las flores de saúco llegó hasta ella a través del parterre, Jorge Waring estaba esperándola bajo el saúco, y lo había visto. Pero de cerca, el hombre que la esperaba era Oscar Wade.

—Te dije que era inútil querer escapar, Enriqueta. Todos los caminos te retornan a mí. En cada vuelta me encontrarás. Estoy en todos tus recuerdos.

—Mis recuerdos son inocentes. ¿Cómo pudiste tomar el lugar de mi padre y de Jorge Waring? ¿Tú?

—Porque los reemplacé.

—Nunca. Mi cariño por ellos era inocente.

—Tu amor por mí era parte de eso. Crees que lo pasado afecta lo futuro. ¿No se te ocurrió nunca pensar que lo futuro pueda afectar lo pasado?

—Me iré lejos, muy lejos —dijo ella.

—Y esta vez iré contigo —dijo él.

El saúco, el parque y el portón flotaron lejos de ella y se perdieron de vista. Ella iba sola hacia la aldea, pero se daba cuenta de que Oscar Wade la acompañaba detrás de los árboles, al lado del camino, paso a paso, como ella, árbol a árbol. Pronto sintió que pisaba un pavimento gris, y una fila de pilares grises a su derecha y de vidrieras a su izquierda la llevaban, al lado de Oscar Wade, por la calle Rívoli. Ambos tenían los brazos caídos y flojos, y sus cabezas divergían, agachadas.

—Alguna vez ha de acabar esto —dijo ella—. La vida no es eterna: moriremos al fin.

—¿Moriremos? Hemos muerto ya. ¿No sabes qué es esto y dónde estamos? Ésta es la muerte, Enriqueta. Somos muertos. Estamos en el infierno.

—Sí. No puede haber nada peor que esto.

—Esto no es lo peor. No estamos plenamente muertos aún, mientras tengamos fuerzas para volvernos y huirnos, mientras podamos ocultarnos en el recuerdo. Pero pronto habremos llegado al más lejano recuerdo, y ya no habrá nada, más allá, y no habrá otro recuerdo que éste.

—Pero ¿por qué?, ¿por qué? —gritó ella.

—Porque eso es lo único que nos queda.

Ella iba por un jardín entre plantas más altas que ella. Tiró de unos tallos y no podía romperlos. Era una criatura.

Se dijo que ahora estaría segura. Tan lejos había retrocedido que había llegado a ser niña otra vez. Ser inocente sin ningún recuerdo, con la mente en blanco, era estar segura al fin.

Llegó a un parterre de brillante césped, con un estanque circular rodeado de rocalla y flores blancas, amarillas y purpúreas. Peces de oro nadaban en el agua verde oliva. El más viejo, de escamas blancas, se acercaba primero, alzando su hocico, echando burbujas.

Al fondo del parterre había un seto de alheñas cortado por un amplio pasaje. Ella sabía a quién hallaría más allá, en el huerto: su madre, que la alzaría en brazos para que jugara con las duras bolas rojas que eran las manzanas colgando de su árbol. Había ido ya hasta su más lejano recuerdo, no había nada más atrás. En la pared del huerto tenía que haber un portón de hierro que daba a un campo. Pero algo era diferente allí, algo que la asustó. Era una puerta gris en vez del portón de hierro. La empujó y entró al último corredor del hotel Saint-Pierre.

EL ESCARABAJO DE ORO

Edgar Allan Poe

¡Hola, hola! ¡Este mozo es un danzante loco!
Lo ha picado la tarántula.

(Todo al revés)

Hace muchos años trabé amistad íntima con un tal míster William Legrand. Descendía de una antigua familia protestante y en otro tiempo había sido rico, pero una serie de infortunios lo habían dejado en la miseria. Para evitar la humillación que sigue a esos desastres, abandonó Nueva Orleans, la ciudad de sus antepasados, y fijó su residencia en la isla de Sullivan, cerca de Charleston, en Carolina del Sur.

Esta isla es una de las más singulares. Se compone únicamente de arena de mar y tiene, poco más o menos, tres millas de largo. Está separada del continente por una ensenada apenas perceptible que se insinúa en una desolada zona de cañas y légamo, lugar frecuentado por patos silvestres. La vegetación, como puede suponerse, es pobre o, por lo menos, enana. No se encuentran allí árboles grandes. Cerca de la punta occidental, donde se alzan el fuerte Moultrie y algunas miserables casuchas de madera habitadas durante el verano por la gente que huye del polvo y de las fiebres de Charleston, puede encontrarse el palmito erizado; pero la isla entera, a excepción de ese punto occidental y de un espacio árido y blancuzco que bordea el mar, está cubierta de una espesa maleza del mirto oloroso tan apreciado por los horticultores ingleses. Este arbusto alcanza allí con frecuencia una altura de quince o veinte pies y forma una espesura casi impenetrable, impregnando el aire con su fragancia.

31

En el lugar más recóndito de esa maleza, no lejos del extremo oriental más distante de la isla, Legrand había construido una pequeña cabaña, que ocupaba cuando por primera vez, y de un modo simplemente casual, trabé relación con él que pronto acabó en amistad, pues había muchas cualidades en aquel exiliado que inspiraban interés y estima. Lo encontré bien educado y de una singular inteligencia, aunque dominado por la misantropía y sujeto a perversas alternativas de melancolía y de entusiasmo. Poseía muchos libros, pero rara vez los utilizaba. Sus principales diversiones eran la caza y la pesca, o vagar a lo largo de la playa entre los mirtos, en busca de conchas o de ejemplares entomológicos; la colección que tenía de éstos hubiera podido suscitar la envidia de un Swammerdam. En estas excursiones iba, por lo general, acompañado de un negro sirviente llamado Júpiter, que había sido manumitido antes de los reveses de la familia, pero al que no habían podido convencer, ni con amenazas ni con promesas, de abandonar lo que él consideraba su derecho a seguir los pasos de su joven *massa Will*. No es improbable que los parientes de Legrand, juzgando que éste tenía la cabeza algo trastornada, se dedicaran a infundir aquella obstinación en Júpiter, con intención de que vigilase y custodiase al vagabundo.

Los inviernos en la latitud de la isla de Sullivan rara vez son rigurosos y resulta un verdadero acontecimiento encender el fuego al finalizar el año. Sin embargo, hacia mediados de octubre de 18... hubo un día notablemente frío. Aquel día, antes de la puesta del sol, subí por el camino entre la maleza hacia la cabaña de mi amigo, a quien no había visitado desde hacía varias semanas; en aquel entonces yo residía en Charleston, a una distancia de nueve millas de la isla, y las facilidades para ir y volver eran mucho menores que las actuales. Al llegar a la cabaña llamé, como era mi costumbre, y al no recibir respuesta busqué la llave donde sabía que estaba escondida, abrí la puerta y entré. Un hermoso fuego ardía en el hogar. Era una sorpresa y, por cierto, de las agradables. Me quité el gabán, coloqué un sillón junto a los leños chisporroteantes y aguardé con paciencia el regreso de mis anfitriones.

Poco después de la caída de la tarde llegaron y me dispensaron una acogida muy cordial. Júpiter, riendo de oreja a oreja, bullía preparando unos patos silvestres para la cena. Legrand se hallaba en uno de sus ataques —¿con qué otro término podría llamarse aquello?— de entusiasmo. Había encontrado un bivalvo desconocido que formaba un nuevo género y, más aún, había capturado un escarabajo que creía totalmente nuevo, pero respecto del cual deseaba conocer mi opinión a la mañana siguiente.

—¿Y por qué no esta noche? —pregunté, frotando mis manos ante el fuego y enviando al diablo toda la especie de los escarabajos.

—¡Ah, si yo hubiera sabido que estaba usted aquí! —dijo Legrand—. Pero hace mucho tiempo que no lo veo y ¿cómo iba a adivinar que me visitaría precisamente esta noche? Cuando volvía a casa, me encontré con el teniente G..., del fuerte, y sin más ni más le he dejado el escarabajo: así que le será a usted imposible verlo hasta mañana. Quédese aquí esta noche y mandaré a Júpiter allí abajo al amanecer. ¡Es la cosa más encantadora de la creación!

—¿Qué? ¿El amanecer?

—¡Qué disparate! ¡No! El escarabajo. Es de un brillante color dorado, aproximadamente del tamaño de una nuez, con dos manchas de un negro azabache: una cerca de la punta posterior y la segunda, algo más alargada, en la otra punta. Las antenas son...

—No hay *estaño** en él, *massa Will*, se lo aseguro —interrumpió aquí Júpiter—; el escarabajo es un escarabajo de

---

* La pronunciación en inglés de *antenae* hace que Júpiter entienda "estaño", pronunciado 'tin'.

oro macizo todo él, dentro y por todas partes, salvo las alas; no he visto nunca un escarabajo la mitad de pesado.

—Bueno; supongamos que sea así —replicó Legrand, algo más vivamente, según me pareció, de lo que exigía el caso—. ¿Es ésta una razón para que dejes que se quemen las aves? El color —y se volvió hacia mí— bastaría casi para justificar la idea de Júpiter. No habrá usted visto nunca un reflejo metálico más brillante que el que emite su caparazón, pero no podrá juzgarlo hasta mañana... Entretanto, intentaré darle una idea de su forma.

Dijo esto sentándose ante una mesita sobre la cual había una pluma y tinta, pero no papel. Buscó un momento en un cajón, sin encontrarlo.

—No importa —dijo por último—; esto bastará. Y sacó del bolsillo de su chaleco algo que me pareció un trozo de viejo pergamino muy sucio, e hizo encima una especie de dibujo con la pluma. Mientras lo hacía, permanecí en mi sitio junto al fuego, pues aún tenía mucho frío. Cuando terminó su dibujo me lo entregó sin levantarse. Al tomarlo, se oyó un fuerte gruñido seguido de un ruido de arañazos en la puerta. Júpiter abrió y un enorme terranova, perteneciente a Legrand, se precipitó dentro y echándose sobre mis hombros me abrumó a caricias, pues yo le había prestado mucha atención en mis visitas anteriores. Cuando acabó de dar brincos, miré el papel y, a decir verdad, me sentí perplejo ante el dibujo de mi amigo.

—Bueno —dije después de contemplarlo unos minutos—, es un extraño escarabajo, lo confieso, nuevo para mí; no he visto antes nada parecido, a menos que sea un cráneo o una calavera, a lo que se parece más que a ninguna otra cosa que haya caído bajo mi observación.

—¡Una calavera! —repitió Legrand—. ¡Oh, sí! Bueno; tiene indudablemente ese aspecto en el papel. Las dos manchas negras parecen unos ojos, ¿eh? Y la más larga de abajo parece una boca; además, la forma entera es ovalada.

—Quizá sea así —dije—; pero temo que usted no sea un artista, Legrand. Debo esperar a ver el insecto personalmente para hacerme una idea de su aspecto.

—En fin, no sé —dijo él, un poco irritado—; dibujo regularmente o, al menos, debería dibujar, pues he tenido buenos maestros y me jacto de no ser del todo tonto.

—Pero entonces, mi querido compañero, usted bromea —dije—; esto es un cráneo muy pasable, puedo inclusive decir que es un cráneo excelente, conforme a las vulgares nociones que tengo acerca de tales ejemplares de la fisiología; y su escarabajo será el más extraño de los escarabajos del mundo si se parece a esto. Podríamos inventar alguna pequeña superstición muy espeluznante sobre ello. Presumo que va a llamar a este insecto *scarabaeus caput hominis* o algo por el estilo; hay en las historias naturales muchas denominaciones semejantes. Pero ¿dónde están las antenas de las que habló?

—¡Las antenas! —dijo Legrand, que parecía acalorarse inexplicablemente con el tema—. Estoy seguro de que debe ver las antenas. Las dibujé con tanta claridad como pueden vérselas en el mismo insecto, y presumo que con eso basta.

—Bien, bien —dije—; acaso las haya hecho y yo no las veo aún.

Y le tendí el papel sin más observaciones, no queriendo irritarlo; pero me dejó muy sorprendido el giro que había tomado la cuestión: su malhumor me intrigaba y, en cuanto al dibujo del insecto, allí no había en realidad antenas visibles y el conjunto se parecía enteramente a la imagen ordinaria de una calavera.

Recogió el papel muy irritado, y estaba a punto de estrujarlo y de tirarlo al fuego cuando una mirada casual al

dibujo pareció llamar su atención. En un instante su cara
enrojeció intensamente y luego se volvió muy pálida. Durante algunos minutos, siempre sentado, siguió examinando
con minuciosidad el dibujo. Finalmente se levantó, tomó una
vela de la mesa y fue a sentarse sobre un arcón de barco, en
el rincón más alejado de la estancia. Allí se puso a examinar
con ansiedad el papel, dándole vueltas en todos los sentidos.
No dijo nada, empero, y su actitud me dejó muy asombrado; pero juzgué prudente no exacerbar con ningún comentario su creciente malhumor. Luego sacó de su bolsillo una
cartera, metió con cuidado en ella el papel y lo depositó todo
dentro de un escritorio, que cerró con llave. Recobró entonces la calma, pero su primer entusiasmo había desaparecido
por completo. Aun así, parecía mucho más abstraído que
malhumorado. A medida que avanzaba la tarde, se mostraba
más absorto en un sueño del que no logró arrancarlo ninguna
de mis ocurrencias. Al principio, yo había pensado pasar la
noche en la cabaña, como solía hacerlo con frecuencia; pero
viendo a mi huésped en aquella actitud, juzgué más conveniente marcharme. Él no trató de retenerme, pero al partir
estrechó mi mano con más cordialidad que de costumbre.

Había transcurrido un mes sin que volviera a ver a
Legrand, cuando recibí la visita, en Charleston, de su criado
Júpiter. Jamás había visto al viejo y buen negro tan decaí-
do y temí que le hubiera sucedido a mi amigo algún infortunio.

—Bueno, Júpiter —dije—. ¿Qué hay de nuevo? ¿Cómo está tu amo?

—¡Vaya! A decir verdad, *massa*, no está tan bien como
debería.

—¡Que no está bien! Siento de verdad la noticia. ¿De
qué se queja?

—¡Ah, caramba! ¡Ahí está la cosa! No se queja nunca
de nada, pero, de todas maneras, está muy malo.

—¡Muy malo, Júpiter! ¿Por qué no me lo has dicho enseguida? ¿Está en cama?

—No, no, no está en cama. No está bien en ninguna parte y ahí le aprieta el zapato. Tengo la cabeza trastornada con el pobre *massa Will*.

—Júpiter, quisiera comprender algo de eso que me cuentas. Dices que tu amo está enfermo. ¿No te ha dicho qué tiene?

—Bueno, *massa*; es inútil romperse la cabeza pensando en eso. *Massa Will* dice que no tiene nada, pero entonces ¿por qué va de un lado para otro, con la cabeza baja y la espalda curvada, mirando al suelo, más blanco que una oca? Y haciendo garrapatos todo el tiempo...

—¿Haciendo qué?

—Haciendo números con figuras sobre una pizarra; las figuras más raras que he visto nunca. Le digo que estoy sintiendo miedo. Tengo que estar siempre con un ojo sobre él. El otro día se me escapó antes del amanecer y estuvo fuera todo el santo día. Había yo cortado un buen palo para darle una tunda de las que duelen cuando volviese para comer, pero fui tan tonto que no tuve valor, ¡parece tan desgraciado!

—¿Eh? ¡Cómo! ¡Ah, sí! Después de todo, has hecho bien en no ser demasiado severo con el pobre muchacho. No hay que pegarle, Júpiter; seguramente no está bien. Pero ¿no puedes hacerte una idea de lo que ha ocasionado esa enfermedad o más bien ese cambio de conducta? ¿Le ha ocurrido algo desagradable desde que no lo veo?

—No, *massa*, no ha ocurrido nada desagradable desde entonces, sino antes; sí, eso temo: el mismo día en que usted estuvo allí.

—¡Cómo! ¿Qué quieres decir?

—Pues... me refiero al escarabajo y nada más.

—¿A qué?

—Al escarabajo... Estoy seguro de que *massa Will* ha sido picado en alguna parte de la cabeza por ese escarabajo de oro.

—¿Y qué motivos tienes, Júpiter, para hacer tal suposición?

—Tiene ese bicho demasiadas uñas y también boca. No he visto nunca un escarabajo tan endiablado; toma y pica todo lo que se le acerca. *Massa Will* lo había tomado..., pero enseguida lo soltó, se lo aseguro... Le digo que entonces es, sin duda, cuando lo ha picado. La cara y la boca de ese escarabajo no me gustan, por eso no he querido tomarlo con mis dedos, pero he buscado un trozo de papel para meterlo. Lo envolví en un trozo de papel y le metí otro pedacito en la boca; así lo hice.

—¿Y crees que a tu amo lo ha picado realmente el escarabajo y que esa picadura lo ha puesto enfermo?

—No lo creo, lo sé. ¿Por qué está siempre soñando con oro, sino porque lo ha picado el escarabajo de oro? Ya he oído hablar de esos escarabajos de oro.

—Pero, ¿cómo sabes que sueña con oro?

—¿Cómo lo sé? Porque habla de ello hasta durmiendo, por eso lo sé.

—Bueno, Júpiter, quizá tengas razón, pero ¿a qué feliz circunstancia debo hoy el honor de tu visita?

—¿Qué quiere usted decir, *massa*?

—¿Me traes algún mensaje de míster Legrand?

—No, *massa*; le traigo este papel.

Y Júpiter me entregó una nota que decía lo siguiente:

Querido amigo:
¿Por qué no lo veo hace tanto tiempo? Espero que no cometerá usted la tontería de sentirse ofendido por aquella pequeña brusquedad mía; pero no, no es probable.

Desde que lo vi, siento un gran motivo de inquietud. Tengo algo que decirle, pero apenas sé cómo decírselo o, incluso, no sé si se lo diré.

No estoy del todo bien desde hace unos días y el pobre viejo Jup me aburre de un modo insoportable con sus buenas intenciones y cuidados. ¿Lo creerá usted? El otro día había preparado un garrote para castigarme por haberme escapado y pasado el día solo en las colinas del continente. Creo de veras que sólo mi mala cara me salvó de la paliza.

No he añadido nada a mi colección desde que no nos vemos.

Si puede, y no es gran inconveniente, venga con Júpiter. Venga. Deseo verlo esta noche para un asunto de importancia. Le aseguro que es de la más alta importancia. Siempre suyo.

William Legrand

Había algo en el tono de esta carta que me produjo una gran inquietud. El estilo difería en absoluto del de Legrand. ¿Con qué podía soñar? ¿Qué nueva chifladura dominaba su excitable mente? ¿Qué "asunto de la más alta importancia" podía tener que resolver? El relato de Júpiter no presagiaba nada bueno. Temía que la continua opresión del infortunio hubiese a la larga trastornado por completo la razón de mi amigo. Sin un momento de vacilación, me dispuse a acompañar al negro.

Al llegar al fondeadero, vi una guadaña y tres azadas, todas evidentemente nuevas, que yacían en el fondo del barco en el que embarcaríamos.

—¿Qué significa todo eso, Jup? —pregunté.

—Es una guadaña, *massa*, y unas azadas.

—Es cierto; pero ¿qué hacen aquí?

—*Massa Will* me ha dicho que comprase eso para él en la ciudad y he pagado una cantidad de mil demonios.

—Pero, en nombre de todo lo que hay de misterioso, ¿qué va a hacer tu "*massa Will*" con esa guadaña y esas azadas?

—Eso es más de lo que yo sé y que el diablo me lleve si no creo que es más de lo que sabe él también. Pero todo eso es cosa del escarabajo.

Viendo que no podía obtener ninguna aclaración de Júpiter, cuya inteligencia entera parecía estar absorbida por el escarabajo, bajé al barco y desplegué la vela. Una agradable y fuerte brisa nos empujó con rapidez hasta la pequeña ensenada al norte del fuerte Moultrie y un paseo de unas dos millas nos llevó hasta la cabaña. Serían alrededor de las tres de la tarde cuando llegamos. Legrand nos esperaba con viva impaciencia. Asió mi mano con un nervioso *expressement** que me alarmó, aumentando mis sospechas nacientes. Su cara era de una palidez espectral y sus ojos, muy hundidos, brillaban con un fulgor sobrenatural. Después de algunas preguntas sobre su salud, quise saber, no ocurriéndoseme nada mejor que decir, si el teniente G... le había devuelto el escarabajo.

—¡Oh, sí! —replicó, poniéndose muy colorado—. Lo recogí a la mañana siguiente. Por nada del mundo me separaría de ese escarabajo. ¿Sabe usted que Júpiter tiene toda la razón respecto de eso?

—¿En qué? —pregunté con triste presentimiento en el corazón.

—En suponer que el escarabajo es de oro de veras.

Dijo esto con un aire de profunda seriedad que me produjo una indecible desazón.

—Ese escarabajo hará mi fortuna —prosiguió él, con una sonrisa triunfal— al reintegrarme mis posesiones familiares. ¿Es de extrañar que yo lo aprecie tanto? Puesto que la fortuna ha querido concederme esa dádiva, no tengo más que usarla adecuadamente y llegaré hasta el oro del cual ella es indicio. ¡Júpiter, trae ese escarabajo!

* *Expressement*: Ansiedad. La palabra aparece en francés en el original.

—¡Cómo! ¿El escarabajo, *massa*? Prefiero no tener jaleos con el escarabajo; ya sabrá tomarlo usted mismo.

En ese momento Legrand se levantó con un aire solemne e imponente y fue a sacar el insecto de una caja de cristal, dentro de la cual lo había dejado. Era un hermoso escarabajo desconocido en aquel tiempo por los naturalistas y, por supuesto, de un gran valor desde el punto de vista científico. Ostentaba dos manchas negras en un extremo del dorso y, en el otro, una más alargada. El caparazón era sumamente duro y brillante, con aspecto de oro bruñido. Tenía un peso notable y, bien considerada la cosa, no podía yo censurar demasiado a Júpiter por su opinión respecto de él, pero me era imposible comprender que Legrand fuese de igual opinión.

—Lo he enviado a buscar —dijo mi amigo, en un tono grandilocuente, cuando hube terminado mi examen del insecto—; lo he enviado a buscar para pedirle consejo y ayuda en el cumplimiento de los designios del destino y del escarabajo...

—Mi querido Legrand —interrumpí—, no está usted bien, sin duda, y haría mejor en tomar algunas precauciones. Váyase a la cama y me quedaré con usted unos días, hasta que se restablezca. Tiene usted fiebre y...

—Tómeme el pulso —dijo él.

Se lo tomé y, a decir verdad, no encontré el menor síntoma de fiebre.

—Pero puede estar enfermo sin tener fiebre. Permítame, por esta vez, que sea su médico. Y después...

—Se equivoca —interrumpió—; estoy tan bien como puedo esperar estarlo con la excitación que sufro. Si realmente me quiere bien, ayúdeme a terminar con ella.

—¿Y qué debo hacer para eso?

—Es muy fácil, Júpiter y yo partimos a una expedición por las colinas, en el continente, y necesitamos la ayuda de una persona en quien podamos confiar. Usted es esa persona. Ya sea un éxito o un fracaso, la excitación que nota usted en mí se apaciguará igualmente con esa expedición.

—Deseo vivamente servirle en lo que sea —repliqué—, pero ¿pretende decir que ese insecto infernal tiene alguna relación con su expedición a las colinas?

—La tiene.

—Entonces, Legrand, no puedo tomar parte en tan absurda empresa.

—Lo siento, lo siento mucho, entonces tendremos que intentar hacerlo nosotros solos.

—¡Intentarlo ustedes solos! (*¡Este hombre está loco, seguramente!*) Pero veamos, ¿cuánto tiempo se propone estar ausente?

—Probablemente, toda la noche. Vamos a partir enseguida y, en cualquiera de los casos, estaremos de vuelta al salir el sol.

—¿Y me promete por su honor que, cuando ese capricho haya pasado y el asunto del escarabajo (*¡Dios mío!*) esté arreglado a su satisfacción, regresará a casa y seguirá con exactitud mis prescripciones como las de su médico?

—Sí, se lo prometo; y ahora, partamos, pues no tenemos tiempo que perder.

Acompañé a mi amigo, con el corazón apesadumbrado. A eso de las cuatro nos pusimos en camino Legrand, Júpiter, el perro y yo. Júpiter tomó la guadaña y las azadas. Insistió en cargar con todo ello, me pareció, más por temor a dejar una de aquellas herramientas en manos de su amo que por un exceso de celo o de complacencia. Mostraba un humor de perros y estas palabras, "condenado escarabajo", fueron las únicas que se escaparon de sus labios durante el viaje. Por mi parte, estaba encargado de un par de linternas, mientras Legrand se había contentado con el escarabajo, que llevaba atado al extremo de un trozo de cuerda; lo hacía girar de un lado para otro, con aire de nigromante, mientras caminaba. Cuando observaba aquel último y supremo síntoma del trastorno mental de mi amigo, apenas podía contener las lágrimas. Pensé, no obstante, que era preferible acceder a su fantasía, al menos por el momento o hasta que pudiese adoptar medidas más enérgicas con alguna probabilidad de éxito. Entretanto intenté, aunque en vano, sondearlo con respecto al objeto de la expedición. Habiendo conseguido inducirme a que lo acompañase, parecía mal dispuesto a entablar conversación sobre un tema de tan poca importancia, y a todas mis preguntas no les concedía otra respuesta que un "ya veremos".

Atravesamos en una barca la ensenada en la punta de la isla y, trepando por los altos terrenos de la orilla del continente, seguimos la dirección noroeste, a través de una región sumamente salvaje y desolada en la que no se veía rastro de huellas humanas. Legrand avanzaba con decisión, deteniéndose solamente algunos instantes, aquí y allá, para consultar ciertas señales que debía de haber dejado él mismo en una ocasión anterior.

Caminamos así alrededor de dos horas; el sol se ponía cuando entramos en una región infinitamente más triste que todo lo que habíamos visto antes. Era una especie de meseta cercana a la cumbre de una colina casi inaccesible, cubierta de una espesa arboleda desde la base a la cima y sembrada de enormes bloques de piedra que parecían esparcidos sobre el suelo, muchos de los cuales se habrían precipitado a los valles inferiores sin la contención de los árboles en que se apoyaban. Profundos barrancos, que se abrían en varias direcciones, daban un aspecto de solemnidad más lúgubre al paisaje.

La plataforma natural sobre la cual habíamos trepado estaba tan repleta de zarzas, que nos dimos cuenta muy pronto de que sin la guadaña nos habría sido imposible abrirnos paso. Júpiter, por orden de su amo, se dedicó a despejar el camino hasta el pie de un enorme tulipero que se alzaba entre ocho o diez robles sobre la plataforma, sobrepasándolos a todos (como hubiera sobrepasado a cualquier otro árbol) por la belleza de su follaje, su forma, la inmensa expansión de su ramaje y la majestad general de su aspecto. Cuando llegamos a aquel árbol, Legrand se volvió hacia Júpiter y le preguntó si se creía capaz de treparlo. El viejo pareció un tanto azorado por la pregunta y durante unos momentos no respondió. Por último se acercó al enorme tronco, dio la vuelta a su alrededor y lo examinó con minuciosa atención. Cuando terminó su examen, dijo simplemente:

—Sí, *massa*; Jup no ha encontrado en su vida árbol al que no pueda trepar.

—Entonces, sube lo más de prisa posible, pues pronto habrá demasiada oscuridad para ver lo que hacemos.

—¿Hasta dónde debo subir, *massa*? —preguntó Júpiter.

—Sube primero por el tronco y entonces te diré qué camino debes seguir... ¡Ah, detente ahí! Lleva contigo este escarabajo.

—¡El escarabajo, *massa Will*, el escarabajo de oro! —gritó el negro, retrocediendo con terror—. ¿Por qué debo llevar ese escarabajo conmigo sobre el árbol? ¡Que me condene si lo hago!

—Si tienes miedo, Jup, tú, un negro grande y fuerte como pareces, a tocar un pequeño insecto muerto e inofensivo, puedes llevarlo con esta cuerda; pero si no quieres tomarlo de ningún modo, me veré en la necesidad de abrirte la cabeza con esta azada.

—¿Qué le pasa ahora, *massa*? —dijo Jup, avergonzado, sin duda, y más complaciente—. Siempre ha de tomarla con su viejo negro. Era sólo una broma y nada más. ¡Tener yo miedo al escarabajo! ¡Pues sí que me preocupa a mí el escarabajo!

Tomó con precaución la punta de la cuerda y, manteniendo al insecto tan lejos de su persona como las circunstancias lo permitían, se dispuso a subir al árbol.

En su juventud, el tulipero o *Liriodendron tulipiferum*, el más magnífico de los árboles selváticos americanos, tiene un tronco peculiarmente liso y se eleva con frecuencia a gran altura, sin producir ramas laterales; pero cuando llega a su madurez, la corteza se vuelve rugosa y desigual, mientras pequeños rudimentos de ramas aparecen en gran número sobre el tronco. Por eso, en el presente caso, la dificultad de trepar era más aparente que real. Júpiter rodeó lo mejor que pudo con sus brazos y con sus rodillas el enorme cilindro, asió con las manos algunos brotes y apoyó sus pies descalzos sobre otros y, después de haber estado a punto de caer una o dos veces, llegó hasta la primera gran bifurcación y pareció entonces considerar el asunto como virtualmente realizado. En efecto, el riesgo de la empresa había ahora desaparecido, aunque el escalador estuviese a unos sesenta o setenta pies sobre el suelo.

—¿Hacia qué lado debo ir ahora, *massa Will*? —preguntó él.

—Sigue siempre la rama más ancha, la de ese lado —dijo Legrand.

El negro obedeció prontamente y, en apariencia, sin la menor inquietud; subió cada vez más alto, hasta que su figura encogida desapareció entre el espeso follaje que la envolvía. Entonces se dejó oír su voz lejana gritando:

—¿Debo subir mucho todavía?

—¿A qué altura estás? —preguntó Legrand.

—Estoy tan alto —replicó el negro— que puedo ver el cielo a través de la copa del árbol.

—No te preocupes del cielo, pero atiende a lo que te digo. Mira el tronco hacia abajo y cuenta las ramas que hay debajo de ti por ese lado. ¿Cuántas ramas has pasado?

—Una, dos, tres, cuatro, cinco. He pasado cinco ramas por ese lado, *massa*.

—Entonces sube una rama más.

Al cabo de unos minutos la voz se oyó de nuevo; anunciaba que había alcanzado la séptima rama.

—Ahora, Jup —gritó Legrand, con una gran agitación—, quiero que te abras camino sobre esa rama hasta donde puedas. Si ves algo extraño, me lo dices.

Desde aquel momento las pocas dudas que pude haber tenido sobre la demencia de mi pobre amigo se disiparon por completo. No me quedaba otra alternativa que considerarlo como atacado de locura, y me preocupaba seriamente la manera de hacerlo volver a casa. Mientras reflexionaba sobre qué sería preferible hacer, volvió a oírse la voz de Júpiter.

—Tengo miedo de avanzar más lejos por esta rama; es una rama muerta en casi toda su extensión.

—¿Dices que es una rama muerta, Júpiter? —gritó Legrand con voz trémula.

—Sí, *massa*, muerta como un clavo de puerta, de eso no hay duda; no tiene ni pizca de vida.

—¿Qué debe hacer? —dije, satisfecho de que aquella oportunidad me permitiese hablar—. Volver a casa y meterse en la cama. ¡Vámonos ya! Sea usted amable, compañero. Se hace tarde y, además, acuérdese de su promesa.

—¡Júpiter! —gritó él, sin escucharme en absoluto—, ¿me oyes?

—Sí, *massa Will*, lo oigo perfectamente.

—Entonces tantea bien con tu cuchillo y dime si crees que está muy podrida.

—Podrida, *massa*, podrida, sin duda —replicó el negro después de unos momentos—, pero no tan podrida como cabría creer. Podría avanzar un poco más si estuviese yo solo sobre la rama, eso es verdad.

—¡Si estuvieras tú solo! ¿Qué quieres decir?

—Hablo del escarabajo. Es muy pesado el tal escarabajo. Supongo que, si lo dejase caer, la rama soportaría el peso de un negro sin romperse.

—¡Maldito bribón! —gritó Legrand, que parecía muy reanimado—. ¿Qué tonterías estás diciendo? Si dejas caer el insecto, te retuerzo el pescuezo. Mira hacia aquí, Júpiter, ¿me oyes?

—Sí, *massa*; no hay que tratar así a un pobre negro.

—Bueno; escúchame ahora. Si te arriesgas sobre la rama todo lo lejos que puedas sin peligro y sin soltar el insecto, te regalaré un dólar de plata en cuanto bajes.

—Ya voy, *massa Will*, ya voy allá —replicó el negro con prontitud—. Estoy al final ahora.

—¡Al final! —chilló Legrand, muy animado—. ¿Quieres decir que estás al final de esa rama?

—Estaré muy pronto al final, *massa*... ¡Ooooh! ¡Dios mío, misericordia! ¿Qué es eso que hay sobre el árbol?

—¡Bien! —gritó Legrand, muy contento—, ¿qué es eso?

—Pues sólo una calavera; alguien dejó su cabeza sobre el árbol y los cuervos han picoteado toda la carne.

—¡Una calavera, dices! Muy bien... ¿Cómo está sujeta a la rama? ¿Qué la sostiene?

—Se sostiene bien, pero tendré que ver. ¡Ah! Es una cosa curiosa, palabra... hay un clavo grueso clavado en esta calavera, que la sujeta al árbol.

—Bueno; ahora, Júpiter, haz exactamente lo que voy a decirte. ¿Me oyes?

—Sí, *massa*.

—Fíjate bien y busca el ojo izquierdo de la calavera.

—¡Hum! ¡Oh, esto sí que es bueno! No tiene ojo izquierdo.

—¡Maldita estupidez la tuya! ¿Sabes distinguir tu mano izquierda de tu mano derecha?

—Sí que lo sé, lo sé muy bien; mi mano izquierda es con la que parto la leña.

—¡Seguramente, pues eres zurdo! Y tu ojo izquierdo está en el mismo lado que tu mano izquierda. Ahora supongo que podrás encontrar el ojo izquierdo de la calavera, o el sitio donde estaba ese ojo. ¿Lo has encontrado?

Hubo una larga pausa. Y finalmente, el negro preguntó:

—¿El ojo izquierdo de la calavera está en el mismo lado que la mano izquierda del cráneo?... Porque la calavera no tiene mano alguna... ¡No importa! Ahora he encontrado el ojo izquierdo, ¡aquí está el ojo izquierdo! ¿Qué debo hacer ahora?

—Pasa el escarabajo por él y déjalo caer hasta donde pueda llegar la cuerda, pero ten cuidado de no soltar la punta de la cuerda.

—Ya está hecho, *massa Will*; ha sido fácil hacer pasar el escarabajo por el agujero. Mírelo cómo baja.

Durante este coloquio no podía verse a Júpiter, pero el insecto que él dejaba caer era ahora visible al extremo de la cuerda y brillaba como una bola de oro bruñido al darle los últimos rayos del sol poniente, algunos de los cuales iluminaban todavía un poco la loma sobre la que estábamos. El escarabajo, al descender, sobresalía visiblemente de las ramas y, si el negro lo hubiese soltado, habría caído a nuestros pies. Legrand tomó enseguida la guadaña y despejó un espacio circular, de tres o cuatro yardas de diámetro, justo debajo del insecto. Una vez hecho esto, ordenó a Júpiter que soltara la cuerda y que bajase del árbol.

Con gran cuidado clavó mi amigo una estaca en la tierra sobre el lugar preciso donde había caído el insecto y, luego, sacó de su bolsillo una cinta para medir. La ató por una punta al sitio del árbol que estaba más próximo a la estaca, la desenrolló y siguió desenrollándola en la dirección señalada por aquellos dos puntos —la estaca y el tronco— hasta una distancia de cincuenta pies; Júpiter limpiaba de zarzas el camino con la guadaña. En el sitio encontrado clavó una segunda estaca y, tomándola como centro, describió un tosco círculo de cuatro pies de diámetro, aproximadamente. Tomó entonces una de las azadas, le dio otra a Júpiter y la último a mí y nos pidió que excavásemos lo más de prisa posible.

A decir verdad yo no había encontrado nunca un especial agrado en semejante diversión y, en aquel momento preciso, hubiera renunciado a ella con gusto, pues la noche avanzaba y me sentía muy fatigado con el ejercicio que ya había hecho; pero no veía modo alguno de escapar de aquello y temía perturbar aun más la ecuanimidad de mi pobre amigo con una negativa. De haber podido contar efectivamente con la ayuda de Júpiter no habría vacilado en llevar a la fuerza al lunático a su casa; pero conocía demasiado bien el carácter del viejo negro para esperar su ayuda en cualquier circunstancia y menos en el caso de una lucha personal con su amo. No dudaba de que Legrand estaba contaminado por alguna de las innumerables supersticiones del sur sobre tesoros escondidos ni de que aquella fantasía había sido confirmada por el hallazgo del escarabajo o, quizá, por la obstinación de Júpiter en sostener que era "un escarabajo auténtico". Una mentalidad predispuesta a la locura podía dejarse arrastrar por tales sugestiones, sobre todo si concordaban con sus ideas favoritas preconcebidas; y entonces recordé el discurso de mi amigo sobre el insecto que iba a ser "el inicio de su fortuna". Por encima de todo ello, me sentía enojado y perplejo; pero al final decidí hacer de la necesidad virtud y cavar con buena voluntad para convencer lo antes posible al visionario, con una prueba ocular, de la falacia de las opiniones que mantenía.

Encendimos las linternas y nos entregamos a nuestra tarea con un celo digno de una causa más racional, y como la luz caía sobre nosotros y nuestras herramientas, no pude menos que pensar en el grupo pintoresco que formábamos y en que si algún intruso hubiese aparecido por casualidad en aquel lugar habría creído que realizábamos una labor muy extraña y sospechosa.

Cavamos con firmeza durante dos horas. Intercambiábamos pocas palabras y nuestra molestia principal era causada por los ladridos del perro, que sentía un interés excesivo por nuestros trabajos. Se puso tan alborotado que temimos que diese la alarma a algunos merodeadores de las cercanías, o más bien ése era el gran temor de Legrand, pues por mi parte me habría alegrado cualquier interrupción que hubiera permitido hacer volver al desquiciado a su casa. Finalmente fue acallado el alboroto por Júpiter, quien, lanzándose fuera del hoyo con un aire resuelto y furioso, embozó el hocico del animal con uno de sus tirantes y luego volvió a su tarea con una risita ahogada.

Terminadas las dos horas, el hoyo había alcanzado una profundidad de cinco pies y, aun así, no aparecía el menor indicio de tesoro. Hicimos una pausa y empecé a tener la esperanza de que la farsa tocara a su fin. Legrand, sin embargo, a todas luces muy desconcertado, se enjugó la frente con aire pensativo y volvió a empezar. Habíamos cavado el círculo entero de cuatro pies de diámetro y ahora superamos un poco aquel límite y cavamos dos pies más. No apareció nada. El buscador de oro, por el que sentía yo una sincera compasión, saltó del hoyo, con la más amarga desilusión grabada en su cara, y se decidió, lenta y pesarosamente, a ponerse la chaqueta, que se había quitado al empezar la faena. En cuanto a mí, me guardé de hacer ninguna observación. Júpiter, a una señal de su amo, comenzó a recoger las herramientas. Hecho esto y una vez quitado el bozal al perro, volvimos en un profundo silencio hacia la casa.

Habríamos dado acaso una docena de pasos cuando, con un juramento, Legrand se arrojó sobre Júpiter y le agarró el cuello. El negro, atónito, abrió los ojos y la boca en todo su tamaño, soltó las azadas y cayó de rodillas.

—¡Eres un bribón! —dijo Legrand, haciendo silbar las sílabas entre sus labios apretados—; ¡un maldito y negro villano! ¡Habla, te digo! ¡Contéstame al instante y sin mentir! ¿Cuál es... cuál es tu ojo izquierdo?

—¡Oh, misericordia, *massa Will*! ¿No es éste mi ojo izquierdo? —rugió, aterrorizado, Júpiter, poniendo su mano sobre el órgano derecho de su visión y manteniéndola allí con la tenacidad de la desesperación, como si temiese que su amo fuese a arrancárselo.

—¡Lo sospechaba! ¡Lo sabía! ¡Hurra! —vociferó Legrand soltando al negro y dando una serie de corvetas y cabriolas, ante el gran asombro de su criado, quien, poniéndose en pie, miraba en silencio a su amo y a mí, a mí y a su amo.

—¡Vamos! Debemos volver —dijo—. No está aún perdida la partida —y se encaminó de nuevo hacia el tulípero.

—Júpiter —dijo, cuando llegamos al pie del árbol—, ¡ven aquí! ¿Estaba la calavera clavada a la rama con la cara vuelta hacia fuera o hacia la rama?

—La cara está vuelta hacia fuera, *massa*; así es que los cuervos han podido comerse los ojos sin la menor dificultad.

—Bueno; entonces, ¿has dejado caer el insecto por este ojo o por este otro? —y Legrand tocaba alternativamente los ojos de Júpiter.

—Por este ojo, *massa*, por el ojo izquierdo, exactamente como usted me dijo —y el negro volvió a señalar su ojo derecho.

Entonces mi amigo, en cuya locura veía yo, o me imaginaba ver, ciertos indicios de método, trasladó la estaca que marcaba el sitio donde había caído el insecto unas tres pulgadas hacia el oeste de su primera posición. Colocó ahora la cinta de medir desde el punto más cercano del tronco hasta la estaca, como antes hizo, la extendió en línea recta a una distancia de cincuenta pies y marcó un punto, alejado varias yardas del sitio donde habíamos estado cavando.

Alrededor de este punto trazó un nuevo círculo, un poco más ancho que el primero, y volvimos a manejar la azada. Estaba yo atrozmente cansado, pero, sin darme cuenta de lo que había ocasionado aquel cambio en mi pensamiento, no sentía ya gran aversión por aquel trabajo impuesto. Me interesaba de un modo inexplicable; más aún, me excitaba. Tal vez había en todo el extravagante comportamiento de Legrand cierto aire de presciencia, de deliberación, que me impresionaba. Cavaba con ardor y de cuando en cuando me sorprendía buscando, por decirlo así, con los ojos, movido de un sentimiento que se parecía mucho a la espera, aquel tesoro imaginario, cuya visión había trastornado a mi infortunado compañero. En uno de esos momentos en que tales fantasías se habían apoderado más a fondo de mí, y cuando llevábamos trabajando quizá una hora y media, fuimos de nuevo interrumpidos por los violentos ladridos del perro. Su inquietud, en el primer caso, era sin duda el resultado de un retozo o de un capricho; pero ahora tenía un tono más áspero y más serio. Cuando Júpiter se esforzaba por volver a ponerle un bozal, ofreció el animal una furiosa resistencia y, saltando adentro del hoyo, se puso a cavar frenético, con las uñas. En unos segundos había dejado al descubierto una masa de osamentas humanas que formaban dos esqueletos íntegros, mezclados con varios botones de metal y con algo que nos pareció lana podrida y polvorienta. Uno o dos azadonazos hicieron saltar la hoja de un ancho cuchillo español y, al cavar más, surgieron a la luz tres o cuatro monedas de oro y de plata.

Al ver aquello, Júpiter apenas pudo contener su alegría, pero la cara de su amo expresó una extraordinaria desilusión. Nos rogó, con todo, que continuásemos nuestros esfuerzos y, apenas había dicho él aquellas palabras, tropecé y caí hacia adelante, al engancharse la punta de mi bota en una ancha argolla de hierro que yacía medio enterrada en la tierra blanda.

Nos pusimos a trabajar ahora con gran diligencia; jamás viví diez minutos de mayor excitación. Durante ese intervalo desenterramos por completo un cofre oblongo de madera que, a juzgar por su perfecta conservación y asombrosa dureza, había sido sometido a algún procedimiento de mineralización, acaso mediante bicloruro de mercurio. Dicho cofre tenía tres pies y medio de largo, tres de ancho y dos y medio de profundidad. Estaba asegurado con firmeza por unos flejes de hierro forjado, remachados, que formaban alrededor una especie de enrejado. De cada lado del cofre, cerca de la tapa, había tres argollas de hierro —seis en total—, por medio de las cuales seis personas podían asirlo. Nuestros esfuerzos unidos sólo consiguieron moverlo ligeramente. Nos dimos cuenta enseguida de la imposibilidad de transportar un peso tan grande. Por fortuna, la tapa estaba sólo asegurada con dos tornillos movibles. Los sacamos, trémulos y palpitantes de ansiedad. En un instante, un tesoro de incalculable valor apareció refulgente ante nosotros. Los rayos de las linternas caían en el hoyo, haciendo brotar de un montón confuso de oro y joyas destellos y brillos que cegaban nuestros ojos.

No intentaré describir los sentimientos con que contemplaba aquello. El asombro, naturalmente, predominaba sobre los demás. Legrand parecía exhausto por la excitación y no profirió más que algunas palabras. En cuanto a Júpiter, su rostro adquirió durante unos minutos la máxima palidez que puede tomar la cara de un negro en tales circunstancias. Parecía estupefacto, fulminado. Pronto cayó de rodillas en el hoyo y, hundiendo los brazos hasta el codo en el oro, los dejó allí, como si gozase del placer de un baño. Después exclamó con un hondo suspiro, como un monólogo:

—¡Y todo esto viene del escarabajo de oro! ¡Del pobre escarabajito, al que yo insultaba y calumniaba! ¿No te avergüenzas de ti mismo, negro? ¡Anda, contéstame!

Fue menester, por último, que despertase a ambos, al amo y al criado, ante la conveniencia de transportar el tesoro. Se hacía tarde y teníamos que desplegar cierta actividad, si queríamos que todo estuviese en lugar seguro antes del amanecer. No sabíamos qué determinación tomar y perdimos mucho tiempo en deliberaciones, pues no conseguíamos pensar con claridad. Por último, aligeramos el peso del cofre quitando las dos terceras partes de su contenido y pudimos al fin, no sin dificultad, sacarlo del hoyo. Los objetos que habíamos extraído los depositamos entre las zarzas, bajo la custodia del perro, al que Júpiter ordenó que no se moviera de su puesto bajo ningún pretexto y que no abriera la boca hasta nuestro regreso. Entonces nos pusimos presurosamente en camino con el cofre; llegamos sin accidente a la cabaña, aunque después de tremendas penalidades y a la una de la madrugada. Rendidos como estábamos, no habría habido naturaleza humana capaz de reanudar la tarea acto seguido. Permanecimos descansando hasta las dos; luego cenamos y, enseguida, partimos hacia las colinas, provistos de tres grandes sacos que, por suerte, habíamos encontrado antes. Llegamos al filo de las cuatro a la fosa, nos repartimos el botín con la mayor igualdad posible y, dejando el hoyo sin tapar, volvimos a la cabaña, en la que depositamos por segunda vez nuestra carga de oro, al tiempo que los primeros débiles rayos del alba aparecían hacia el este, por encima de las copas de los árboles.

Estábamos completamente destrozados, pero la intensa excitación de aquel momento nos impidió todo reposo. Después de un agitado sueño de tres o cuatro horas, nos levantamos, como si estuviéramos de acuerdo, para efectuar el examen de nuestro tesoro.

El cofre había sido llenado hasta los bordes y empleamos el día entero y gran parte de la noche siguiente en escudriñar su contenido, que no mostraba ningún orden o arreglo; todo había sido amontonado allí en confusión. Una vez clasificado cuidadosamente, nos encontramos en posesión de una fortuna que superaba todo cuanto habíamos supuesto. En monedas había más de cuatrocientos cincuenta mil dólares; calculamos el valor de las piezas con tanta exactitud como pudimos guiándonos por la cotización de la época. No había allí una sola partícula de plata. Todo era oro de una fecha muy antigua y de una gran variedad; monedas francesas, españolas y alemanas, con algunas guineas inglesas y varios discos de los que no habíamos visto antes ejemplar alguno. Había varias monedas muy grandes y pesadas, pero tan desgastadas que nos fue imposible descifrar sus inscripciones. No se encontraba allí ninguna americana. La valoración de las joyas presentó muchas dificultades. Había diamantes, algunos muy finos y voluminosos, en total ciento diez, y ninguno pequeño; dieciocho rubíes de un notable brillo, trescientas diez esmeraldas hermosísimas, veintiún zafiros y un ópalo. Todas aquellas piedras habían sido arrancadas de sus monturas y arrojadas en revoltijo al interior del cofre. En cuanto a las monturas mismas, que clasificamos aparte del otro oro, parecían haber sido machacadas a martillazos para evitar que pudieran ser identificadas. Además de todo aquello, había una gran cantidad de adornos de oro macizo: cerca de doscientas sortijas y pendientes de extraordinario grosor; ricas cadenas en número de treinta, si no recuerdo mal; noventa y tres grandes y pesados crucifijos; cinco incensarios de oro de gran valía; una prodigiosa ponchera de oro, adornada con hojas de parra muy bien engastadas y con figuras de bacantes; dos empuñaduras de espada, exquisitamente repujadas, y otros muchos objetos más pequeños que no puedo recordar. El peso de todo ello excedía las trescientas cincuenta libras, y en esta valoración no he incluido ciento noventa y siete relojes de oro soberbios, tres de los cuales valdrían cada uno quinientos dólares. Muchos eran viejísimos y desprovistos de utilidad como tales: sus maquinarias habían sufrido la corrosión de la tierra, pero todos estaban ricamente adornados con pedrerías y las cajas eran de gran precio. Estimamos aquella noche el contenido total del cofre en un millón y medio de dólares y, cuando más tarde vendimos los dijes y joyas (quedándonos con algunos para nuestro uso personal), nos encontramos con que habíamos hecho una tasación del tesoro muy por debajo de su valor real.

Cuando terminamos nuestro examen, y al mismo tiempo se calmó un tanto aquella intensa excitación, Legrand, que me veía consumido de impaciencia por conocer la solución de aquel extraordinario enigma, empezó a contar con todo detalle las circunstancias relacionadas con él.

—Recordará usted —dijo— la noche en que le mostré el tosco bosquejo que había hecho del escarabajo. Recordará también que me molestó mucho que usted insistiese en que mi dibujo se parecía a una calavera. Cuando hizo usted por primera vez tal afirmación, creí que bromeaba; pero después pensé en las manchas que tenía el insecto sobre el dorso y reconocí en mi interior que su observación tenía, en realidad, cierta ligera base. A pesar de todo, me irritó su burla respecto de mis facultades gráficas, pues estoy considerado como un buen dibujante y, por eso, cuando me tendió usted el trozo de pergamino, estuve a punto de estrujarlo y de arrojarlo, enojado, al fuego.

—Se refiere usted al trozo de papel —dije.

—No; aquello tenía el aspecto de papel y al principio yo mismo supuse que lo era; pero, cuando quise dibujar sobre él, descubrí enseguida que era un trozo de pergamino muy viejo. Estaba todo sucio, como recordará. Bueno; cuando me disponía a estrujarlo, me fijé en el esbozo que usted había examinado y ya puede imaginarse mi asombro al percibir realmente la figura de una calavera en el sitio mismo donde yo había yo creído dibujar el insecto. Durante un momento me sentí demasiado atónito para pensar con sensatez. Sabía que mi esbozo era muy diferente en detalle, aunque existiese cierta semejanza en el contorno general. Tomé enseguida una vela y, sentándome al otro extremo de la habitación, hice un examen minucioso del pergamino. Dándolo vuelta, vi mi propio bosquejo sobre el reverso, ni más ni menos que como lo había hecho. Mi primera impresión fue entonces de simple sorpresa ante la notable semejanza del contorno, ante la coincidencia singular de que, sin yo saberlo, existiera aquella imagen al otro lado del pergamino, debajo de mi dibujo del escarabajo, y de que la calavera aquella se le pareciera con tanta exactitud, no sólo en el contorno sino también en el tamaño. Digo que la singularidad de aquella coincidencia me dejó pasmado durante un momento. Es éste el efecto habitual de tales coincidencias. La mente se esfuerza por establecer una relación —una ilación de causa y efecto— y, siendo incapaz de conseguirlo, sufre una especie de parálisis pasajera. Pero cuando me recobré de aquel estupor, sentí surgir en mí poco a poco una convicción que me sobrecogió más aún que aquella coincidencia. Comencé a recordar de una manera clara y positiva que no había ningún dibujo sobre el pergamino cuando hice mi esbozo del escarabajo. Tuve la absoluta certeza de ello, pues me acordé de haberle dado vueltas a un lado y a otro buscando el sitio más limpio... Si la calavera hubiera estado allí, la habría yo visto, por supuesto. Existía entonces un misterio que me sentía incapaz de explicar; pero desde aquel mismo momento me pareció ver brillar débilmente, en las más remotas y secretas cavidades de mi entendimiento, una especie de luciérnaga de la verdad de la cual nos ha aportado la aventura de la última noche una prueba tan magnífica. Me levanté y, guardando con cuidado el pergamino, dejé toda reflexión ulterior para cuando pudiese estar solo.

”En cuanto usted se marchó y Júpiter estuvo profundamente dormido, me dediqué a analizar de un modo más metódico la cuestión. En primer lugar, consideré de qué modo aquel pergamino había llegado a mi poder. El sitio en que descubrimos el escarabajo se hallaba en la costa del continente, a una milla aproximada al este de la isla, pero a corta distancia sobre el nivel de la marea alta. Cuando lo tomé, me picó con fuerza, haciendo que lo soltase. Júpiter, con su acostumbrada prudencia, antes de agarrar el insecto, que había volado hacia él, buscó a su alrededor una hoja o algo parecido con qué apresarlo. En ese momento sus ojos, y también los míos, se fijaron en el trozo de pergamino que supuse que era un papel. Estaba medio sepultado en la arena, y sólo asomaba una parte. Cerca del sitio donde lo encontramos vi los restos del casco de un gran barco, según me pareció. Aquellos restos de un naufragio debían de estar allí desde hacía mucho tiempo, pues apenas podía distinguirse su semejanza con la armazón de un barco.

”Júpiter recogió, pues, el pergamino, envolvió en él al insecto y me lo entregó. Poco después volvimos a casa y encontramos al teniente G... Le enseñé el ejemplar y me rogó que le permitiese llevárselo al fuerte. Accedí y se lo metió en el bolsillo del chaleco sin el pergamino en que iba envuelto y que yo había conservado en la mano durante su examen. Quizá temió que yo cambiase de opinión y prefirió asegurar enseguida su presa; ya sabe usted que es un entusiasta de todo cuanto se relaciona con la historia natural. En aquel momento, sin darme cuenta, debí guardarme el pergamino en el bolsillo.

”Recordará que, cuando me senté ante la mesa a fin de hacer un bosquejo del insecto, no encontré el papel donde habitualmente lo guardo. Miré en el cajón y no lo encontré. Rebusqué en mis bolsillos, esperando hallar en ellos alguna carta antigua, cuando mis dedos tocaron el pergamino. Le detallo de un modo exacto cómo llegó a mi poder, pues las circunstancias me impresionaron con una fuerza especial.

"Sin duda alguna, usted me creyó un soñador; pero yo había establecido ya una especie de *conexión*. Acababa de unir dos eslabones de una gran cadena. Allí había un barco que naufragó en la costa y, no lejos de aquel barco, un pergamino —*no un papel*— con una calavera pintada sobre él. Va usted, naturalmente, a preguntarme: ¿dónde está la relación? Le responderé que la calavera es el emblema más conocido de los piratas. Llevan izado el pabellón con la calavera en todos sus combates.

"Como le digo, era un trozo de pergamino y no de papel. El pergamino es de una materia duradera casi indestructible. Rara vez se consignan sobre un pergamino cuestiones de poca monta, ya que se adapta mucho menos que el papel a las simples necesidades del dibujo o de la escritura. Esta reflexión me indujo a pensar en algún significado, en algo que tuviera relación con la calavera. No dejé tampoco de observar la forma del pergamino. Aunque una de las esquinas aparecía rota por algún accidente, podía verse bien que la forma original era oblonga. Se trataba precisamente de una de esas tiras que se escogen como memorándum, para apuntar algo que uno desea conservar largo tiempo y con cuidado.

—Pero —lo interrumpí— dice usted que la calavera *no estaba* sobre el pergamino cuando dibujó el insecto. ¿Cómo entonces establece una relación entre el barco y la calavera, puesto que esta última, según su propio aserto, debe de haber sido dibujada (Dios únicamente sabe cómo y por quién) en algún período posterior a su apunte del escarabajo?

—¡Ah! En esto radica todo el misterio, aunque he tenido, en comparación, poca dificultad en resolver ese extremo del enigma. Mi procedimiento era seguro y no podía conducirme más que a un solo resultado. Razoné así: al dibujar el escarabajo, no aparecía la calavera sobre el pergamino. Cuando terminé el dibujo, se lo di a usted y lo observé con fijeza hasta que me lo devolvió. No era *usted*, por tanto, quien había dibujado la calavera, ni estaba allí presente nadie que hubiese podido hacerlo. No había sido, pues, realizado por un medio humano. Y, sin embargo, allí estaba.

"En este punto de mis reflexiones, me esforcé por recordar, y recordé en efecto con entera exactitud cada incidente ocurrido en el intervalo en cuestión. La temperatura era fría (¡oh raro y feliz accidente!) y el fuego llameaba en la chimenea. Había yo entrado en calor con el ejercicio y me senté junto a la mesa. Usted, en cambio, tenía vuelta su silla, muy cerca de la chimenea. En el momento justo de entregarle el pergamino, y cuando iba usted a examinarlo, Wolf, el terranova, entró y saltó hacia sus hombros. Con la mano izquierda usted lo acariciaba, intentando apartarle, sosteniendo el pergamino con la derecha, entre sus rodillas y cerca del fuego. Hubo un instante en que creí que la llama iba a alcanzarlo y me disponía a decírselo, pero antes de que yo dijera nada, lo retiró usted y se dedicó a examinarlo. Cuando consideré todos esos detalles, no dudé ni un segundo de que aquel calor había sido el agente que hizo aparecer en el pergamino la calavera cuyo contorno vi. Ya sabe que hay y ha habido en todo tiempo preparaciones químicas por medio de las cuales es posible escribir sobre papel o sobre vitela caracteres que no resultan visibles hasta que son sometidos a la acción del fuego. Se emplea algunas veces el zafre, cocido en agua regia y diluido en cuatro veces su peso de agua; de ello se origina un tono verde. El régulo de cobalto, disuelto en espíritu de nitro, da el rojo. Estos colores desaparecen a intervalos más o menos largos, después de que la materia sobre la cual se ha escrito se enfría, pero reaparecen a una nueva aplicación de calor.

"Examiné entonces la calavera con toda meticulosidad. Los contornos —los más próximos al borde del pergamino— resultaban mucho más claros que los otros. Era evidente que la acción del calor había sido imperfecta o desigual. Encendí inmediatamente el fuego y sometí cada parte del pergamino al calor ardiente. Al principio no tuvo aquello más efecto que reforzar las líneas débiles de la calavera; pero, perseverando en el ensayo, se hizo visible, en la esquina de la tira diagonalmente opuesta al sitio donde estaba trazada la calavera, una figura que, supuse en un primer momento, era la de una cabra. Un examen más atento, no obstante, me convenció de que habían intentado representar un cabritillo.

—¡Ja, ja! —exclamé—. No tengo, sin duda, derecho a burlarme de usted (un millón y medio de dólares es algo muy serio para tomarlo a broma). Pero no irá a establecer un tercer eslabón en su cadena; no querrá encontrar una relación especial entre sus piratas y una cabra; los piratas, como sabe, no tienen nada que ver con las cabras, eso es cosa de los granjeros.

—Pero si acabo de decirle que la figura no era la de una cabra.

—Bueno, la de un cabritillo, que viene a ser casi lo mismo.

—Casi, pero no del todo —dijo Legrand—. Debe usted haber oído hablar de un tal capitán Kidd. Consideré enseguida la figura de ese animal como una especie de firma logográfica o jeroglífica. Digo firma porque el sitio que ocupaba sobre el pergamino sugería esa idea. La calavera, en la esquina diagonal opuesta, tenía así el aspecto de un sello, de una estampilla. Pero me hallé dolorosamente desconcertado ante la ausencia de todo lo demás, del cuerpo de mi imaginado documento, el texto de mi contexto.

—Supongo que esperaba usted encontrar una carta entre el sello y la firma.

—Algo por el estilo. El hecho es que me sentí irresistiblemente impresionado por el presentimiento de una buena fortuna inminente. No podría decir por qué. Tal vez, después de todo, era más bien un deseo que una verdadera creencia; pero ¿no sabe que las absurdas palabras de Júpiter, afirmando que el escarabajo era de oro macizo, hicieron un notable efecto sobre mi imaginación? Y luego, esa serie de accidentes y coincidencias era, en realidad, extraordinaria. ¿Observa usted lo que había de fortuito en que esos acontecimientos ocurrieran el *único* día del año en que hizo el suficiente frío para que fuera necesario encender fuego y que, sin ese fuego, o sin la intervención del perro en el preciso momento en que apareció, no habría podido yo descubrir la calavera, ni habría entrado nunca en posesión del tesoro?

—Pero continúe... Me consume la impaciencia.

—Bien; habrá usted oído hablar de las muchas historias que corren, de esos mil vagos rumores acerca de tesoros enterrados en algún lugar de la costa del Atlántico por Kidd y sus compañeros. Esos rumores deben de tener algún fundamento real. Y si existían desde hace tanto tiempo y con tanta persistencia, ello se debía, a mi juicio, tan sólo a la circunstancia de que el tesoro enterrado permanecía enterrado. Si Kidd hubiese escondido su botín durante cierto tiempo y lo hubiera recuperado después, no habrían llegado tales rumores hasta nosotros en su invariable forma actual. Observé que esas historias giran todas alrededor de buscadores, no de descubridores de tesoros. Si el pirata hubiera recuperado su botín, se habría dejado de hablar del asunto. Me parecía que algún accidente —por ejemplo, la pérdida de la nota que indicaba el lugar preciso— debía de haberlo privado de los medios para recuperarlo, llegando ese accidente a conocimiento de sus compañeros, quienes, de otro modo, no habrían podido saber nunca que un tesoro había sido escondido y que con sus búsquedas infructuosas, por carecer de guía al intentar recuperarlo, dieron nacimiento primero a ese rumor, difundido universalmente por entonces, y a las noticias tan corrientes ahora. ¿Ha oído usted hablar de algún tesoro importante que haya sido desenterrado a lo largo de la costa?

—Nunca.

—Pero es muy notorio que Kidd los había acumulado inmensos. Daba yo así por supuesto que la tierra seguía guardándolos y no le sorprenderá mucho si le digo que abrigaba una esperanza que aumentaba casi hasta la certeza: la de que el pergamino tan singularmente encontrado contenía la indicación perdida del lugar donde se depositaba el tesoro.

—Pero, ¿cómo procedió usted?

—Expuse de nuevo la vitela al fuego, después de haberlo avivado, pero no apareció nada. Pensé entonces que era posible que la capa de mugre tuviera que ver en aquel fracaso: por eso lavé con esmero el pergamino vertiendo agua caliente encima y, una vez hecho esto, lo coloqué en una cacerola de cobre, con la calavera hacia abajo, y puse la cacerola sobre una lumbre de carbón. A los pocos minutos, estando ya la cacerola calentada por completo, saqué la tira de pergamino y fue inexpresable mi alegría al encontrarla manchada en varios sitios con signos que parecían cifras alineadas. Volví a colocarla en la cacerola y la dejé allí otro minuto. Cuando la saqué, estaba enteramente igual a como va usted a verla.

Y al llegar aquí Legrand, habiendo calentado de nuevo el pergamino, lo sometió a mi examen. Los caracteres siguientes aparecían trazados de manera tosca, en color rojo, entre la calavera y la cabra:

53‡‡†305))6*;4826)4‡);806*;48†8¶60))85;1‡(;:‡*8
†83(88)5*†;46(;88*96*?;8)*‡(;485);5*†2:*‡(;4956*2(5*_4
)8¶8*;4069285);)6†8)4‡‡;1(‡9;48081;8:8‡1;48†85;4)48
5†528806*81(‡9;48:(88;4(‡?34;48)4‡;161;:188;‡?;

Pero —dije, devolviéndole la tira— sigo estando tan
a oscuras como antes. Si todas las joyas de Golconda esperasen de mí la solución de este enigma, estoy en absoluto
seguro de que sería incapaz de obtenerlas.

—Y el caso es —dijo Legrand— que la solución no
resulta tan difícil como cabe imaginarla tras un primer examen apresurado de los caracteres. Como cualquiera puede
adivinarlo fácilmente, éstos forman una cifra, es decir, con-
tienen un significado; pero, por lo que sabemos de Kidd,
no podía suponerlo capaz de construir una de las más abstru-
sas criptografías. Pensé, pues, que ésta era de una clase sencilla, aunque absolutamente indescifrable sin la clave para
la tosca inteligencia del marinero, como de hecho se ha demostrado.

—¿Y la resolvió usted?

—Fácilmente; yo he resuelto otras diez mil veces más
complicadas. Las circunstancias y cierta predisposición mental me han llevado a interesarme por tales acertijos. Dudo
que el genio humano pueda crear un enigma de ese género que
el mismo ingenio humano no sea capaz de resolver con una
aplicación adecuada. En efecto, una vez que logré descubrir
caracteres relacionados y legibles, apenas me preocupó la
simple dificultad de desarrollar su significación.

”En el presente caso —y realmente en todos los casos
de escritura secreta— la primera cuestión se refiere al lenguaje de la cifra, pues los principios de solución, en particular tratándose de las cifras más sencillas, dependen de la
índole peculiar de cada idioma y pueden ser modificados
por éste. En general no hay otro medio para conseguir la

solución que probar (guiándose por las probabilidades) con todas las lenguas conocidas, hasta encontrar la verdadera. Pero en la cifra de este caso toda dificultad quedaba resuelta por la firma. El retruécano sobre la palabra Kidd sólo es posible en lengua inglesa. Sin esa circunstancia yo habría comenzado probando con el español y el francés, por ser las lenguas en las cuales un pirata del mar de las Antillas hubiera debido, con más probabilidad, escribir un secreto de ese género. Tal como se presentaba, supuse que el criptograma era inglés.

"Fíjese usted en que no hay espacios entre las palabras. Si los hubiese habido la tarea, en comparación, habría sido fácil. En tal caso yo habría comenzado por hacer un cotejo y un análisis de las palabras cortas; de haber encontrado, como es muy probable, una palabra de una sola letra (*a* o *I*, por ejemplo), habría estimado que la solución estaba asegurada. Pero como no había espacios, mi primer paso era averiguar las letras predominantes, así como las que se encontraban con menor frecuencia. Las conté y formé la siguiente tabla:

El signo 8		aparece 33 veces
" ;	"	26 "
" 4	"	19 "
" ‡ y)	"	16 "
" *	"	13 "
" 5	"	12 "
" 6	"	11 "
" † y 1	"	8 "
" 0	"	6 "
" 9 y 2	"	5 "
" : y 3	"	4 "
" ?	"	3 "
" ¶	"	2 "
"] y -	"	1 vez

"Ahora bien: la letra que se encuentra con mayor frecuencia en inglés es la *e*. Después, la serie es la siguiente: a *o i d h n r s t u y c f g l m w b k p q x z*. La *e* predomina de un modo tan notable, que es raro encontrar una frase sola de cierta longitud en la que no sea el carácter principal.

"Tenemos, pues, nada más comenzar, una base para algo más que una simple conjetura. El uso general que puede hacerse de esa tabla es obvio, pero para esta cifra particular sólo nos serviremos de ella muy parcialmente. Puesto que nuestro signo predominante es el 8, empezaremos por suponer que representa la e del alfabeto natural. Para comprobar esta suposición, observemos si el 8 aparece a menudo por pares —pues la e se duplica con gran frecuencia en inglés— en palabras como, por ejemplo, *meet*, *speed*, *seen*, *been*, *agree*, etcétera. En el caso presente, vemos que está duplicado lo menos cinco veces, aunque el criptograma sea breve.

"Tomemos, pues, el 8 como *e*. Ahora bien, de todas las palabras de la lengua inglesa, *the* es la más usual; por tanto, debemos ver si está repetida la combinación de tres signos, siendo el último de ellos el 8. Si descubrimos repeticiones de tales caracteres así dispuestos, representarán muy probablemente la palabra *the*. En esta búsqueda encontraremos nada menos que siete de tales combinaciones, siendo los signos ;48. Podemos, pues, suponer que ; representa la letra *t*, 4 representa la *h*, y 8 representa la *e*, quedando esto último así comprobado. Hemos dado ya un gran paso.

"Acabamos de establecer una sola palabra; pero ello nos permite establecer también un punto más importante, a saber, varios comienzos y terminaciones de otras palabras. Veamos, por ejemplo, el penúltimo caso en que aparece la combinación ;48 casi al final de la cifra. Sabemos que el signo ; que viene inmediatamente después es el comienzo de una palabra, y de los seis signos que siguen a ese the conocemos, por lo menos, cinco. Sustituyamos, pues, esos signos por las letras que representan, dejando un espacio para el desconocido:

t eeth.

"Debemos ante todo desechar *th*, pues no forma parte de la palabra que comienza por la primera *t*. En efecto, probando el alfabeto entero para adaptar una letra al hueco, vemos que es imposible encontrar una palabra de la que th pueda formar parte. Reduzcamos, pues, los signos a

t ee.

"Y volviendo al alfabeto, si es necesario, como antes, llegamos a la palabra *tree* (árbol), como la única que puede leerse. Averiguamos así otra letra, la r, representada por (, más las palabras yuxtapuestas *the tree* (el árbol).

"Un poco después de estas palabras, a poca distancia, vemos de nuevo la combinación ;48 y la empleamos como terminación de lo que precede inmediatamente. Tenemos así esta distribución:

the tree ;4(‡?34 *the*,

o sustituyendo con letras naturales los signos que conocemos, leeremos esto:

the tree thr ‡?3h *the*.

"Ahora, si sustituimos los signos desconocidos por espacios blancos o por puntos leeremos:

the tree thr... the,

y, por tanto, la palabra *through* (por, a través) resulta evidente por sí misma. Pero este descubrimiento nos da tres nuevas letras, *o, u* y *g*, representadas por ‡, ? y 3.

"Buscando ahora cuidadosamente en la cifra combinaciones de signos conocidos, encontraremos no lejos del comienzo esta disposición:

83(88, o sea *egree,*

que es, evidentemente, la terminación de la palabra *degree* (grado), lo cual nos da otra letra, la *d*, representada por †.

"Cuatro caracteres después de la palabra *degree,* observamos la combinación

;46(;88*.

"Traduciendo los signos conocidos y, representando los desconocidos por puntos, como antes, leemos:

th rtee,

arreglo que nos sugiere acto seguido la palabra *thirteen* (trece) y que nos vuelve a proporcionar dos letras nuevas, la *i* y la *n*, representadas por 6 y *.

"Volviendo ahora al principio del criptograma, encontramos la combinación

53‡‡†.

"Traduciendo como antes, obtendremos

good,

lo cual nos indica que la primera letra es una A y que las dos primeras palabras son *A good* (un bueno, una buena).

"Ya es hora de disponer nuestra clave, conforme a lo descubierto, en forma de tabla, para evitar confusiones. Nos dará lo siguiente:

5	representa	a
†	"	d
8	"	e
3	"	g
4	"	h
6	"	i
*	"	n
‡	"	o
(	"	r
;	"	t
?	"	u

"Tenemos así los signos que representan once de las letras más importantes. Considero innecesario seguir dándole detalles de la solución. Ya le he dicho lo suficiente para convencerlo de que cifras de ese género son de fácil solución y para que pueda hacerse una idea de la lógica de su desarrollo. Pero tenga la seguridad de que la muestra que tenemos delante pertenece a uno de los tipos más sencillos de criptografía. Sólo me queda darle la traducción entera de los signos escritos sobre el pergamino, ya descifrados. Es como sigue:

*A good glass in the bishop's hostel in the devil's seat forty-one degrees and thirteen minutes northeast and by north main branch seventh limb east side shoot from the left eye of the death's-head a bee-line from the tree through the shot fifty feet out.**

* Un buen cristal en la hostería del obispo en la silla del diablo cuarenta y un grados y trece minutos nordeste un cuarto al norte, principal rama séptimo vástago lado este disparar desde el ojo izquierdo de la calavera una línea recta desde el árbol a través del disparo cincuenta pies hacia fuera.

—Pues aun así —dije— el enigma me parece tan incomprensible como antes. ¿Cómo es posible sacar un sentido de toda esa jerga sobre "la silla del diablo", "la calavera" y "la hostería del obispo"?

—Reconozco —replicó Legrand— que la cuestión parece complicada si se la considera con poco detenimiento. Mi primer empeño fue separar lo escrito en las divisiones naturales que había intentado el criptógrafo.

—¿Quiere usted decir puntuarlo?

—Algo por el estilo.

—Pero, ¿cómo le fue posible hacerlo?

—Pensé que el rasgo característico del escritor había consistido en agrupar sus palabras sin separación alguna, queriendo así aumentar la dificultad de la solución. Ahora bien: alguien no excesivamente perspicaz, al tratar de conseguir ese objetivo, tenderá fácilmente a exagerar. Cuando en el curso de su composición llegaba a una interrupción del tema que requería naturalmente una pausa o un punto, se excedió en su tendencia a juntar los signos más que de costumbre. Si observa usted ahora el manuscrito, le será fácil descubrir cinco de esos casos de forzado estrechamiento. Utilizando ese indicio hice la siguiente división:

A good glass in the bishop's hostel in the devil's seat - forty-one degrees and thirteen minutes - northeast and by north - main branch seventh limb east side - shoot from the left eye of the death's-head - a bee-line from the tree through the shot fifty feet out.*

---

* Un buen cristal en la hostería del obispo en la silla del diablo — cuarenta y un grados y trece minutos — nordeste un cuarto al norte — principal rama séptimo vástago lado este — disparar desde el ojo izquierdo de la calavera — una línea recta desde el árbol a través del disparo cincuenta pies hacia fuera.

—Aun con esa separación —dije—, sigo estando a oscuras.

—También yo lo estuve —replicó Legrand— por espacio de algunos días, durante los cuales realicé diligentes pesquisas en las cercanías de la isla de Sullivan sobre una casa que llevase el nombre de Hotel del Obispo, pues, por supuesto, deseché la palabra anticuada "hostería". No logrando ninguna información al respecto, estaba a punto de extender el campo de mi búsqueda y de obrar de un modo más sistemático, cuando una mañana se me ocurrió de repente que aquel "Bishop's Hostel" podía tener alguna relación con una antigua familia apellidada Bessop, la cual, desde tiempo inmemorial, era dueña de una antigua casa solariega a unas cuatro millas aproximadamente al norte de la isla. Así que fui a la plantación y comencé de nuevo mis pesquisas entre los negros más viejos del lugar. Por último, una de las mujeres de más edad me dijo que ella había oído hablar de un sitio conocido por el nombre de Bessop's Castle (castillo de Bessop) y que creía poder conducirme hasta él, pero que no era un castillo, ni un hostal, sino una roca alta.

"Le ofrecí retribuirle bien por su molestia y, después de alguna vacilación, consintió en acompañarme hasta aquel sitio. Lo descubrimos sin gran dificultad; entonces la despedí y me dediqué a explorar el paraje. El 'castillo' consistía en una agrupación irregular de macizos y rocas, una de éstas muy notable tanto por su altura como por su aislamiento y su aspecto artificial. Trepé a la cima y entonces me sentí perplejo sobre lo que debía hacer después.

"Mientras meditaba en ello, reparé en un estrecho reborde en la cara oriental de la roca, a una yarda quizá por debajo de la cúspide donde yo me encontraba. Aquel reborde sobresalía unas dieciocho pulgadas y no tendría más de un pie de anchura; un entrante en el risco, justamente encima, le daba una tosca semejanza con las sillas de respaldo cóncavo que usaban nuestros antepasados. No dudé de que aquello era la 'silla del diablo' a la que aludía el manuscrito, y me pareció que acababa de descubrir el secreto entero del enigma.

"El "buen cristal", lo sabía yo, no podía referirse más que a un catalejo, pues los marineros de todo el mundo rara vez emplean la palabra 'cristal' en otro sentido. Comprendí ahora enseguida que debía utilizarse un catalejo desde un punto determinado que no admitía variación. No dudé un instante en pensar que las frases 'cuarenta y un grados y trece minutos' y 'nordeste un cuarto al norte' indicaban la dirección en que debía apuntarlo. Sumamente excitado por aquellos descubrimientos, marché presuroso a casa, tomé un catalejo y volví a la roca.

"Deslizándome por la cornisa vi que era imposible permanecer sentado allí, salvo en una posición especial. Este hecho confirmó mi idea preconcebida. Me dispuse a utilizar el catalejo. Naturalmente, los 'cuarenta y un grados y trece minutos' podían aludir sólo a la elevación por encima del horizonte visible, puesto que la dirección horizontal estaba indicada con claridad por las palabras 'nordeste un cuarto al norte'. Establecí esta última dirección por medio de la brújula de bolsillo; luego, apuntando el catalejo con tanta exactitud como pude con un ángulo de cuarenta y un grados de elevación, lo moví con cuidado de arriba abajo, hasta que me llamó la atención una grieta circular o abertura en el follaje de un gran árbol que, a lo lejos, sobresalía de todos los demás. En el centro de aquella abertura divisé un punto blanco, pero no pude distinguir al principio lo que era. Graduando el foco del catalejo, volví a mirar y comprobé que era un cráneo humano.

"Después de este descubrimiento, pensé lleno de confianza que el enigma estaba resuelto, pues la frase 'rama principal, séptimo vástago, lado este' no podía referirse más que a la posición de la calavera sobre el árbol, mientras lo de 'disparar desde el ojo izquierdo de la calavera' no admitía tampoco más que una interpretación con respecto a la busca de un tesoro enterrado. Comprendí que se trataba de dejar caer una bala desde el ojo izquierdo y que una línea recta, partiendo del punto más cercano al tronco, 'a través del disparo' (es decir, pasando por el punto donde cayese la bala), y extendiéndose desde allí a una distancia de cincuenta pies, indicaría el sitio preciso, y juzgué que era por lo menos *posible* que debajo de este sitio estuviese escondido un depósito valioso.

—Todo eso —dije— es muy claro, y asimismo ingenioso, sencillo y explícito. Y cuando abandonó usted el Hotel del Obispo, ¿qué hizo?

—Después de anotar cuidadosamente la orientación del árbol, me volví a casa. Sin embargo, en el momento de abandonar "la silla del diablo", la abertura circular desapareció, y me era imposible divisarla desde cualquier otra posición. Lo que me parece el colmo del ingenio en este asunto es el hecho (pues, al repetir la experiencia, me he convencido de que es un hecho) de que la abertura circular en cuestión resulta sólo visible desde un punto, desde ese estrecho reborde en un lado de la roca.

"En esta expedición al Hotel del Obispo fui seguido por Júpiter, quien observaba sin duda desde hacía unas semanas mi aire absorto y ponía especial cuidado en no dejarme solo. Pero al día siguiente me levanté muy temprano, conseguí escaparme de él y corrí a las colinas en busca del árbol. Me costó mucho trabajo encontrarlo. Cuando volví a casa por la noche, mi criado se disponía a darme una paliza. En cuanto al resto de la aventura, creo que está usted tan enterado como yo.

—Supongo —dije— que se equivocó usted de sitio en la primera excavación a causa de la estupidez de Júpiter, que dejó caer el escarabajo por el ojo derecho de la calavera en lugar de hacerlo por el izquierdo.

—Exactamente. Esa equivocación originaba una diferencia de dos pulgadas y media, poco más o menos, en el "disparo", es decir, en la posición de la estaca junto al árbol, y si el tesoro hubiera estado *debajo* del "disparo", el error habría tenido poca importancia; pero el "disparo" y, asimismo, el punto más cercano al árbol representaban simplemente dos puntos para establecer una línea de dirección; claro está que el error, aunque insignificante al principio, aumentaba al avanzar siguiendo la línea y, cuando llegamos a una distancia de cincuenta pies, nos había apartado por completo de la pista. Sin mi idea arraigada a fondo de que había allí algo enterrado, todo nuestro trabajo habría sido inútil.

—Supongo que todo ese invento de la *calavera* y de dejar caer una bala a través del ojo de la calavera se lo sugirió a Kidd la bandera pirata. Seguro que sintió una especie de coherencia poética en recuperar su tesoro por medio de ese símbolo macabro.

—Quizá. Pero no puedo por menos de pensar que el sentido común influyó en todo este asunto tanto como la coherencia poética. Para ser visible desde la "silla del diablo", era necesario que el objeto, aunque pequeño, fuera blanco, y no hay nada que conserve tanto y hasta aumente su blancura al estar expuesto a las inclemencias del tiempo como una calavera.

—Pero su grandilocuencia, su actitud balanceando el insecto, ¡cuán excesivamente estrambóticas! Tenía yo la certeza de que estaba usted loco. ¿Y por qué insistió en dejar caer el escarabajo desde la calavera en lugar de una bala?

—¡Vaya! Para serle franco, me sentía algo molesto por sus sospechas respecto de mi sano juicio y decidí castigarlo a mi manera, con un poquito de comedida mistificación. Por esa razón balanceaba yo el insecto y por esa razón también quise dejarlo caer desde el árbol. Una observación que hizo usted acerca de su peso me sugirió esta última idea.

—Sí, lo comprendo; y ahora no hay más que un punto que me desconcierta. ¿Qué explicación se puede dar acerca de los esqueletos encontrados en el hoyo?

—Ésa es una pregunta a la cual, lo mismo que usted, no soy capaz de contestar. No veo, por cierto, más que un modo plausible de explicar eso; pero mi sugerencia entraña una atrocidad tal, que resulta horrible de creer. Parece claro que Kidd (si fue verdaderamente Kidd quien escondió el tesoro, lo cual no dudo) debió de contar con ayuda en su trabajo. Pero, una vez terminado, juzgó conveniente suprimir a todos los que compartían su secreto. Acaso un par de azadonazos fueron suficientes, mientras sus ayudantes estaban ocupados en cavar el hoyo; acaso necesitó una docena. ¿Quién lo podrá decir?

LOS EXPULSADOS DE
POKER-FLAT

Francis Bret Harte

Cuando Mr. John Oakhurst, jugador de oficio, puso el pie en la calle Mayor de Poker-Flat, en la mañana del día 22 de noviembre de 1850, presintió ya que, desde la noche anterior, se efectuaba un cambio en la atmósfera moral. Dos o tres hombres que conversaban juntos, gravemente, callaron cuando se acercó y cambiaron miradas significativas. Reinaba en el aire una tranquilidad dominguera; lo cual, en un campamento poco acostumbrado a la influencia del domingo, parecía de mal agüero, y sin embargo, la cara tranquila y hermosa de Oakhurst no reveló el menor interés por estos síntomas. ¿Tenía conciencia acaso de alguna causa predisponente? Ésa ya era otra cuestión.

"Colijo que van tras de alguno", pensó. "Tal vez tras de mí."

Metió en el bolsillo el pañuelo con que sacudiera de sus botas el encarnado polvo de Poker-Flat, y con entera calma desechó de su mente toda conjetura ulterior.

Y es lo cierto que Poker-Flat andaba tras de alguno. Recientemente había sufrido la pérdida de algunos miles de pesos, de dos caballos de valor y de un ciudadano preeminente, y en la actualidad pasaba por una crisis de virtuosa reacción, tan ilegal y violenta como cualquiera de los actos que la provocaron. El comité secreto había resuelto librar a la ciudad de todas las personas perniciosas. Esto se hizo, de un modo permanente, respecto a dos hombres que colgaban ya de las ramas de un sicomoro, en la hondonada, y de un modo temporal con el destierro de otras varias personas perjudiciales. Siento tener que decir que algunas de éstas eran señoras, pero, en descargo de su sexo, debo advertir que su inmoralidad era profesional y que sólo ante un vicio tal y tan patente se atrevía Poker-Flat a constituirse en juez.

Razón tenía Oakhurst al suponer que estaba él incluido en la sentencia. Algunos miembros del comité habían insinuado la idea de ahorcarlo, como ejemplo tangible y medio seguro de reembolsarse, a costa de su bolsillo, las sumas que les ganara.

—Es contra toda justicia —decía Sim Wheeler— dejar que ese joven de Roaring Camp, extranjero por sus cuatro costados, se lleve nuestro dinero.

Pero un imperfecto sentimiento de equidad, emanado de los que habían tenido la buena suerte de limpiar en el juego a Oakhurst, acalló las mezquinas preocupaciones locales.

Mr. Oakhurst recibió el fallo con filosófica calma, tanto mayor en cuanto sospechaba ya las vacilaciones de sus jueces. Era muy buen jugador para no someterse a la fatalidad. Para él la vida era un juego de azar y reconocía el tanto por ciento usual en favor del que daba las cartas.

Un piquete de hombres armados acompañó a esa escoria social de Poker-Flat hasta las afueras del campamento. Además de Mr. Oakhurst, reconocido como hombre decididamente resuelto y para intimidar al cual se había tenido cuidado de armar la escolta, formábase la partida de expulsados de una joven conocida familiarmente por la Duquesa, otra mujer que se había ganado el título de madre Shipton, y el tío Billy, sospechoso de robar filones y convicto borracho. La cabalgata no excitó comentario alguno de los espectadores, ni la escolta dijo la menor palabra. Sólo cuando alcanzaron la hondonada que marcaba el último límite de Poker-Flat, el jefe habló brevemente en relación con el caso: quedaba prohibido el regreso a los expulsados, bajo pena de reclusión perpetua.

Después, cuando se alejaba la escolta, los sentimientos comprimidos se exhalaron en algunas lágrimas histéricas por parte de la Duquesa, en injurias por la de la madre Shipton y en blasfemias que, como flechas envenenadas, lanzaba el tío Billy. Sólo el filosófico Oakhurst permanecía silencioso. Oyó tranquilamente los deseos de la madre Shipton de sacar el corazón a alguien, las repetidas afirmaciones de la Duquesa de que se moriría en el camino, y también las alarmantes blasfemias que al tío Billy parecían arrancarle las sacudidas de su cabalgadura. Con la franca galantería de los de su clase, insistió en trocar su propio caballo, llamado El Cinco, por la mala mula que montaba la Duquesa; pero ni aun esta acción despertó simpatía alguna entre los de la partida. La joven arregló sus ajadas plumas con cansada coquetería, la madre Shipton miró de reojo con malevolencia a la poseedora de El Cinco y el tío Billy incluyó a la partida toda en un anatema general.

El camino de Sandy-Bar, campamento que en razón de no haber experimentado aún la regeneradora influencia de Poker-Flat parecía ofrecer algún aliciente a los emigrantes, iba por encima de una escarpada cadena de montañas y ofrecía a los viajeros una larga jornada. En aquella avanzada estación, la partida pronto salió de las regiones húmedas y templadas de las colinas al aire seco, frío y vigoroso de las sierras. La senda era estrecha y dificultosa; hacia el mediodía, la Duquesa, dejándose caer de la silla de su caballo al suelo, manifestó su resolución de no continuar adelante, y la partida hizo alto.

El lugar era singularmente salvaje e imponente. Un anfiteatro poblado de bosque, cerrado en tres de sus lados por rocas cortadas a pico en el desnudo granito, se inclinaba suavemente sobre la cresta de otro precipicio que dominaba el valle. Era sin duda el punto más a propósito para un campamento, si hubiera sido prudente el acampar. Pero Mr. Oakhurst sabía que apenas habían hecho la mitad del viaje a Sandy-Bar, y la partida no estaba equipada ni provista para detenerse. Lacónicamente hizo observar esta circunstancia a sus compañeros, acompañándola de un comentario filosófico sobre la locura de tirar las cartas antes de acabar el juego. Pero estaban provistos de licores, que en esta contingencia suplieron la comida y todo lo que les faltaba. A pesar de sus protestas no tardaron en caer bajo la influencia de la bebida, en mayor o menor grado.

El tío Billy pasó rápidamente del estado belicoso al de estupor; aletargóse la Duquesa, y la madre Shipton se echó a roncar. Sólo Mr. Oakhurst permaneció en pie, apoyado contra una roca, contemplándolos tranquilamente. Mr. Oakhurst no bebía; esto hubiera perjudicado a una profesión que requiere cálculo, impasibilidad y sangre fría; en fin, para valernos de su propia frase, no podía permitirse este lujo. Mientras contemplaba a sus compañeros de destierro, el aislamiento nacido de su oficio, de las costumbres de su vida y de sus mismos vicios le oprimió profundamente por vez primera. Apresuróse a quitar el polvo de su traje negro, a lavarse las manos y la cara y a practicar otros actos característicos de sus hábitos de extremada limpieza, y por un momento olvidó su situación. Ni por una vez sola se le ocurrió la idea de abandonar a sus compañeros, más débiles y dignos de lástima; pero, sin embargo, echaba de menos aquella excitación que, extraño es decirlo, era el mayor factor de la tranquila impasibilidad por la cual era conocido. Contemplaba las tristes murallas que se elevaban a mil pies de altura, cortadas a pico, por encima de los pinos que lo rodeaban; el cielo cubierto de amenazadoras nubes, y más abajo el valle, que se hundía ya en la sombra, cuando oyó de repente que lo llamaban por su propio nombre.

Un jinete ascendía poco a poco por la senda. En la franca y animada cara del recién venido reconoció Mr. Oakhurst a Tom Simson, llamado el Inocente de Sandy-Bar. Haíale encontrado hacía algunos meses en una partidilla, donde con la mayor legalidad ganara al cándido joven toda su fortuna, que ascendía a unos cuarenta pesos. Luego que terminó la partida, Mr. Oakhurst se retiró con el joven especulador detrás de la puerta, y allí le dirigió la palabra.

—Tom, sois un buen muchacho, pero no sabéis jugar ni por valor de un centavo; no lo probéis otra vez.

Devolvióle su dinero, lo empujó suavemente fuera de la sala de juego y así hizo de Tom un esclavo desinteresado.

El saludo juvenil y entusiasta que Tom dirigió a Mr. Oakhurst recordaba esta acción. Iba, según dijo, a tentar fortuna en Poker-Flat.

—¿Solo?

—Completamente solo, no: a decir verdad (aquí se rió), se había escapado con Piney Woods. ¿No recordaba ya Mr. Oakhurst a Piney Woods, la que servía la mesa en el Hotel de la Templanza? Seguía relaciones con ella hacía tiempo ya, pero el padre, Jake Woods, se opuso; de manera que se escaparon e iban a Poker-Flat a casarse, y ¡hételos aquí! ¡Qué fortuna la suya en encontrar un sitio donde acampar en tan grata compañía!

Todo esto lo dijo rápidamente el Inocente mientras que Piney, muchacha de quince años, rolliza y de buena presencia, salía de entre los pinos, donde se ocultara ruborizándose, y se adelantaba a caballo hasta ponerse al lado de su novio.

Poco solía preocuparse Mr. Oakhurst de las cuestiones de sentimiento y aun menos de las de conveniencia social, pero instintivamente comprendió las dificultades de la situación. Sin embargo, tuvo suficiente aplomo para largar un puntapié al tío Billy, que ya iba a soltar una de las suyas, y el tío Billy estaba bastante sereno para reconocer en el puntapié de Mr. Oakhurst un poder superior que no toleraría bromas. Después esforzóse en disuadir a Tom de que acampara allí, pero fue en vano. Objetóle que no tenían provisiones ni medios para establecer un campamento; pero por desgracia el Inocente desechó estas razones asegurando a la partida que iba provisto de un mulo cargado de víveres, y descubriendo además una como tosca imitación de choza cercana a la senda.

—Piney podrá ocuparla con Mrs. Oakhurst —dijo el Inocente, señalando a la Duquesa—. Yo ya me arreglaré.

Fue preciso un segundo puntapié de Mr. Oakhurst para impedir que estallase la risa del tío Billy, que aun así hubo de retirarse a la hondonada para recobrar la seriedad. Allí confió el chiste a los altos pinos, golpeándose repetidas veces los muslos con las manos, entre las muecas, contorsiones y blasfemias que le eran propias. A su regreso halló a sus compañeros sentados en amistosa conversación alrededor del fuego, pues el aire había refrescado en extremo y el cielo se encapotaba. Piney estaba hablando de una manera expansiva con la Duquesa, que la escuchaba con un interés y animación que no había demostrado desde hacía tiempo. El Inocente discurría con igual éxito junto a Oakhurst y a la madre Shipton, que hasta se mostraba amable.

—¿Acaso es esto una tonta partida de campo? —dijo el tío Billy para sus adentros con desprecio, contemplando el silvestre grupo, las oscilaciones de la llama y los animales atados, en primer término.

De repente una idea se mezcló con los vapores alcohólicos que enturbiaban su cerebro. Y al parecer la idea era chistosa, pues se golpeó otra vez los muslos y se metió un puño en la boca para contenerse.

Poco a poco las sombras se deslizaron por la montaña arriba, una ligera brisa cimbró las copas de los pinos y aulló a través de sus largas y tristes avenidas. La cabaña en ruinas, toscamente reparada y cubierta con ramas de pino, fue cedida a las señoras. Al separarse los novios, cambiaron un beso tan puro y apasionado que el eco pudo repetirlo por encima de los oscilantes pinos. La frágil Duquesa y la cínica madre Shipton estaban probablemente demasiado asombradas para burlarse de esta última prueba de candor, y se dirigieron sin decir palabra hacia la choza. Atizaron otra vez el fuego; los hombres se tendieron delante de la puerta y pocos momentos después dormían todos.

Mr. Oakhurst tenía el sueño ligero: antes de apuntar el día despertó aterido de frío. Mientras removía el moribundo fuego, el viento que soplaba entonces con fuerza llevó a sus mejillas algo que le heló la sangre: la nieve. Levantóse sobresaltado con intención de despertar a los que dormían, pues no había tiempo que perder; pero al volverse hacia donde debía estar tendido el tío Billy, vio que éste había desaparecido. Una sospecha acudió a su mente y una maldición salió de sus labios. Corrió hacia donde habían atado los mulos: ya no estaban allí.

Las sendas desaparecían rápidamente bajo la nieve.

Por un momento Mr. Oakhurst quedó aterrado, pero pronto volvióse hacia el fuego, con su serenidad habitual. No despertó a los dormidos. El Inocente descansaba tranquilamente, con una apacible sonrisa en su rostro cubierto de pecas, y la virgen Piney dormía entre sus frágiles hermanas, como si la custodiaran guardianes celestes. Mr. Oakhurst echóse la manta sobre los hombros, se atusó el bigote y esperó la mañana. Vino ésta poco a poco, envuelta en neblina y en un torbellino de copos de nieve que cegaba y confundía. Lo poco que podía ver del paisaje parecía transformado como por encanto. Tendió la vista por el valle y resumió el presente y el porvenir en cuatro palabras: *bloqueados por la nieve*.

Un escrupuloso inventario de las provisiones, que afortunadamente para la partida estaban almacenadas en la choza, por lo que escaparon a la rapacidad del tío Billy, les dio a conocer que, con cuidado y prudencia, podían sostenerse aun otros diez días.

—Se entiende —dijo Mr. Oakhurst *sotto voce* al Inocente—, si queréis tomarnos a pupilaje; si no, y tal vez haréis mejor en ello, esperaremos que el tío Billy regrese con provisiones.

Por algún motivo desconocido, Mr. Oakhurst no dio a conocer la infamia del tío Billy, y expuso la hipótesis de que éste se había extraviado del campamento en busca de los animales, que se habían escapado sin duda alguna. Echó una indirecta acerca de lo mismo a la Duquesa y a la madre Shipton, que, como es natural, comprendieron la defección de su asociado.

—Dándoles el más pequeño indicio descubrirán también la verdad respecto de *todos* nosotros —añadió con intención—, y es por demás asustarlos por ahora.

Tom Simson no sólo puso a disposición de Mr. Oakhurst todo lo que llevaba, sino que parecía disfrutar ante la perspectiva de una reclusión forzosa.

—Haremos un buen campamento para una semana; después se derretirá la nieve y partiremos cada cual por su camino.

La franca alegría del joven y la serenidad de Mr. Oakhurst se comunicaron a los demás. El Inocente, por medio de ramas de pino, improvisó un techo para la choza, que no lo tenía, y la Duquesa contribuyó al arreglo del interior con un gusto y tacto que hicieron abrir grandes ojos de asombro a la joven provinciana.

—Ya se conoce que estáis acostumbrada a casas hermosas en Poker-Flat —dijo Piney.

La Duquesa volvióse rápidamente para ocultar el rubor que teñía sus mejillas, aun a través del colorido postizo de las de su profesión, y la madre Shipton rogó a Piney que no charlase. Pero cuando Mr. Oakhurst regresó de su penosa e inútil exploración en busca del camino, oyó el sonido de una alegre risa que el eco repetía en las rocas. Un tanto alarmado, paróse pensando en el aguardiente, que con prudencia había escondido.

—Sin embargo, esto no suena a aguardiente —dijo el jugador.

Pero hasta que a través del temporal vio la fogata y en torno de ella el grupo, no se convenció de que todo ello era una broma de buena ley. Yo no sé si Mr. Oakhurst había ocultado su baraja con el aguardiente como objeto prohibido a la comunidad, lo cierto es que, valiéndome de las propias palabras de la madre Shipton, *no habló una sola vez de cartas* durante aquella velada. Casualmente pudo matarse el tiempo con un acordeón que Tom Simson sacó con aparato de su equipaje.

A pesar de algunas dificultades en el manejo de este instrumento, Piney logró arrancarle una melodía recalcitrante, acompañándola el Inocente con un par de castañuelas. Pero la pieza que coronó la velada fue un rudo himno de misa campestre que los novios, entrelazadas las manos, cantaron con gran vehemencia y a voz en grito. Temo que el tono de desafío del coro y el aire del *Covenanter*, y no las cualidades religiosas que pudiera encerrar, fue motivo de que acabaran todos por tomar parte en el estribillo:

Estoy orgulloso de servir al Señor
y me obligo a morir en su ejército.

Los pinos oscilaban, la tempestad se desencadenaba sobre el miserable grupo y las llamas del ara se lanzaban hacia el cielo como un testimonio del voto.

A medianoche calmó la tempestad; los grandes nubarrones se corrieron y las estrellas brillaron centelleando sobre el dormido campamento. Mr. Oakhurst, a quien sus costumbres profesionales permitían vivir durmiendo lo menos posible, compartió la guardia con Tom Simson de modo tan desigual que cumplió casi por sí solo este deber. Excusóse con el Inocente diciendo que muy a menudo se había pasado sin dormir una semana entera.

—¿Pero haciendo qué? —preguntó Tom.

—El póquer —contestó Mr. Oakhurst sentenciosamente—. Cuando un hombre llega a tener una suerte borracha, antes se cansa la suerte que uno. La suerte —continuó el jugador, pensativo— es cosa extraña. Todo lo que se sabe de ella es que forzosamente debe variar. Y el descubrir cuándo va a cambiar es lo que os forma. Desde que salimos de Poker-Flat hemos dado con una vena de mala suerte. Os reunís con nosotros y os pilla de medio a medio. Si tenéis ánimo para conservar los naipes hasta el fin, estáis salvado.

Y el jugador añadió con alegre irreverencia:

Estoy orgulloso de servir al Señor
y me obligo a morir en su ejército.

Llegó el tercer día y el sol, a través de las blancas colgaduras del valle, vio a los desterrados repartirse las reducidas provisiones para el desayuno. Por una singularidad de aquel montañoso clima, los rayos del sol difundían benigno calor sobre el paisaje de invierno, como compadeciéndose arrepentidos de lo pasado; pero al mismo tiempo descubrían la nieve apilada en grandes montones alrededor de la choza. Un mar de blancura sin esperanza de término, desconocido, sin senda, tendíase al pie del peñasco en que se acogían estos náufragos de nueva especie. A través del aire maravillosamente claro, el humo de la pastoril aldea de Poker-Flat se elevaba a muchas millas de distancia. La madre Shipton lo vio, y desde la más alta torre de su fortaleza de granito lanzó hacia aquélla una maldición final. Fue su última blasfemia y, tal vez por aquel motivo, revestía cierto carácter de sublimidad.

—Me siento mejor —dijo confidencialmente a la Duquesa—. Haz la prueba de salir allí y maldecirlos, y lo verás.

Después se impuso la tarea de distraer a *la criatura*, como ella y la Duquesa tuvieron a bien llamar a Piney; Piney no era una polluela, pero las dos mujeres se explicaban de esta manera consoladora y original que no blasfemara ni fuera indecorosa.

Volvió la noche a cubrir el valle con sus sombras.

Junto a la vacilante fogata del campamento se elevaban y descendían las notas quejumbrosas del acordeón con prolongados gemidos e intermitentes sacudidas. Pero, como la música no alcanzaba a llenar el penoso vacío que dejaba la insuficiencia de alimento, Piney propuso una nueva diversión: contar cuentos. No deseaban Mr. Oakhurst y sus compañeras relatar las aventuras personales, y el plan hubiera fracasado también a no ser por el Inocente. Algunos meses antes había hallado por casualidad un tomo desparejado de la ingeniosa traducción de la *Ilíada* por Mr. Pope. Propuso, pues, relatar en el lenguaje corriente de Sandy-Bar los principales incidentes de aquel poema, cuyo argumento dominaba, aunque con olvido de las frases. Aquella noche los semidioses de Homero volvieron a pisar la tierra. El pendenciero troyano y el astuto griego lucharon entre el viento, y los inmensos pinos *del cañón* parecían inclinarse ante la cólera del hijo de Peleo. Mr. Oakhurst escuchaba con apacible fruición; pero se interesó especialmente por la suerte de As-quiles, como el Inocente persistía en denominar a Aquiles, *el de los pies rápidos*.

Así, con poca comida, mucho Homero y el acordeón transcurrió una semana en la existencia de los desterrados. Otra vez los abandonó el sol y otra vez los copos de nieve de un cielo plomizo cubrieron la tierra. Día tras día los estrechó cada vez más el círculo de nieves hasta que los muros deslumbrantes de blancura se levantaron a veinte pies por encima de sus cabezas. Hízose más y más difícil alimentar el fuego; los árboles caídos a su alcance estaban sepultados ya por la nieve. Y sin embargo, nadie se lamentaba. Los novios, olvidando tan triste perspectiva, se miraban en los ojos uno de otro y eran felices. Mr. Oakhurst se resignó tranquilamente al mal juego, que se le presentaba ya como perdido. La Duquesa, más alegre que de costumbre, se dedicó a cuidar a Piney; sólo la madre Shipton, antes la más fuerte de la caravana, parecía enfermar y acabarse. En la medianoche del décimo día llamó a Oakhurst a su lado:

—Me voy —dijo con voz de quejumbrosa debilidad—. Pero no digáis nada; no despertéis a los corderitos; tomad el lío que está bajo mi cabeza y abridlo.

Mr. Oakhurst lo hizo así. Contenía intactas las raciones recibidas por la madre Shipton durante la última semana.

—Dadlas a la criatura —dijo señalando a la dormida Piney.

—¿Os habéis dejado morir de hambre? —exclamó el jugador.

—Así se llama esto —repuso la mujer con voz expirante.

Acostóse de nuevo, y volviendo la cara hacia la pared se fue tranquilamente.

Aquel día enmudecieron el acordeón y las castañuelas, y se olvidó a Homero.

Cuando el cuerpo de la madre Shipton fue entregado a la nieve, Mr. Oakhurst llamó aparte al Inocente y le mostró un par de zuecos para nieve que había fabricado con los fragmentos de una albarda vieja.

—Hay todavía una probabilidad contra ciento de salvarla, pero es hacia allí —añadió señalando a Poker-Flat—. Si podéis llegar en dos días, está salvada.

—¿Y vos? —preguntó Tom Simson.

—Yo me quedaré.

Los novios se despidieron con un largo abrazo.

—¿También os vais vos? —preguntó la Duquesa cuando vio a Mr. Oakhurst que parecía aguardar a Tom para acompañarlo.

—Hasta el *cañón* —contestó.

Volvióse repentinamente y besó a la Duquesa, dejando encendida su blanca cara y rígidos de asombro sus temblorosos miembros.

Volvió la noche, pero no Mr. Oakhurst. Trajo otra vez la tempestad y la nieve arremolinada. Entonces la Duquesa, avivando el fuego, vio que alguien había apilado leña, calladamente, contra la choza, para algunos días más. Las lágrimas acudieron a sus ojos, pero las ocultó a Piney.

Las mujeres durmieron poco. Al amanecer, al contemplarse cara a cara comprendieron su común destino. No hablaron; pero Piney, haciéndose la más fuerte, se acercó a la Duquesa y la enlazó con su brazo. En esta disposición mantuviéronse todo el resto del día. La tempestad llegó aquella noche a su mayor furia, destrozó los pinos protectores e invadió la misma choza.

Hacia el amanecer no pudieron ya avivar el fuego, que se extinguió lentamente.

A medida que las cenizas se amortiguaban, la Duquesa se acurrucaba junto a Piney, y por fin rompió aquel silencio de tantas horas.

—Piney, ¿podéis rezar aún?

—No, hermana —respondió Piney dulcemente.

La Duquesa, sin saber por qué, sintióse más libre. Apoyó la cabeza sobre el hombro de Piney y no dijo más. Y así, reclinadas, prestando la más joven y pura su pecho como apoyo a su pecadora hermana, se durmieron. El viento, como si temiera despertarlas, cesó. Copos de nieve arrancados a las largas ramas de los pinos volaron como pájaros de blancas alas y se posaron sobre ellas mientras dormían. La luna, a través de las desgarradas nubes, contempló lo que fue antes campamento. Pero toda impureza humana, todo rastro de dolor terreno habían desaparecido bajo el inmaculado manto tendido misericordiosamente desde lo alto.

Durmieron todo aquel día, y al siguiente no despertaron cuando voces y pasos humanos rompieron el silencio de aquella soledad. Y cuando una mano piadosa separó la nieve de sus marchitas caras, apenas podía decirse, por la paz igual que ambas respiraban, cuál fuera la que había pecado. La misma ley de Poker-Flat lo reconoció así y se retiró, dejándolas todavía enlazadas una en brazos de otra.

A la entrada de la garganta, sobre uno de los mayores pinos, hallóse un dos de bastos clavado en la corteza, con un cuchillo de caza. Contenía la siguiente inscripción, trazada con lápiz por mano firme:

†

AL PIE DE ESTE ÁRBOL YACE EL CUERPO DE
JOHN OAKHURST,
QUE DIO CON UNA VENA DE MALA SUERTE
EL 23 DE NOVIEMBRE DE 1850
Y ENTREGÓ SUS PUESTAS EL 7 DE DICIEMBRE
DE 1850

Y sin pulso y frío, con un revólver a su lado y una bala en el corazón, todavía tranquilo como en vida, yacía bajo la nieve el que a la vez había sido el más fuerte y el más débil de los expulsados de Poker-Flat.

EL CORAZÓN DE
LAS TINIEBLAS

Joseph Conrad

En la declaración de la revista *El Hogar*, Borges menciona este relato de Joseph Conrad como "Corazón de la tiniebla". En la edición de su Biblioteca Personal, adopta el título "El corazón de las tinieblas". *(N. del E.)*

I

El *Nellie*, un bergantín de considerable tonelaje, se inclinó hacia el ancla sin una sola vibración de las velas y permaneció inmóvil. El flujo de la marea había terminado, casi no soplaba viento y, como había que seguir río arriba, lo único que quedaba por hacer era detenerse y esperar el cambio de la marea.

El estuario del Támesis se prolongaba frente a nosotros como el comienzo de un interminable camino de agua. A lo lejos el cielo y el mar se unían sin ninguna interferencia, y en el espacio luminoso las velas curtidas de los navíos que subían con la marea parecían racimos encendidos de lonas agudamente triangulares, en los que resplandecían las botavaras barnizadas. La bruma que se extendía por las orillas del río se deslizaba hacia el mar y allí se desvanecía suavemente. La oscuridad se cernía sobre Gravesend, y más lejos aún parecía condensarse en una lúgubre capa que envolvía la ciudad más grande y poderosa del universo.

El director de las compañías era a la vez nuestro capitán y nuestro anfitrión. Nosotros cuatro observábamos con afecto su espalda mientras, de pie en la proa, contemplaba el mar. En todo el río no se veía nada que tuviera la mitad de su aspecto marino. Parecía un piloto, que para un hombre de mar es la personificación de todo aquello en que puede confiar. Era difícil comprender que su oficio no se encontrara allí, en aquel estuario luminoso, sino atrás, en la ciudad cubierta por la niebla.

Existía entre nosotros, como ya lo he dicho en alguna otra parte, el vínculo del mar. Además de mantener nuestros corazones unidos durante largos períodos de separación, tenía la fuerza de hacernos tolerantes ante las experiencias personales, y aun ante las convicciones de cada uno. El abogado —el mejor de los viejos camaradas— tenía, debido a sus muchos años y virtudes, el único almohadón de la cubierta, y estaba tendido sobre una manta de viaje. El contador había sacado la caja de dominó y construía formas arquitectónicas con las fichas. Marlow, sentado a babor con las piernas cruzadas, apoyaba la espalda en el palo de mesana. Tenía las mejillas hundidas, la tez amarillenta, la espalda erguida, el aspecto ascético; con los brazos caídos, vueltas las manos hacia afuera, parecía un ídolo. El director, satisfecho de que el ancla hubiese agarrado bien, se dirigió hacia nosotros y tomó asiento. Cambiamos unas cuantas palabras perezosamente. Luego se hizo el silencio a bordo del yate. Por una u otra razón no comenzábamos nuestro juego de dominó. Nos sentíamos meditabundos, dispuestos sólo a una plácida meditación. El día terminaba en una serenidad de tranquilo y exquisito fulgor. El agua brillaba pacíficamente; el cielo, despejado, era una inmensidad benigna de pura luz; la niebla misma, sobre los pantanos de Essex, era como una gasa radiante colgada de las colinas, cubiertas de bosques, que envolvía las orillas bajas en pliegues diáfanos. Sólo las brumas del oeste, extendidas sobre las regiones superiores, se volvían a cada minuto más sombrías, como si las irritara la proximidad del sol.

Y por fin, en un imperceptible y elíptico crepúsculo, el sol descendió, y de un blanco ardiente pasó a un rojo desvanecido, sin rayos y sin luz, dispuesto a desaparecer súbitamente, herido de muerte por el contacto con aquellas tinieblas que cubrían a una multitud de hombres.

Inmediatamente se produjo un cambio en las aguas; la serenidad se volvió menos brillante pero más profunda. El viejo río reposaba tranquilo, en toda su anchura, a la caída del día, después de siglos de buenos servicios prestados a la raza que poblaba sus márgenes, con la tranquila dignidad de quien sabe que constituye un camino que lleva a los más remotos lugares de la tierra. Contemplamos aquella corriente venerable no en el vívido flujo de un breve día que llega y parte para siempre, sino en la augusta luz de una memoria perenne. Y en efecto, nada le resulta más fácil a un hombre que ha, como comúnmente se dice, "seguido el mar" con reverencia y afecto, que evocar el gran espíritu del pasado en las bajas regiones del Támesis. La marea fluye y refluye en su constante servicio, ahíta de recuerdos de hombres y de barcos que ha llevado hacia el reposo del hogar o hacia batallas marítimas. Ha conocido y ha servido a todos los hombres que han honrado a la patria, desde sir Francis Drake hasta sir John Franklin, caballeros todos, con título o sin título… grandes caballeros andantes del mar. Había transportado a todos los navíos cuyos nombres son como resplandecientes gemas en la noche de los tiempos, desde el *Golden Hind*, que volvía con el vientre colmado de tesoros, para ser visitado por Su Majestad, la reina, y entrar a formar parte de un relato monumental, hasta el *Erebus* y el *Terror*, destinados a otras conquistas, de las que nunca volvieron. Había conocido a los barcos y a los hombres. Aventureros y colonos partidos de Deptford, Greenwich y Erith; barcos de reyes y de mercaderes; capitanes, almirantes, oscuros traficantes animadores del comercio con Oriente, y "generales" comisionados de la flota de la India. Buscadores de oro, enamorados de la fama: todos ellos habían navegado por aquella corriente, empuñando la espada y a veces la antorcha, portadores de una chispa del fuego sagrado. ¡Qué grandezas no habían flotado sobre la corriente de aquel río en su ruta al misterio de tierras desconocidas! Los sueños de los hombres, la semilla de organizaciones internacionales, los gérmenes de los imperios.

El sol se puso. La oscuridad descendió sobre las aguas y comenzaron a aparecer luces a lo largo de la orilla. El faro de Chapman, una construcción erguida sobre un trípode en una planicie fangosa, brillaba con intensidad. Las luces de los barcos se movían en el río, una gran vibración luminosa ascendía y descendía. Hacia el oeste, el lugar que ocupaba la ciudad monstruosa se marcaba de un modo siniestro en el cielo, una tiniebla que parecía brillar bajo el sol, un resplandor cárdeno bajo las estrellas.

—Y también éste —dijo de pronto Marlow— ha sido uno de los lugares oscuros de la tierra.

De entre nosotros era el único que aún "seguía el mar". Lo peor que de él podía decirse era que no representaba a su clase. Era un marino, pero también un vagabundo, mientras que la mayoría de los marinos llevan, por así decirlo, una vida sedentaria. Sus espíritus permanecen en casa y puede decirse que su hogar —el barco— va siempre con ellos, así como su país, el mar. Un barco es muy parecido a otro y el mar es siempre el mismo. En la inmutabilidad de cuanto los circunda, las costas extranjeras, los rostros extranjeros, la variable inmensidad de vida se desliza imperceptiblemente, velada, no por un sentimiento de misterio, sino por una ignorancia ligeramente desdeñosa; ya que nada resulta misterioso para el marino a no ser la mar misma, la amante de su existencia, tan inescrutable como el destino. Por lo demás, después de sus horas de trabajo, un paseo ocasional o una borrachera ocasional en tierra firme bastan para revelarle los secretos de todo un continente, y por lo general decide que ninguno de esos secretos vale la pena de ser conocido. Por eso mismo los relatos de los marinos tienen una franca sencillez: toda su significación puede encerrarse dentro de la cáscara de una nuez. Pero Marlow no era un típico hombre de mar (si se exceptúa su afición a relatar historias), y para él la importancia de un relato no estaba dentro de la nuez sino afuera, envolviendo la anécdota de la misma manera que el resplandor circunda la luz, a semejanza de uno de esos halos neblinosos que a veces se hacen visibles por la iluminación espectral de la claridad de la luna.

A nadie pareció sorprender su comentario. Era típico de Marlow. Se aceptó en silencio; nadie se tomó ni siquiera la molestia de refunfuñar. Después dijo, muy lentamente:

—Estaba pensando en épocas remotas, cuando llegaron por primera vez los romanos a estos lugares, hace diecinueve siglos…, el otro día… La luz iluminó este río a partir de entonces. ¿Qué decía, caballeros? Sí, como una llama que corre por una llanura, como un fogonazo de relámpago en las nubes. Vivimos bajo esa llama temblorosa. ¡Y ojalá pueda durar mientras la vieja tierra continúe dando vueltas! Pero la oscuridad reinaba aquí aún ayer. Imaginen los sentimientos del comandante de un hermoso… ¿cómo se llamaban?… trirreme del Mediterráneo, destinado inesperadamente a viajar al norte. Después de atravesar a toda prisa las Galias, teniendo a su cargo uno de esos artefactos que los legionarios —no me cabe duda de que debieron haber sido un maravilloso pueblo de artesanos— solían construir, al parecer por centenas en sólo un par de meses, si es que debemos creer lo que hemos leído. Imagínenlo aquí, en el mismo fin del mundo, un mar color de plomo, un cielo color de humo, una especie de barco tan fuerte como una concertina, remontando este río con aprovisionamientos u órdenes, o con lo que les plazca. Bancos de arena, pantanos, bosques, salvajes. Sin los alimentos a los que estaba acostumbrado un hombre civilizado, sin otra cosa para beber que el agua del Támesis. Ni vino de Falerno ni paseos por tierra. De cuando en cuando, un campamento militar perdido en los bosques, como una aguja en medio de un pajar. Frío, niebla, bruma, tempestades, enfermedades, exilio, muerte acechando siempre tras los matorrales, en el agua, en el aire. ¡Deben haber muerto aquí como las moscas! Oh, sí, nuestro comandante debió haber pasado por todo eso, y sin duda debió haber salido muy bien librado, sin pensar tampoco demasiado en ello, salvo después, cuando contaba con jactancia sus hazañas. Era lo suficientemente hombre como para enfrentarse a las tinieblas. Tal vez lo alentaba la esperanza de obtener un ascenso en la flota de Rávena, si es que contaba con buenos amigos en Roma y sobrevivía al terrible clima. Podríamos pensar también en un joven ciudadano elegante con su toga; tal vez habría jugado demasiado, y venía aquí en el séquito de un prefecto, de un cuestor, hasta de un comerciante, para rehacer su fortuna. Un país cubierto de pantanos, marchas a través de los bosques, en algún lugar del interior la sensación de que el salvajismo, el salvajismo extremo, lo rodea…, toda esa vida misteriosa y primitiva que se agita en el bosque, en las selvas, en el corazón del hombre salvaje. No hay iniciación para tales misterios. Ha de vivir en medio de lo incomprensible, que también es detestable. Y hay en todo ello una fascinación que comienza a trabajar en él. La fascinación de lo abominable. Pueden imaginar el pesar creciente, el deseo de escapar, la impotente repugnancia, el odio.

Hizo una pausa.

—Tengan en cuenta —comenzó de nuevo, levantando un brazo desde el codo, la palma de la mano hacia fuera, de modo que con los pies cruzados ante sí parecía un Buda predicando, vestido a la europea y sin la flor de loto en la mano—, tengan en cuenta que ninguno de nosotros podría conocer esa experiencia. Lo que a nosotros nos salva es la eficiencia…, el culto por la eficiencia. Pero aquellos jóvenes en realidad no tenían demasiado en que apoyarse. No eran colonizadores; su administración equivalía a una pura opresión y nada más, imagino. Eran conquistadores, y eso lo único que requiere es fuerza bruta, nada de lo que pueda uno vanagloriarse cuando se posee, ya que la fuerza no es sino una casualidad nacida de la debilidad de los otros. Se apoderaban de todo lo que podían. Aquello era verdadero robo con violencia, asesinato con agravantes en gran escala, y los hombres hacían aquello ciegamente, como es natural entre quienes se debaten en la oscuridad. La conquista de la tierra, que por lo general consiste en arrebatársela a quienes tienen una tez de color distinto o narices ligeramente más chatas que las nuestras, no es nada agradable cuando se observa con atención. Lo único que la redime es la idea. Una idea que la respalda: no un pretexto sentimental sino una idea; y una creencia generosa en esa idea, en algo que se puede enarbolar, ante lo que uno puede postrarse y ofrecerse en sacrificio…

Se interrumpió. Unas llamas se deslizaban en el río; pequeñas llamas verdes, rojas, blancas, persiguiéndose y alcanzándose, uniéndose y cruzándose entre sí, otras veces separándose lenta o rápidamente. El tráfico de la gran ciudad continuaba al acentuarse la noche sobre el río insomne. Observábamos el espectáculo y esperábamos con paciencia. No se podía hacer nada más mientras no terminara la marea. Pero sólo después de un largo silencio, volvió a hablar con voz temblorosa:

—Supongo que recordarán que en una época fui marino de agua dulce, aunque por poco tiempo.

Comprendimos que, antes de que empezara el reflujo, estábamos predestinados a escuchar otra de las inacabables experiencias de Marlow.

—No quiero aburrirlos demasiado con lo que me ocurrió personalmente —comenzó, mostrando en ese comentario la debilidad de muchos narradores de aventuras que a menudo parecen ignorar las preferencias de su auditorio—. Sin embargo, para que puedan comprender el efecto que todo aquello me produjo es necesario que sepan cómo fui a dar allá, qué es lo que vi y cómo tuve que remontar el río hasta llegar al sitio donde encontré a aquel pobre tipo. Era en el último punto navegable, la meta de mi expedición. En cierto modo pareció irradiar una especie de luz sobre todas las cosas y sobre mis pensamientos. Fue algo bastante sombrío, digno de compasión…, nada extraordinario sin embargo…, ni tampoco muy claro. No, no muy claro. Y sin embargo parecía arrojar una especie de luz.

"Acababa yo de volver, como recordarán, a Londres, después de una buena dosis de Océano Índico, de Pacífico y de Mar de la China; una dosis más que suficiente de Oriente, seis años o algo así, y había comenzado a holgazanear, impidiéndoles trabajar, invadiendo sus casas, como si hubiera recibido la misión celestial de civilizarlos. Por un breve período aquello resultaba excelente, pero después de cierto tiempo comencé a fatigarme de tanto descanso. Entonces empecé a buscar un barco; hubiera aceptado hasta el trabajo más duro de la tierra. Pero los barcos parecían no fijarse en mí, y también ese juego comenzó a cansarme.

"Debo decir que de muchacho sentía pasión por los mapas. Podía pasar horas enteras reclinado sobre Sudamérica, África o Australia, y perderme en los proyectos gloriosos de la exploración. En aquella época había en la tierra muchos espacios en blanco, y cuando veía uno en un mapa que me resultaba especialmente atractivo (aunque todos lo eran), solía poner un dedo encima y decir: 'Cuando crezca iré aquí'. Recuerdo que el Polo Norte era uno de esos espacios. Bueno, aún no he estado allí, y creo que ya no he de intentarlo. El hechizo se ha desvanecido. Otros lugares estaban esparcidos alrededor del ecuador, y en toda clase de latitudes sobre los dos hemisferios. He estado en algunos de ellos y…, bueno, no es el momento de hablar de eso. Pero

102

había un espacio, el más grande, el más vacío por así decirlo, por el que sentía verdadera pasión.

"En verdad ya en aquel tiempo no era un espacio en blanco. Desde mi niñez se había llenado de ríos, lagos, nombres. Había dejado de ser un espacio en blanco con un delicioso misterio, una zona vacía en la que podía soñar gloriosamente un muchacho. Se había convertido en un lugar de tinieblas. Había en él especialmente un río, un caudaloso gran río, que uno podía ver en el mapa como una inmensa serpiente enroscada con la cabeza en el mar, el cuerpo ondulante a lo largo de una amplia región y la cola perdida en las profundidades del territorio. Su mapa, expuesto en el escaparate de una tienda, me fascinaba como una serpiente hubiera podido fascinar a un pájaro, a un pajarillo tonto. Entonces recordé que había sido creada una gran empresa, una compañía para el comercio en aquel río. ¡Maldita sea! Me dije que no podían desarrollar el comercio sin usar alguna clase de transporte en aquella inmensidad de agua fresca. ¡Barcos de vapor! ¿Por qué no intentaba yo encargarme de uno? Seguí caminando por Fleet Street, pero no podía sacarme aquella idea de la cabeza. La serpiente me había hipnotizado.

"Como todos saben, aquella compañía comercial era una sociedad europea, pero yo tengo muchas relaciones que viven en el continente, porque es más barato y no tan desagradable como parece, según cuentan.

"Me desconsuela tener que admitir que comencé a darles la lata. Aquello era completamente nuevo en mí. Yo no estaba acostumbrado a obtener nada de ese modo, ya lo saben. Siempre seguí mi propio camino y me dirigí por mis propios pasos a donde me había propuesto ir. No hubiera creído poder comportarme de ese modo, pero estaba decidido en esa ocasión a salirme con la mía. Así que comencé a darles la lata. Los hombres dijeron 'mi querido amigo' y no hicieron nada. Entonces, ¿podrán creerlo?, me dediqué a molestar a las mujeres. Yo, Charlie Marlow, puse a trabajar a las mujeres… para obtener un empleo. ¡Santo cielo! Bueno, vean, era una idea lo que me movía. Tenía yo una tía, un alma querida y entusiasta. Me escribió: 'Será magnífico. Estoy dispuesta a hacer cualquier cosa, todo lo que esté en mis manos por ti. Es una idea gloriosa. Conozco a la esposa de un alto funcionario de la administración, también a un hombre que tiene gran influencia allí', etcétera, etcétera. Estaba dispuesta a no parar hasta conseguir mi nombramiento como capitán de un barco fluvial, si tal era mi deseo.

"Por supuesto que obtuve el nombramiento, y lo obtuve muy pronto. Al parecer la compañía había recibido noticias de que uno de los capitanes había muerto en una riña con los nativos. Aquélla era mi oportunidad y me hizo sentir aun más ansiedad por marcharme. Sólo muchos meses más tarde, cuando intenté rescatar lo que había quedado del cuerpo, me enteré de que aquella riña había surgido a causa de un malentendido sobre unas gallinas. Sí, dos gallinas negras. Fresleven se llamaba aquel joven…, era un danés. Pensó que lo habían engañado en la compra, bajó a tierra y comenzó a pegarle con un palo al jefe de la tribu. Oh, no me sorprendió ni pizca enterarme de eso y oír decir al mismo tiempo que Fresleven era la criatura más dulce y pacífica que había caminado alguna vez sobre dos piernas. Sin duda lo era; pero había pasado ya un par de años al servicio de la noble causa, saben, y probablemente sintió al fin la necesidad de afirmar ante sí mismo su autoridad de algún modo. Por eso golpeó sin piedad al viejo negro, mientras una multitud lo observaba con estupefacción, como fulminada por el rayo, hasta que un hombre, el hijo del jefe según me dijeron, desesperado al oír chillar al anciano, intentó detener con una lanza al hombre blanco y por supuesto lo atravesó con gran facilidad por entre los omóplatos. Entonces la población se internó en el bosque, esperando toda clase de calamidades. Por su parte, el vapor que Fresleven comandaba abandonó también el lugar presa del pánico, gobernado, creo, por el maquinista. Después nadie pareció interesarse demasiado por los restos de Fresleven, hasta que yo llegué y busqué sus huellas. No podía dejar ahí el cadáver. Pero cuando al fin tuve la oportunidad de ir en busca de los huesos de mi predecesor, resultó que la hierba que crecía a través de sus costillas era tan alta que cubría sus huesos. Estaban intactos. Aquel ser sobrenatural no había sido tocado después de la caída. La aldea había sido abandonada, las cabañas se derrumbaban con los techos podridos. Era evidente que había ocurrido una catástrofe. La población había desaparecido. Enloquecidos por el terror, hombres, mujeres y niños se habían dispersado por el bosque y no habían regresado. Tampoco sé qué pasó con las gallinas; debo pensar que la causa del progreso las recibió de todos modos. Sin embargo, gracias a ese glorioso asunto obtuve mi nombramiento antes de que comenzara a esperarlo. Me di una prisa enorme para aprovisionarme, y antes de que hubieran pasado cuarenta y ocho horas atravesaba el Canal para presentarme ante mis nuevos patrones y firmar el contrato. En unas cuantas horas llegué a una ciudad que siempre me ha hecho pensar en un sepulcro blanqueado. Sin duda es un prejuicio. No tuve ninguna dificultad en hallar las oficinas de la compañía. Era la más importante de la ciudad, y todo el mundo tenía algo que ver con ella. Iban a crear un gran imperio en ultramar, las inversiones no conocían límite.

"Una calle recta y estrecha profundamente sombreada, altos edificios, innumerables ventanas con celosías venecianas, un silencio de muerte, hierba entre las piedras, imponentes garajes abovedados a derecha e izquierda, inmensas puertas dobles, pesadamente entreabiertas. Me introduje por una de esas aberturas, subí una escalera limpia y sin ningún motivo ornamental, tan árida como un desierto, y abrí la primera puerta que encontré. Dos mujeres, una gorda y la otra raquítica, estaban sentadas sobre sillas de paja, tejiendo unas madejas de lana negra. La delgada se levantó, se acercó a mí y continuó su tejido con los ojos bajos. Y sólo cuando pensé en apartarme de su camino, como cualquiera de ustedes lo hubiera hecho frente a un sonámbulo, se detuvo y levantó la mirada. Llevaba un vestido tan liso como la funda de un paraguas. Se volvió sin decir una palabra y me precedió hasta una sala de espera.

”Di mi nombre y miré a mi alrededor. Una frágil mesa en el centro, sobrias sillas a lo largo de la pared, en un extremo un gran mapa brillante con todos los colores del arco iris. En aquel mapa había mucho rojo, cosa que siempre resulta agradable de ver, porque uno sabe que en esos lugares se está realizando un buen trabajo, y una excesiva cantidad de azul, un poco de verde, manchas color naranja, y sobre la costa oriental una mancha púrpura para indicar el sitio en que los alegres pioneros del progreso bebían jubilosos su cerveza. De todos modos, yo no iba a ir a ninguno de esos colores. A mí me correspondía el amarillo. La muerte en el centro. Allí estaba el río, fascinante, mortífero, como una serpiente. ¡Ay! Se abrió una puerta, apareció una cabeza de secretario, de cabellos blancos y expresión compasiva; un huesudo dedo índice me hizo una señal de admisión en el santuario. En el centro de la habitación, bajo una luz difusa, había un pesado escritorio. Detrás de aquella estructura emergía una visión de pálida fofez enfundada en un frac. Era el gran hombre en persona. Tenía seis pies y medio de estatura, según pude juzgar, y su mano empuñaba un lapicero acostumbrado a la suma de muchos millones. Creo que me la tendió, murmuró algo, pareció satisfecho de mi francés. *Bon voyage*.

”Cuarenta y cinco segundos después me hallaba nuevamente en la sala de espera acompañado del secretario de expresión compasiva, quien, lleno de desolación y simpatía, me hizo firmar algunos documentos. Según parece, me comprometía entre otras cosas a no revelar ninguno de los secretos comerciales. Bueno, no voy a hacerlo.

"Empecé a sentirme ligeramente a disgusto. No estoy acostumbrado, ya lo saben, a tales ceremonias. Había algo fatídico en aquella atmósfera. Era exactamente como si hubiera entrado a formar parte de una conspiración, no sé, algo que no era del todo correcto. Me sentí dichoso de poder retirarme. En el cuarto exterior las dos mujeres seguían tejiendo febrilmente sus estambres de lana negra. Llegaba gente, y la más joven de las mujeres se paseaba de un lado a otro haciéndolos entrar en la sala de espera. La vieja seguía sentada en el asiento; sus amplias zapatillas reposaban en un calentador de pies y un gato dormía en su regazo. Llevaba una cofia blanca y almidonada en la cabeza, tenía una verruga en una mejilla y unos lentes con montura de plata en el extremo de la nariz. Me lanzó una mirada por encima de los cristales. La rápida e indiferente placidez de aquella mirada me perturbó. Dos jóvenes con rostros cándidos y alegres eran piloteados por la otra en aquel momento; y ella lanzó la misma mirada rápida de indiferente sabiduría. Parecía saberlo todo sobre ellos y también sobre mí. Me sentí invadido por un sentimiento de importancia. La mujer parecía desalmada y fatídica. Con frecuencia, lejos de allí, he pensado en aquellas dos mujeres guardando las puertas de la Oscuridad, tejiendo sus lanas negras como para un paño mortuorio, la una introduciendo, introduciendo siempre a los recién llegados en lo desconocido, la otra escrutando las caras alegres e ingenuas con sus ojos viejos e impasibles. *Ave*, vieja hilandera de lana negra. *Morituri te salutant*. No a muchos pudo volver a verlos una segunda vez, ni siquiera a la mitad.

"Yo debía visitar aún al doctor. 'Se trata sólo de una formalidad', me aseguró el secretario, con aire de participar

107

en todas mis penas. Por consiguiente, un joven, que llevaba el sombrero caído sobre la ceja izquierda, supongo que un empleado —debía de haber allí muchísimos empleados aunque el edificio parecía tan tranquilo como si fuera una casa en el reino de la muerte—, salió de alguna parte, bajó la escalera y me condujo a otra sala. Era un joven desaseado, con las mangas de la chaqueta manchadas de tinta, y su corbata era grande y ondulada debajo de un mentón que por su forma recordaba un zapato viejo. Era muy temprano para visitar al doctor, así que propuse ir a beber algo. Entonces mostró que podía desarrollar una vena de jovialidad. Mientras tomábamos nuestros vermuts, él glorificaba una y otra vez los negocios de la compañía, y entonces le expresé accidentalmente mi sorpresa de que no fuera allá. Enseguida se enfrió su entusiasmo. 'No soy tan tonto como parezco, les dijo Platón a sus discípulos', recitó sentenciosamente. Vació su vaso de un solo trago y nos levantamos.

"El viejo doctor me tomó el pulso, pensando evidentemente en alguna otra cosa mientras lo hacía. 'Está bien, está bien para ir allá', musitó, y con cierta ansiedad me preguntó si le permitía medirme la cabeza. Bastante sorprendido, le dije que sí. Entonces sacó un instrumento parecido a un compás calibrado y tomó las dimensiones por detrás y por delante, de todos lados, apuntando unas cifras con cuidado. Era un hombre de baja estatura, sin afeitar y con una levita raída que más bien parecía una gabardina. Tenía los pies calzados con zapatillas y me pareció desde el primer momento un loco inofensivo. 'Siempre pido permiso, velando por los intereses de la ciencia, para medir los cráneos de los que parten hacia allá', me dijo. '¿Y también cuando vuelven?', pregunté. 'Nunca los vuelvo a ver', comentó, 'además, los cambios se producen en el interior, sabe usted'. Se rió como si hubiera dicho alguna broma placentera. 'De modo que va usted a ir. Debe ser interesante.' Me lanzó una nueva mirada inquisitiva e hizo una nueva anotación. '¿Ha habido algún caso de locura en su familia?', preguntó con un tono casual. Me sentí fastidiado. '¿También esa pregunta tiene algo que ver con la ciencia?' 'Es posible', me respondió sin hacer caso de mi irritación, 'a la ciencia le interesa observar los cambios mentales que se producen en los individuos en aquel sitio, pero...'. '¿Es usted alienista?', lo interrumpí. 'Todo médico debería serlo un poco', respondió aquel tipo original con tono imperturbable. 'He formado una pequeña teoría, que ustedes, señores, los que van allá, me deberían ayudar a demostrar. Ésta es mi contribución a los beneficios que mi país va a obtener de la posesión de aquella magnífica colonia. La riqueza se la dejo a los demás. Perdone mis preguntas, pero usted es el primer inglés a quien examino.' Me apresuré a decirle que de ninguna manera era yo un típico inglés. 'Si lo fuera, no estaría conversando de esta manera con usted.' 'Lo que dice es bastante profundo, aunque probablemente equivocado', dijo riéndose. 'Evite usted la irritación más que los rayos solares. Adiós. ¿Cómo dicen ustedes, los ingleses? *Good bye.* ¡Ah! *Good-bye. Adieu.* En el trópico hay que mantener sobre todas las cosas la calma.' Levantó el índice e hizo la advertencia: '*Du calme, du calme. Adieu*'.

”Me quedaba todavía algo por hacer, despedirme de mi excelente tía. La encontré triunfante. Me ofreció una taza de té. Fue mi última taza de té decente en muchos días. Y en una habitación muy confortable, exactamente como se pueden imaginar el salón de una dama, tuvimos una larga conversación junto a la chimenea. En el curso de sus confidencias, resultó del todo evidente que yo había sido presentado a la mujer de un alto funcionario de la compañía, y quién sabe ante cuántas personas más, como una criatura excepcionalmente dotada, un verdadero hallazgo para la compañía, un hombre de los que no se encuentran todos los días. ¡Cielos! ¡Yo iba a hacerme cargo de un vapor de dos centavos! De cualquier manera parecía que yo era considerado como uno de tantos trabajadores, pero con mayúscula. Algo así como un emisario de la luz, como un individuo apenas ligeramente inferior a un apóstol. Una enorme cantidad de esas tonterías corría en los periódicos y en las conversaciones de aquella época, y la excelente mujer se había visto arrastrada por la corriente. Hablaba de 'liberar a millones de ignorantes de su horrible destino', hasta que, palabra, me hizo sentir verdaderamente incómodo. Traté de insinuar que lo que a la compañía le interesaba era su propio beneficio.

"'Olvidas, querido Charlie, que el trabajador merece también su recompensa', dijo ella con brío. Es extraordinario comprobar cuán lejos de la realidad pueden situarse las mujeres. Viven en un mundo propio, y nunca ha existido ni podrá existir nada semejante. Es demasiado hermoso; si hubiera que ponerlo en pie se derrumbaría antes del primer crepúsculo. Alguno de esos endemoniados hechos con que nosotros los hombres nos las hemos tenido que ver desde el día de la creación surgiría para echarlo todo a rodar.

"Después de eso fui abrazado; mi tía me recomendó que llevara ropas de franela, me hizo asegurarle que le escribiría con frecuencia, y al fin pude marcharme. Ya en la calle, y no me explico por qué, experimenté la extraña sensación de ser un impostor. Y lo más raro de todo fue que yo, que estaba acostumbrado a largarme a cualquier parte del mundo en menos de veinticuatro horas con menos reflexión de la que la mayor parte de los hombres necesitan para cruzar una calle, tuve un momento, no diría de duda, pero sí de pausa ante aquel vulgar asunto. La mejor manera de explicarlo es decir que durante uno o dos segundos sentí como si en vez de ir al centro de un continente estuviera a punto de partir hacia el centro de la tierra.

"Me embarqué en un barco francés, que se detuvo en todos los malditos puertos que tienen allá, con el único propósito, según pude percibir, de desembarcar soldados y empleados aduaneros. Yo observaba la costa. Observar una costa que se desliza ante un barco equivale a pensar en un enigma. Está allí ante uno, sonriente, torva, atractiva, raquítica, insípida o salvaje, muda siempre, con el aire de murmurar: 'Ven y me descubrirás'. Aquella costa era casi informe, como si estuviera en proceso de creación, sin ningún rasgo sobresaliente. El borde de una selva colosal, de un verde tan oscuro que llegaba casi al negro, orlada por el blanco de la resaca, corría recta como una línea tirada a cordel, lejos, cada vez más lejos, a lo largo de un mar azul cuyo brillo se enturbiaba por momentos con una niebla baja. Bajo un sol feroz, la tierra parecía resplandecer y chorrear vapor. Aquí y allá apuntaban algunas manchas grisáceas o blancuzcas agrupadas en la espuma blanca, con una bandera a veces ondeando sobre ellas. Instalaciones coloniales que contaban ya con varios siglos de existencia y que no eran mayores que una cabeza de alfiler sobre la superficie intacta que se extendía tras ellas. Navegábamos a lo largo de la costa, nos deteníamos, desembarcábamos soldados, continuábamos, desembarcábamos empleados de aduana para recaudar impuestos en algo que parecía un páramo olvidado por Dios, con una casucha con lámina y un asta podrida sobre ella; desembarcábamos aun más soldados, para cuidar de los empleados de aduana, supongo. Algunos, por lo que oí decir, se ahogaban en el rompiente; pero fuera o no cierto, nadie parecía preocuparse demasiado. Eran arrojados a su destino y nosotros continuábamos nuestra marcha. La costa parecía ser la misma cada día, como si no nos hubiésemos movido; sin embargo, dejamos atrás diversos lugares, centros comerciales con nombres como Gran Bassam, Little Popo; nombres que parecían pertenecer a alguna sórdida farsa representada ante un telón siniestro. Mi ociosidad de pasajero, mi aislamiento entre todos aquellos hombres con quienes nada tenía en común, el mar lánguido y aceitoso, la oscuridad uniforme de la costa, parecían mantenerme al margen de la verdad de las cosas, en el estupor de una penosa e indiferente desilusión. La voz de la resaca, oída de cuando en cuando, era un auténtico placer, como las palabras de un hermano. Era algo natural, que tenía una razón de ser y un sentido. De vez en cuando un barco que venía de la costa nos proporcionaba un momentáneo contacto con la realidad. Los remeros eran negros. Desde lejos podía vislumbrarse el blanco de sus ojos. Gritaban y cantaban; sus cuerpos estaban bañados de sudor; sus caras eran como máscaras grotescas; pero tenían huesos, músculos, una vitalidad salvaje, una intensa energía en los movimientos, que era tan natural y verdadera como el oleaje a lo largo de la costa. No necesitaban excusarse por estar allí. Contemplarlos servía de consuelo. Durante algún tiempo pude sentir que pertenecía aún a un mundo de hechos naturales, pero esta creencia no duraría demasiado. Algo iba a encargarse de destruirla. En una ocasión, me acuerdo muy bien, nos acercamos a un barco de guerra anclado en la costa. No había siquiera una cabaña, y sin embargo disparaba contra los matorrales. Según parece, los franceses libraban allí una de sus guerras. Su enseña flotaba con la flexibilidad de un trapo desgarrado. Las bocas de los largos cañones de seis pulgadas sobresalían de la parte inferior del casco. El oleaje aceitoso y espeso levantaba el barco y lo volvía a bajar perezosamente, balanceando sus espigados mástiles. En la vacía inmensidad de la tierra, el cielo y el agua, aquella nave disparaba contra el continente. ¡Paf!, haría uno de sus pequeños cañones de seis pulgadas; aparecería una pequeña llama y se extinguiría; se esfumaría una ligera humareda blanca; un pequeño proyectil silbaría débilmente y nada habría ocurrido. Nada podría ocurrir. Había un aire de locura en aquella actividad; su contemplación producía una impresión de broma lúgubre. Y esa impresión no desapareció cuando alguien de a bordo me aseguró con toda seriedad que allí había un campamento de aborígenes —¡los llamaba enemigos!—, oculto en algún lugar fuera de nuestra vista.

"Le entregamos sus cartas (me enteré de que los hombres en aquel barco solitario morían de fiebre a razón de tres por día) y proseguimos nuestra ruta. Hicimos escala en algunos otros lugares de nombres grotescos, donde la alegre danza de la muerte y el comercio continuaban desenvolviéndose en una atmósfera tranquila y terrenal, como en una catacumba ardiente. A lo largo de aquella costa informe, bordeada de un rompiente peligroso, como si la misma naturaleza hubiera tratado de desalentar a los intrusos, remontamos y descendimos algunos ríos, corrientes de muerte en vida, cuyos bordes se pudrían en el cieno, y cuyas aguas, espesadas por el limo, invadían los manglares contorsionados que parecían retorcerse hacia nosotros, en el extremo de su impotente desesperación. En ningún lugar nos detuvimos el tiempo suficiente como para obtener una impresión precisa, pero un sentimiento general de estupor vago y opresivo se intensificó en mí. Era como un fatigoso peregrinar en medio de visiones de pesadilla.

"Pasaron más de treinta días antes de que viera la boca del gran río. Anclamos cerca de la sede del gobierno, pero mi trabajo sólo comenzaría unas doscientas millas más adentro. Tan pronto como pude, llegué a un lugar situado treinta millas arriba.

"Tomé pasaje en un pequeño vapor. El capitán era sueco, y cuando supo que yo era marino me invitó a subir al puente. Era un joven delgado, rubio y lento, con una cabellera y porte desaliñados. Cuando abandonamos el pequeño y miserable muelle, meneó la cabeza en ademanes despectivos y me preguntó: '¿Ha estado viviendo aquí?'. Le dije que sí. 'Estos muchachos del gobierno son un grupo excelente', continuó, hablando el inglés con gran precisión y considerable amargura. 'Es gracioso lo que algunos de ellos pueden hacer por unos cuantos francos al mes. Me asombra lo que les ocurre cuando se internan río arriba.' Le dije que pronto esperaba verlo con mis propios ojos. '¡Vaya!', exclamó. Luego me dio por un momento la espalda mirando con ojo vigilante la ruta. 'No esté usted tan seguro. Hace poco recogí a un hombre colgado en el camino. También era sueco.' '¿Se colgó? ¿Por qué, en nombre de Dios?', exclamé. Él seguía mirando con preocupación el río. '¿Quién puede saberlo? ¡Quizás estaba harto del sol! ¡O del país!'

"Al fin se abrió ante nosotros una amplia extensión de agua. Apareció una punta rocosa, montículos de tierra levantados en la orilla, casas sobre una colina, otras con techo metálico, entre las excavaciones o en un declive. Un ruido continuo producido por las caídas de agua dominaba esa escena de devastación habitada. Un grupo de hombres, en su mayoría negros desnudos, se movían como hormigas. El muelle se proyectaba sobre el río. Un crepúsculo cegador hundía todo aquello en un resplandor deslumbrante. 'Ésa es la sede de su compañía', dijo el sueco, señalando tres barracas de madera sobre un talud rocoso. 'Voy a hacer que le suban el equipaje. ¿Cuatro bultos, dice usted? Bueno, adiós.'

"Pasé junto a un caldero que estaba tirado sobre la hierba, llegué a un sendero que conducía a la colina. El camino se desviaba ante las grandes piedras y ante unas vagonetas tiradas boca abajo con las ruedas al aire. Faltaba una de ellas. Parecía el caparazón de un animal extraño. Encontré piezas de maquinaria desmantelada y una pila de rieles mohosos. A mi izquierda, un macizo de árboles producía un lugar umbroso, donde algunas cosas oscuras parecían moverse. Yo pestañeaba; el sendero era escarpado. A la derecha oí sonar un cuerno y vi correr a un grupo de negros. Una pesada y sorda detonación hizo estremecerse la tierra, una bocanada de humo salió de la roca; eso fue todo. Ningún cambio se advirtió en la superficie de la roca. Estaban construyendo un ferrocarril. Aquella roca no estaba en su camino; sin embargo aquella voladura sin objeto era el único trabajo que se llevaba a cabo.

"Un sonido metálico a mis espaldas me hizo volver la cabeza. Seis negros avanzaban en fila, ascendiendo con esfuerzo visible por el sendero. Caminaban lentamente, el gesto erguido, balanceando pequeñas canastas llenas de tierra sobre las cabezas. Aquel sonido se acompasaba con sus pasos. Llevaban trapos negros atados alrededor de las cabezas y las puntas se movían hacia adelante y hacia atrás como si fueran colas. Podía verles todas las costillas; las uniones de sus miembros eran como nudos de una cuerda. Cada uno llevaba atado al cuello un collar de hierro, y estaban atados por una cadena cuyos eslabones colgaban entre ellos, con un rítmico sonido. Otro estampido de la roca me hizo pensar de pronto en aquel barco de guerra que había visto disparar contra la tierra firme. Era el mismo tipo de sonido ominoso, pero aquellos hombres no podían, ni aunque se forzara la imaginación, ser llamados enemigos. Eran considerados como criminales, y la ley ultrajada, como las bombas que estallaban, les había llegado del mar cual otro misterio igualmente incomprensible. Sus pechos delgados jadeaban al unísono. Se estremecían las aletas violentamente dilatadas de sus narices. Los ojos contemplaban impávidos la colina. Pasaron a seis pulgadas de donde yo estaba sin dirigirme siquiera una mirada, con la más completa y mortal indiferencia de salvajes infelices. Detrás de aquella materia prima, un negro amasado, el producto de las nuevas fuerzas en acción, vagaba con desaliento, llevando en la mano un fusil. Llevaba una chaqueta de uniforme a la que le faltaba un botón, y al ver a un hombre blanco en el camino se llevó con toda rapidez el fusil al hombro. Era un acto de simple prudencia; los hombres blancos eran tan parecidos a cierta distancia que él no podía decir quién era yo. Se tranquilizó pronto y con una sonrisa vil y una mirada a sus hombres, pareció hacerme partícipe de su confianza exaltada. Después de todo, también yo era una parte de la gran causa, de aquellos elevados y justos procedimientos.

"En lugar de seguir subiendo, me volví y bajé a la izquierda. Me proponía dejar que aquella cuerda de criminales desapareciera de mi vista antes de que llegara yo a la cima de la colina. Ya saben que no me caracterizo por la delicadeza; he tenido que combatir y sé defenderme. He tenido que resistir y algunas veces atacar (lo que es otra forma de resistencia) sin tener en cuenta el valor exacto, en concordancia con las exigencias del modo de vida que me ha sido propio. He visto el demonio de la violencia, el demonio de la codicia, el demonio del deseo ardiente, pero, ¡por todas las estrellas!, aquéllos eran unos demonios fuertes y lozanos de ojos enrojecidos que cazaban y conducían a los hombres, sí, a los hombres, repito. Pero mientras permanecía de pie en el borde de la colina, presentí que a la luz deslumbrante del sol de aquel país me llegaría a acostumbrar al demonio blando y pretencioso de mirada apagada y locura rapaz y despiadada. Hasta dónde podía llegar su insidia sólo lo iba a descubrir varios meses después y a unas mil millas río adentro. Por un instante quedé amedrentado, como si hubiese oído una advertencia. Al fin, descendí la colina oblicuamente, hacia la arboleda que había visto.

"Evité un gran hoyo artificial que alguien había abierto en el declive, cuyo objeto me resultaba imposible adivinar. No se trataba de una cantera ni de una mina de arena. Era simplemente un hoyo. Podía relacionarse con el filantrópico deseo de proporcionar alguna ocupación a los criminales.

Checkout Receipt

Petaluma Regional Library
02/16/22 11:49AM

Borrower Number: 525455

Cuentos que mi madre nunca me contó /
37565060157830
Due: 03/09/22
Cuentos memorables /
37565010115896
Due: 03/09/22
Los sueños de América /
10000679774505
Due: 03/09/22

TOTAL: 3

(707) 763-9801
sonomalibrary.org
No overdue fees for late returns

****

Por favor, no donaciones.

(707) 763-9801
sonomalibrary.org
No hay multas por devolución tardía.

No lo sé. Después estuve casi a punto de caer por un estrecho barranco, no mucho mayor que una cicatriz en el costado de la colina. Descubrí que algunos tubos de drenaje importados para los campamentos de la compañía habían sido dejados allí. Todos estaban rotos. Era un destrozo lamentable. Al final llegué a la arboleda. Me proponía descansar un momento a su sombra, pero en cuanto llegué tuve la sensación de haber puesto el pie en algún tenebroso círculo del infierno. Las cascadas estaban cerca y el ruido de su caída, precipitándose ininterrumpida, llenaba la lúgubre quietud de aquel bosquecillo —donde no corría el aire, ni una hoja se movía— con un sonido misterioso, como si la paz rota de la tierra herida se hubiera vuelto de pronto audible allí.

"Unas figuras negras gemían, inclinadas, tendidas o sentadas bajo los árboles, apoyadas sobre los troncos, pegadas a la tierra, parcialmente visibles, parcialmente ocultas por la luz mortecina, en todas las actitudes de dolor, abandono y desesperación que es posible imaginar. Explotó otro barreno en la roca, y a continuación sentí un ligero temblor de tierra bajo los pies. El trabajo continuaba. ¡El trabajo! Y aquél era el lugar adonde algunos de los colaboradores se habían retirado para morir.

"Morían lentamente…, eso estaba claro. No eran enemigos, no eran criminales, no eran nada terrenal, sólo sombras negras de enfermedad y agotamiento que yacían confusamente en la tiniebla verdosa. Traídos de todos los lugares del interior, contratados legalmente, perdidos en aquel ambiente extraño, alimentados con una comida que no les resultaba familiar, enfermaban, se volvían inútiles, y entonces obtenían permiso para arrastrarse y descansar allí. Aquellas formas moribundas eran libres como el aire, tan tenues casi como él. Comencé a distinguir el brillo de los ojos bajo los árboles. Después, bajando la vista, vi una cara cerca de mis manos. Los huesos negros reposaban extendidos a lo largo, con un hombro apoyado en el árbol, y los párpados se levantaron lentamente, los ojos sumidos me miraron, enormes y vacuos, una especie de llama blanca y ciega en las profundidades de las órbitas. Aquel hombre era joven al parecer, casi un muchacho, aunque, como saben, con ellos es difícil calcular la edad. Lo único que se me ocurrió fue ofrecerle una de las galletas del vapor del buen sueco que llevaba en el bolsillo. Los dedos se cerraron lentamente sobre ella y la retuvieron; no hubo otro movimiento ni otra mirada. Llevaba un trozo de estambre blanco atado alrededor del cuello. ¿Por qué? ¿Dónde lo había podido obtener? ¿Era una insignia, un adorno, un amuleto, un acto propiciatorio? ¿Había alguna idea relacionada con él? Aquel trozo de hilo blanco llegado de más allá de los mares resultaba de lo más extraño en su cuello.

"Junto al mismo árbol estaban sentados otros dos haces de ángulos agudos con las piernas levantadas. Uno, la cabeza apoyada en las rodillas, sin fijar la vista en nada, miraba al vacío de un modo irresistible e intolerante; su hermano fantasma reposaba la frente, como si estuviera vencido por una gran fatiga. Alrededor de ellos estaban desparramados los demás, en todas las posiciones posibles de un colapso, como la imagen de una matanza o una peste. Mientras yo permanecía paralizado por el terror, una de aquellas criaturas se elevó sobre sus manos y rodillas y se dirigió hacia el río a beber. Bebió, tomando el agua con la mano; luego permaneció sentado bajo la luz del sol, cruzando las piernas, y después de un rato dejó caer la cabeza lanuda sobre el esternón.

"No quise perder más tiempo bajo aquella sombra y me apresuré a dirigirme al campamento. Cerca de los edificios encontré a un hombre vestido con una elegancia tan inesperada que en el primer momento llegué a creer que era una visión. Vi un cuello alto y almidonado, puños blancos, una ligera chaqueta de alpaca, pantalones impecables, una corbata clara y botas relucientes. No llevaba sombrero. Los cabellos estaban partidos, cepillados, aceitados, bajo un parasol a rayas verdes sostenido por una mano blanca. Era un individuo asombroso; llevaba un portaplumas tras la oreja.

"Estreché la mano de aquel ser milagroso, y me enteré de que era el principal contador de la compañía y de que toda la contabilidad se llevaba en ese campamento. Dijo que había salido un momento para tomar un poco de aire fresco. Aquella expresión me sonó de un modo extraordinariamente raro, con todo lo que sugería de una sedentaria vida de oficina. No tendría que mencionar para nada ahora a aquel individuo, a no ser que fue a sus labios a los que oí pronunciar por vez primera el nombre del hombre tan indisolublemente ligado a mis recuerdos de aquella época. Además sentí respeto por aquel individuo. Sí, respeto por sus cuellos, sus amplios puños, su cabello cepillado. Su aspecto era indudablemente el de un maniquí de peluquería, pero en la inmensa desmoralización de aquellos territorios conseguía mantener esa apariencia. Eso era firmeza. Sus camisas almidonadas y las pecheras enhiestas eran logros de un carácter firme. Había vivido allí cerca de tres años y, más adelante, no pude dejar de preguntarle cómo lograba ostentar aquellas prendas. Se sonrojó ligeramente y me respondió con modestia: 'He conseguido adiestrar a una de las nativas del campamento. Fue difícil. Le disgustaba hacer este trabajo'. Así que aquel hombre había logrado realmente algo. Vivía consagrado a sus libros, que llevaba con un orden perfecto.

"Todo lo demás que había en el campamento estaba presidido por la confusión; personas, cosas, edificios. Cordones de negros sucios con los pies aplastados llegaban y volvían a marcharse; una corriente de productos manufacturados, algodón de desecho, cuentas de colores, alambres de latón, era enviada a lo más profundo de las tinieblas y a cambio de eso volvían preciosos cargamentos de marfil.

"Tuve que esperar en el campamento diez días, una eternidad. Vivía en una choza dentro del cercado, pero para lograr apartarme del caos iba a veces a la oficina del contador. Estaba construida con tablones horizontales y tan mal unidos que, cuando él se inclinaba sobre su alto escritorio, se veía cruzado desde el cuello hasta los talones por estrechas franjas de luz solar. No era necesario abrir la amplia celosía para ver. También allí hacía calor. Unos moscardones gordos zumbaban endiabladamente y no picaban sino que mordían. Por lo general me sentaba en el suelo, mientras él, con su aspecto impecable (llegaba hasta usar un perfume ligero), encaramado en su alto asiento, escribía, anotaba. A veces se levantaba para hacer ejercicio. Cuando colocaron en su oficina un catre con un enfermo (un inválido llegado del interior), se mostró moderadamente irritado. 'Los quejidos de este enfermo', dijo, 'distraen mi atención. Sin concentración es extremadamente fácil cometer errores en este clima'.

"Un día comentó, sin levantar la cabeza: 'En el interior se encontrará usted con el señor Kurtz'. Cuando le pregunté quién era el señor Kurtz, me respondió que era un agente de primera clase, y viendo mi desencanto ante esa información, añadió lentamente, dejando la pluma: 'Es una persona notable'. Preguntas posteriores me hicieron saber que el señor Kurtz estaba por el momento a cargo de una estación comercial muy importante en el verdadero país del marfil, en el corazón mismo, y que enviaba tanto marfil como todos los demás agentes juntos.

"Empezó a escribir de nuevo. El enfermo estaba demasiado grave para quejarse. Las moscas zumbaban en medio del silencio.

"De pronto se oyó un murmullo creciente de voces y fuertes pisadas. Había llegado una caravana. Un rumor de sonidos extraños penetró desde el otro lado de los tablones. Todo el mundo hablaba a la vez, y en medio del alboroto se dejó oír la voz quejumbrosa del agente jefe 'renunciando a todo' por vigésima vez en ese día… El contador se levantó lentamente. '¡Qué horroroso estrépito!', dijo. Cruzó la habitación con paso lento para ver al hombre enfermo y volviéndose añadió: 'Ya no oye'. '¡Cómo! ¿Ha muerto?', le pregunté, sobresaltado. 'No, aún no', me respondió con calma. Luego, aludiendo con un movimiento de cabeza al tumulto que se oía en el patio del campamento, añadió: 'Cuando se tienen que hacer las cuentas correctamente, uno llega a odiar a estos salvajes, a odiarlos mortalmente'. Permaneció pensativo por un momento. 'Cuando vea al señor Kurtz', continuó, 'dígale de mi parte que todo está aquí', señaló al escritorio, 'registrado satisfactoriamente. No me gusta escribirle…, con los mensajeros que tenemos nunca se sabe quién va a recibir la carta…, en esa Estación Central'. Me miró fijamente con ojos afectuosos: 'Oh, él llegará muy lejos, muy lejos. Pronto será alguien en la administración. Allá arriba, en el Consejo de Europa, sabe usted…, quieren que lo sea'.

"Volvió a sumirse en su labor. Fuera, el ruido había cesado, y, al salir, me detuve en la puerta. En medio del revoloteo de las moscas, el agente que volvía a casa estaba tendido ardiente e insensible; el otro, reclinado sobre sus libros, hacía perfectos registros de transacciones perfectamente correctas; y cincuenta pies más abajo de la puerta podía ver las inmóviles fronteras del foso de la muerte.

"Al día siguiente abandoné por fin el campamento, con una caravana de sesenta hombres, para recorrer un tramo de doscientas millas.

"No es necesario que les cuente lo que fue aquello. Veredas, veredas por todas partes. Una amplia red de veredas que se extendía por el jardín vacío, a lo largo de amplias praderas, praderas quemadas, a través de la selva, subiendo y bajando profundos barrancos, subiendo y bajando colinas pedregosas asoladas por el calor. Y una soledad absoluta.

Nadie. Ni siquiera una cabaña. La población había desaparecido mucho tiempo atrás. Bueno, si una multitud de negros misteriosos, armados con toda clase de armas temibles, emprendiera de pronto el camino de Deal a Gravesend con cargadores a ambos lados soportando pesados fardos, imagino que todas las granjas y casas de los alrededores pronto quedarían vacías. Sólo que en aquellos lugares también las habitaciones habían desaparecido. De cualquier modo, pasé aún por algunas aldeas abandonadas. Hay algo patéticamente pueril en las ruinas cubiertas de maleza. Día tras día, el continuo paso arrastrado de sesenta pares de pies desnudos junto a mí, cada par cargado con un bulto de sesenta libras. Acampar, cocinar, dormir, levantar el campamento, emprender nuevamente la marcha. De cuando en cuando un hombre muerto tirado en medio de los altos yerbajos a un lado del sendero, con una cantimplora vacía y un largo palo junto a él. A su alrededor, y encima de él, un profundo silencio. Tal vez en una noche tranquila, el redoble de tambores lejanos, apagándose y aumentando, un redoble amplio y lánguido; un sonido fantástico, conmovedor, sugestivo y salvaje que expresaba tal vez un sentimiento tan profundo como el sonido de las campanas en un país cristiano. En una ocasión un hombre blanco con un uniforme desabrochado, acampado junto al sendero como una escolta armada de macilentos zanzíbares, muy hospitalario y festivo, por no decir ebrio. Se encargaba, según nos dijo, de la conservación del camino. No puedo decir que yo haya visto ningún camino, ni ninguna obra de conservación, a menos que el cuerpo de un negro de mediana edad con un balazo en la frente con el que tropecé tres millas más adelante pudiera considerarse como tal. Yo iba también con un compañero blanco; no era mal sujeto, pero demasiado grueso y con la exasperante costumbre de fatigarse en las calurosas pendientes de las colinas, a varias millas del más mínimo fragmento de sombra y agua. Es un fastidio, saben, llevar la propia chaqueta sobre la cabeza de otro hombre, como si fuera un parasol, mientras recobra el sentido. No pude contenerme y en una ocasión le pregunté por qué había ido a parar a aquellos lugares. Para hacer dinero, por supuesto. '¿Para qué otra cosa cree usted?', me dijo desdeñosamente. Después tuvo fiebre y hubo que llevarlo en una hamaca colgada de un palo. Como pesaba ciento veinte kilos, tuve dificultades sin fin con los cargadores. Ellos protestaban, amenazaban con escapar, desaparecer por la noche con la carga…, era casi un motín. Una noche lancé un discurso en inglés ayudándome de gestos, ninguno de los cuales pasó inadvertido a los sesenta pares de ojos que tenía frente a mí, y a la mañana siguiente hice que la hamaca marchara delante de nosotros. Una hora más tarde todo el asunto fracasaba en medio de unos matorrales…, el hombre, la hamaca, quejidos, cobertores, un horror. El pesado palo le había desollado la nariz. Yo estaba dispuesto a matar a alguien, pero no había cerca de nosotros ni la sombra de un cargador. Me acordé de las palabras del viejo médico: 'A la ciencia le interesa observar los cambios mentales que se producen en los individuos en aquel sitio'. Sentí que comenzaba a convertirme en algo científicamente interesante. Sin embargo, todo esto no tiene importancia. Al decimoquinto día volví a ver nuevamente el gran río, y llegué con dificultad a la Estación Central. Estaba situada en un remanso, rodeada de maleza y de bosque, con una cerca de barro maloliente a un lado y a los otros tres una valla absurda de juncos. Una brecha descuidada era la única entrada. Una primera ojeada al lugar bastaba para comprender que era el diablo el autor de aquel espectáculo. Algunos hombres blancos con palos largos en las manos surgieron desganadamente entre los edificios, se acercaron para echarme una ojeada y volvieron a desaparecer en alguna parte. Uno de ellos, un muchacho de bigote negro, robusto e impetuoso, me informó con gran volubilidad y muchas digresiones, cuando le dije quién era, que mi vapor se hallaba en el fondo del río. Me quedé estupefacto. ¿Qué, cómo, por qué? ¡Oh!, no había de qué preocuparse. El director en persona se encontraba allí. Todo estaba en orden. '¡Se portaron espléndidamente! ¡Espléndidamente! Debe usted ir a ver enseguida al director general. Lo está esperando', me dijo con cierta agitación.

"No comprendí de inmediato la verdadera significación de aquel naufragio. Me parece que la comprendo ahora, pero tampoco estoy seguro…, al menos no del todo. Lo cierto es que cuando pienso en ello todo el asunto me parece demasiado estúpido y sin embargo natural. De todos modos… Bueno, en aquel momento se me presentaba como una maldición. El vapor había naufragado. Había partido hacía dos días con súbita premura por remontar el río, con el director a bordo, confiando la nave a un piloto voluntario, y antes de que hubiera navegado tres horas había encallado en unas rocas y se había hundido junto a un banco de arena. Me pregunté qué tendría que hacer yo en ese lugar, ahora que el barco se había hundido. Para decirlo brevemente, mi misión consistió en rescatar el barco del río. Tuve que ponerme a la obra al día siguiente. Eso, y las reparaciones, cuando logré llevar todas las piezas a la estación, consumió varios meses.

"Mi primera entrevista con el director fue curiosa. No me invitó a sentarme, a pesar de que yo había caminado unas veinte millas aquella mañana. El rostro, los modales y la voz eran vulgares. Era de mediana estatura y complexión fuerte. Sus ojos, de un azul normal, resultaban quizá notablemente fríos, seguramente podían hacer caer sobre alguien una mirada tan cortante y pesada como un hacha. Pero incluso en aquellos instantes, el resto de su persona parecía desmentir tal intención. Por otra parte, la expresión de sus labios era indefinible, furtiva, como una sonrisa que no fuera una sonrisa. Recuerdo muy bien el gesto, pero no logro explicarlo. Era una sonrisa inconsciente, aunque después dijo algo que la intensificó por un instante. Asomaba al final de sus frases, como un sello aplicado a las palabras más anodinas para darles una significación especial, un sentido completamente inescrutable. Era un comerciante común, empleado en aquellos lugares desde su juventud, eso es todo. Era obedecido, a pesar de que no inspiraba amor ni odio, ni siquiera respeto. Producía una sensación de inquietud. ¡Eso era! Inquietud. No una desconfianza definida, sólo inquietud, nada más. Y no pueden figurarse cuán efectiva puede ser tal… tal… facultad. Carecía de talento organizador, de iniciativa, hasta de sentido del orden. Eso era evidente por el deplorable estado que presentaba la estación. No tenía cultura ni inteligencia. ¿Cómo había logrado ocupar tal puesto? Tal vez por la única razón de que nunca enfermaba. Había servido allí tres períodos de tres años… Una salud triunfante en medio de la derrota general de los organismos constituye por sí misma una especie de poder. Cuando iba a su país con licencia se entregaba a un desenfreno en gran escala, pomposamente. Marinero en tierra, aunque con la diferencia de que lo era sólo en lo exterior. Eso se podía deducir por la conversación general. No era capaz de crear nada, mantenía sólo la rutina, eso era todo. Pero era genial. Era genial por aquella pequeña cosa que era imposible deducir en él. Nunca le descubrió a nadie ese secreto. Es posible que en su interior no hubiera nada. Esta sospecha lo hacía a uno reflexionar, porque en el exterior no había ningún signo. En una ocasión en que varias enfermedades tropicales habían reducido al lecho a casi todos los 'agentes' de la estación, se lo oyó decir: 'Los hombres que vienen aquí deberían carecer de entrañas'. Selló la frase con aquella sonrisa que lo caracterizaba, como si fuera la puerta que se abría a la oscuridad que él mantenía oculta.

Uno creía ver algo…, pero el sello estaba encima. Cuando en las comidas se hastió de las frecuentes querellas entre los blancos por la prioridad en los puestos, mandó hacer una inmensa mesa redonda para la que hubo que construir una casa especial. Era el comedor de la estación. El lugar donde él se sentaba era el primer puesto, los demás no tenían importancia. Uno sentía que aquélla era su convicción inalterable. No era cortés ni descortés. Permanecía tranquilo. Permitía que su 'muchacho', un joven negro de la costa, sobrealimentado, tratara a los blancos, bajo sus propios ojos, con una insolencia provocativa.

"En cuanto me vio comenzó a hablar. Yo había estado demasiado tiempo en camino. Él no podía esperar. Había tenido que partir sin mí. Había que revisar las estaciones del interior. Habían sido tantas las dilaciones en los últimos tiempos que ya no sabía quién había muerto y quién seguía con vida, cómo andaban las cosas, etcétera, etcétera. No prestó ninguna atención a mis explicaciones y, mientras jugaba con una barra de lacre, repitió varias veces que la situación era muy grave, muy grave. Corrían rumores de que una estación importante tenía dificultades y de que su jefe, el señor Kurtz, se encontraba enfermo. Esperaba que no fuera verdad. El señor Kurtz era… Yo me sentía cansado e irritado. ¡A la horca con el tal Kurtz!, pensaba. Lo interrumpí diciéndole que ya en la costa había oído hablar del señor Kurtz. '¡Ah! ¡De modo que se habla de él allá abajo!', murmuró. Luego continuó su discurso, asegurándome que el señor Kurtz era el mejor agente con que contaba, un hombre excepcional, de la mayor importancia para la compañía; por consiguiente, yo debía tratar de comprender su ansiedad. Se hallaba, según decía, 'muy, muy intranquilo'. Lo cierto era que se agitaba sobre la silla y exclamaba: '¡Ah, el señor Kurtz!'. En ese momento rompió la barra de lacre y pareció confundirse ante el accidente. Después quiso saber cuánto tiempo me llevaría rehacer el barco. Volví a interrumpirlo. Estaba hambriento, saben, y seguía de pie, por lo que comencé a sentirme como un salvaje. '¿Cómo puedo afirmar nada?', le dije. 'No he visto aún el barco. Seguramente se necesitarán varios meses.' La conversación me parecía de lo más fútil. '¿Varios meses?', dijo. 'Bueno, pongamos tres meses antes de que podamos salir. Habrá que hacerlo en ese tiempo.' Salí de su cabaña (vivía solo en una cabaña de barro con una especie de terraza), murmurando para mis adentros la opinión que me había merecido. Era un idiota charlatán. Más tarde tuve que modificar esta opinión, cuando comprobé para mi asombro la extraordinaria exactitud con que había señalado el tiempo necesario para la obra.

"Me puse a trabajar al día siguiente, dando, por decirlo así, la espalda a la estación. Sólo de ese modo me parecía que podía mantener el control sobre los hechos redentores de la vida. Sin embargo, algunas veces había que mirar alrededor; veía entonces la estación y aquellos hombres que caminaban sin objeto por el patio bajo los rayos del sol. En algunas ocasiones me pregunté qué podía significar aquello. Caminaban de un lado a otro con sus absurdos palos en la mano, como una multitud de peregrinos embrujados en el interior de una cerca podrida. La palabra marfil permanecía en el aire, en los murmullos, en los suspiros. Me imagino que hasta en sus oraciones. Un tinte de imbécil rapacidad coloreaba todo aquello, como si fuera la emanación de un cadáver. ¡Por Júpiter! Nunca en mi vida he visto nada tan irreal. Y en el exterior, la silenciosa soledad que rodeaba ese claro en la tierra me impresionaba como algo grande e invencible, como el mal o la verdad, que esperaban pacientemente la desaparición de aquella fantástica invasión.

"¡Oh, qué meses aquellos! Bueno, no importa. Ocurrieron varias cosas. Una noche una choza llena de percal, algodón estampado, abalorios y no sé qué más, se inflamó en una llamarada tan repentina que se podía creer que la tierra se había abierto para permitir que un fuego vengador consumiera toda aquella basura. Yo estaba fumando mi pipa tranquilamente al lado de mi vapor desmantelado, y vi correr a todo el mundo con los brazos en alto ante el resplandor, cuando el robusto hombre de los bigotes llegó al río con un cubo en la mano y me aseguró que todos 'se portaban espléndidamente, espléndidamente'. Llenó el balde de agua y se largó de nuevo a toda prisa. Pude ver que había un agujero en el fondo del balde.

"Caminé río arriba. Sin prisa. Miren, aquello había ardido como si fuera una caja de fósforos. Desde el primer momento no había tenido remedio. La llama había saltado a lo alto, haciendo retroceder a todo el mundo, y después de consumirlo todo, se había apagado. La cabaña no era más que un montón de ascuas y cenizas candentes. Un negro era azotado cerca del lugar. Se decía que de alguna manera había provocado el incendio; fuera cierto o no, gritaba horriblemente. Volví a verlo días después, sentado a la sombra de un árbol; parecía muy enfermo, trataba de recuperarse; más tarde se levantó y se marchó, y la selva muda volvió a recibirlo en su seno. Mientras me acercaba al calor vivo desde la oscuridad, me encontré a espaldas de dos hombres que hablaban entre sí. Oí que pronunciaban el nombre de Kurtz y que uno le decía al otro: 'Deberías aprovechar este incidente desgraciado'. Uno de los hombres era el director. Le deseé buenas noches. '¿Ha visto usted algo parecido? Es increíble', dijo, y se marchó. El otro hombre permaneció en el lugar. Era un agente de primera categoría, joven, de aspecto distinguido, un poco reservado, con una pequeña barba bifurcada y nariz aguileña. Se mantenía al margen de los demás agentes, y éstos a su vez decían que era un espía al servicio del director. En lo que a mí respecta, no había cambiado nunca una palabra con él. Comenzamos a conversar y sin darnos cuenta nos fuimos alejando de las ruinas humeantes. Después me invitó a acompañarlo a su cuarto, que estaba en el edificio principal de la estación. Encendió un fósforo, y pude advertir que aquel joven aristócrata no sólo tenía un tocador montado en plata sino una vela entera, toda suya. Se suponía que el director era el único hombre que tenía derecho a las velas. Las paredes de barro estaban cubiertas con tapices indígenas; una colección de lanzas, azagayas, escudos, cuchillos, colgaba de ellas como trofeos. Según me habían informado, el trabajo confiado a aquel individuo era la fabricación de ladrillos, pero en toda la estación no había un solo pedazo de ladrillo, y había tenido que permanecer allí desde hacía más de un año, esperando. Al parecer no podía construir ladrillos sin un material, no sé qué era, tal vez paja. Fuera lo que fuese, allí no se conseguía, y como no era probable que lo enviaran de Europa no resultaba nada claro comprender qué esperaba. Un acto de creación especial, tal vez. De un modo u otro todos esperaban, todos —bueno, los dieciséis o veinte peregrinos— esperaban que algo ocurriera; y les doy mi palabra de que aquella espera no parecía nada desagradable, dada la manera en que la aceptaban, aunque lo único que parecían recibir eran enfermedades, de eso podía darme cuenta. Pasaban el tiempo murmurando e intrigando unos contra otros de un modo completamente absurdo. En aquella estación se respiraba un aire de conspiración que, por supuesto, no se resolvía en nada. Era tan irreal como todo lo demás, como las pretensiones filantrópicas de la empresa, como sus conversaciones, como su gobierno, como las muestras de su trabajo. El único sentimiento real era el deseo de ser destinado a un puesto comercial donde poder recoger el marfil y obtener el porcentaje estipulado. Intrigaban, calumniaban y se detestaban sólo por eso, pero en cuanto a mover aunque fuese el dedo meñique, oh, no. ¡Cielos santos!, hay algo después de todo en el mundo que permite que un hombre robe un caballo mientras que otro ni siquiera puede mirar un ronzal. Robar un caballo directamente, pase. Quien lo hace tal vez pueda montarlo. Pero hay una manera de mirar un ronzal que incitaría al más piadoso de los santos a dar un puntapié.

"Yo no tenía idea de por qué aquel hombre deseaba mostrarse sociable conmigo, pero mientras conversábamos me pareció de pronto que aquel individuo trataba de llegar a algo, a un hecho real, y que me interrogaba. Aludía constantemente a Europa, a las personas que suponía que yo conocía allí, dirigiéndome preguntas insinuantes sobre mis relaciones en la ciudad sepulcral. Sus ojos pequeños brillaban como discos de mica, llenos de curiosidad, aunque procuraba conservar algo de su altivez. Al principio su actitud me sorprendió, pero muy pronto comencé a sentir una intensa curiosidad por saber qué se proponía obtener de mí. Me era imposible imaginar qué podía despertar su interés. Era gracioso ver cómo luchaba en el vacío, porque lo cierto es que mi cuerpo estaba lleno sólo de escalofríos y en mi cabeza no había otra cosa fuera de aquel condenado asunto del vapor hundido. Era evidente que me consideraba como un desvergonzado prevaricador. Al final se enfadó y, para disimular un movimiento de furia y disgusto, bostezó. Yo me levanté. Entonces pude ver un pequeño cuadro al óleo en un marco, representando a una mujer envuelta en telas y con los ojos vendados que llevaba en la mano una antorcha encendida. El fondo era sombrío, casi negro. La mujer permanecía inmóvil y el efecto de la luz de la antorcha en su rostro era siniestro.

"Eso me retuvo, y él permaneció de pie por educación, sosteniendo una botella vacía de champán (para usos medicinales) con la vela colocada encima. A mi pregunta, respondió que el señor Kurtz lo había pintado, en esa misma estación, hacía poco más de un año, mientras esperaba un medio de trasladarse a su estación comercial. 'Dígame, por favor', le pedí, '¿quién es ese señor Kurtz?'.

"'El jefe de la estación interior', respondió con sequedad, mirando hacia otro lado. 'Muchas gracias', le dije riendo, 'y usted es el fabricante de ladrillos de la Estación Central. Eso todo el mundo lo sabe'. Por un momento permaneció callado. 'Es un prodigio', dijo al fin. 'Es un emisario de la piedad, la ciencia y el progreso, y sólo el diablo sabe de qué más. Nosotros necesitamos', comenzó de pronto a declamar, 'para realizar la causa que Europa nos ha confiado, por así decirlo, inteligencias superiores, gran simpatía, unidad de propósitos'. '¿Quién ha dicho eso?', pregunté. 'Muchos de ellos', respondió. 'Algunos hasta lo escriben; y de pronto llegó aquí él, un ser especial, como debe usted saber.' '¿Por qué debo saberlo?', lo interrumpí, realmente sorprendido. Él no me prestó ninguna atención. 'Sí, hoy día es el jefe de la mejor estación, el año próximo será asistente en la dirección, dos años más y… Pero me atrevería a decir que usted sabe en qué va a convertirse dentro de un par de años. Usted forma parte del nuevo equipo…, el equipo de la virtud. La misma persona que lo envió a él lo ha recomendado muy especialmente a usted. Oh, no diga que no. Yo tengo mis propios ojos, sólo en ellos confío.' La luz se hizo en mí. Las poderosas amistades de mi tía estaban produciendo un efecto inesperado en aquel joven. Estuve a punto de soltar una carcajada. '¿Lee usted la correspondencia confidencial de la compañía?', le pregunté. No pudo decir una palabra. Me resultó muy divertido. 'Cuando el señor Kurtz', continué severamente, 'sea director general, no va usted a tener oportunidad de hacerlo'.

"Apagó la vela de pronto y salimos. La luna se había levantado. Algunas figuras negras vagaban alrededor, echando agua sobre los escombros de los que salía un sonido silbante. El vapor ascendía a la luz de la luna, el negro golpeado gemía en alguna parte. '¡Qué escándalo hace ese animal!',

131

dijo el hombre infatigable de los bigotes, que de pronto apareció a nuestro lado. 'De algo le servirá. Transgresión…, castigo…, ¡plaf! Sin piedad, sin piedad. Es la única manera. Eso prevendrá cualquier otro incendio en el futuro. Le acabo de decir al director…' Se fijó en mi acompañante e inmediatamente pareció perder la energía: '¿Todavía levantado?', dijo con una especie de afecto servil. 'Bueno, es natural. Peligro…, agitación', y se desvaneció. Llegué hasta la orilla del río y el otro me acompañó. Oí un chirriante murmullo: '¡Montón de inútiles, sigan!'. Podía ver a los peregrinos en grupitos, gesticulando, discutiendo. Algunos tenían todavía los palos en la mano. Yo creo que llegaban a acostarse con aquellos palos. Del otro lado de la empalizada, la selva se erguía espectral a la luz de la luna, y a través del incierto movimiento, a través de los débiles ruidos de aquel lamentable patio, el silencio de la tierra se introducía en el corazón de todos…, su misterio, su grandeza, la asombrosa realidad de su vida oculta. El negro castigado se lamentaba débilmente en algún lugar cercano, y luego emitió un doloroso suspiro que hizo que mis pasos tomaran otra dirección. Sentí que una mano se introducía bajo mi brazo. 'Mi querido amigo', dijo el tipo, 'no quiero que se me malinterprete, especialmente usted, que verá al señor Kurtz mucho antes de que yo pueda tener ese placer. No quisiera que se fuera a formar una idea falsa de mi disposición…'.

"Dejé continuar a aquel Mefistófeles de pacotilla; me pareció que de haber querido hubiera podido traspasarlo con mi índice y no habría encontrado sino un poco de suciedad blanduzca en su interior. Se había propuesto, saben, ser ayudante del director, y la llegada posible de aquel Kurtz lo había sobresaltado tanto como al mismo director general. Hablaba precipitadamente y yo no traté de detenerlo. Apoyé la espalda sobre los restos del vapor, colocado en la orilla, como el esqueleto de algún gran animal fluvial. El olor del cieno, del cieno primigenio, ¡por Júpiter!, estaba en mis narices, la inmovilidad de aquella selva estaba ante mis ojos; había manchas brillantes en la negra ensenada. La luna extendía sobre todas las cosas una fina capa de plata, sobre la fresca hierba, sobre el muro de vegetación brillante que se elevaba a una altura mayor que el muro de un templo, sobre el gran río, que resplandecía mientras corría anchurosamente sin un murmullo. Todo aquello era grandioso, esperanzador, mudo, mientras aquel hombre charlaba banalmente sobre sí mismo. Me pregunté si la quietud del rostro de aquella inmensidad que nos contemplaba a ambos significaba un buen presagio o una amenaza. ¿Qué éramos nosotros, extraviados en aquel lugar? ¿Podíamos dominar aquella cosa muda, o sería ella la que nos manejaría a nosotros? Percibí cuán grande, cuán inmensamente grande era aquella cosa que no podía hablar, y que tal vez también fuera sorda. ¿Qué había allí? Sabía que parte del marfil llegaba de allí y había oído decir que el señor Kurtz estaba allí. Había oído ya bastante. ¡Dios es testigo! Pero sin embargo aquello no producía en mí ninguna imagen; igual que si me hubiesen dicho que un ángel o un demonio vivían allí. Creía en aquello de la misma manera en que cualquiera de ustedes podría creer que existen habitantes en el planeta Marte. Conocí una vez a un fabricante de velas escocés que estaba convencido, firmemente convencido, de que había habitantes en Marte. Si se le interrogaba sobre la idea que tenía sobre su aspecto y su comportamiento, adoptaba una expresión tímida y murmuraba algo sobre que 'andaban a cuatro patas'. Si alguien sonreía, aquel hombre, aunque pasaba de los sesenta, era capaz de desafiar al burlón a duelo. Yo no hubiera llegado tan lejos como a batirme por Kurtz, pero por causa suya estuve casi a punto de mentir. Ustedes saben que odio, detesto; me resulta intolerable la mentira, no porque sea más recto que los demás, sino porque sencillamente me espanta.

Hay un tinte de muerte, un sabor de mortalidad en la mentira que es exactamente lo que más odio y detesto en el mundo, lo que quiero olvidar. Me hace sentir desgraciado y enfermo, como la mordedura de algo corrupto. Es cuestión de temperamento, me imagino. Pues bien, estuve cerca de eso al dejar que aquel joven estúpido creyera lo que le viniera en gana sobre mi influencia en Europa. Por un momento me sentí tan lleno de pretensiones como el resto de aquellos embrujados peregrinos. Sólo porque tenía la idea de que eso de algún modo iba a resultarle útil a aquel señor Kurtz a quien hasta el momento no había visto…, ya entienden. Para mí era apenas un nombre. Y en el nombre me era tan imposible ver a la persona como lo debe ser para ustedes. ¿Lo ven? ¿Ven la historia? ¿Ven algo? Me parece que estoy tratando de contar un sueño…, que estoy haciendo un vano esfuerzo, porque el relato de un sueño no puede transmitir la sensación que produce esa mezcla de absurdo, de sorpresa y aturdimiento en un rumor de revuelta y rechazo, esa noción de ser capturados por lo increíble que es la misma esencia de los sueños.

Marlow permaneció un rato en silencio.

—…No, es imposible; es imposible comunicar la sensación de vida de una época determinada de la propia existencia, lo que constituye su verdad, su sentido, su sutil y penetrante esencia. Es imposible. Vivimos como soñamos…, solos.

Volvió a hacer otra pausa como reflexionando. Después añadió:

—Por supuesto, en esto ustedes podrán ver más de lo que yo podía ver entonces. Me ven a mí, a quien conocen…

La oscuridad era tan profunda que nosotros, sus oyentes, apenas podíamos vernos unos a otros. Hacía ya largo rato que él, sentado aparte, no era para nosotros más que una voz. Nadie decía una palabra. Los otros podían haberse dormido, pero yo estaba despierto. Escuchaba, escuchaba aguardando la sentencia, la palabra que pudiera servirme de pista en la débil angustia que me inspiraba aquel relato que parecía formularse por sí mismo, sin necesidad de labios humanos, en el aire pesado y nocturno de aquel río.

—Sí, lo dejé continuar —volvió a decir de nuevo Marlow— y que pensara lo que le diera la gana sobre los poderes que existían detrás de mí. ¡Lo hice! ¡Y detrás de mí no había nada! No había nada salvo aquel condenado, viejo y maltrecho vapor sobre el que me apoyaba, mientras él hablaba fluidamente de la necesidad que tenía cada hombre de progresar. "Cuando alguien llega aquí, usted lo sabe, no es para contemplar la luna", me dijo. El señor Kurtz era un "genio universal", pero hasta un genio encontraría más fácil trabajar con "instrumentos adecuados y hombres inteligentes". Él no fabricaba ladrillos. ¿Por qué? Bueno, había una imposibilidad material que lo impedía, como yo muy bien sabía, y si trabajaba como secretario del director era porque ningún hombre inteligente puede rechazar absurdamente la confianza que en él depositan sus superiores. ¿Me daba yo cuenta? Sí, me daba cuenta. ¿Qué más quería yo? Lo que realmente quería eran remaches, ¡cielo santo!, ¡remaches!, para poder continuar el trabajo y tapar aquel agujero. Remaches. En la costa había cajas llenas de ellos, cajas amontonadas, rajadas, herrumbrosas. En aquella estación de la colina uno tropezaba con un remache desprendido a cada paso que daba. Algunos habían rodado hasta el bosque de la muerte. Uno podía llenarse los bolsillos de remaches sólo con molestarse en recogerlos, y en cambio donde eran necesarios no se encontraba uno solo. Teníamos chapas que nos podían servir, pero nada con qué ajustarlas. Cada semana el mensajero, un negro solo, con una bolsa de cartas al hombro, dejaba la estación para dirigirse a la costa. Y varias veces a la semana una caravana llegaba de la costa con productos comerciales, percal horriblemente teñido que daba escalofríos de sólo mirar, cuentas de cristal de las que podía comprarse un cuarto de galón por un penique, pañuelos de algodón estrafalariamente estampados. Y nunca remaches. Tres negros hubieran podido transportar todo lo necesario para poner a flote aquel vapor.

"Se estaba poniendo confidencial, pero me imagino que al no encontrar ninguna respuesta de mi parte debió haberse exasperado, ya que consideró necesario informarme que no temía a Dios ni al diablo, y mucho menos a los hombres. Le dije que podía darme perfecta cuenta, pero que lo que yo necesitaba era una determinada cantidad de remaches…, y que en realidad lo que el señor Kurtz hubiera pedido, si estuviese informado de esa situación, habrían sido los remaches. Y él enviaba cartas a la costa cada semana… 'Mi querido señor', gritó, 'yo escribo lo que me dictan'. Seguí pidiendo remaches. Un hombre inteligente tiene medios para obtenerlos. Cambió de modales. De pronto adoptó un tono frío y comenzó a hablar de un hipopótamo. Me preguntó si cuando dormía a bordo (permanecía allí noche y día), no tenía yo molestias. Un viejo hipopótamo tenía la mala costumbre de salir de noche a la orilla y errar por los terrenos de la estación. Los peregrinos solían salir en pelotón y descargar sus rifles sobre él. Algunos velaban toda la noche esperándolo. Sin embargo había sido una energía desperdiciada. 'Ese animal tiene una vida encantada, y eso sólo se puede decir de las bestias de este país. Ningún hombre, ¿me entiende usted?, ningún hombre tiene aquí el mismo privilegio', dijo. Permaneció un momento a la luz de la luna con su delicada nariz aguileña un poco ladeada y los ojos de mica brillantes, sin pestañear. Después se despidió secamente y se retiró a grandes zancadas. Me di cuenta de que estaba turbado y enormemente confuso, lo que me hizo alentar mayores esperanzas que las que había abrigado en los días anteriores. Me servía de consuelo apartar a aquel tipo para volver a mi influyente amigo, el roto, torcido, arruinado, desfondado barco de vapor. Subí a bordo. Crujió bajo mis pies como una lata de bizcochos *Hunley & Palmer* vacía que hubiera recibido un puntapié en un escalón. No era sólido, mucho menos bonito, pero había invertido en él demasiado trabajo como para no quererlo. Ningún amigo influyente me hubiera servido mejor. Me había dado la oportunidad de moverme un poco y descubrir lo que podía hacer. No, no me gusta el trabajo. Prefiero ser perezoso y pensar en las bellas cosas que pueden hacerse. No me gusta el trabajo, a ningún hombre le gusta, pero me gusta lo que hay en el trabajo, la ocasión de encontrarse a uno mismo. La propia realidad, eso que sólo uno conoce y no los demás, que ningún otro hombre puede conocer. Ellos sólo pueden ver el espectáculo y nunca pueden decir lo que realmente significa.

"No me sorprendió ver a una persona sentada en la cubierta, con las piernas colgantes sobre el barro. Miren, mis relaciones eran buenas con los pocos mecánicos que había en la estación, y a los que los otros peregrinos naturalmente despreciaban, me imagino que por la rudeza de sus modales. Era el capataz, un fabricante de marmitas, buen trabajador, un individuo seco, huesudo, de rostro macilento, con ojos grandes y mirada intensa. Parecía preocupado. Su cabeza era tan calva como la palma de mi mano; parecía que los cabellos, al caer, se le habían pegado a la barbilla y que habían prosperado en aquella nueva localidad, pues la barba le llegaba a la cintura. Era un viudo con seis hijos (los había dejado a cargo de una hermana suya al emprender el viaje) y la pasión de su vida eran las palomas mensajeras. Era un entusiasta y un conocedor. Deliraba por las palomas. Después del horario de trabajo acostumbraba ir a veces al barco a conversar sobre sus hijos y sobre las palomas. En el trabajo, cuando se debía arrastrar por el barro bajo la quilla del vapor, recogía su barba en una especie de servilleta blanca que llevaba para ese propósito, con unas cintas que ataba tras las orejas. Por las noches se lo podía ver inclinado sobre el río, lavando con sumo cuidado esa envoltura en la corriente y tendiéndola después solemnemente sobre una mata, para que se secara.

"Le di una palmada en la espalda y exclamé: '¡Vamos a tener remaches!'. Se puso de pie y exclamó: '¿No? ¡Remaches!', como si no pudiera creer a sus oídos. Luego añadió en voz baja: 'Usted… ¿Eh?'. No sé por qué nos comportábamos como lunáticos. Me llevé un dedo a la nariz inclinando la cabeza misteriosamente. '¡Bravo por usted!', exclamó, chasqueando sus dedos sobre la cabeza y levantando un pie. Comencé a bailotear. Saltábamos sobre la cubierta de hierro. Un ruido horroroso salió de aquel casco arrumbado y el bosque virgen desde la otra margen del río lo envió de vuelta en un eco atronador a la estación dormida. Aquello debió hacer levantar a algunos peregrinos en sus cabañas. Una figura oscura apareció en el portal de la cabaña del director, desapareció, y luego, un segundo o dos después, también la puerta desapareció. Nos detuvimos y el silencio interrumpido por nuestro zapateo volvió de nuevo a nosotros desde los lugares más remotos de la tierra. El gran muro de vegetación, una masa exuberante y confusa de troncos, ramas, hojas, guirnaldas, inmóviles a la luz de la luna, era como una tumultuosa invasión de vida muda, una ola arrolladora de plantas, apiladas, con penachos, dispuestas a derrumbarse sobre el río, a barrer la pequeña existencia de todos los pequeños hombres que, como nosotros, estábamos en su seno. Y no se movía. Una explosión sorda de grandiosas salpicaduras y bufidos nos llegó de lejos, como si un ictiosaurio se estuviera bañando en el resplandor del gran río. 'Después de todo', dijo el fabricante de marmitas, en tono razonable, '¿por qué no iban a darnos los remaches?'. En efecto, ¿por qué no? No conocía ninguna razón para que no los tuviésemos. 'Llegarán dentro de unas tres semanas', le dije en tono confidencial.

"Pero no fue así. En lugar de remaches tuvimos una invasión, un castigo, una visita. Llegó en secciones durante las tres semanas siguientes; cada sección encabezada por un burro en el que iba montado un blanco con traje nuevo y zapatos relucientes, un blanco que saludaba desde aquella altura a derecha e izquierda a los impresionados peregrinos. Una banda pendenciera de negros descalzos y desharrapados marchaba tras el burro; un equipaje de tiendas, sillas de campaña, cajas de lata, cajones blancos y fardos grises eran depositados en el patio, y el aire de misterio parecía espesarse sobre el desorden de la estación. Llegaron cinco expediciones semejantes, con el aire absurdo de una huida desordenada, con el botín de innumerables almacenes y abundante acopio de provisiones que uno podría pensar habían sido arrancadas de la selva para ser repartidas equitativamente. Era una mezcla indecible de cosas útiles en sí, pero a las cuales la locura humana hacía parecer como el botín de un robo.

"Aquella devota banda se daba a sí misma el nombre de Expedición de Exploradores Eldorado. Parece ser que todos sus miembros habían jurado guardar secreto. Su conversación, de cualquier manera, era una conversación de sórdidos filibusteros. Era un grupo temerario pero sin valor, voraz sin audacia, cruel sin osadía. No había en aquella gente un átomo de previsión ni de intención seria, y ni siquiera parecían saber que esas cosas son requeridas para el trabajo en el mundo. Arrancar tesoros a las entrañas de la tierra era su deseo, pero aquel deseo no tenía detrás otro propósito moral que el de la acción de unos bandidos que fuerzan una caja fuerte. No sé quién costearía los gastos de aquella noble empresa, pero un tío de nuestro director era el jefe del grupo.

"Por su exterior parecía el carnicero de un barrio pobre, y sus ojos tenían una mirada de astucia somnolienta. Ostentaba un enorme vientre sobre las cortas piernas, y durante el tiempo que aquella banda infestó la estación sólo habló con su sobrino. Podía uno verlos vagando durante el día por todas partes, las cabezas unidas en una interminable confabulación.

"Renuncié a molestarme más por el asunto de los remaches. La capacidad humana para esa especie de locura es más limitada de lo que ustedes pueden suponer. Me dije: 'A la horca con todos'. Y dejé de preocuparme. Tenía tiempo en abundancia para la meditación, y de vez en cuando dedicaba algún pensamiento a Kurtz. No me interesaba mucho. No. Sin embargo, sentía curiosidad por saber si aquel hombre que había llegado equipado con ideas morales de alguna especie lograría subir a la cima después de todo, y cómo realizaría el trabajo una vez que lo hubiera conseguido.

II

—Una noche, mientras estaba tendido en la cubierta de mi vapor, oí voces que se acercaban. Eran el tío y el sobrino que caminaban por la orilla del río. Volví a apoyar la cabeza sobre el brazo, y estaba a punto de volverme a dormir, cuando alguien dijo casi en mi oído: "Soy tan inofensivo como un niño, pero no me gusta que me manden. ¿Soy el director o no lo soy? Me ordenaron enviarlo allí. Es increíble…". Me di cuenta de que ambos se hallaban en la orilla, al lado de popa, precisamente debajo de mi cabeza. No me moví; no se me ocurrió moverme. Estaba amodorrado. "Es muy desagradable", gruñó el tío. "Él había pedido a la administración que lo enviaran allí", dijo el otro, "con la idea de demostrar lo que era capaz de hacer. Yo recibí instrucciones al respecto. Debe tener una influencia tremenda. ¿No te parece terrible?". Ambos convinieron en que aquello era terrible; después hicieron observaciones extrañas: la lluvia…, el buen tiempo…, un hombre…, el Consejo…, por la nariz… Fragmentos de frases absurdas que me hicieron salir de mi estado de somnolencia. De modo que estaba en pleno uso de mis facultades mentales cuando el tío dijo: "El clima puede eliminar esa dificultad. ¿Está solo allá?". "Sí", respondió el director. "Me envió a su asistente, con una nota redactada más o menos en estos términos: 'Saque usted a este pobre diablo del país, y no se moleste en enviarme a otras personas de esta especie. Prefiero estar solo a tener a mi lado la clase de hombres de que ustedes pueden disponer.' Eso fue hace ya más de un año. ¿Puedes imaginarte desfachatez semejante?" "¿Y nada a partir de entonces?", preguntó el otro con voz ronca. "Marfil", masculló el sobrino, "a montones..., y de primera clase. Grandes cargamentos; todo para fastidiar, me parece". "¿De qué manera?", preguntó un rugido sordo. "Facturas", fue la respuesta. Se podía decir que aquella palabra había sido disparada. Luego se hizo el silencio. Habían estado hablando de Kurtz.

"Para entonces yo estaba del todo despierto. Permanecía acostado tal como estaba, sin cambiar de postura. '¿Cómo ha logrado abrirse paso todo ese marfil?', explotó de pronto el más viejo de los dos, que parecía muy contrariado. El otro explicó que había llegado en una flotilla de canoas, a las órdenes de un mestizo inglés que Kurtz tenía a su servicio. El mismo Kurtz, al parecer, había tratado de hacer el viaje, por encontrarse en ese tiempo la estación desprovista de víveres y pertrechos, pero después de recorrer unas trescientas millas había decidido de pronto regresar, y lo hizo solo, en una pequeña canoa con cuatro remeros, dejando que el mestizo continuara río abajo con el marfil. Los dos hombres estaban sorprendidos ante semejante proceder. Trataban de encontrar un motivo que explicara esa actitud. En cuanto a mí, me pareció ver por primera vez a Kurtz. Fue una vislumbre precisa: la canoa, cuatro remeros salvajes; el blanco solitario que de pronto les daba la espalda a las oficinas principales, al descanso, tal vez a la idea del hogar, y volvía en cambio el rostro hacia lo más profundo de la selva, hacia su campamento vacío y desolado. Yo no conocía el motivo. Era posible que sólo se tratara de un buen sujeto que se había entusiasmado con su trabajo. Su nombre, saben, no había sido pronunciado ni una sola vez durante la conversación. Se referían a 'aquel hombre'. El mestizo que, según podía yo entender, había realizado con gran prudencia y valor aquel difícil viaje era invariablemente llamado 'ese canalla'. El 'canalla' había informado que 'aquel hombre' había estado muy enfermo; aún no se había restablecido del todo... Los dos hombres debajo de mí se alejaron unos pasos; paseaban de un lado a otro a cierta distancia. Escuché: 'puesto militar..., médico..., doscientas millas..., ahora completamente solo..., plazos inevitables..., nueve meses..., ninguna noticia..., extraños rumores'. Volvieron a acercarse. Precisamente en esos momentos decía el director: 'Nadie, que yo sepa, a menos que sea una especie de mercader ambulante, un tipo malvado que les arrebata el marfil a los nativos'.

"¿De quién hablaban ahora? Pude deducir que se trataba de algún hombre que estaba en el distrito de Kurtz y cuya presencia era desaprobada por el director. 'No nos veremos libres de esos competidores de mala fe hasta que colguemos a uno para escarmiento de los demás', dijo. 'Por supuesto', gruñó el otro. '¡Deberías colgarlo! ¿Por qué no? En este país se puede hacer todo, todo. Eso es lo que yo sostengo; aquí nadie puede poner en peligro tu posición. ¿Por qué? Porque resistes el clima. Sobrevives a todos los demás. El peligro está en Europa. Pero antes de salir tuve la precaución de...'

"Se alejaron y sus voces se convirtieron en un murmullo. Después volvieron a elevarse. 'Esta extraordinaria serie de retrasos no es culpa mía. He hecho todo lo que he podido.' 'Es una lástima', suspiró el viejo. 'Y esa peste absurda que es su conversación', rugió el otro. 'Me molestó mucho cuando estaba aquí: «Cada estación debería ser como un faro en medio del camino, que iluminara la senda hacia cosas mejores; un centro comercial, por supuesto, pero también de humanidad, de mejoras, de instrucción». ¡Habráse visto semejante asno! ¡Y quiere ser director! ¡No, es como…!'

"El exceso de indignación lo hizo sofocarse. Yo levanté un poco la cabeza. Me sorprendió ver lo cerca que estaban, justo debajo de mí. Habría podido escupir sobre sus sombreros. Miraban el suelo, absortos en sus pensamientos. El director se fustigaba la pierna con una fina varita. Su sagaz pariente levantó de pronto la cabeza. '¿Y te has encontrado bien todo el tiempo, desde que llegaste?', preguntó. El otro pareció sobresaltarse. '¿Quién? ¿Yo? ¡Oh, perfectamente, perfectamente! Pero el resto…, ¡santo cielo!, todos enfermos. Se mueren tan rápidamente que no tengo casi tiempo de mandarlos fuera de la región… ¡Es increíble!' 'Hum. Así es precisamente', gruñó el tío. 'Ah, muchacho, confía en eso…, te lo digo, confía en eso.' Lo vi extender un brazo que más bien parecía una aleta y señalar hacia la selva, la ensenada, el barco, el río; parecía sellar con un gesto vil ante la iluminada faz de la tierra un pacto traidor con la muerte en acecho, el mal escondido, las profundas tinieblas del corazón humano. Fue tan espantoso que me puse en pie de un salto y miré hacia atrás, al lindero de la selva, como esperando encontrar una respuesta a ese negro intercambio de confidencias. Ya saben que a veces uno llega a abrigar las más locas ideas. Una profunda calma rodeaba a aquellas dos figuras con su ominosa paciencia, esperando el paso de una invasión fantástica.

"Los dos hombres maldijeron a la vez, de puro miedo creo yo… Después pretendieron no saber nada de mi existencia y volvieron a la estación. El sol estaba bajo; e inclinados hacia adelante, uno al lado del otro, parecían tirar a duras penas, colina arriba, de sus dos sombras grotescas, de longitud irregular, que se arrastraban lentamente tras ellos sobre la hierba espesa, sin inclinar una sola brizna.

”Unos días más tarde la Expedición Eldorado se internó en la paciente selva, que se cerró sobre ellos como el mar sobre un buzo. Algún tiempo después nos llegaron noticias de que todos los burros habían muerto. No sé nada sobre la suerte que corrieron los otros animales, los menos valiosos. No me cabe duda de que, como el resto de nosotros, encontraron su merecido. No hice averiguaciones. Me excitaba enormemente la perspectiva de conocer muy pronto a Kurtz. Cuando digo muy pronto, hablo en términos relativos. Dos meses pasaron desde el momento en que dejamos la ensenada hasta nuestra llegada a la orilla de la estación de Kurtz.

”Remontar aquel río era como volver a los inicios de la creación cuando la vegetación estalló sobre la faz de la tierra y los árboles se convirtieron en reyes. Una corriente vacía, un gran silencio, una selva impenetrable. El aire era caliente, denso, pesado, embriagador. No había ninguna alegría en el resplandor del sol. Aquel camino de agua corría desierto, en la penumbra de las grandes extensiones. En playas de arena plateada, los hipopótamos y los cocodrilos tomaban el sol lado a lado. Las aguas, al ensancharse, fluían a través de archipiélagos boscosos; era tan fácil perderse en aquel río como en un desierto, y tratando de encontrar el rumbo se chocaba todo el tiempo contra bancos de arena, hasta que uno llegaba a tener la sensación de estar embrujado, lejos de todas las cosas una vez conocidas…, en alguna parte…, lejos de todo…, tal vez en otra existencia. Había momentos en que el pasado volvía a aparecer, como sucede cuando uno no tiene ni un momento libre, pero aparecía en forma de un sueño intranquilo y estruendoso, recordado con asombro en medio de la realidad abrumadora de aquel mundo extraño de plantas, y agua, y silencio. Y aquella inmovilidad de vida no se parecía de ninguna manera a la tranquilidad. Era la inmovilidad de una fuerza implacable que envolvía una intención inescrutable. Y lo miraba a uno con aire vengativo. Después llegué a acostumbrarme. Y al acostumbrarme dejé de verla; no tenía tiempo. Debía estar todo el tiempo tratando de adivinar el cauce del canal; tenía que adivinar, más por inspiración que por otra cosa, las señales de los bancales ocultos, descubrir las rocas sumergidas. Aprendí a rechinar los dientes sonoramente antes de que el corazón me estallara cuando rozábamos algún viejo tronco infernal que hubiera podido terminar con la vida de aquel vapor de hojalata y ahogar a todos los peregrinos. Necesitaba encontrar todos los días señales de madera seca que pudiéramos cortar todas las noches para alimentar las calderas al día siguiente. Cuando uno tiene que estar pendiente de ese tipo de cosas, los meros incidentes de la superficie, la realidad, sí, la realidad digo, se desvanece. La verdad íntima se oculta, por suerte, por suerte. Pero yo la sentía durante todo el tiempo. Sentía con frecuencia aquella inmovilidad misteriosa que me contemplaba, que observaba mis artimañas de mono, tal como los observa a ustedes, camaradas, cuando trabajan en sus respectivos cables por…, cuánto es…, media corona la vuelta.

—Intenta ser más cortés, Marlow —gruñó una voz, y supe que por lo menos había otro auditor tan despierto como yo.

—Perdón. En realidad, ¿qué importa el precio si la cosa está bien hecha? Ustedes desempeñan muy bien sus oficios. Yo tampoco he hecho mal el mío desde que logré que no naufragara aquel vapor en mi primer viaje. Todavía me asombro de ello. Imagínense a un hombre con los ojos vendados, obligado a conducir un vehículo por un mal camino. Lo que puedo decirles es que sudé y temblé de verdad durante aquel viaje. Después de todo, para un marino, que se rompa el fondo de la cosa que se supone flota todo el tiempo bajo su vigilancia es el pecado más imperdonable. Puede que nadie se entere, pero él no olvida el porrazo, ¿no es cierto? Es un golpe en el mismo corazón. Uno lo recuerda, lo sueña, despierta a medianoche para pensar en él, años después, y vuelve a sentir escalofríos. No pretendo decir que aquel vapor flotara todo el tiempo. Más de una vez tuvo que vadear un poco, con veinte caníbales chapoteando alrededor de él y empujando. Durante el viaje habíamos enganchado una tripulación con algunos de esos muchachos. ¡Excelentes tipos, aquellos caníbales! Eran hombres con los que se podía trabajar, y aún hoy les estoy agradecido. Y, después de todo, no se devoraban los unos a los otros en mi presencia; llevaban consigo una provisión de carne de hipopótamo, que una vez podrida hizo llegar a mis narices todo el misterio de la selva. ¡Puuuf! Aún puedo olerla. Llevaba a bordo al director y a tres o cuatro peregrinos con sus palos. Eso era todo. Algunas veces nos acercábamos a una estación próxima a la orilla, pegada a las faldas de lo desconocido; los blancos salían de sus cabañas con grandes expresiones de alegría, de sorpresa, de bienvenida. Me parecían muy extraños. Tenían todo el aspecto de haber sido víctimas de un hechizo. La palabra marfil flotaba un buen rato en el aire y luego seguíamos de nuevo en medio del silencio, a lo largo de inmensas extensiones desiertas, alrededor de mansos recodos, entre los altos muros de nuestro camino sinuoso, que resonaba en profundos ruidos al pesado golpe de nuestra rueda de popa. Árboles, árboles, millones de árboles, masas inmensas de ellos elevándose hacia las alturas; y a sus pies, navegando junto a la orilla, contra la corriente, se deslizaba aquel vapor lisiado, como se arrastra un escarabajo perezoso sobre el suelo de un elevado pórtico. Uno tenía por fuerza que sentirse muy pequeño, totalmente perdido, y sin embargo aquel sentimiento no era deprimente. Después de todo, por muy pequeño que fuera, aquel sucio animalillo seguía arrastrándose, y eso era lo que se le pedía. A dónde imaginaban arrastrarse los peregrinos, eso sí que no lo sé. Hacia algún lugar del que esperaban obtener algo, creo. En cuanto a mí, el escarabajo se arrastraba exclusivamente hacia Kurtz. Pero cuando el casco comenzó a hacer agua nos arrastramos muy lentamente. Aquellas grandes extensiones se abrían ante nosotros y volvían a cerrarse, como si la selva hubiera puesto poco a poco un pie en el agua para cortarnos la retirada en el momento del regreso. Penetramos más y más espesamente en el corazón de las tinieblas. Allí había verdadera calma. A veces, por la noche, un redoble de tambores, detrás de la cortina vegetal, corría por el río, se sostenía débilmente, se prolongaba, como si revoloteara en el aire por encima de nuestras cabezas, hasta la primera luz del día. Si aquello significaba guerra, paz u oración, es algo que no podría decir. La aurora se anunciaba por el descenso de una desapacible calma; los leñadores dormían, sus hogueras se extinguían; el chasquido de una rama lo podía llenar a uno de sobresalto. Éramos vagabundos en medio de una tierra prehistórica, de una tierra que tenía el aspecto de un planeta desconocido. Nos podíamos ver a nosotros mismos como los primeros hombres tomando posesión de una herencia maldita, sobreviviendo a costa de una angustia profunda, de un trabajo excesivo. Pero, de pronto, cuando luchábamos para cruzar un recodo, podíamos vislumbrar unos muros de juncos, un estallido de gritos, un revuelo de músculos negros, una multitud de manos que palmoteaban, de pies que pateaban, de cuerpos en movimiento, de ojos furtivos, bajo la sombra de pesados e inmóviles follajes. El vapor se movía lenta y dificultosamente al borde de un negro e incomprensible frenesí. ¿Nos maldecía, nos imprecaba, nos daba la bienvenida el hombre prehistórico? ¿Quién podría decirlo? Estábamos incapacitados para comprender todo lo que nos rodeaba; nos deslizábamos como fantasmas, asombrados y con un pavor secreto, como pueden hacerlo los hombres cuerdos ante un estallido de entusiasmo en una casa de orates. No podíamos entender porque nos hallábamos muy lejos, y no podíamos recordar porque viajábamos en la noche de los primeros tiempos, de esas épocas ya desaparecidas que dejan con dificultades alguna huella…, pero ningún recuerdo.

”La tierra no parecía la tierra. Nos hemos acostumbrado a verla bajo la imagen encadenada de un monstruo conquistado, pero allí…, allí podía vérsela como algo monstruoso y libre. Era algo no terrenal, y los hombres eran… No, no se podía decir inhumanos. Era algo peor, saben, esa sospecha de que no fueran inhumanos. La idea surgía lentamente en uno. Aullaban, saltaban, se colgaban de las lianas, hacían muecas horribles, pero lo que en verdad producía estremecimiento era la idea de su humanidad, igual que la de uno, la idea del remoto parentesco con aquellos seres salvajes, apasionados y tumultuosos. Feo, ¿no? Sí, era algo bastante feo. Pero si uno era lo suficientemente hombre, debía admitir precisamente en su interior una débil traza de respuesta a la terrible franqueza de aquel estruendo, una tibia sospecha de que aquello tenía un sentido en el que uno —uno, tan distante de la noche de los primeros tiempos— podía participar. ¿Por qué no? La mente del hombre es capaz de todo, porque todo está en ella, tanto el pasado como el futuro. ¿Qué había allí, después de todo? Alegría, miedo, tristeza, devoción, valor, cólera… ¿Quién podía saberlo?… Pero había una verdad, una verdad desnuda de la capa del tiempo. Dejemos que los estúpidos tiemblen y se estremezcan… El que es hombre sabe y puede mirar aquello sin pestañear. Pero tiene que ser por lo menos tan hombre como los que había en la orilla. Debe confrontar esa verdad con su propia y verdadera esencia…, con su propia fuerza innata. Los principios no bastan. Adquisiciones, vestidos, bonitos harapos…, harapos que volarían a la primera sacudida. No, lo que se requiere es una

148

creencia deliberada. ¿Hay allí algo que me llama, en esa multitud demoníaca? Muy bien. La oigo, lo admito, pero también tengo una voz y para bien o para mal no puedo silenciarla. Por supuesto, un necio con puro miedo y finos sentimientos está siempre a salvo. ¿Quién protesta? ¿Se preguntan si también bajé a la orilla para aullar y danzar? Pues no, no lo hice. ¿Nobles sentimientos, dirán? ¡Al diablo con los nobles sentimientos! No tenía tiempo para ellos. Tenía que mezclar albayalde con tiras de mantas de lana para tapar los agujeros por donde entraba el agua. Tenía que estar al tanto del gobierno del barco, evitar troncos y hacer que marchara aquella caja de hojalata por las buenas o por las malas. Esas cosas poseen la suficiente verdad superficial como para salvar a un hombre sabio. A ratos tenía, además, que vigilar al salvaje que llevaba yo como fogonero. Era un espécimen perfeccionado; podía encender una caldera vertical. Allí estaba, debajo de mí y, palabra de honor, mirarlo resultaba tan edificante como ver a un perro en una parodia con pantalones y sombrero de plumas, paseando sobre sus patas traseras. Unos meses de entrenamiento habían hecho de él un muchacho realmente eficaz. Observaba el regulador de vapor y el carburador de agua con un evidente esfuerzo por comprender; tenía los dientes afilados también, pobre diablo, y el cabello lanudo afeitado con arreglo a un modelo muy extraño, y tres cicatrices ornamentales en cada mejilla. Hubiera debido palmotear y golpear el suelo con la planta de los pies, y en vez de ello se esforzaba por realizar un trabajo, iniciarse en una extraña brujería, en la que iba adquiriendo nuevos conocimientos. Era útil porque había recibido alguna instrucción; lo que sabía era que si el agua desaparecía de aquella cosa transparente, el mal espíritu encerrado en la caldera mostraría su cólera por la enormidad de su sed y tomaría una venganza terrible. Y así sudaba, calentaba y observaba el cristal con temor (con un talismán improvisado, hecho de trapos, atado a un brazo, y un pedazo de hueso del tamaño de un reloj colocado entre la encía y el labio inferior), mientras las orillas cubiertas de selva se deslizaban lentamente ante nosotros, el pequeño ruido quedaba atrás y se sucedían millas interminables de silencio… Y nosotros nos arrastrábamos hacia Kurtz. Pero los troncos eran grandes; el agua, traidora y poco profunda; la caldera parecía tener en efecto un demonio hostil en su seno, y de esa manera ni el fogonero ni yo teníamos tiempo para internarnos en nuestros melancólicos pensamientos.

"A unas cincuenta millas de la estación interior encontramos una choza hecha de cañas y, sobre ella, un mástil inclinado y melancólico, con los restos irreconocibles de lo que había sido una bandera ondeando en él, y al lado un montón de leña, cuidadosamente apilado. Aquello constituía algo inesperado. Bajamos a la orilla, y sobre la leña encontramos una tablilla con algunas palabras borrosas. Cuando logramos descifrarlas, leímos: 'Leña para ustedes. Apresúrense. Deben acercarse con precauciones'. Había una firma, pero era ilegible. No era la de Kurtz. Era una palabra mucho más larga. Apresúrense. ¿A dónde? ¿Remontando el río? ¿Acercarse con precauciones? No lo habíamos hecho así. Pero la advertencia no podía ser para llegar a aquel lugar, ya que nadie tendría conocimiento de su existencia. Algo anormal encontraríamos más arriba. ¿Pero qué, y en qué cantidad? Ése era el problema. Comentamos despectivamente la imbecilidad de aquel estilo telegráfico. Los arbustos cercanos no nos dijeron nada y tampoco nos permitieron ver muy lejos. Una cortina destrozada de sarga roja colgaba a la entrada de la cabaña y rozaba tristemente nuestras caras. El interior estaba desmantelado, pero era posible deducir que allí había vivido no hacía mucho tiempo un blanco. Quedaba aún una tosca mesa, una tabla sobre dos postes, un montón de escombros en un rincón oscuro y, cerca de la puerta, un libro que recogí inmediatamente. Había perdido la cubierta y las páginas estaban muy sucias y blandas, pero el lomo había sido recientemente cosido con cuidado, con hilo de algodón blanco que aún conservaba un aspecto limpio. El título era *Una investigación sobre algunos aspectos de náutica*, y el autor un tal Towsen o Towson, capitán al servicio de Su Majestad. El contenido era bastante monótono, con diagramas aclaratorios y múltiples láminas con figuras. El ejemplar tenía una antigüedad de unos sesenta años. Acaricié aquella impresionante antigualla con la mayor ternura posible, temeroso de que fuera a disolverse en mis manos. En su interior, Towson o Towsen investigaba seriamente la resistencia de tensión de los cables y cadenas empleados en los aparejos de los barcos, y otras materias semejantes. No era un libro apasionante, pero a primera vista se podía ver una unidad de intención, una honrada preocupación por realizar seriamente el trabajo que hacía que aquellas páginas, concebidas tantos años atrás, resplandecieran con una luminosidad no provocada sólo por el interés profesional. El sencillo y viejo marino, con su disquisición sobre cadenas y tuercas, me hizo olvidar la selva y los peregrinos, en una deliciosa sensación de haber encontrado algo inconfundiblemente real. El que un libro semejante se encontrara allí era ya bastante asombroso, pero aún lo eran más las notas marginales, escritas a lápiz, con referencia al texto. ¡No podía creer en mis propios ojos! Estaban escritas en lenguaje cifrado. Sí, aquello parecía una clave. Imaginen a un hombre que llevara consigo un libro de esa especie a aquel lugar perdido del mundo, lo estudiara e hiciera comentarios en lenguaje cifrado. Era un misterio de lo más extravagante.

"Desde hacía un rato era vagamente consciente de cierto ruido molesto, y al alzar los ojos vi que la pila de leña había desaparecido y que el director, junto con todos los peregrinos, me llamaba a voces desde la orilla del río. Me metí el libro en un bolsillo. Puedo asegurarles que arrancarme de su lectura era como separarme del abrigo de una vieja y sólida amistad.

"Volví a poner en marcha la inválida máquina. 'Debe de ser ese miserable comerciante, ese intruso', exclamó el director, mirando con malevolencia hacia el sitio que habíamos dejado atrás. 'Debe ser inglés', dije yo. 'Eso no lo librará de meterse en dificultades si no es prudente', murmuró sombríamente el director. Y yo comenté con fingida inocencia que en este mundo nadie está libre de dificultades.

"La corriente era ahora más rápida. El vapor parecía estar a punto de emitir su último suspiro; las aspas de las ruedas batían lánguidamente el agua. Yo esperaba que aquél fuera el último esfuerzo, porque a decir verdad temía a cada momento que aquella desvencijada embarcación no pudiera ya más. Me parecía estar contemplando las últimas llamadas de una vida. Sin embargo, seguíamos avanzando. A veces tomaba como punto de referencia un árbol, situado un poco más arriba, para medir nuestro avance hacia Kurtz, pero lo perdía invariablemente antes de llegar a él. Mantener la vista fija durante tanto tiempo era una labor demasiado pesada para la paciencia humana. El director mostraba una magnífica resignación. Yo me impacientaba, me encolerizaba y discutía conmigo mismo sobre la posibilidad de hablar abiertamente con Kurtz. Pero antes de poder llegar a una conclusión, se me ocurrió que tanto mi silencio como mis declaraciones eran igualmente fútiles. ¿Qué importancia podía tener que él supiera o ignorara la situación? ¿Qué importaba quién fuera el director? A veces tenemos esos destellos de perspicacia. Lo esencial de aquel asunto yacía muy por debajo de la superficie, más allá de mi alcance y de mi poder de meditación.

"Hacia la tarde del segundo día creíamos estar a unas ocho millas de la estación de Kurtz. Yo quería continuar, pero el director me dijo con aire grave que la navegación a partir de aquel punto era tan peligrosa que le parecía prudente, ya que el sol estaba por ocultarse, esperar allí hasta la mañana siguiente. Es más, insistió en la advertencia de que nos acercáramos con prudencia. Sería mejor hacerlo a la luz del día, y no en la penumbra del crepúsculo o en plena oscuridad. Aquello era bastante sensato. Ocho millas significaban cerca de tres horas de navegación, y yo había visto ciertos rizos sospechosos en el curso superior del río. No obstante, aquel retraso me produjo una indecible contrariedad, y sin razón, ya que una noche poco podía importar después de tantos meses. Como teníamos leña en abundancia y la palabra precaución no nos abandonaba, detuve el barco en el centro del río. El cauce era allí angosto, recto, con altos bordes, como una trinchera de ferrocarril. La oscuridad comenzó a cubrirnos antes de que el sol se pusiera. La corriente fluía rápida y tersa, pero una silenciosa inmovilidad cubría las márgenes. Los árboles vivientes, unidos entre sí por plantas trepadoras, así como todo arbusto vivo en la maleza, parecían haberse convertido en piedra, hasta la rama más delgada, hasta la hoja más insignificante. No era un sueño, era algo sobrenatural, como un estado de trance. Uno miraba aquello con asombro y llegaba a sospechar si se habría vuelto sordo. De pronto se hizo la noche, súbitamente, y también nos dejó ciegos. A eso de las tres de la mañana saltó un gran pez, y su fuerte chapoteo me sobresaltó como si hubiera sido disparado por un cañón. Una bruma blanca, caliente, viscosa, más cegadora que la noche, empañó la salida del sol. Ni se disolvía, ni se movía. Estaba precisamente allí, rodeándonos como algo sólido. A eso de las ocho o nueve de la mañana comenzó a elevarse como se eleva una cortina. Pudimos contemplar la multitud de altísimos árboles, sobre la inmensa y abigarrada selva, con el pequeño sol resplandeciente colgado sobre la maleza. Todo estaba en una calma absoluta, y después la blanca cortina descendió otra vez, suavemente, como si se deslizara por ranuras engrasadas. Ordené que se arrojara de nuevo la cadena que habíamos comenzado a halar. Y antes de que hubiera acabado de descender, rechinando sordamente, un aullido, un aullido terrible como de infinita desolación se elevó lentamente en el aire opaco. Cesó poco después. Un clamor lastimero, modulado con una discordancia salvaje, llenó nuestros oídos. Lo inesperado de aquel grito hizo que el cabello se me erizara debajo de la gorra. No sé qué impresión les causó a los demás: a mí me pareció como si la bruma misma hubiera gritado; tan repentinamente y al parecer desde todas partes se había elevado a la vez aquel grito tumultuoso y luctuoso. Culminó con el estallido acelerado de un chillido exorbitante, casi intolerable, que al cesar nos dejó helados en una variedad de actitudes estúpidas, tratando obstinadamente de escuchar el silencio excesivo, casi espantoso, que siguió.

”'¡Dios mío! ¿Qué es esto?', murmuró junto a mí uno de los peregrinos, un hombrecillo grueso, de cabellos arenosos y rojas patillas, que llevaba botas con suelas de goma y un pijama color de rosa recogido en los tobillos. Otros dos se quedaron boquiabiertos por un minuto, luego se precipitaron a la pequeña cabina, para salir al siguiente instante, lanzando miradas tensas y con los rifles preparados en la mano. Nada podíamos ver más allá del vapor: veíamos su punta borrosa como si estuviera a punto de disolverse, y una línea brumosa, de quizá dos pies de anchura, a su alrededor. Nada más. El resto del mundo no existía para nuestros ojos y oídos. Aquello era nuestra tierra de nadie. Todo se había ido, desaparecido, barrido, sin dejar murmullo ni sombras detrás.

”Me adelanté y ordené que acortaran la cadena, con objeto de poder levar anclas y poner en marcha el vapor si se hacía necesario. '¿Nos atacarán?', murmuró una voz amedrentada. 'Nos asesinarán a todos en medio de esta niebla', murmuró otro. Los rostros se crispaban por la tensión, las

154

manos temblaban ligeramente, los ojos olvidaban el parpadeo. Era curioso ver el contraste entre los blancos y los negros de nuestra tripulación, tan extranjeros como nosotros en aquella parte del río, aunque sus hogares estuvieran a una distancia de sólo ochocientas millas de aquel lugar. Los blancos, como es natural, terriblemente sobresaltados, tenían además el aspecto de sentirse penosamente sorprendidos por aquel oprobioso recibimiento. Los otros tenían una expresión de alerta, de interés natural en los acontecimientos, pero sus rostros aparentaban sobre todo tranquilidad; incluso había uno o dos cuyas dentaduras brillaban mientras tiraban de la cadena. Algunos cambiaron breves, sobrias frases, que parecían resolver el asunto satisfactoriamente. Su jefe, un joven de amplio pecho, vestido severamente con una tela orlada, azul oscura, con feroces agujeros nasales y el cabello artísticamente arreglado en anillos aceitosos, estaba en pie a mi lado. '¡Ajá!', dije sólo por espíritu de compañerismo. '¡Agárrenlos!', exclamó, abriendo los ojos inyectados de sangre y con un destello de sus dientes puntiagudos. 'Agárrenlos y dénnoslos.' '¿A ustedes?', pregunté, '¿qué harían con ellos?'. 'Nos los comeríamos', dijo tajantemente y, apoyando un codo en la borda, miró hacia afuera, a la bruma, en una actitud digna y profundamente meditativa. No me cabe duda de que me habría sentido profundamente horrorizado si no se me hubiese ocurrido que tanto él como sus muchachos debían estar muy hambrientos; el hambre seguramente se había acumulado durante el último mes. Habían sido contratados por seis meses (no creo que ninguno de ellos tuviera una noción clara del tiempo como la tenemos nosotros después de innumerables siglos; pertenecían aún a los comienzos del tiempo, no tenían ninguna experiencia heredada que les indicara lo que eso era) y, por supuesto, mientras existiera un pedazo de papel escrito de acuerdo con alguna ley absurda, o de cualquier otro precepto —redactados río abajo—, no cabía en la cabeza preocuparse sobre su sustento. Era cierto que habían embarcado con carne podrida de hipopótamo, que no podía de cualquier manera durar demasiado tiempo, aun en el caso de que los peregrinos no hubieran arrojado, en medio de una riña desagradable, gran parte de ella por la borda. Parecía un proceder arbitrario, pero en realidad se trataba de una situación de legítima defensa. No se puede respirar carne de hipopótamo podrida al despertar, al dormir y al comer, y a la vez conservar el precario asidero a la existencia. Además, se les daba tres pedazos de alambre de cobre a la semana, cada uno de nueve pulgadas de longitud. En teoría aquella moneda les permitiría comprar sus provisiones en las aldeas a lo largo del río. ¡Pero hay que ver cómo funcionaba aquello! O no había aldeas, o la población era hostil, o el director, que, como el resto de nosotros, se alimentaba a base de latas de conserva que ocasionalmente nos ofrecían, o con carne de viejo macho cabrío, se negaba a que el vapor se detuviera por alguna razón más o menos recóndita. De modo que, a menos que se alimentaran con el alambre mismo o que lo convirtieran en anzuelos para pescar, no veo de qué podía servirles aquel extravagante salario. Debo decir que se les pagaba con una regularidad digna de una gran y honorable empresa comercial. Por lo demás, lo único comestible —aunque no tuviera aspecto de serlo— que vi en su posesión eran unos trozos de una materia como pasta medio cocida, de un color de lavanda sucia, que llevaban envuelta en hojas y de la cual de vez en cuando arrancaban un pedazo, pero tan pequeño que parecía más bien arrancado para ser mirado que con un propósito serio de sustento. ¿Por qué en nombre de todos los roedores diablos del hambre no nos atacaron —eran treinta para cinco— y se dieron con nosotros un buen banquete? Es algo que todavía hoy me asombra. Eran hombres grandes, vigorosos, sin gran capacidad para meditar en las consecuencias, valientes, fuertes aún entonces, aunque su piel había perdido ya el brillo y sus músculos se habían ablandado. Comprendí que alguna inhibición, uno de esos secretos humanos que desmienten la probabilidad de algo, estaba en acción. Los miré con un repentino aumento de interés, y no porque pensara que podía ser devorado por ellos dentro de poco, aunque debo reconocer que fue entonces cuando precisamente vi, bajo una nueva luz, por decirlo así, el aspecto enfermizo de los peregrinos, y tuve la esperanza, sí, positivamente tuve la esperanza de que mi aspecto no fuera, ¿cómo diría?, tan poco apetitoso. Fue un toque de vanidad fantástica, muy de acuerdo con la sensación de sueño que llenaba todos mis días en aquel entonces. Quizá me sintiera también un poco afiebrado. Uno no puede vivir llevándose los dedos eternamente al pulso. Tenía siempre 'un poco de fiebre', o un poco de algo; los arañazos juguetones de la selva, las bromas preliminares a un ataque serio que se presentó a su debido tiempo. Sí, los miré como lo podrían hacer ustedes ante cualquier ser humano, con una curiosidad ante sus impulsos, motivaciones, capacidad, debilidades, cuando son puestos a prueba por una inexorable necesidad física. ¿Represión? Pero, ¿de qué tipo? ¿Era superstición, disgusto, paciencia, miedo, o una especie de honor primitivo? Ningún miedo logra resistir al hambre, ni hay paciencia que pueda soportarla. La repugnancia sencillamente desaparece cuando llega el hambre, y en cuanto a la superstición, creencias, y lo que ustedes podrían llamar principios, pesan menos que una hoja en medio de la brisa. ¿Saben lo diabólica que puede ser una inanición prolongada, su tormento exasperante, los negros pensamientos que produce, su sombría y envolvente ferocidad? Bueno, yo sí. Le hace perder al hombre toda su fortaleza innata para luchar dignamente contra el hambre. Indudablemente es más fácil enfrentarse con la desgracia, con el deshonor, con la perdición del alma que con el hambre prolongada. Es triste, pero cierto. Y aquellos sujetos, además, no tenían ninguna razón en la tierra para abrigar algún escrúpulo. ¡Represión! Del mismo modo podría yo esperar represión de una hiena que deambulara entre los cadáveres de un campo de batalla. Pero allí, frente a mí, estaban los hechos, el hecho asombroso que podía ver, como un pliegue de un enigma inexplicable, un misterio mayor, si pienso bien en ello, que aquella curiosa e inexplicable nota de desesperación y dolor en el clamor salvaje que nos había llegado de las márgenes del río, más allá de la ciega blancura de la bruma.

"Dos peregrinos discutían en murmullos apresurados sobre cuál de las orillas estaba ocupada. 'A la izquierda.' 'No, no. ¿Cómo se te ocurre? Están a la derecha, por supuesto.' 'Esto es muy serio', oí que decía el director detrás de mí. 'Lamentaría que le hubiera ocurrido algo al señor Kurtz antes de que lleguemos.' Me volví a mirarlo y no me cupo la menor duda de que hablaba con sinceridad. Era precisamente de esa especie de hombres que saben guardar las apariencias. Aquél era su freno. Pero cuando dijo algo sobre la posibilidad de seguir en el acto, ni siquiera me tomé la molestia de responder. Tanto yo como él sabíamos que eso era imposible. En cuanto perdiéramos nuestro único punto de apoyo, el fondo, quedaríamos completamente en el aire, en el espacio. No podíamos decir a dónde iríamos, si hacia arriba o hacia abajo, o hacia los lados, hasta que llegáramos a alguna de las márgenes, y entonces ni siquiera podríamos decir en cuál estábamos. Por supuesto no hice ningún movimiento. No pueden imaginar un sitio más abominable para un naufragio. O nos ahogaríamos enseguida, o pereceríamos después de una u otra manera. 'Lo autorizo a correr todos los riesgos', dijo, después de un breve silencio. 'Me niego a correr ninguno', dije tajantemente. Y era la respuesta que él esperaba, aunque el tono quizá lo sorprendiera. 'Bueno, debo ceder a su juicio. Usted es el capitán', dijo, con pronunciada cortesía.

Hice un movimiento con el hombro en señal de reconocimiento y miré hacia la niebla. ¿Cuánto podía durar? Era un espectáculo desesperante. La aproximación a aquel Kurtz que extraía el marfil de aquella maldita selva estaba rodeada de tantos peligros como la visita a una princesa encantada, dormida en un castillo fabuloso. '¿Cree usted que nos atacarán?', preguntó el director en tono confidencial.

"Yo no pensaba que fueran a atacarnos, por varias razones obvias. La espesa niebla era una de ellas. Si se alejaban de la orilla en sus piraguas, se encontrarían perdidos en el río, igual que nosotros si intentábamos movernos. No obstante, yo había considerado que la selva de ambas orillas era absolutamente impenetrable, y a pesar de ello había allí ojos que nos habían visto. La selva en ambas márgenes del río era con toda certidumbre muy espesa, pero la maleza podía por lo visto ser penetrada. Sin embargo, yo no había visto canoas en ninguna parte, y mucho menos cerca del barco. Pero lo que hacía que me resultara inconcebible la idea de un ataque era la naturaleza del sonido. Los gritos que habíamos escuchado no tenían el carácter feroz que precede a una intención hostil inmediata. A pesar de lo inesperados, salvajes y violentos que fueron, me habían dejado una impresión de irresistible tristeza. La contemplación del vapor había llenado a aquellos salvajes, quién sabe por qué razón, de un dolor desenfrenado. El peligro, si existía, expliqué, residía en la proximidad de una gran pasión humana desencadenada. Hasta el dolor más agudo puede al fin desahogarse en violencia, aunque por lo general tome la forma de apatía...

"¡Deberían haber visto la mirada fija de aquellos peregrinos! No se atrevían a sonreír, o a rebatirme, pero estoy seguro de que creían que me había vuelto loco, por el miedo, tal vez. Les dirigí casi una conferencia. Queridos amigos, de nada valía asustarse. ¿Mantenerse en guardia? Bueno, ya podían imaginar que yo observaba la niebla esperando señales de que se abriera, como un gato puede observar a un ratón, pero nuestros ojos no nos servían de nada, era igual que si estuviéramos enterrados a varias millas de profundidad en un montón de algodón en rama. Así me sentía yo, fastidiado, acalorado, sofocado. Además, todo lo que decía, por extraño que sonara, era absolutamente cierto. Lo que nosotros considerábamos como un ataque era realmente un intento de rechazo. La acción distaba mucho de ser agresiva, ni siquiera era defensiva en el sentido clásico. Se había iniciado bajo la presión de la desesperación, y en esencia era puramente protectora.

"Aquello tuvo lugar, por decirlo así, dos horas después de que se levantara la niebla, y su principio, aproximadamente, fue una milla y media antes de llegar a la estación de Kurtz. Precisamente acabábamos de ser sacudidos en un recodo, cuando vi una isla, una colina herbosa de un verde deslumbrante, en medio de la corriente. Era lo único que se veía, pero cuando nuestro horizonte se ensanchó vi que era la cabeza de un amplio banco de arena, o más bien de una cadena de pequeñas porciones de tierra que se extendían a flor de agua. Estaban descoloridas, junto a la superficie, y todo el grupo parecía estar bajo el agua, exactamente de la manera en que puede verse la columna vertebral de un hombre bajo la piel de la espalda. Podíamos dirigirnos a la derecha o a la izquierda. Por supuesto, yo no conocía ningún paso. Ambas márgenes tenían el mismo aspecto, la profundidad parecía ser la misma. Pero como me habían informado que la estación estaba situada en la parte occidental, tomé naturalmente el paso más próximo a esa orilla.

"No bien acabábamos de entrar, advertí que era mucho más estrecho de lo que había previsto. A nuestra izquierda se extendía, sin interrupción, el largo banco de arena, y a la derecha una orilla elevada y abrupta, densamente cubierta de maleza. Los árboles se agrupaban en filas apretadas.

Las ramas colgaban sobre la corriente y, de cuando en cuando, el gran tronco de un árbol se proyectaba rígidamente en ella. Era ya la tarde, el aspecto del bosque era lúgubre y una amplia franja de sombra caía sobre el agua. En esa sombra bogábamos muy lentamente, como ya pueden imaginar. Dirigí el vapor cerca de la orilla, donde el agua era más profunda, según me informaba el palo de sonda.

"Uno de mis hambrientos y pacientes amigos sondeaba desde la proa, precisamente debajo de mí. Aquel barco de vapor era exactamente como un lanchón con una cubierta. En la cubierta había dos casetas de madera de teca, con puertas y ventanas. La caldera estaba en el extremo anterior y la maquinaria en la popa. Sobre todo aquello se tendía una techumbre ligera sostenida por vigas. La chimenea emergía de aquel techo, y enfrente de la chimenea una pequeña cabina de tablas delgadas albergaba al piloto. Había en su interior un lecho, dos sillas de campaña, una escopeta cargada colgada de un rincón, una pequeña mesa y la rueda del timón. Tenía una amplia puerta al frente con postigos a ambos lados. Tanto la puerta como las ventanas estaban siempre abiertas, como es natural. Yo pasaba los días en el punto extremo de aquella cubierta, junto a la puerta. De noche dormía, o trataba de hacerlo, sobre el techo. Un negro atlético procedente de alguna tribu de la costa, y educado por mi desdichado predecesor, era el timonel. Llevaba un par de pendientes de bronce, una tela azul lo envolvía de la cintura a los tobillos, y tenía una alta opinión de sí mismo. Era el imbécil menos sosegado que haya visto jamás. Guiaba con cierto sentido común el barco si uno permanecía cerca de él, pero tan pronto como se sentía no observado era inmediatamente presa de una abyecta pereza y era capaz de dejar que aquel vapor destartalado tomara la dirección que quisiera.

"Estaba yo mirando hacia el palo de sonda, muy disgustado al comprobar que sobresalía cada vez un poco más, cuando vi que el hombre abandonaba su ocupación y se tendía sobre cubierta, sin preocuparse siquiera de subir a bordo el palo, seguía sujetándolo con la mano, y el palo flotaba en el agua. Al mismo tiempo el fogonero, al que también podía ver debajo de mí, se sentó bruscamente ante la caldera y hundió la cabeza entre las manos. Yo estaba asombrado. Después miré rápidamente hacia el río, donde vi un tronco de árbol sumergido. Unas varas, unas varas pequeñas, volaban alrededor; zumbaban ante mis narices, caían cerca de mí e iban a estrellarse en la cabina de pilotaje. Pero a la vez el río, la playa, la selva, estaban en calma, en una calma perfecta. Sólo podía oír el estruendoso chapoteo de la rueda, en la popa, y el zumbido de aquellos objetos. ¡Por Júpiter, eran flechas! ¡Nos estaban disparando! Entré rápidamente en la cabina a cerrar las ventanas que daban a la orilla del río. El estúpido timonel, con las manos en las cabillas del timón, levantaba las rodillas, golpeaba el suelo con los pies y se mordía los labios como un caballo sujeto por el freno. ¡El muy imbécil! Estábamos haciendo eses a menos de diez pies de la playa. Al asomarme para cerrar las ventanas, me incliné a la derecha y pude ver un rostro entre las hojas, a mi misma altura, mirándome fija y ferozmente. Y entonces, súbitamente, como si se hubiera removido un velo ante mis ojos, descubrí en la maleza, en el seno de las oscuras tinieblas, pechos desnudos, brazos, piernas, ojos brillantes. La maleza hervía de miembros humanos en movimiento, lustrosos, bronceados. Las ramas se estremecían, se inclinaban, crujían. De ahí salían las flechas. Cerré el postigo.

"'Guía en línea recta', le dije al timonel. Su cabeza miraba con rigidez hacia adelante, los ojos giraban y continuaba levantando y bajando los pies lentamente. Tenía espuma en la boca. '¡Mantén la calma!', le ordené furioso. Pero era igual que si le hubiera ordenado a un árbol que no se inclinara bajo la acción del viento. Me lancé hacia fuera. Debajo de mí se oía un estruendo de pies sobre la cubierta metálica y exclamaciones confusas. Una voz gritó: '¿No puede dar la vuelta?'. Percibí un obstáculo en forma de V delante del barco, en el agua. ¿Qué era aquello? ¿Otro tronco? Una descarga de fusilería estalló a mis pies. Los peregrinos habían disparado sus wínchesters, rociando de plomo la maleza. Se elevó una humareda que fue avanzando lentamente hacia delante. Lancé un juramento. Ya no podía ver el obstáculo. Yo permanecía de pie, en la puerta, observando las nubes de flechas que caían sobre nosotros. Podían estar envenenadas, pero por su aspecto no podía uno pensar que llegaran a matar a un gato. La maleza comenzó a aullar, y nuestros caníbales emitieron un grito de guerra. El disparo de un rifle a mis espaldas me dejó sordo. Eché una ojeada por encima de mi hombro; la cabina del piloto estaba aún llena de humo y estrépito cuando di un salto y agarré el timón. Aquel imbécil negro lo había soltado para abrir la ventana y disparar un Martini-Henry. Estaba de pie ante la ventana abierta y resplandeciente. Le ordené a gritos que volviera, mientras corregía en ese mismo instante la desviación del barco. No había modo de dar la vuelta. El obstáculo estaba muy cerca, frente a nosotros, bajo aquella maldita humareda. No había tiempo que perder, así que viré directamente hacia la orilla donde sabía que el agua era profunda.

"Avanzábamos lentamente a lo largo de espesas selvas en un torbellino de ramas rotas y hojas caídas. Los disparos de abajo cesaron, como yo había previsto que sucedería tan pronto como quedaran vacíos los cargadores. Eché atrás la cabeza ante un súbito zumbido que atravesó la cabina, entrando por una abertura de los postigos y saliendo por la otra. El estúpido timonel agitaba su rifle descargado y gritaba hacia la orilla. Vi vagas formas humanas que corrían, saltaban, se deslizaban a veces muy claras, a veces incompletas, para desvanecerse luego. Una cosa grande apareció en el aire delante del postigo, el rifle cayó por la borda y el hombre retrocedió rápidamente, me miró por encima del hombro, de una manera extraña, profunda y familiar, y cayó a mis pies. Golpeó dos veces un costado del timón con la cabeza, y algo que parecía un palo largo repiqueteó a su lado y arrastró una silla de campaña. Parecía que, después de arrancar aquello a alguien de la orilla, el esfuerzo le hubiera hecho perder el equilibrio. El humo había desaparecido, estábamos libres del obstáculo, y al mirar hacia delante pude ver que después de unas cien yardas o algo así podría alejar el barco de la orilla. Pero mis pies sintieron algo caliente y húmedo y tuve que mirar qué era. El hombre había caído de espaldas y me miraba fijamente, sujetando con ambas manos el palo. Era el mango de una lanza que, tras pasar por la abertura del postigo, lo había atravesado por debajo de las costillas. La punta no se llegaba a ver; le había producido una herida terrible. Tenía los zapatos llenos de sangre, y un gran charco se iba extendiendo poco a poco, de un rojo oscuro y brillante, bajo el timón. Sus ojos me miraban con un resplandor extraño. Estalló una nueva descarga. El negro me miró ansiosamente, sujetando la lanza como algo precioso, como si temiera que intentara quitársela. Tuve que hacer un esfuerzo para apartar mis ojos de su presencia y atender al timón. Busqué con una mano el cordón de la sirena y tiré de él a toda prisa produciendo silbido tras silbido. El tumulto de los gritos hostiles y guerreros se calmó inmediatamente, y entonces, de las profundidades de la selva, surgió un lamento trémulo y prolongado. Expresaba dolor, miedo y una absoluta desesperación, como podría uno imaginar que iba a seguir a la pérdida de la última esperanza en la tierra. Hubo una gran conmoción entre la maleza; cesó la lluvia de flechas; hubo algunos disparos sueltos. Luego se hizo el silencio, en el cual el lánguido jadeo de la rueda de popa llegaba con claridad a mis oídos. Acababa de dirigir el timón a estribor, cuando el peregrino del pijama color de rosa, acalorado y agitado, apareció en el umbral. 'El director me envía…', comenzó a decir en tono oficial, y se detuvo. '¡Dios mío!', dijo, fijando la vista en el herido.

"Los dos blancos permanecíamos frente a él, y su mirada lustrosa e inquisitiva nos envolvía. Les aseguro que era como si quisiera hacernos una pregunta en un lenguaje incomprensible, pero murió sin emitir un sonido, sin mover un miembro, sin crispar un músculo. Sólo al final, en el último momento, como en respuesta a una señal que nosotros no podíamos ver o a un murmullo que nos era inaudible, frunció pesadamente el rostro, y aquel gesto dio a su negra máscara mortuoria una expresión inconcebiblemente sombría, envolvente y amenazadora. El brillo de su mirada interrogante se marchitó rápidamente en una vaguedad vidriosa.

"'¿Puede usted gobernar el timón?', pregunté ansiosamente al peregrino. Él pareció dudar, pero lo sujeté por un brazo, y él comprendió al instante que yo le daba una orden, le gustara o no. Para decir la verdad, sentía la ansiedad casi morbosa de cambiarme los zapatos y los calcetines. 'Está muerto', exclamó aquel sujeto, enormemente impresionado. 'Indudablemente', dije yo, tirando como un loco de los cordones de mis zapatos, 'y por lo que puedo ver imagino que también el señor Kurtz estará ya muerto en estos momentos'.

"Aquél era mi pensamiento dominante. Era un sentimiento en extremo desconsolador, como si mi inteligencia comprendiera que me había esforzado por obtener algo que carecía de fundamento. No podía sentirme más disgustado que si hubiera hecho todo ese viaje con el único propósito de hablar con Kurtz. Hablar con… Tiré un zapato por la borda, y percibí que aquello precisamente era lo que había estado deseando…, hablar con Kurtz. Hice el extraño descubrimiento de que nunca me lo había imaginado en acción, saben, sino hablando. No me decía: ahora ya no podré verlo, ahora ya no podré estrecharle la mano, sino: ahora ya no podré oírlo. El hombre aparecía ante mí como una voz. Aquello no quería decir que lo disociara por completo de la acción. ¿No había yo oído decir en todos los tonos de los celos y de la admiración que había reunido, cambiado, estafado y robado más marfil que todos los demás agentes juntos? Aquello no era lo importante. Lo importante era que se trataba de una criatura de grandes dotes, y que entre ellas la que destacaba, la que daba la sensación de una presencia real, era su capacidad para hablar, sus palabras, sus dotes oratorias, su poder de hechizar, de iluminar, de exaltar, su palpitante corriente de luz, o aquel falso fluir que surgía del corazón de unas tinieblas impenetrables.

"Lancé el otro zapato al fondo de aquel maldito río. Pensé: '¡Por Júpiter, todo ha terminado! Hemos llegado demasiado tarde. Ha desaparecido... Ese don ha desaparecido, por obra de alguna lanza, flecha o mazo. Después de todo, nunca oiré hablar a ese individuo'. Y mi tristeza tenía una extravagante nota de emoción igual a la que había percibido en el doliente aullido de aquellos salvajes de la selva. De cualquier manera, no hubiera podido sentirme más desolado si me hubieran despojado violentamente de una creencia o hubiera errado mi destino en la vida... '¿A qué vienen esos resoplidos? ¿Les parece absurdo? Bueno, muy bien, es absurdo. ¡Cielo santo! ¿No debe un hombre siempre...? En fin, dénme un poco de tabaco.

Hubo una pausa de profundo silencio, luego brilló un fósforo y apareció la delgada cara de Marlow, fatigada, hundida, surcada de arrugas de arriba abajo, con los párpados caídos, con un aspecto de atención concentrada. Y mientras daba vigorosas chupadas a su pipa, el rostro parecía avanzar y retirarse en la oscuridad, con las oscilaciones regulares de aquella débil llama. El fósforo se apagó.

—¡Absurdo! —exclamó—. Eso es lo peor cuando trata uno de expresar algo… Aquí están todos muy tranquilos, en un viejo barco bien anclado. Tienen un carnicero en la esquina, un policía en la otra. Disfrutan, además, de excelente apetito, y de una temperatura normal. ¿Me oyen? Normal, desde principios hasta finales de año. Y entonces van y dicen: ¡Absurdo! ¡Claro que es absurdo! Pero, queridos amigos, ¿qué pueden esperar de un hombre que por puro nerviosismo había arrojado por la borda un par de zapatos nuevos? Ahora que pienso en ello, me sorprende no haber derramado lágrimas. Por lo general estoy orgulloso de mi fortaleza. Pero me sentí como herido por un rayo ante la idea de haber perdido el inestimable privilegio de escuchar al excepcional Kurtz. Por supuesto, estaba equivocado. Aquel privilegio me estaba reservado. Oh, sí, y oí más que suficiente. Puedo decir que yo tenía razón. Él era una voz. Era poco más que una voz. Y lo oí, a él, a eso, a esa voz, a otras voces, todos ellos eran poco más que voces. El mismo recuerdo que guardo de aquella época me rodea, impalpable, como una vibración agonizante de un vocerío inmenso, enloquecido, atroz, sórdido, salvaje, o sencillamente despreciable, sin ninguna clase de sentido. Voces, voces…, incluso la de la muchacha… Pero…

Permaneció en silencio durante largo rato.

—Finalmente logré formar el fantasma de sus méritos gracias a una mentira —comenzó a decir de pronto—. ¡La muchacha! ¿Cómo? ¿He mencionado ya a la muchacha? ¡Oh, ella está completamente fuera de todo aquello! Ellas, las mujeres quiero decir, están fuera de aquello, deberían permanecer al margen. Las deberíamos ayudar a permanecer en este hermoso mundo que les es propio, y asumir nosotros la peor parte. Sí, ella está al margen de aquello. Debían haber oído a aquel cadáver desenterrado que era Kurtz decir "mi prometida". Entonces hubieran percibido por completo qué

167

lejos se hallaba ella de todo. ¡Y aquel pronunciado hueso frontal del señor Kurtz! Dicen que a veces el cabello continúa creciendo, pero aquel… aquel espécimen era impresionantemente calvo. La calva le había acariciado la cabeza y se la había convertido en una bola, una bola de marfil. La había acariciado y la había blanqueado. Había acogido a Kurtz, lo había amado, abrazado, se le había infiltrado en las venas, había consumido su carne, le había sellado el alma con la suya por medio de ceremonias inconcebibles de alguna iniciación diabólica. Lo había convertido en su favorito, mimado y adulado. ¿Marfil? Ya lo creo. Montañas de marfil. La vieja cabaña de barro reventaba de él. Ustedes habrían supuesto que no había dejado un solo colmillo encima o debajo de la tierra en toda la región. "La mayor parte es fósil", observó desdeñosamente el director. Era tan fósil como lo puedo ser yo, pero él llamaba fósil a todo lo que había estado enterrado. Según parece, los negros enterraban a veces los colmillos, y por lo visto no habían enterrado aquella cantidad a la profundidad necesaria para contrariar el hado del dotado señor Kurtz. Llenamos el vapor y tuvimos que apilar una buena cantidad en cubierta. Así él pudo verlo y disfrutarlo mientras aún pudo ver, porque el aprecio de aquel material permaneció vivo en él hasta el final. Debían oírlo cuando decía "mi marfil". Oh, sí, yo pude oírlo: "Mi marfil, mi prometida, mi estación, mi río, mi…". Todo le pertenecía. Aquello me hizo retener el aliento en espera de que la barbarie estallara en una prodigiosa carcajada que llegara a sacudir hasta a las estrellas. Todo le pertenecía…, pero aquello no significaba nada. Lo importante era saber a quién pertenecía él, cuántos poderes de las tinieblas lo reclamaban como suyo. Aquella reflexión producía escalofríos. Era imposible, y además a nadie beneficiaría tratar de imaginarlo. Había ocupado un alto sitial entre los demonios de la tierra…, lo digo literalmente. Nunca lo entenderán. ¿Cómo podrían entenderlo, teniendo como tienen los pies sobre un pavimento sólido, rodeados de vecinos amables siempre dispuestos a agasajarlos o auxiliarlos, caminando delicadamente entre el carnicero y el policía, viviendo bajo el santo terror del escándalo, la horca y los manicomios? ¿Cómo poder imaginar entonces a qué determinada región de los primeros siglos pueden conducir los pies de un hombre libre en el camino de la soledad, de la soledad extrema donde no existe policía; el camino del silencio, el silencio extremo donde jamás se oye la advertencia de un vecino generoso que se hace eco de la opinión pública? Estas pequeñas cosas pueden constituir una enorme diferencia. Cuando no existen, se ve uno obligado a recurrir a su propia fuerza innata, a su propia integridad. Por supuesto, puede uno ser demasiado estúpido para desviarse…, demasiado obtuso para comprender que lo han asaltado los poderes de las tinieblas. Estoy seguro, ningún tonto ha hecho un pacto con el diablo sobre su alma; puede que el tonto sea demasiado tonto, o el diablo demasiado diablo, no lo sé. O puede que uno sea una criatura tempestuosamente exaltada y quede sordo y ciego para todo lo demás, menos para las visiones y sonidos celestiales. Entonces la tierra se convierte en una estación de tránsito… Si es para bien o para mal, no pretendo saberlo. Pero la mayor parte de nosotros no somos ni una cosa ni otra. La tierra para nosotros es un lugar donde vivir, donde debemos llenarnos de visiones, sonidos, olores, donde debemos respirar un aire viciado por la carne podrida de un hipopótamo, por así decirlo, y no contaminarnos. Y entonces, ¿lo ven?, entra en juego la fuerza personal, la confianza en la propia capacidad para cavar un agujero oculto donde esconder la materia esencial, el poder de devoción no hacia uno mismo sino hacia el trabajo oscuro y aplastante. Y eso es bastante difícil. Créanme, no trato de disculpar, ni siquiera explicar; trato sólo de ver al señor Kurtz…, a la sombra del señor Kurtz.

Aquel espíritu iniciado en el fondo de la nada me honró con sus asombrosas confidencias antes de desvanecerse definitivamente. Gracias al hecho de hablar inglés conmigo. El Kurtz original se había educado en gran parte en Inglaterra y —como él mismo solía decir— sus simpatías estaban depositadas en el sitio correcto. Su madre era medio inglesa, su padre medio francés. Toda Europa participó en la educación de Kurtz. Poco a poco me fui enterando de que, muy acertadamente, la Sociedad para la Eliminación de las Costumbres Salvajes le había confiado la misión de hacer un informe que le sirviera en el futuro como guía. Y lo había escrito. Yo lo he visto, lo he leído. Era elocuente, vibrante de elocuencia, pero demasiado idealista, a mi juicio. Diecisiete páginas de escritura apretada había llenado en sus momentos libres. Eso debió haber sido antes de que sus, digamos, nervios, se vieran afectados y lo llevaran a presidir ciertas danzas a medianoche que terminaban con ritos inexpresables, los cuales, según pude deducir por lo que oí en varias ocasiones, eran ofrecidos en su honor. ¿Me entienden? Como tributo al señor Kurtz. Pero aquel informe era una magnífica pieza literaria. El párrafo inicial, sin embargo, a la luz de una información posterior, podría calificarse de ominoso. Empezaba desarrollando la teoría de que nosotros, los blancos, desde el punto de evolución a que hemos llegado, "debemos por fuerza parecerles a ellos (los salvajes) seres sobrenaturales: nos acercamos a ellos revestidos con los poderes de una deidad", y otras cosas por el estilo... "Por el simple ejercicio de nuestra voluntad podemos ejercer un poder para el bien prácticamente ilimitado", etcétera, etcétera. Ése era el tono; me llegó a cautivar. Su argumentación era magnífica, aunque difícil de recordar. Me dio la noción de una inmensidad exótica gobernada por una benevolencia augusta. Me hizo estremecer de entusiasmo. Las palabras se desencadenaban allí con el poder de la elocuencia... Eran palabras nobles y ardientes. No había ninguna alusión práctica que interrumpiera la mágica corriente de las frases, salvo que una especie de nota, al pie de la última página, escrita evidentemente mucho más tarde, con mano temblorosa, pudiera ser considerada como la exposición de un método. Era muy simple y, al final de aquella apelación patética a todos los sentimientos altruistas, llegaba a deslumbrar, luminosa y terrible, como un relámpago en un cielo sereno: "¡Exterminen a estos bárbaros!". Lo curioso era que, al parecer, había olvidado todo lo relacionado con aquel importante post scriptum, porque más tarde, cuando en cierto modo logró volver en sí, me suplicó en repetidas ocasiones que velara celosamente por "mi panfleto" (así lo llamaba), ya que estaba seguro de que en el futuro podía influir beneficiosamente en su carrera. Tenía yo entonces una amplia información sobre esas cosas y, además, como luego resultó, me tocaría a mí conservar su memoria. Ya he hecho lo bastante como para concederme el indiscutible derecho de depositarla, si quiero, para su eterno reposo, en el cajón de basura del progreso, entre todos los gatos muertos de la civilización. Pero entonces, ven, yo no podía elegir. No será olvidado. Fuera lo que fuese, no era un ser común. Poseía el poder de encantar o asustar a las almas rudimentarias con ritos de brujería que organizaba en su honor. Podía llenar también las estrechas almas de los peregrinos con amargos recelos: tenía además un amigo devoto, había conquistado un alma en el mundo que no era rudimentaria ni estaba viciada por la rapacidad. No, no logro olvidarlo, aunque no estoy dispuesto a afirmar que fuera digno de la vida que perdimos al ir en su busca. Yo echaba atrozmente de menos a mi difunto timonel; lo echaba de menos ya en los momentos en que su cuerpo estaba tendido en la cabina de pilotaje. Tal vez juzguen bastante extraño ese pesar por un salvaje que no contaba más que un grano de arena en un sahara

171

negro. Bueno, había hecho algo, había guiado el barco. Durante meses yo lo había tenido a mis espaldas, como una ayuda, un instrumento. Era una especie de socio. Conducía el barco y yo tenía que preocuparme de sus deficiencias, y de esa manera un vínculo sutil se había creado, del cual fui consciente sólo cuando se rompió. Y la íntima profundidad de la mirada que me dirigió cuando recibió aquel golpe aún vive en mi memoria, como una súplica de un parentesco lejano, afirmado en el momento supremo.

”¡Pobre tonto! ¡Si hubiera dejado en paz aquella ventana! Pero no podía estarse quieto, igual que Kurtz, igual que un árbol sacudido por el viento. Tan pronto como me puse un par de zapatillas secas, lo arrastré afuera, después de arrancar de su costado la lanza, operación que debo confesar ejecuté con los ojos cerrados. Sus talones rebotaron en el pequeño escalón de la puerta, sus hombros oprimieron mi pecho. Lo abracé por detrás desesperadamente. ¡Oh, era pesado, pesado!, ¡más de lo que hubiera podido imaginar que pesara cualquier hombre! Luego, sin más, lo tiré por la borda. La corriente lo arrastró como si fuera una brizna de hierba; vi el cuerpo volverse dos veces antes de perderlo de vista para siempre. Los peregrinos y el director se habían reunido en cubierta junto a la cabina de pilotaje, graznando como una bandada de urracas excitadas, y hubo un murmullo escandalizado por mi despiadado proceder. Para qué deseaban conservar a bordo aquel cuerpo es algo que no logro adivinar. Tal vez para embalsamarlo. Pero también oí otro murmullo, y muy siniestro, en la cubierta inferior. Mis amigos, los leñadores, estaban igualmente escandalizados y con mayor razón, aunque admito que esa razón era del todo inadmisible. ¡Oh, sí! Yo había decidido que si el cuerpo de mi timonel debía ser devorado, sólo serían los peces quienes se beneficiaran de él. En vida había sido un timonel bastante incompetente, pero ahora que estaba muerto podía constituir una tentación de primera clase y posiblemente la causa de algunos trastornos serios. Además, estaba ansioso por tomar el timón, porque el hombre del pijama color de rosa daba muestras de ser desesperadamente ineficaz para aquel trabajo.

"Eso hice precisamente, después de haber realizado aquel sencillo funeral. Íbamos a media velocidad, manteniéndonos en medio de la corriente. Yo escuchaba las conversaciones que tenían lugar a mis espaldas. Habían renunciado a Kurtz, renunciado a la estación. Kurtz habría muerto, la estación habría sido quemada, etcétera, etcétera. El peregrino pelirrojo estaba fuera de sí ante el pensamiento de que por lo menos aquel Kurtz había sido debidamente vengado. '¿No es cierto? Debemos haber hecho una magnífica matanza entre los matorrales. ¿Eh? ¿Qué piensan? ¿Digan?' Bailaba de júbilo. ¡El pequeño y sanguinario mendigo color jengibre! ¡Y casi se había desvanecido al ver el cadáver del piloto! No pude contenerme y le dije: 'Al menos produjo usted una gloriosa cantidad de humo'. Yo había podido ver, por la forma en que las copas de los arbustos crujían y volaban, que casi todos los disparos habían sido demasiado altos. No es posible dar en el blanco a menos que apunten y tiren desde el hombro, pero aquellos tipos tiraban con el arma apoyada en la cadera y los ojos cerrados. La retirada, sostuve, y en eso tenía toda la razón, había sido provocada por el pitido de la sirena. En ese momento se habían olvidado de Kurtz y aullaban a mi lado con protestas de indignación. El director estaba junto al timón, murmurándome confidencialmente la necesidad de escapar río abajo antes de que oscureciera, cuando vi a distancia un claro en el bosque y los contornos de una especie de edificio. '¿Qué es esto?', pregunté. Dio una palmada sorprendido. '¡La estación!', gritó. Me acerqué a la orilla inmediatamente, aunque conservando la navegación a media velocidad.

"A través de mis gemelos vi el declive de una colina con unos cuantos árboles y el terreno enteramente libre de maleza. En la cima se veía un amplio y deteriorado edificio, semioculto por la alta hierba. Los grandes agujeros del techo puntiagudo se observaban desde lejos como manchas negras. La selva y la maleza formaban el fondo. No había empalizada ni tapia de ninguna especie, pero era posible que hubiera habido antes una, ya que cerca de la casa pude ver media docena de postes delgados alineados, toscamente adornados, con la parte superior decorada con unas bolas redondas y talladas. Los barrotes, o cualquier cosa que hubiera estado entre ellos, habían desaparecido. Por supuesto, el bosque lo rodeaba todo. La orilla del río estaba despejada, y junto al agua vi a un blanco bajo un sombrero parecido a una rueda de carro. Nos hacía señas insistentes con el brazo. Al examinar los lindes del bosque de arriba abajo tuve casi la seguridad de ver movimientos, formas humanas deslizándose aquí y allá. Me fui acercando con prudencia, luego detuve las máquinas y dejé que el barco avanzara hacia la orilla. El hombre de la playa comenzó a gritar, llamándonos a tierra. 'Hemos sido atacados', gritó el director. 'Lo sé, lo sé. No hay problema', gritó el otro en respuesta, tan alegre como se lo puedan imaginar. 'Vengan, no hay problema. Me siento feliz.'

"Su aspecto me recordaba algo, algo que había visto antes. Mientras maniobraba para atracar me preguntaba: '¿A quién se parece este tipo?'. De pronto encontré el parecido. Era como un arlequín. Sus ropas habían sido hechas de un material que probablemente había sido holanda cruda, pero estaban cubiertas de remiendos por todas partes; parches brillantes, azules, rojos y amarillos, remiendos en la espalda, remiendos en el pecho, en los codos, en las rodillas; una faja de colores alrededor de la chaqueta, bordes escarlatas en la parte inferior de los pantalones. La luz del sol lo hacía parecer un espectáculo extraordinariamente alegre y maravillosamente limpio, porque permitía ver con cuánto esmero habían sido hechos aquellos remiendos. Una cara imberbe, adolescente, muy agradable, sin ningún rasgo característico, una nariz despellejada, pequeños ojos azules, sonrisas y fruncimientos de la frente, se mezclaban en su rostro como el sol y la sombra en una llanura asolada por el viento. 'Cuidado, capitán', exclamó. 'Anoche tiraron allí un tronco.' '¿Qué? ¡Otro obstáculo!' Confieso que lancé maldiciones en una forma vergonzosa. Estuve a punto de agujerear mi cascarón al concluir aquel viaje encantador. El arlequín de la orilla dirigió hacia mí su pequeña nariz respingada. '¿Es usted inglés?', me preguntó con una sonrisa. '¿Y usted?', le grité desde el timón. Las sonrisas desaparecieron, movió la cabeza como apesadumbrado por mi posible desilusión. Luego volvió a iluminársele el rostro. '¡No importa!', me gritó animadamente. '¿Llegamos a tiempo?', le pregunté. 'Él está allá arriba', respondió, y señaló con la cabeza la colina. De pronto su aspecto se volvió lúgubre. Su cara parecía un cielo de otoño, ensombrecido un momento para despejarse al siguiente.

”Cuando el director, escoltado por los peregrinos, armados todos hasta los dientes, se dirigieron a la casa, aquel individuo subió a bordo. 'Le aseguro que no me gusta nada esto', le dije. 'Los nativos están escondidos entre los matorrales.' Me aseguró confiadamente que no había ningún problema. 'Son gente sencilla', añadió. 'Bueno, estoy contento de que hayan llegado. Me he pasado todo el tiempo tratando de mantenerlos tranquilos.' 'Pero usted me ha dicho que no había problema', exclamé. '¡Oh, no querían hacer daño!', dijo. Y como yo me lo quedé mirando con estupor, se corrigió al instante: 'Bueno, no exactamente'. Después añadió con vivacidad: ¡Dios mío, esta cabina necesita una buena limpieza!'. Y me recomendó tener bastante vapor en la caldera para hacer sonar la sirena en caso de que se produjera alguna dificultad. 'Un buen silbido podrá hacer más por usted que todos los rifles. Son gente sencilla', repitió. Charlaba tan abundantemente que me abrumó. Parecía querer compensar una larga jornada de silencio, y en realidad admitió, sonriendo, que tal era su caso. '¿No habla usted con el señor Kurtz?' 'Con ese hombre no se habla, se lo escucha', exclamó con severa exaltación. 'Pero ahora…' Agitó un brazo y en un abrir y cerrar de ojos se sumió en el silencio más absoluto. Luego pareció volver a resurgir, se posesionó de mis dos manos y las sacudió repetidamente, mientras exclamaba: 'Hermano marino… honor, satisfacción… deleite… me presento… ruso… hijo de un arcipreste… gobierno de Tambov… ¿Qué? ¡Tabaco! ¡Tabaco inglés, el excelente tabaco inglés! Bueno, esto es fraternidad. ¿Fuma usted? ¿Dónde hay un marino que no fume?'.

"La pipa lo tranquilizó, y gradualmente fui sabiendo que se había escapado de la escuela, se había embarcado en un barco ruso, escapó nuevamente, sirvió por algún tiempo en barcos ingleses, se reconcilió con el arcipreste. Insistió en ese punto. Pero cuando se es joven deben verse cosas, adquirir experiencia, ideas, ensanchar la inteligencia. '¿Aquí?', lo interrumpí. 'Nunca puede uno decir dónde. Aquí encontré al señor Kurtz', dijo jovialmente solemne y con expresión de reproche. Después permanecí en silencio. Al parecer había persuadido a una casa de comercio holandesa de la costa para que lo equipara con provisiones y mercancías y había partido hacia el interior con el corazón ligero y sin mayor idea de lo que podría ocurrirle de la que pudiera tener un bebé. Había vagado solo por el río por espacio de dos años, separado de hombres y de cosas. 'No soy tan joven como parezco. Tengo veinticinco años', dijo. 'Al comienzo el viejo Van Shuyten me quería mandar al diablo', relató con profundo regocijo, 'pero yo no me apartaba de él. Hablaba, hablaba, hasta que al fin tuvo miedo de que llegara a hablar de la pata trasera de su perro favorito, así que me dio algunos productos baratos y unos fusiles y me dijo que esperaba no volver a ver mi rostro nunca más. ¡Ah, el buen viejo holandés Van Shuyten! Hace un año le envié un pequeño lote de marfil, así que no podrá decir que he sido un bandido cuando vuelva. Espero que lo haya recibido. De todos modos me da lo mismo. Apilé un poco de leña para ustedes. Aquélla era mi vieja casa. ¿La ha visto?'

"Le di el libro de Towson. Hizo ademán de besarme, pero se contuvo. 'El último libro que me quedaba, y pensé que lo había perdido', dijo mirándome extasiado. 'Le ocurren tantos accidentes a un hombre cuando va errando solo por el mundo, sabe usted. A veces zozobran las canoas, a veces hay necesidad de partir a toda prisa, porque el pueblo se enfada.' Pasó las hojas con los dedos. '¿Son anotaciones en ruso?', le pregunté. Afirmó con un movimiento de cabeza. 'Creí que estaban en clave.' Se rió; luego volvió a quedarse serio. 'Tuve mucho trabajo para tratar de mantener a raya a esta gente', dijo. '¿Querían matarlo?', pregunté. '¡Oh, no!', exclamó, y se contuvo. '¿Por qué nos atacaron?', insistí. Dudó antes de responder. Al fin lo hizo: 'No quieren que se marche'. '¿No quieren?', pregunté con curiosidad. Asintió con una expresión llena de misterio y de sabiduría. 'Se lo vuelvo a decir', exclamó, 'ese hombre ha ensanchado mi mente'. Abrió los brazos y me miró con sus pequeños ojos azules, perfectamente redondos.

III

—Me lo quedé mirando, perdido en el asombro. Allí estaba, delante de mí, en su traje de colores, como si hubiera desertado de una *troupe* de saltimbanquis, entusiasta, fabuloso. Su misma existencia era algo improbable, inexplicable y a la vez anonadante. Era un problema insoluble. Resultaba inconcebible ver cómo había conseguido ir tan lejos, cómo había logrado sobrevivir, por qué no desaparecía instantáneamente. "Fui un poco más lejos", dijo, "cada vez un poco más lejos, hasta que he llegado tan lejos que no sé cómo podré regresar alguna vez. No me importa. Ya habrá tiempo para ello. Puedo arreglármelas. Usted llévese a Kurtz pronto, pronto...". El hechizo de la juventud envolvía aquellos harapos de colores, su miseria, su soledad, la desolación esencial de sus fútiles andanzas. Durante meses, durante años, su vida no había valido lo que uno puede adquirir en un día, y allí estaba, galante, despreocupadamente vivo, indestructible, según las apariencias, sólo en virtud de su juventud y de su irreflexiva audacia. Me sentí seducido por algo parecido a la admiración y la envidia. La aventura lo estimulaba, emanaba un aire de aventura. Con toda seguridad no deseaba otra cosa que la selva y el espacio para respirar y para transitar. Necesitaba existir, y moverse hacia delante, hacia los mayores riesgos posibles y con los más mínimos elementos. Si el espíritu absolutamente puro, sin cálculo, ideal de la aventura, había tomado posesión alguna vez de un ser humano, era de aquel joven remendado. Casi sentí envidia por la posesión de aquella modesta y pura llama. Parecía haber consumido todo pensamiento de sí y tan completamente que, incluso cuando hablaba, uno olvidaba que era él —el hombre que se tenía frente a los ojos— quien había vivido todas aquellas experiencias. Sin embargo, no envidié su devoción por Kurtz. Él no había meditado sobre ella. Le había llegado y la aceptó con una especie de vehemente fatalismo. Debo decir que me parecía la cosa más peligrosa de todas las que le habían ocurrido.

"Se habían unido inevitablemente, como dos barcos anclados uno junto al otro que acaban por rozar sus bordes. Supongo que Kurtz deseaba tener un oyente, porque en

178

cierta ocasión, acampados en la selva, habían hablado toda la noche, o más probablemente Kurtz había hablado toda la noche. 'Hablamos de todo', dijo el joven, transportado por sus recuerdos. 'Olvidé que existía algo semejante al sueño. Me pareció que la noche duraba menos de una hora. ¡De todo! ¡De todo!… También del amor…' '¡Ah!, ¿así que le habló de amor?', le dije, muy divertido. 'No, no de lo que usted piensa', exclamó con pasión. 'Habló en términos generales. Me hizo ver cosas…, cosas…'

"Levantó los brazos. En aquel momento estábamos sobre cubierta, y el capataz de mis leñadores, que se hallaba cerca, volvió hacia él su mirada densa y brillante. Miré a mi alrededor, y no sé por qué, pero puedo asegurarles que nunca antes, nunca, aquella tierra, el río, la selva, la misma bóveda de ese cielo tan resplandeciente me habían parecido tan desesperados y oscuros, tan implacables frente a la fragilidad humana. '¿Y a partir de entonces ha estado con él?', le pregunté.

"Al contrario. Parecía que sus relaciones se habían roto profundamente por diversas causas. Él había, me informó con orgullo, procurado asistir a Kurtz durante dos enfermedades (aludía a ello como se puede aludir a una hazaña audaz), pero, por regla general, Kurtz deambulaba solo, aun en las profundidades de la selva. 'Muy a menudo, cuando venía a esta estación, debía esperar días y días antes de que él volviera', me dijo. 'Pero valía la pena esperarlo en esas ocasiones.' '¿Qué hacía él en esas ocasiones? ¿Explorar o qué?', quise saber. 'Oh, sí, por supuesto. Llegó a descubrir gran cantidad de aldeas, un lago además…' No sabía exactamente en qué dirección; era peligroso preguntar demasiado. La mayor parte de las veces emprendía esas expediciones en busca de marfil. 'Pero no tenía ya para entonces mercancías con las que negociar', objeté. 'Todavía ahora le quedan algunos cartuchos', respondió, mirando hacia otro lado. 'Para decirlo claramente, se apoderó del país', dije. Él asintió. 'Aunque seguramente no lo haría solo', concluí. Murmuró algo respecto a los pueblos que rodeaban el lago. 'Kurtz logró que la tribu lo siguiera, ¿no es cierto?', sugerí.

"Se intranquilizó un poco. 'Lo adoraban', dijo. El tono de aquellas palabras fue tan extraordinario, que lo miré con fijeza. Era curioso comprobar su mezcla de deseo y resistencia a hablar de Kurtz. Aquel hombre llenaba su vida, ocupaba sus pensamientos, movía sus emociones. '¿Qué puede usted esperar?', estalló. 'Llegó a ellos con truenos y relámpagos, y ellos jamás habían visto nada semejante… nada tan terrible. Él podía ser realmente terrible. No se puede juzgar al señor Kurtz como a un hombre ordinario. ¡No, no, no! Para darle a usted una idea, no me importa decírselo, pero un día quiso disparar contra mí también, pero yo no lo juzgo por eso.' '¿Disparar contra usted?', pregunté. '¿Por qué?' 'Bueno, yo tenía un pequeño lote de marfil que el jefe de la aldea situada cerca de mi casa me había dado. Sabe usted, yo solía cazar para ellos. Pues Kurtz lo quiso, y era incapaz de atender a otras razones. Declaró que me mataría si no le entregaba el marfil y desaparecía de la región, porque él podía hacerlo, y quería hacerlo, y no había poder sobre la tierra que pudiera impedirle matar a quien se le antojara. Y era cierto. Así que le entregué el marfil. ¡Qué me importaba! Pero no me marché. No, no podía abandonarlo. Por supuesto, tuve que ser prudente, hasta que volvimos a ser amigos de nuevo por algún tiempo. Entonces padeció su segunda enfermedad. Después de eso me vi obligado a evitarlo, pero no me preocupaba. Él pasaba la mayor parte del tiempo en las aldeas del lago. Cuando regresaba al río, a veces se acercaba a mí, otras era necesario que yo tuviera cuidado. Aquel hombre sufría demasiado. Odiaba todo esto y sin embargo no podía marcharse. Cuando tuve una oportunidad, le supliqué que tratara de partir mientras fuera aún posible. Le ofrecí acompañarlo en el viaje de regreso. Decía que sí, y luego se quedaba. Volvía a salir a cazar marfil, desaparecía durante semanas enteras, se olvidaba de sí mismo cuando estaba entre esas gentes, se olvidaba de sí mismo, ¿sabe usted?'

"'¿Cómo? ¡Debía estar loco!', dije. Él protestó con indignación. El señor Kurtz no podía estar loco. Si yo hubiera podido oírlo hablar sólo dos días atrás no me atrevería a insinuar semejante cosa… Agarré mis binoculares mientras hablábamos, y enfoqué la costa, pasando y repasando rápidamente por el lindero del bosque, a ambos lados y detrás de la casa. Saber que había gente escondida dentro de aquellos matorrales, tan silenciosos y tranquilos como la casa en ruinas de la colina, me ponía nervioso. No había señales sobre la faz de la naturaleza de esa historia extraña que me había sido, más que relatada, sugerida por exclamaciones desoladas, encogimientos de hombros, frases interrumpidas, insinuaciones que terminaban en profundos suspiros. La maleza permanecía inmóvil, como una máscara pesada, como la puerta cerrada de una prisión. Nos miraba con un aire de conocimiento oculto, de paciente expectación, de inexpugnable silencio. El ruso me explicaba que sólo recientemente había vuelto el señor Kurtz al río, trayendo consigo a aquellos hombres de la tribu del lago. Había estado ausente durante varios meses —haciéndose adorar, supongo—, y había vuelto inesperadamente, con la intención, al parecer, de hacer una excursión por las orillas del río. Evidentemente, el ansia de marfil se había apoderado de —¿cómo llamarlas?— sus aspiraciones menos materiales. Sin embargo, había empeorado de pronto. 'Oí decir que estaba en cama, desamparado, así que remonté el río. Me aventuré a hacerlo', dijo el ruso. 'Se encuentra muy mal, muy mal.'

"Dirigí los binoculares hacia la casa. No se veían señales de vida, pero allí estaba el techo arruinado, la larga pared de barro sobresaliendo por encima de la hierba, con tres pequeñas ventanas cuadrangulares, de un tamaño distinto.

Todo aquello parecía al alcance de mi mano. Después hice un movimiento brusco y uno de los postes que quedaban de la desaparecida empalizada apareció en el campo visual de los gemelos. Recuerden que he dicho que me habían llamado la atención, a distancia, los intentos de ornamentación que contrastaban con el aspecto ruinoso del lugar. En aquel momento pude tener una visión más cercana, y el primer resultado fue hacerme echar hacia atrás la cabeza, como si hubiese recibido un golpe. Entonces examiné con mis lentes cuidadosamente cada poste y comprobé mi error. Aquellos bultos redondos no eran motivos ornamentales, sino simbólicos. Eran expresivos y enigmáticos, asombrosos y perturbadores, alimento para la mente y también para los buitres, si es que había alguno bajo aquel cielo, y de todos modos para las hormigas, que eran lo suficientemente industriosas como para subir al poste. Hubieran sido aun más impresionantes aquellas cabezas clavadas en las estacas si sus rostros no hubiesen estado vueltos hacia la casa. Sólo una, la primera que había contemplado, miraba hacia mí. No me disgustó tanto como podrían imaginar. El salto hacia atrás que había dado no había sido más que un movimiento de sorpresa. Yo había esperado ver allí una bola de madera, ya saben. Volví a enfocar deliberadamente los gemelos hacia la primera que había visto. Allí estaba, negra, seca, consumida, con los párpados cerrados… Una cabeza que parecía dormitar en la punta de aquel poste, con los labios contraídos y secos, mostrando la estrecha línea de su dentadura. Sonreía, sonreía continuamente ante un interminable y jocoso sueño.

”No estoy revelando ningún secreto comercial. En efecto, el director dijo más tarde que los métodos del señor Kurtz habían constituido la ruina de aquella región. No puedo opinar al respecto, pero quiero dejar claramente sentado que no había nada provechoso en el hecho de que esas cabezas permanecieran allí. Sólo mostraban que el señor

Kurtz carecía de frenos para satisfacer sus apetitos, que había algo que faltaba en él, un pequeño elemento que, cuando surgía una necesidad apremiante, no podía encontrar en su magnífica elocuencia. Si él era consciente de esa deficiencia, es algo que no puedo decir. Creo que al final llegó a advertirla, pero fue sólo al final. La selva había logrado poseerlo pronto y se había vengado en él de la fantástica invasión de que había sido objeto. Me imagino que le había susurrado cosas sobre él mismo que él no conocía, cosas de las que no tenía idea hasta que se sintió aconsejado por esa gran soledad…, y aquel susurro había resultado irresistiblemente fascinante. Resonó violentamente en su interior porque tenía el corazón vacío… Dejé los gemelos, y la cabeza que había parecido estar lo suficientemente cerca como para poder hablar con ella pareció saltar de pronto a una distancia inaccesible.

"El admirador del señor Kurtz estaba un poco cabizbajo. Con una voz apresurada y confusa, comenzó a decirme que no se había atrevido a quitar aquellos símbolos, por así llamarlos. No tenía miedo de los nativos; no se moverían a menos que el señor Kurtz se lo ordenara. Su ascendiente sobre ellos era extraordinario. Los campamentos de aquella gente rodeaban el lugar y sus jefes iban diariamente a visitarlo. Se hubieran arrastrado… 'No quiero saber nada de las ceremonias realizadas para acercarse al señor Kurtz', grité.

"Es curioso, pero en aquel momento tuve la sensación de que aquellos detalles resultarían más intolerables que las cabezas que se secaban sobre los postes, frente a las ventanas del señor Kurtz. Después de todo, aquello no era sino un espectáculo salvaje, mientras que yo me sentía de pronto transportado a una región oscura de sutiles horrores, donde un salvajismo puro y sin complicaciones era un alivio positivo, algo que tenía derecho a existir, evidentemente, bajo la luz del sol. El joven me miró con sorpresa. Supongo que no concebía que para mí el señor Kurtz no fuera un ídolo.

Olvidaba que yo no había escuchado ninguno de aquellos espléndidos monólogos sobre, ¿sobre qué?, el amor, la justicia, la conducta del hombre y otras cosas por el estilo. Si hubiera tenido necesidad de arrastrarse ante el señor Kurtz, lo habría hecho como el salvaje más auténtico de todos ellos. Yo no tenía idea de la situación, el ruso me dijo que aquellas cabezas eran cabezas de rebeldes. Lo ofendió extraordinariamente mi risa. ¡Rebeldes! ¿Cuál sería la próxima definición que debía yo oír? Había oído hablar de enemigos, criminales, trabajadores…, ahora de rebeldes. Aquellas cabezas rebeldes me parecían muy apaciguadas desde sus postes.

"'Usted no sabe cómo ha fatigado esta vida al señor Kurtz', gritó su último discípulo. 'Bueno, ¿y a usted?', le dije. '¡A mí! ¡A mí! Yo soy un hombre sencillo. No tengo grandes ideas. No quiero nada de nadie. ¿Cómo puede compararme con… ?' Apenas acertaba a expresar sus sentimientos, de pronto se detuvo. 'No comprendo', gimió. 'He hecho todo lo posible para conservarlo con vida, y eso es suficiente. Yo no he participado en todo esto. No tengo ninguna capacidad para ello. Durante meses no ha habido aquí ni una gota de medicina ni un bocado para un hombre enfermo. Había sido vergonzosamente abandonado. Un hombre como él, con aquellas ideas. ¡Vergonzosamente! ¡Vergonzosamente! Yo no he dormido durante las últimas diez noches…'

"Su voz se perdió en la calma de la tarde. Las amplias sombras de la selva se habían deslizado colina abajo mientras conversábamos, llegando más allá de la ruinosa cabaña, más allá de la hilera de postes simbólicos. Todo aquello estaba en la penumbra, mientras nosotros, abajo, estábamos todavía bajo los rayos del sol, y el espacio del río extendido ante la parte aún no sombreada brillaba con un fulgor tranquilo y deslumbrante, con una faja de sombra oscura y lóbrega encima y abajo. No se veía un alma viviente en la orilla. Los matorrales no se movían.

"De pronto, tras una esquina de la casa apareció un grupo de hombres, como si hubieran brotado de la tierra. Avanzaban en una masa compacta, con la hierba hasta la cintura, llevando en medio unas parihuelas improvisadas. Instantáneamente, en aquel paisaje vacío, se elevó un grito cuya estridencia atravesó el aire tranquilo como una flecha aguda que volara directamente del corazón mismo de la tierra y, como por encanto, corrientes de seres humanos, de seres humanos desnudos, con lanzas en las manos, con arcos y escudos, con miradas y movimientos salvajes, irrumpieron en la estación, vomitados por el bosque tenebroso y plácido. Los arbustos se movieron, la hierba se sacudió por unos momentos, luego todo quedó tranquilo, en una tensa inmovilidad.

"'Si ahora no les dice lo que debe decirles, estamos todos perdidos', dijo el ruso a mis espaldas. El grupo de hombres con las parihuelas se había detenido a medio camino, como petrificado. Vi que el hombre de la camilla se semiincorporaba, delgado, con un brazo en alto, apoyado en los hombros de los camilleros. 'Esperemos que el hombre que sabe hablar tan bien del amor en general encuentre alguna razón particular para salvarnos esta vez', dije.

"Presentía amargamente el absurdo peligro de nuestra situación, como si el estar a la merced de aquel atroz fantasma fuera una necesidad vergonzosa. No podía oír ningún sonido, pero a través de los gemelos vi el brazo delgado extendido imperativamente, la mandíbula inferior en movimiento, los ojos de aquella aparición que brillaban sombríos a lo lejos, en su cabeza huesuda, que oscilaba con grotescas sacudidas. Kurtz…, Kurtz, eso significa pequeño en alemán, ¿no es cierto? Bueno, el nombre era tan cierto como todo lo demás en su vida y en su muerte. Parecía tener por lo menos siete pies de estatura. La manta que lo cubría cayó y su cuerpo surgió lastimoso y descarnado como de una mortaja.

Podía ver la caja torácica, con las costillas bien marcadas. Era como si una imagen animada de la muerte, tallada en viejo marfil, hubiese agitado la mano amenazadora ante una multitud inmóvil de hombres hechos de oscuro y brillante bronce. Lo vi abrir la boca, lo que le dio un aspecto indeciblemente voraz, como si hubiera querido devorar todo el aire, toda la tierra y todos los hombres que tenía ante sí. Una voz profunda llegó débilmente hasta el barco. Debía de haber gritado. Repentinamente cayó hacia atrás. La camilla osciló cuando los camilleros caminaron de nuevo hacia delante, y al mismo tiempo observé que la multitud de salvajes se desvanecía con movimientos del todo imperceptibles, como si el bosque que había arrojado súbitamente aquellos seres se los hubiera tragado de nuevo, como el aliento es atraído en una prolongada aspiración.

"Algunos peregrinos, detrás de las parihuelas, llevaban preparadas las armas: dos escopetas, un rifle pesado y un ligero revólver-carabina; los rayos de aquel Júpiter lastimoso. El director se inclinaba sobre él y murmuraba algo mientras caminaba. Lo colocaron en uno de los pequeños camarotes, el espacio justo para una cama y una o dos sillas de campaña. Le habíamos llevado su correspondencia atrasada, y un montón de sobres rotos y cartas abiertas se esparcía sobre la cama. Su mano vagaba débilmente sobre esos papeles. Me asombraba el fuego de sus ojos y la serena languidez de su expresión. No parecía ser tan grande el agotamiento que había producido en él la enfermedad. No parecía sufrir. Aquella sombra parecía satisfecha y tranquila, como si por el momento hubiera saciado todas sus emociones.

"Arrugó una de las cartas, y, mirándome directamente a la cara, me dijo: 'Me alegro'. Alguien le había escrito sobre mí. Aquellas recomendaciones especiales volvían a aparecer de nuevo. El volumen de su voz, que emitió sin esfuerzo, casi sin molestarse en mover los labios, me asombró. ¡Qué

186

voz! ¡Qué voz! Era grave, profunda y vibrante, a pesar de que el hombre no parecía emitir un murmullo. Sin embargo, tenía la suficiente fuerza como para casi acabar con todos nosotros, como van ustedes a oír.

"El director volvió a aparecer silenciosamente en el umbral de la puerta. Salí enseguida y él corrió la cortina detrás de mí. El ruso, observado con curiosidad por los peregrinos, miraba hacia la playa. Seguí la dirección de su mirada.

"Oscuras formas humanas podían verse a distancia, deslizándose frente al tenebroso borde de la selva, y cerca del río dos figuras de bronce apoyadas en largas picas estaban en pie a la luz del sol, las cabezas tocadas con fantásticos gorros de piel moteada; un par de guerreros inmóviles en un reposo estatuario. De derecha a izquierda, a lo largo de la orilla iluminada, se movía una salvaje y deslumbrante figura femenina.

"La mujer caminaba con pasos mesurados, envuelta en una tela rayada, guarnecida de flecos, pisando el suelo orgullosamente, con un ligero sonido metálico y un resplandor de bárbaros ornamentos. Mantenía la cabeza erguida, sus cabellos estaban arreglados en forma de yelmo, llevaba anillos de bronce hasta las rodillas, pulseras de bronce hasta los codos, innumerables collares de abalorios en el cuello; objetos estrambóticos, amuletos, presentes de hechiceros, que colgaban sobre ella, que brillaban y temblaban a cada paso que daba. Debía de tener encima objetos por valor de varios colmillos de elefante. Era feroz y soberbia, de ojos salvajes y espléndidos; había algo siniestro y majestuoso en su lento paso… Y en la quietud que envolvió repentinamente toda aquella tierra doliente, la selva inmensa, el cuerpo colosal de la fecunda y misteriosa vida parecía mirarla, pensativa, como si contemplara la imagen de su propia alma tenebrosa y apasionada.

"Llegó frente al barco y se detuvo de cara hacia nosotros. La larga sombra de su cuerpo llegaba hasta el borde del agua. Su rostro tenía un trágico y feroz aspecto de tristeza salvaje y de un mudo dolor mezclado con el temor de alguna decisión apenas formulada con la que luchaba. De pie, inmóvil, nos miraba como la misma selva, con aire de cobijar algún proyecto inescrutable. Dejó transcurrir un minuto entero para dar un paso hacia adelante. Se oyó un ligero repiqueteo, brilló el metal dorado, oscilaron los flecos de la túnica, y entonces se detuvo como si el corazón le hubiera fallado. El joven que estaba a mi lado refunfuñó algo. Los peregrinos murmuraron a mis espaldas. Ella nos miró a todos como si su vida dependiera de la dureza e inflexibilidad de su mirada. De pronto abrió los brazos desnudos y los elevó rígidos por encima de su cabeza, como en un deseo indómito de tocar el cielo, y al mismo tiempo las tinieblas se precipitaron de golpe sobre la tierra, pasaron velozmente sobre el río, envolviendo el barco en un abrazo sombrío. Un silencio formidable acompañó la escena.

”Se dio vuelta lentamente, comenzó a caminar por la orilla y se dirigió hacia los arbustos de la izquierda. Sólo una vez sus ojos volvieron a contemplarnos, en la oscuridad de la espesura, antes de desaparecer.

”’Si hubiera insistido en subir a bordo, creo que realmente habría disparado contra ella’, dijo el hombre de los remiendos, con gran nerviosismo. ‘He arriesgado mi vida todos los días durante la última quincena tratando de mantenerla fuera de la casa. Un día logró entrar y armó un escándalo debido a unos miserables harapos que yo había recogido del almacén para remendar mis ropas. Debió haberle parecido un robo. Al menos eso imagino, porque estuvo hablando durante una hora y señalándome de vez en cuando. Yo no entiendo el dialecto de esta tribu. Por fortuna para mí, Kurtz se sentía ese día demasiado enfermo como para hacerle caso, de otro modo lo hubiera pasado muy mal. No comprendo… No…, es demasiado para mí. Bueno, ahora todo ha pasado.’

"En ese momento escuché la profunda voz de Kurtz detrás de la cortina: '¡Salvarme!… Salvar el marfil querrá usted decir. Usted interrumpe mis planes. ¡Enfermo! ¡Enfermo! No tan enfermo como a usted le gustaría creer. No importa. Yo llevaré a cabo mis proyectos… Yo volveré. Le mostraré lo que puede hacerse. Usted, con sus pequeñas ideas mezquinas…, usted interfiere ahora mi trabajo. Yo regresaré. Yo…'.

"El director salió. Me hizo el honor de agarrarme por un brazo y llevarme aparte. 'Está muy mal, muy mal', dijo. Consideró necesario suspirar, pero prescindió de mostrarse afligido. 'Hemos hecho por él todo lo que hemos podido, ¿no es cierto? Pero no podemos dejar de reconocer que el señor Kurtz ha hecho más daño que bien a la compañía. No ha entendido que el tiempo no está aún maduro para emprender una acción vigorosa. Cautela, cautela, ése es mi principio. Debemos ser todavía cautos. Esta región quedará cerrada para nosotros por algún tiempo. ¡Deplorable! En conjunto, el comercio va a sufrir mermas. No niego que hay una cantidad considerable de marfil…, en su mayor parte fósil. Debemos salvarlo a toda costa, pero mire usted cuán precaria es nuestra situación… ¿Todo por qué? Porque el método es inadecuado.' '¿Llama usted a eso', dije yo, mirando hacia la orilla, 'un método inadecuado?'. 'Sin duda', declaró con ardor. '¿Usted no?'

"'Yo no llego a considerarlo un método', murmuré después de un momento. 'Exactamente', exclamó. 'Yo ya preveía todo esto. Demuestra una absoluta falta de juicio. Es mi deber comunicarlo al lugar oportuno.' 'Oh', dije, 'aquel tipo…, ¿cómo se llama?…, el fabricante de ladrillos, podrá hacerle un buen informe'. Pareció turbarse por un momento. Tuve la sensación de no haber respirado nunca antes una atmósfera tan vil, y mentalmente me dirigí a Kurtz en busca de alivio, sí, es verdad, en busca de alivio. 'De cualquier manera pienso que el señor Kurtz es un hombre notable', dije con énfasis. El director se sobresaltó, dejó caer sobre mí una mirada pesada y luego respondió en voz baja: 'Era'. Y me volvió la espalda. Mi hora de favoritismo había pasado; me encontraba unido a Kurtz como partidario de métodos para los cuales el momento aún no estaba maduro. ¡Métodos inadecuados! ¡Ah, pero de cualquier manera era algo poder elegir entre las pesadillas!

"En realidad yo había optado por la selva, no por el señor Kurtz, quien, debía admitirlo, no servía ya sino para ser enterrado. Y por un momento me pareció que yo estaba también enterrado en una amplia tumba llena de secretos indecibles. Sentí un peso intolerable que oprimía mi pecho, el olor de la tierra húmeda, la presencia invisible de la corrupción victoriosa, las tinieblas de la noche impenetrable… El ruso me dio un golpecito en el hombro. Lo oí murmurar y balbucear algo: 'Hermano marino…, no puedo ocultar el conocimiento de asuntos que afectarán la reputación del señor Kurtz'. Esperé que continuara. Para él, evidentemente, Kurtz no estaba al borde de la tumba. Sospecho que, para él, el señor Kurtz era inmortal. 'Bueno', dije finalmente, 'hable. Como usted puede ver, en cierto sentido soy amigo del señor Kurtz'.

"Declaró con bastante formalidad que si no tuviéramos la misma profesión, él se habría reservado ese asunto para sí mismo sin importarle las consecuencias. 'Sospecho', dijo, 'que hay cierta mala voluntad activa hacia mí por parte de esos blancos que…'. 'Tiene usted toda la razón', le dije, recordando cierta conversación que por casualidad había oído. 'El director piensa que debería usted ser colgado.' Mostró tal preocupación ante esa noticia que al principio me divirtió. 'Lo mejor será que despeje pronto el camino', dijo con seriedad. 'No puedo hacer nada más por Kurtz ahora, y ellos pronto encontrarán alguna excusa. ¿Qué podría detenerlos? Hay un puesto militar a trescientas millas de aquí.' 'Bueno, a mi juicio lo mejor que podría usted hacer es marcharse, si cuenta con amigos entre los salvajes de la región.' 'Muchos', dijo. 'Son gente sencilla, y yo no quiero nada, usted ya lo sabe.' Estaba de pie; se mordía los labios. Después continuó: 'No quiero que les ocurra nada a estos blancos, pero naturalmente pensaba en la reputación del señor Kurtz, usted es un hermano marino y…'. 'Muy bien', le dije después de un rato. 'En lo que a mí se refiere, la reputación del señor Kurtz está a salvo.' Y no sabía con cuánta exactitud estaba hablando en ese momento.

"Me informó, bajando la voz, que había sido Kurtz quien había ordenado el ataque al vapor. 'Odiaba a veces la idea de ser sacado de aquí… y además… Pero yo no entiendo estas cosas. Soy un hombre sencillo. Pensó que eso los asustaría, que renunciarían ustedes, considerándolo muerto. No pude detenerlo. Oh, este último mes ha sido terrible para mí.' 'Muy bien', le dije. 'Ahora está bien.' 'Sí', murmuró sin parecer demasiado convencido. 'Gracias', le dije. 'Tendré los ojos bien abiertos.' 'Pero tenga cuidado, ¿eh?', me imploró con ansiedad. 'Sería terrible para su reputación que alguien aquí…' Le prometí completa discreción con gran seriedad. 'Tengo una canoa y tres negros esperándome no muy lejos de aquí. Me marcho. ¿Me podría dar usted unos cuantos cartuchos Martini-Henry?' Podía y se los di, con la debida reserva. Tomó un puñado de tabaco. 'Entre marinos, usted sabe, buen tabaco inglés.' En la parte de la timonera se volvió hacia mí. 'Diga, ¿no tiene por casualidad un par de zapatos que le sobre? ¡Mire!' Levantó un pie. Las suelas estaban atadas con cordones anudados en forma de sandalias, debajo de los pies desnudos. Saqué un viejo par que él miró con admiración antes de meterlo bajo el brazo izquierdo. Uno de sus bolsillos (de un rojo brillante) estaba lleno de cartuchos, del otro (azul marino) asomaba el libro de Towson.

Parecía considerarse excelentemente bien equipado para un nuevo encuentro con la selva. '¡Oh, nunca, nunca volveré a encontrar un hombre semejante!', dijo. 'Debía haberlo oído recitar poemas, algunos eran suyos, ¿se imagina? ¡Poemas!' Hizo girar los ojos ante el recuerdo de aquellos poemas. '¡Ha ampliado mi mente!' 'Adiós', le dije. Nos estrechamos las manos y se perdió en la noche. A veces me pregunto si realmente lo habré visto alguna vez. Si es posible que haya existido un fenómeno de esa especie.

"Cuando desperté poco después de medianoche, su advertencia vino a mi memoria con la insinuación de un peligro, que parecía, en aquella noche estrellada, lo bastante real como para que me levantara a mirar a mi alrededor. En la colina habían encendido una fogata, iluminando parcialmente una esquina de la cabaña. Uno de los agentes, con un piquete formado con nuestros negros, armados en esa ocasión, montaba guardia ante el marfil. Pero en las profundidades de la selva, rojos centelleos oscilantes, que parecían hundirse y surgir del suelo entre confusas formas de columnas de intensa negrura, mostraban la posición exacta del campo donde los adoradores del señor Kurtz sostenían su inquieta vigilia. El monótono redoble de un tambor llenaba el aire con golpes sordos y con una vibración prolongada. El continuo zumbido de muchos hombres que cantaban algún conjuro sobrenatural salía del negro y uniforme muro vegetal, como un zumbido de abejas sale de una colmena, y tenía un efecto extraño y narcotizante sobre mis sentidos aletargados. Creo que empecé a dormitar, apoyado en la barandilla, hasta que un repentino brote de alaridos, una erupción irresistible de un hasta ese momento reprimido y misterioso frenesí, me despertó y me dejó por el momento totalmente aturdido. Miré por casualidad hacia el pequeño camarote. Había una luz en su interior, pero el señor Kurtz no estaba allí.

"Supongo que hubiera lanzado un grito de haber dado crédito a mis ojos. Pero al principio no les creí… ¡Aquello me parecía tan decididamente imposible! El hecho es que estaba yo del todo paralizado por un miedo total; era una especie de terror puro y abstracto, sin ninguna conexión con cualquier evidencia de peligro físico. Lo que hacía tan avasalladora aquella emoción era… ¿cómo podría definirlo?…, el golpe moral que recibí, como si algo a la vez monstruoso, intolerable de concebir y odioso al alma, me hubiera sido impuesto inesperadamente. Aquello duró sin duda alguna sólo una mínima fracción de segundo, y después el sentimiento habitual de común y mortal peligro, la posibilidad de un ataque repentino y de una carnicería o algo por el estilo que me parecía estar en el aire fue recibido por mí como algo agradable y reconfortante. Me tranquilicé hasta tal punto que no di la voz de alarma.

"Había un agente envuelto en un chaquetón, durmiendo en una silla, a unos tres pies de donde yo estaba. Los gritos no lo habían despertado; roncaba suavemente. Lo dejé entregado a su sueño y bajé a tierra. Yo no traicionaba a Kurtz; estaba escrito que nunca había de traicionarlo, estaba escrito que debía ser leal a la pesadilla que había elegido. Me sentía impaciente por tratar con aquella sombra por mi cuenta, solo… Y hasta el día de hoy no logro comprender por qué me sentía tan celoso de compartir con los demás la peculiar negrura de esa experiencia.

"Tan pronto como llegué a la orilla, vi un rastro…, un rastro amplio entre la hierba. Recuerdo la exaltación con que me dije: 'No puede andar; se está arrastrando a cuatro patas. Ya lo tengo'. La hierba estaba húmeda por el rocío. Yo caminaba rápidamente con los puños cerrados. Imagino que tenía la vaga idea de darle una paliza cuando lo encontrara. No sé. Tenía algunos pensamientos imbéciles. La vieja que tejía con el gato penetraba en mi memoria como una persona sumamente inadecuada en el extremo de aquel asunto. Vi a una fila de peregrinos, disparando chorros de plomo con los wínchesters apoyados en la cadera. Pensé que no volvería al barco, y me imaginé viviendo solitario y sin armas en medio de la selva hasta una edad avanzada. Futilezas por el estilo, saben. Recuerdo que confundí el batir de los tambores con el de mi propio corazón, y que me agradaba su tranquila regularidad.

"Seguí el rastro…, luego me detuve a escuchar. La noche era muy clara; un espacio azul oscuro, brillante de rocío y luz de estrellas, en el que algunos bultos negros permanecían muy tranquilos. Me pareció vislumbrar algo que se movía delante de mí. Estaba extrañamente seguro de todo aquella noche. Abandoné el rastro y corrí en un amplio semicírculo (supongo que en realidad me estaba riendo de mis propias argucias) a fin de aparecer frente a aquel bulto, a aquel movimiento que yo había visto…, si es que en realidad había visto algo. Estaba cercando a Kurtz como si se tratara de un juego infantil.

"Llegué a donde él estaba y, de no haber sido porque oyó que me acercaba, lo hubiera podido atrapar enseguida. Logró levantarse a tiempo. Se puso en pie, inseguro, largo, pálido, confuso, como un vapor exhalado por la tierra, se tambaleó ligeramente, brumosa y silenciosamente delante de mí, mientras que a mi espalda las fogatas brillaban entre los árboles y el murmullo de muchas voces brotaba del bosque. Lo había aislado hábilmente, pero en ese momento, al hacerle frente y recobrar los sentidos, advertí el peligro en toda su verdadera proporción. De ninguna manera había pasado. ¿Y si él comenzaba a gritar? Aunque apenas podía tenerse en pie, su voz era aún bastante vigorosa.

"'¡Márchese, escóndase!', dijo con aquel tono profundo. Era terrible. Miré a mis espaldas. Estábamos a unas treinta yardas de distancia de la fogata más próxima. Una figura negra se levantó, cruzó en amplias zancadas, con sus largas piernas negras, levantando sus largos brazos negros, ante el resplandor del fuego. Tenía cuernos…, una cornamenta de antílope, me parece, sobre la cabeza. Algún hechicero, algún brujo, sin duda; tenía un aspecto realmente demoníaco. '¿Sabe usted lo que está haciendo?', murmuré. 'Perfectamente', respondió, elevando la voz para decir aquella única palabra. Aquella voz resonó lejana y fuerte a la vez, como una llamada a través de una bocina. Pensé que si comenzaba a discutir estábamos perdidos. Por supuesto, no era el momento para resolver el conflicto a puñetazos, aparte de la natural aversión que yo sentía a golpear aquella sombra…, aquella cosa errante y atormentada. 'Se perderá usted, se perderá completamente', murmuré. A veces uno tiene esos relámpagos de inspiración, ya saben. Yo había dicho la verdad, aunque de hecho él no podía perderse más de lo que ya lo estaba en aquel momento, cuando los fundamentos de nuestra amistad se asentaron para durar…, para durar…, para durar…, hasta el fin…, más allá del fin.

'"Yo tenía planes inmensos', murmuró con indecisión. 'Sí', le dije, 'pero si intenta usted gritar le destrozaré la cabeza con…'. Vi que no había ni un palo ni una piedra cerca. 'Lo estrangularé', me corregí. 'Me hallaba en el umbral de grandes cosas', suplicó con una voz plañidera, con una avidez de tono que hizo que la sangre se me helara en las venas. 'Y ahora por ese estúpido canalla…' 'Su éxito en Europa está asegurado en todo caso', afirmé con resolución. No me hubiera gustado tener que estrangularlo…, y de cualquier modo aquello no habría tenido ningún sentido práctico. Intenté romper el hechizo, el denso y mudo hechizo de la selva, que parecía atraerlo hacia su seno despiadado despertando en él olvidados y brutales instintos, recuerdos de pasiones monstruosas y satisfechas. Estaba convencido de que sólo eso lo había llevado a dirigirse al borde de la selva, a la maleza, hacia el resplandor de las fogatas, el sonido de los tambores, el zumbido de conjuros sobrenaturales. Sólo eso había seducido a su alma forajida hasta más allá de los límites de las aspiraciones lícitas. Y, ¿se dan cuenta?, lo terrible de la situación no estaba en que me dieran un golpe en la cabeza, aunque tenía una sensación muy viva de ese peligro también, sino en el hecho de que tenía que vérmelas con un hombre ante quien no podía apelar a ningún sentimiento elevado o bajo. Debía, igual que los negros, invocarlo a él, a él mismo, a su propia exaltada e increíble degradación. No había nada por encima ni por debajo de él, y yo lo sabía. Se había desprendido de la tierra. ¡Maldito sea! Había golpeado la tierra hasta romperla en pedazos. Estaba solo, y yo frente a él no sabía si pisaba tierra o si flotaba en el aire. Les he dicho a ustedes que hablamos, he repetido las frases que pronunciamos..., pero, ¿qué sentido tiene todo esto? Eran palabras comunes, cotidianas, los familiares, vagos sonidos cambiados al despertar de cada día. ¿Y qué sentido tenían? Existía detrás, en mi espíritu, la terrible sugestión de palabras oídas en sueños, frases murmuradas en pesadillas. ¡Un alma! Si hay alguien que ha luchado con un alma, yo soy ese hombre. Y no es que estuviera discutiendo con un lunático. Lo crean o no, el hecho es que su inteligencia seguía siendo perfectamente lúcida..., concentrada, es cierto, sobre él mismo con horrible intensidad, y sin embargo con lucidez. Y en eso estribaba mi única oportunidad, fuera, por supuesto, de matarlo allí, lo que no hubiera resultado bien debido al ruido inevitable. Pero su alma estaba loca. Al quedarse solo en la selva, había mirado a su interior, y ¡cielos!, puedo afirmarlo, había enloquecido. Yo tuve —debido a mis pecados, imagino— que pasar la prueba de mirar también dentro de ella. Ninguna elocuencia hubiera podido marchitar tan eficazmente la fe en la humanidad como su estallido final de sinceridad. Luchó consigo mismo, también. Lo vi..., lo oí. Vi el misterio inconcebible de un alma que no había conocido represiones, ni fe, ni miedo, y que había luchado, sin embargo, ciegamente contra sí misma. Conservé la cabeza bastante bien, pero cuando lo tuve ya tendido en el lecho me enjugué la frente, mientras mis piernas temblaban como si acabara de transportar media tonelada sobre la espalda hasta la cima de una colina. Y sin embargo sólo había sostenido su brazo huesudo apoyado en mis hombros; no era mucho más pesado que un niño.

"Cuando al día siguiente partimos a mediodía, la multitud, de cuya presencia tras la cortina de árboles había sido agudamente consciente todo el tiempo, volvió a salir de la maleza, llenó el patio de la estación, cubrió el declive de la colina con una masa de cuerpos desnudos que respiraban, que se estremecían, bronceados. Remonté un poco el río, luego viré y navegué con la corriente. Dos mil ojos seguían las evoluciones del demonio del río, que chapoteaba dando golpes impetuosos, azotando el agua con su cola terrible y esparciendo humo negro por el aire. Frente a la primera fila, a lo largo del río, tres hombres, cubiertos de un fango rojo brillante de los pies a la cabeza, se contoneaban impacientes. Cuando llegamos de nuevo frente a ellos, miraban al río, pateaban, movían sus cuerpos enrojecidos; sacudían hacia el feroz demonio del río un manojo de plumas negras, una piel repugnante con una cola colgante, algo que parecía una calabaza seca. Y a la vez gritaban periódicamente series extrañas de palabras que no se parecían a ningún sonido humano, y los profundos murmullos de la multitud interrumpidos de pronto eran como los responsos de alguna letanía satánica.

"Transportamos a Kurtz a la cabina del piloto: allí había más aire. Tendido sobre el lecho, miraba fijamente por los postigos abiertos. Hubo un remolino en la masa de cuerpos humanos, y la mujer de la cabeza en forma de yelmo y las mejillas teñidas corrió hasta la orilla misma de la corriente. Él tendió las manos, gritó algo, toda aquella multitud salvaje continuó el grito en un coro rugiente, articulado, rápido e incesante.

"'¿Entiende lo que dicen?', le pregunté.

"Él continuaba mirando hacia el exterior, más allá de mí, con ferocidad, con ojos ardientes, añorantes, con una expresión en que se mezclaban la avidez y el odio. No respondió. Pero vi una sonrisa, una sonrisa de indefinible significado, aparecer en sus labios descoloridos, que un momento después se crisparon convulsivamente. 'Por supuesto', dijo lentamente, en sílabas entrecortadas, como si las palabras se le hubieran escapado por obra y gracia de una fuerza sobrenatural.

"Tiré del cordón de la sirena, y lo hice porque vi a los peregrinos en la cubierta preparar sus rifles con el aire de quien se dispone a participar en una alegre francachela. Ante el súbito silbido, hubo un movimiento de abyecto terror en aquella apiñada masa de cuerpos. 'No haga usted eso, no lo haga. ¿No ve que los ahuyenta usted?', gritó alguien desconsoladamente desde cubierta. Tiré de cuando en cuando del cordón. Se separaban y corrían, saltaban, se agachaban, se apartaban, se evadían del terror del sonido. Los tres tipos embadurnados de rojo se habían tirado boca abajo, en la orilla, como si hubieran sido fusilados. Sólo aquella mujer bárbara y soberbia no vaciló siquiera, y extendió trágicamente hacia nosotros sus brazos desnudos, sobre la corriente oscura y brillante.

"Y entonces la imbécil multitud que se apiñaba en cubierta comenzó su pequeña diversión y ya no pude ver nada más debido al humo.

"La oscura corriente corría rápidamente desde el corazón de las tinieblas, llevándonos hacia abajo, hacia el mar, con una velocidad doble a la del viaje en sentido inverso. Y la vida de Kurtz corría también rápidamente, desintegrándose, desintegrándose en el mar del tiempo inexorable. El director se sentía feliz, no tenía ahora preocupaciones vitales. Nos miraba a ambos con una mirada comprensiva y satisfecha; el asunto se había resuelto de la mejor manera que se podía esperar. Yo veía acercarse el momento en que me quedaría solo debido a mi apoyo a los métodos inadecuados. Los peregrinos me miraban desfavorablemente. Se me contaba ya, por así decirlo, entre los muertos. Me resulta extraña la manera en que acepté aquella asociación inesperada; aquella elección de pesadillas pesaba sobre mí en la tenebrosa tierra invadida por aquellos mezquinos y rapaces fantasmas.

"Kurtz peroraba. ¡Qué voz! ¡Qué voz! Resonó profundamente hasta el mismo fin. Su fortaleza sobrevivió para ocultar entre los magníficos pliegues de su elocuencia la estéril oscuridad de su corazón. ¡Pero él luchaba, luchaba! Su cerebro desgastado por la fatiga era visitado por imágenes sombrías…, imágenes de riquezas y fama que giraban obsequiosamente alrededor de su don inextinguible de noble y elevada expresión. 'Mi prometida, mi estación, mi carrera, mis ideas…', aquellos eran los temas que le servían de material para la expresión de sus elevados sentimientos. La sombra del Kurtz original frecuentaba la cabecera de aquella sombra vacía cuyo destino era ser enterrada en el seno de una tierra primigenia. Pero tanto el diabólico amor como el odio sobrenatural de los misterios que había penetrado luchaban por la posesión de aquella alma saciada de emociones primitivas, ávida de gloria falsa, de distinción fingida y de todas las apariencias de éxito y poder.

"A veces era lamentablemente pueril. Deseaba encontrarse con reyes que fueran a recibirlo en las estaciones ferroviarias, a su regreso de algún espantoso rincón del mundo, donde tenía el proyecto de realizar cosas magnas. 'Usted les muestra que posee algo verdaderamente aprovechable y entonces no habrá límites para el reconocimiento de su capacidad', decía. 'Por supuesto, debe tener siempre en cuenta los motivos, los motivos correctos.' Las largas extensiones que eran siempre como una misma e igual extensión, se deslizaban ante el barco con su multitud de árboles seculares que miraban pacientemente a aquel desastroso fragmento de otro mundo, el apasionado de los cambios, las conquistas, el comercio, las matanzas y las bendiciones. Yo miraba hacia delante, llevando el timón. 'Cierre los postigos', dijo Kurtz repentinamente un día. 'No puedo tolerar ver todo esto.' Lo hice. Hubo un silencio. '¡Oh, pero todavía te arrancaré el corazón!', le gritó a la selva invisible.

"El barco se averió —como había temido—, y tuvimos que detenernos para repararlo en la punta de una isla. Fue esa demora lo primero que provocó las confidencias de Kurtz. Una mañana me dio un paquete de papeles y una fotografía. Todo estaba atado con un cordón de zapatos. 'Guárdame esto', me pidió. 'Aquel imbécil (aludía al director) es capaz de hurgar en mis cajas cuando no me doy cuenta.' Por la tarde volví a verlo. Estaba acostado sobre la espalda, con los ojos cerrados. Me retiré sin ruido, pero lo oí murmurar: 'Vive rectamente, muere, muere…'. Lo escuché. Pero no hubo nada más. ¿Estaba ensayando algún discurso en medio del sueño, o era un fragmento de una frase de algún artículo periodístico? Había sido periodista, e intentaba volver a serlo. '…Para poder desarrollar mis ideas. Es un deber.'

"La suya era una oscuridad impenetrable. Yo lo miraba como se mira, hacia abajo, a un hombre tendido en el fondo de un precipicio, al que no llegan nunca los rayos del sol. Pero no tenía demasiado tiempo que dedicarle porque estaba ayudando al maquinista a desarmar los cilindros dañados, a fortalecer las bielas encorvadas y otras cosas por el estilo. Vivía en una confusión infernal de herrumbre: limaduras, tuercas, clavijas, llaves, martillos, barrenos, cosas que detesto porque jamás me he logrado entender bien con ellas. Estaba trabajando en una pequeña fragua que por fortuna teníamos a bordo; trabajaba asiduamente con mi pequeño montón de limaduras, a menos que tuviera escalofríos demasiado fuertes y no pudiera tenerme en pie…

"Una noche, al entrar en la cabina con una vela, me alarmé al oírlo decir con voz trémula: 'Estoy acostado aquí en la oscuridad esperando la muerte'. La luz estaba a menos de un pie de sus ojos. Me esforcé en murmurar: '¡Tonterías!'. Y permanecí a su lado, como traspasado.

"No he visto nunca nada semejante al cambio que se operó en sus rasgos, y espero no volver a verlo. No es que me conmoviera. Estaba fascinado. Era como si se hubiera rasgado un velo. Vi sobre ese rostro de marfil la expresión de sombrío orgullo, de implacable poder, de pavoroso terror…, de una intensa e irredimible desesperación. ¿Volvía a vivir su vida, cada detalle de deseo, tentación y entrega, durante ese momento supremo de total lucidez? Gritó en un susurro a alguna imagen, a alguna visión, gritó dos veces, un grito que no era más que un suspiro: '¡Ah, el horror! ¡El horror!'.

"Apagué de un soplo la vela y salí de la cabina. Los peregrinos estaban almorzando en el comedor, y ocupé un sitio frente al director, que levantó los ojos para dirigirme una mirada interrogante, que yo logré ignorar con éxito. Se echó hacia atrás, sereno, con esa sonrisa peculiar con que sellaba las profundidades inexpresadas de su mezquindad. Una lluvia continua de pequeñas moscas corría sobre la lámpara, sobre el mantel, sobre nuestras manos y caras. De pronto el muchacho del director introdujo su insolente cabeza negra por la puerta y dijo en un tono de maligno desprecio: 'Señor Kurtz…, él, muerto'.

"Todos los peregrinos salieron precipitadamente para verlo. Yo permanecí allí y terminé mi cena. Creo que fui considerado como un individuo brutalmente duro. Sin embargo, no logré comer mucho. Había allí una lámpara…, luz… y afuera una oscuridad bestial. No volví a acercarme al hombre notable que había pronunciado un juicio sobre las aventuras de su espíritu en esta tierra. La voz se había ido. ¿Qué más había habido allí? Pero, por supuesto, me enteré de que al día siguiente los peregrinos enterraron algo en un foso cavado en el fango.

"Y luego casi tuvieron que sepultarme a mí.

"Sin embargo, como pueden ver, no fui a reunirme allí con Kurtz. No fue así. Permanecí aquí, para soñar la pesadilla hasta el fin y para demostrar mi lealtad hacia Kurtz una vez más. El destino. ¡Mi destino! ¡Es curiosa la vida…, ese misterioso arreglo de lógica implacable con propósitos fútiles! Lo más que de ella se puede esperar es cierto conocimiento de uno mismo…, que llega demasiado tarde…, una cosecha de inextinguibles remordimientos. He luchado a brazo partido con la muerte. Es la contienda menos estimulante que pueden imaginar. Tiene lugar en un gris impalpable, sin nada bajo los pies, sin nada alrededor, sin espectadores, sin clamor, sin gloria, sin un gran deseo de victoria, sin un gran temor a la derrota, en una atmósfera enfermiza de tibio escepticismo, sin demasiada fe en los propios derechos, y aun menos en los del adversario. Si tal es la forma de la última sabiduría, la vida es un enigma mayor de lo que alguno de nosotros piensa. Me hallaba a un paso de aquel trance y sin embargo descubrí, con humillación, que no tenía nada que decir. Por esa razón afirmo que Kurtz era un hombre notable. Él tenía algo que decir. Lo decía. Desde el momento en que yo mismo me asomé al borde, comprendí mejor el sentido de su mirada, que no podía ver la llama de la vela, pero que era lo suficientemente amplia como para abrazar el universo entero, lo suficientemente penetrante como para introducirse en todos los corazones que baten en la oscuridad. Había resumido, había juzgado. '¡El horror!' Era un hombre notable. Después de todo, aquello expresaba cierta creencia. Había candor, convicción, una nota vibrante de rebeldía en su murmullo, el aspecto espantoso de una verdad apenas entrevista…, una extraña mezcla de deseos y odio. Y no es mi propia agonía lo que recuerdo mejor: una visión de grisura sin forma colmada de dolor físico y un desprecio indiferente ante la disipación de todas las cosas, incluso de ese mismo dolor. ¡No! Es su agonía lo que me parece haber vivido. Cierto que él había dado el último paso, había traspuesto el borde, mientras que a mí me había sido permitido volver sobre mis pasos. Tal vez toda la diferencia estribe en eso; tal vez toda la sabiduría, toda la verdad, toda la sinceridad, estén comprimidas en aquel inapreciable espacio de tiempo en el que atravesamos el umbral de lo invisible. ¡Tal vez! Me gustaría pensar que mi resumen no fuera una palabra de desprecio indiferente. Mejor fue su grito…, mucho mejor. Era una victoria moral pagada por las innumerables derrotas, por los terrores abominables y las satisfacciones igualmente abominables. ¡Pero era una victoria! Por eso permanecí leal a Kurtz hasta el final y aun más allá, cuando mucho tiempo después volví a oír no su voz sino el eco de su magnífica elocuencia que llegaba a mí de un alma tan traslúcidamente pura como el cristal de roca.

"No, no me enterraron, aunque hay un período que recuerdo confusamente, con un asombro tembloroso, como un paso a través de algún mundo inconcebible en el que no existía ni esperanza ni deseo. Me encontré una vez más en la ciudad sepulcral, sin poder tolerar la contemplación de la gente que se apresuraba por las calles para extraer unos de otros un poco de dinero, para devorar su infame comida, para tragar su cerveza malsana, para soñar sus sueños insignificantes y torpes. Eran una infracción a mis pensamientos. Eran intrusos cuyo conocimiento de la vida constituía para mí una pretensión irritante, porque estaba seguro de que no era posible que supieran las cosas que yo sabía. Su comportamiento, que era sencillamente el comportamiento de los individuos comunes que iban a sus negocios con la afirmación de una seguridad perfecta, me resultaba tan ofensivo como las ultrajantes ostentaciones de insensatez ante un peligro que no se logra comprender. No sentía ningún deseo de demostrárselo, pero tenía a veces dificultades para contenerme y no reírme en sus caras, tan llenas de estúpida importancia. Me atrevería a decir que no estaba yo muy bien en aquella época. Vagaba por las calles —tenía algunos negocios que arreglar— haciendo muecas amargas ante personas respetables. Admito que mi conducta era inexcusable, pero en aquellos días mi temperatura rara vez era normal. Los esfuerzos de mi querida tía para restablecer 'mis fuerzas' me parecían algo del todo inadecuado. No eran mis fuerzas las que necesitaban restablecerse, era mi imaginación la que necesitaba un sedante. Conservaba el paquete de papeles que Kurtz me había entregado, sin saber exactamente qué debía hacer con ellos. Su madre había muerto hacía poco, asistida, como supe después, por su prometida. Un hombre bien afeitado, con aspecto oficial y lentes de oro, me visitó un día y comenzó a hacerme algunas preguntas, al principio veladas, luego suavemente apremiantes, sobre lo que él daba en llamar 'ciertos documentos'. No me sorprendió, porque yo había tenido dos discusiones con el director a ese respecto. Me había negado a ceder el más pequeño fragmento de aquel paquete, y adopté la misma actitud ante el hombre de los lentes de oro. Me hizo algunas amenazas veladas y arguyó con acaloramiento que la compañía tenía derecho a cada ápice de información sobre sus 'territorios'. Según él, el conocimiento del señor Kurtz sobre las regiones inexploradas debía ser por fuerza muy amplio y peculiar, dada su gran capacidad y las deplorables circunstancias en que había sido colocado.

Sobre eso, le aseguré que el conocimiento del señor Kurtz, aunque extenso, no tenía nada que ver con los problemas comerciales o administrativos. Entonces invocó el nombre de la ciencia. Sería una pérdida incalculable que…, etcétera, etcétera. Le ofrecí el Informe sobre la Supresión de las Costumbres Salvajes, con el *post scriptum* borrado. Lo tomó ávidamente, pero terminó por dejarlo a un lado con un aire de desprecio. 'No es esto lo que teníamos derecho a esperar', observó. 'No espere nada más', le dije. 'Se trata sólo de cartas privadas.'

"Se retiró, emitiendo algunas vagas amenazas de procedimientos legales, y no lo vi más. Pero otro individuo, diciéndose primo de Kurtz, apareció dos días más tarde, ansioso por oír todos los detalles sobre los últimos momentos de su querido pariente. Incidentalmente, me dio a entender que Kurtz había sido en esencia un gran músico. 'Hubiera podido tener un éxito inmenso', dijo aquel hombre, que era organista, creo, con largos y lacios cabellos grises que le caían sobre el cuello grasiento de la chaqueta. No tenía yo razón para poner en duda aquella declaración, y hasta el día de hoy soy incapaz de decir cuál fue la profesión de Kurtz, si es que tuvo alguna…, cuál fue el mayor de sus talentos. Lo había considerado como un pintor que escribía a veces en los periódicos, o como un periodista a quien le gustaba pintar, pero ni siquiera el primo (que no dejaba de tomar rapé durante la conversación) pudo decirme cuál había sido exactamente su profesión. Se había tratado de un genio universal. Sobre este punto estuve de acuerdo con aquel viejo tipo, que entonces se sonó estruendosamente la nariz con un gran pañuelo de algodón y se marchó con una agitación senil, llevándose algunas cartas de familia y recuerdos sin importancia. Por último apareció un periodista ansioso por saber algo de la suerte de su 'querido colega'. Aquel visitante me informó que la esfera propia de Kurtz era la política en su aspecto popular. Tenía cejas pobladas y rectas, cabello áspero, muy corto, un monóculo al extremo de una larga cinta, y cuando se sintió expansivo confesó su opinión de que Kurtz en realidad no sabía escribir, pero, ¡cielos!, qué manera de hablar la de aquel hombre. Electrizaba a las multitudes. Tenía fe, ¿ve usted?, tenía fe. Podía convencerse y llegar a creer cualquier cosa, cualquier cosa. Hubiera podido ser un espléndido dirigente para un partido extremista. '¿Qué partido?', le pregunté. 'Cualquier partido', respondió. 'Era un…, un extremista.' Inquirió si no estaba yo de acuerdo, y asentí. Sabía yo, me preguntó, qué lo había inducido a ir a aquel lugar. 'Sí', le dije, y enseguida le entregué el famoso informe para que lo publicara, si lo consideraba pertinente. Lo hojeó apresuradamente, mascullando algo todo el tiempo. Juzgó que 'podía servir', y se retiró con el botín.

”De manera que me quedé al fin con un manojo de cartas y el retrato de una joven. Me causó impresión su belleza… o, mejor dicho, la belleza de su expresión. Sé que la luz del sol también puede contribuir a la mentira; sin embargo, uno podía afirmar que ninguna manipulación de la luz y la sombra podía haber inventado los delicados y veraces rasgos de aquellas facciones. Parecía estar dispuesta a escuchar sin ninguna reserva mental, sin sospechas, sin ningún pensamiento para sí misma. Decidí ir yo mismo a devolver esas cartas. ¿Curiosidad? Sí, y tal vez también algún otro sentimiento. Todo lo que había pertenecido a Kurtz había pasado por mis manos: su alma, su cuerpo, su estación, sus proyectos, su marfil, su carrera. Sólo quedaba su recuerdo y su prometida, y en cierto modo quería también relegar eso al pasado…, para entregar personalmente todo lo que de él permanecía en mí a ese olvido que es la última palabra de nuestro destino común. No me defiendo. No tenía una clara percepción de lo que realmente quería. Tal vez era un impulso de inconsciente lealtad, o el cumplimiento de una de esas irónicas necesidades que acechan en la realidad de la existencia humana. No lo sé. No puedo decirlo, pero fui.

"Pensaba que su recuerdo era como los otros recuerdos de los muertos que se acumulan en la vida de cada hombre…, una vaga huella en el cerebro de las sombras que han caído en él en su rápido tránsito final. Pero ante la alta y pesada puerta, entre las elevadas casas de una calle tan tranquila y decorosa como una avenida bien cuidada en un cementerio, tuve una visión de él en la camilla, abriendo la boca vorazmente, como tratando de devorar toda la tierra y a toda su población con ella. Vivió entonces ante mí, vivió tanto como había vivido alguna vez… Una sombra insaciable de apariencia espléndida, de realidad terrible, una sombra más oscura que las sombras de la noche, envuelta notablemente en los pliegues de su brillante elocuencia. La visión pareció entrar en la casa conmigo: las parihuelas, los fantasmales camilleros, la multitud salvaje de obedientes adoradores, la oscuridad de la selva, el brillo de la lejanía entre los lóbregos recodos, el redoble de tambores, regular y apagado como el latido de un corazón…, el corazón de las tinieblas vencedoras. Fue un momento de triunfo para la selva, una irrupción invasora y vengativa que me pareció que debía guardar sólo para la salvación de otra alma. Y el recuerdo de lo que había oído decir allá lejos, con las figuras cornudas deslizándose a mis espaldas, ante el brillo de las fogatas, dentro de los bosques pacientes, aquellas frases rotas que llegaban hasta mí, volvieron a oírse en su fatal y terrible simplicidad. Recordé su abyecta súplica, sus abyectas amenazas, la escala colosal de sus viles deseos, la mezquindad, el tormento, la tempestuosa agonía de su espíritu. Y más tarde me pareció ver su aire sosegado y displicente cuando me dijo un día: 'Esta cantidad de marfil es ahora realmente mía. La compañía no pagó nada por ella. Yo la he reunido a costa de grandes riesgos personales. Temo que intenten reclamarla como suya. ¡Hmm! Es un caso difícil. ¿Qué cree usted que deba hacer? ¿Resistir? ¿Eh? Lo único que pido es justicia…'. Lo único que quería era justicia…, sólo justicia. Toqué el timbre ante una puerta de caoba en el primer piso y, mientras esperaba, él parecía mirarme desde los cristales, mirarme con esa amplia y extensa mirada con que había abrazado, condenado, aborrecido a todo el universo. Me pareció oír nuevamente aquel grito: '¡Ah, el horror! ¡El horror!'.

"Caía el crepúsculo. Tuve que esperar en un amplio salón con tres grandes ventanas, que iban del suelo al techo, semejantes a tres columnas luminosas y acortinadas. Las patas curvas y doradas y los respaldos de los muebles brillaban bajo el reflejo de la luz. La alta chimenea de mármol ostentaba una blancura fría y monumental. Un gran piano hacía su aparición masiva en una esquina, con oscuros destellos en las superficies planas como un sombrío y pulimentado sarcófago. Se abrió una puerta, se cerró. Yo me puse de pie.

"Vino hacia mí, toda de negro, con una cabeza pálida. Parecía flotar en la oscuridad. Llevaba luto. Hacía más de un año que él había muerto, más de un año desde que las noticias habían llegado, pero parecía que ella pensaba recordarlo y llorarlo siempre. Tomó mis manos entre las suyas y murmuró: 'Había oído decir que venía usted'.

"Advertí que no era muy joven…, quiero decir que no era una muchacha. Tenía una capacidad madura para la confianza, para el sufrimiento. La habitación parecía haberse ensombrecido, como si toda la triste luz de la tarde nublada se hubiera concentrado en su frente. Su cabellera clara, su pálido rostro, sus cejas delicadamente trazadas parecían rodeados por un halo ceniciento desde el que me observaban sus ojos oscuros. Su mirada era sencilla, profunda, confiada y leal. Llevaba la cabeza como si estuviera orgullosa de su tristeza, como si pudiera decir: 'Sólo yo sé llorarlo como se merece'. Pero mientras permanecíamos aún con las manos estrechadas, apareció en su rostro una expresión de desolación tan intensa que percibí que no era una de esas criaturas que se convierten en juguete del tiempo. Para ella, él había muerto apenas ayer. Y, ¡por Júpiter!, la impresión fue tan poderosa que a mí también me pareció que hubiera muerto sólo ayer, es más, en ese mismo momento. Los vi juntos en ese mismo instante…, la muerte de él, el dolor de ella…, ¿me comprenden? Los vi juntos, los oí juntos. Ella decía en un suspiro profundo: 'He sobrevivido', mientras mis oídos parecían oír con toda claridad, mezclado con el tono de reproche desesperado de ella, el grito en el que él resumía su condenación eterna. Me pregunté, con una sensación de pánico en el corazón, como si me hubiera equivocado al penetrar en un sitio de crueles y absurdos misterios que un ser humano no puede tolerar, qué hacía yo ahí. Me indicó una silla. Nos sentamos. Coloqué el paquete en una pequeña mesa y ella puso una mano sobre él. 'Usted lo conoció bien', murmuró, después de un momento de luctuoso silencio.

»"La intimidad surge rápidamente allá', dije. 'Lo conocí tan bien como es posible que un hombre conozca a otro.'

»"Y lo admiraba', dijo. 'Era imposible conocerlo y no admirarlo. ¿No es cierto?'

»"Era un hombre notable', dije, con inquietud. Luego, ante la exigente fijeza de su mirada que parecía espiar las palabras en mis mismos labios, proseguí: 'Era imposible no…'.

»"Amarlo', concluyó ansiosamente, imponiéndome silencio, reduciéndome a una estupefacta mudez. ¡Es muy cierto! ¡Muy cierto! ¡Piense que nadie lo conocía mejor que yo! ¡Yo merecí toda su noble confianza! Lo conocí mejor que nadie.'

»"Lo conoció usted mejor que nadie', repetí. Y tal vez era cierto. Pero ante cada palabra que pronunciaba, la habitación se iba haciendo más oscura, y sólo su frente, tersa y blanca, permanecía iluminada por la inextinguible luz de la fe y el amor.

"'Usted era su amigo', continuó. 'Su amigo', repitió en voz un poco más alta. 'Debe usted haberlo sido, ya que él le entregó esto y lo envió a mí. Siento que puedo hablar con usted… y, ¡oh!…, debo hablar. Quiero que usted, usted que oyó sus últimas palabras, sepa que he sido digna de él… No se trata de orgullo… Sí. De lo que me enorgullezco es de saber que he podido entenderlo mejor que cualquier otra persona en el mundo… Él mismo me lo dijo. Y desde que su madre murió no he tenido a nadie…, a nadie…, para…, para…'

"Yo escuchaba. La oscuridad se hacía más profunda. Ni siquiera estaba seguro de que él me hubiera dado el paquete correcto. Tengo la firme sospecha de que, según sus deseos, yo debía haber cuidado de otro paquete de papeles que, después de su muerte, vi examinar al director bajo la lámpara. Y la joven hablaba, aliviando su dolor en la certidumbre de mi simpatía; hablaba de la misma manera en que beben los hombres sedientos. La oí decir que su compromiso con Kurtz no había sido aprobado por su familia. No era lo suficientemente rico, o algo así. Y, en efecto, no sé si no había sido pobre toda su vida. Me había dado a entender que había sido la impaciencia de una pobreza relativa lo que lo había llevado allá.

"'¿Quién, quién que lo hubiera oído hablar una sola vez no se convertía en su amigo?', decía. 'Atraía a los hombres hacia él por lo que había de mejor en ellos.' Me miró con intensidad. 'Es el don de los grandes hombres', continuó, y el sonido de su voz profunda parecía tener el acompañamiento de todos los demás sonidos, llenos de misterios, desolación y tristeza que yo había oído en otro tiempo: el murmullo del río, el susurro de la selva sacudida por el viento, el zumbido de las multitudes, el débil timbre de las palabras incomprensibles gritadas a distancia, el aleteo de una voz que hablaba desde el umbral de unas tinieblas eternas. '¡Pero usted lo ha oído! ¡Usted lo sabe!', exclamó.

"'Sí, lo sé', le dije con una especie de desesperación en el corazón, pero incliné la frente ante la fe que veía en ella, ante la grande y redentora ilusión que brillaba con un resplandor sobrenatural en las tinieblas, en las tinieblas triunfantes de las que no hubiera yo podido defenderla…, de las que tampoco me hubiera yo podido defender.

"'¡Qué pérdida ha sido para mí…, para nosotros!', se corrigió con hermosa generosidad. Y añadió en un murmullo: 'Para el mundo'. Los últimos destellos del crepúsculo me permitieron ver el brillo de sus ojos, llenos de lágrimas que no caerían. 'He sido muy feliz, muy afortunada. Demasiado feliz. Demasiado afortunada por un breve tiempo. Y ahora soy desgraciada…, para toda la vida.'

"Se levantó; su brillante cabello pareció atrapar toda la luz que aún quedaba en un resplandor de oro. Yo también me levanté.

"'Y de todo esto', continuó tristemente, 'de todo lo que prometía, de toda su grandeza, de su espíritu generoso y su noble corazón no queda nada…, nada más que un recuerdo. Usted y yo…'.

"'Lo recordaremos siempre', añadí con premura.

"'¡No!', gritó ella. 'Es imposible que todo esto se haya perdido, que una vida como la suya haya sido sacrificada sin dejar nada, sino tristeza. Usted sabe cuán amplios eran sus planes. También yo estaba enterada de ellos, quizá no podía comprenderlos, pero otros los conocían. Algo debe quedar. Por lo menos sus palabras no han muerto.'

"'Sus palabras permanecerán', dije.

"'Y su ejemplo', susurró, más bien para sí misma. 'Los hombres lo buscaban; la bondad brillaba en cada uno de sus actos. Su ejemplo…'

"'Es cierto', dije, 'también su ejemplo. Sí, su ejemplo. Me había olvidado'.

"'Pero yo no. Yo no puedo…, no puedo creer…, no aún. No puedo creer que nunca más volveré a verlo, que nadie lo va a volver a ver, nunca, nunca, nunca.'

"Extendió los brazos como si tratara de asir una figura que retrocediera, con las pálidas manos enlazadas, a través del marchito y estrecho resplandor de la ventana. ¡No verlo nunca! Yo lo veía con bastante claridad en ese momento. Yo veré aquel elocuente fantasma mientras viva, de la misma manera en que la veré a ella, una sombra trágica y familiar, parecida en ese gesto a otra sombra, trágica también, cubierta de amuletos sin poder, que extendía sus brazos desnudos frente al reflejo de la infernal corriente, de la corriente que procedía de las tinieblas. De pronto dijo en voz muy baja: 'Murió como había vivido'.

"'Su fin', dije yo, con una rabia sorda que comenzaba a apoderarse de mí, 'fue en todo sentido digno de su vida'.

"'Y yo no estuve con él', murmuró. Mi cólera cedió a un sentimiento de infinita piedad.

"'Todo lo que pudo hacerse…', murmuré.

"'¡Ah, pero yo creía en él más que cualquier otra persona en el mundo, más que su propia madre, más que… que él mismo! ¡Él me necesitaba! ¡A mí! Yo hubiera atesorado cada suspiro, cada palabra, cada gesto, cada mirada.'

"Sentí un escalofrío en el pecho. 'No, no', dije con voz sorda.

"'Perdóneme, he padecido tanto tiempo en silencio…, en silencio… ¿Estuvo usted con él…, hasta el fin? Pienso en su soledad. Nadie cerca que pudiera entenderlo como hubiera podido hacerlo yo. Tal vez nadie que oyera…'

"'Hasta el fin', dije temblorosamente. 'Oí sus últimas palabras…' Me detuve lleno de espanto.

"'Repítalas', murmuró con un tono desconsolado. 'Quiero…, algo…, algo…, para poder vivir.'

"Estaba a punto de gritarle: '¿No las oye usted?'. La oscuridad las repetía en un susurro que parecía aumentar amenazadoramente como el primer silbido de un viento creciente. '¡Ah, el horror! ¡El horror!'

"'Su última palabra…, para vivir con ella', insistía. '¿No comprende usted que yo lo amaba…, lo amaba?'

"Reuní todas mis fuerzas y hablé lentamente.

"'La última palabra que pronunció fue el nombre de usted.'

"Oí un ligero suspiro y mi corazón se detuvo bruscamente, como si hubiera muerto por un grito triunfante y terrible, por un grito de inconcebible triunfo, de inexplicable dolor. '¡Lo sabía! ¡Estaba segura!…' Ella lo sabía. Estaba segura. La oí llorar; ocultó el rostro entre las manos. Me parecía que la casa iba a derrumbarse antes de que yo pudiera escapar, que los cielos caerían sobre mi cabeza. Pero nada ocurrió. Los cielos no se vienen abajo por semejantes tonterías. ¿Se habrían desplomado, me pregunto, si le hubiera rendido a Kurtz la justicia que le debía? ¿No había dicho él que sólo quería justicia? Pero me era imposible. No pude decírselo a ella. Hubiera sido demasiado siniestro…"

Marlow calló, se sentó aparte, concentrado y silencioso, en la postura de un buda en meditación. Durante un rato nadie se movió.

—Hemos perdido el primer reflujo —dijo de pronto el director.

Yo levanté la cabeza. El mar estaba cubierto por una densa faja de nubes negras, y la tranquila corriente que llevaba a los últimos confines de la tierra fluía sombríamente bajo el cielo cubierto… Parecía conducir directamente al corazón de las inmensas tinieblas.

EL JARDINERO

Rudyard Kipling

One grave to me was given.
One watch till Judgment Day;
And God looked down from Heaven
And rolled the stone away.

One day in all the years,
One hour in that one day,
His Angel saw my tears,
*And rolled the stone away!**

En el pueblo, todos sabían que Helen Turrell cumplía con sus obligaciones para con todos los suyos y, de un modo especialmente honroso, para con el infortunado hijo de su único hermano. Sabían, además, que George Turrell había causado graves problemas a su familia desde su temprana juventud, por lo que no se sorprendieron al enterarse de que, tras arrojar por la borda las oportunidades que le habían ofrecido una y otra vez y, siendo ya inspector de la policía india, se había enredado con la hija de un suboficial retirado y había muerto, a consecuencia de una caída del caballo, pocas semanas antes de que naciera su hijo. Gracias a Dios, los padres de George ya habían fallecido. Helen, una mujer independiente de treinta y cinco años, bien pudo haberse

* Una tumba me fue dada, / una guardia hasta el Día del Juicio; / y Dios miró desde el Cielo / y apartó la lápida. // Un día en todos los años / una hora en ese día. / Su Ángel vio mis lágrimas / ¡y apartó la lápida!

217

lavado las manos de todo aquel asunto vergonzoso; sin embargo, se hizo cargo de él con nobleza, pese a que por entonces la amenaza de un problema pulmonar la había obligado a viajar al sur de Francia. Tramitó el viaje de la criatura y de una niñera desde Bombay, recibió a ambos en Marsella, atendió al bebé que había sufrido un ataque de disentería infantil a causa de la negligencia de la niñera (a quien tuvo que despedir), y a fines del otoño, agotada y enflaquecida pero triunfante, regresó a su hogar en Hampshire trayendo consigo al niño, completamente restablecido.

Todos estos detalles eran de propiedad pública porque Helen era tan abierta como la luz del día y sostenía que acallando los escándalos sólo se logra agrandarlos. Admitía que George siempre había sido bastante "oveja negra", pero acotaba que las cosas podrían haber sido mucho peor si la madre del niño hubiese insistido en hacer valer sus derechos a quedarse con él. Por suerte, parecía que la gente de esa clase haría casi cualquier cosa por dinero y, como George siempre había recurrido a Helen para sus sablazos, a ésta le pareció justo —y sus amigos coincidieron con ella— cortar toda relación con el suboficial y su hija y brindarle al niño todas las ventajas posibles. El primer paso fue hacerlo bautizar por el párroco con el nombre de Michael. Según decía Helen, por lo que sabía acerca de sí misma, no era amante de los niños, pero había querido mucho a George, a pesar de sus faltas, y señaló que el pequeño Michael tenía exactamente la misma boca que su padre. Al menos, había con qué contar...

En realidad, la boca de Michael tenía un contorno un poco mejor que el de los Turrell; lo que sí había reproducido, con máxima fidelidad, era la frente de la familia: ancha, baja y bien conformada, sobre unos ojos muy separados. Pero Helen, que no estaba dispuesta a concederle nada bueno por el lado materno, juraba que era un Turrell de pies a cabeza y, como nadie la contradijo, quedó establecida la semejanza.

Al cabo de pocos años, Michael ocupó su lugar dentro de la comunidad, tan aceptado por ésta como lo había sido siempre Helen. Era intrépido, meditabundo y bastante agraciado. A los seis años, quiso saber por qué no podía llamarla "mamita", como lo hacían los otros niños con sus madres. Helen le explicó que era tan sólo su tía y que las tiítas no eran exactamente lo mismo que las mamitas; no obstante, si eso lo complacía, podría llamarla "mamita" a la hora de acostarse, como un apodo que quedaría entre los dos. Michael guardó el secreto con lealtad, pero Helen, como de costumbre, se lo comunicó a sus amistades. Cuando Michael se enteró, se puso furioso.

—¿Por qué se lo dijiste? ¿Por qué? —preguntó al término de la tormenta.

—Porque siempre lo mejor es decir la verdad —contestó Helen, rodeándolo con un brazo mientras él se sacudía en su camita.

—Muy bien, pero cuando la "verdá" es fea, no creo que sea lindo contarla.

—¿De veras no lo crees, querido?

—No, no lo es y... —Helen sintió que el cuerpecito se ponía rígido— y ahora que lo has contado, nunca más te llamaré "mamita"... ni siquiera a la hora de acostarme.

—¿No te parece que es bastante poco bondadoso de tu parte? —le dijo Helen con suavidad.

—¡No me importa! ¡No me importa! Me lastimaste en mis entrañas y yo haré lo mismo contigo. ¡Te haré daño mientras viva!

—¡Oh, querido, no hables así! Tú no sabes lo que...

—¡Lo haré! ¡Y te haré más daño cuando esté muerto!

—Gracias a Dios, yo moriré mucho antes que tú, querido.

—¡Ja! Emma dice que "uno nunca sabe cuál será su destino" —Michael había estado charlando con la criada de

Helen, una mujer mayor, de rostro chato— y que muchos niñitos mueren pronto. Yo haré lo mismo y entonces verás...

Helen contuvo el aliento y se alejó hacia la puerta, pero un sollozo la hizo volver:

—¡Mamita, mamita!.. —Y los dos lloraron juntos.

A los diez años, cuando ya había cursado dos grados en la escuela primaria, algo o alguien le hizo pensar que el estado civil de sus padres había sido un tanto irregular. Acometió a Helen acerca del tema y derribó sus tartamudeantes defensas con la franqueza de los Turrell.

—No creo ni una sola palabra de todo eso —dijo alegremente al final—. Si mis padres hubiesen estado casados, la gente no habría hablado como lo hizo. Pero no te preocupes, tiíta. Lo he descubierto todo sobre las personas como yo en la historia de Inglaterra y en escenas de obras de Shakespeare. Por empezar, ahí tienes a Guillermo el Conquistador y... ¡oh, hay montones más, y todos llegaron a ser personajes de primer orden! El hecho de que yo sea eso no significará ninguna diferencia para ti, ¿verdad?

—Como si algo pudiera... —comenzó a responder ella.

—Muy bien. No hablaremos más del asunto, si eso te hace llorar.

Michael nunca volvió a mencionar voluntariamente el tema. Sin embargo, cuando dos años después, se las ingenió para contraer el sarampión en las vacaciones y su temperatura subió hasta los cuarenta grados de rigor, no hizo otra cosa que musitar acerca de eso hasta que la voz de Helen, traspasando por fin su delirio, llegó hasta él con la afirmación tranquilizadora de que nada en el mundo, o más allá de él, podría establecer una distinción entre ambos.

Los grados en la escuela privada y las maravillosas vacaciones de Navidad, Pascua y el verano se sucedieron uno tras otro, disímiles y espléndidos como las gemas de un collar, y Helen los atesoró como tales. A su debido tiempo,

Michael desarrolló intereses propios que siguieron su curso y dieron paso a otros; empero, su interés por Helen era constante y cada vez mayor. Ella le pagaba con todo su afecto, o bien con todo el dinero y los consejos de que podía disponer. Como Michael no era ningún tonto, la guerra lo sorprendió en vísperas de lo que pudo ser una carrera muy promisoria.

En octubre debería haber ido a Oxford con una beca. A fines de agosto, estuvo a punto de incorporarse al primer holocausto de muchachos de las escuelas privadas que se lanzaron al frente, pero el capitán de su Cuerpo de Adiestramiento de Oficiales de Reserva —en el que Michael era sargento desde hacía casi un año— lo disuadió y lo derivó directamente, con grado de oficial, a un batallón tan nuevo que la mitad de sus integrantes todavía usaban el viejo uniforme rojo del Ejército, en tanto que la otra mitad incubaba meningitis al apiñarse en tiendas de campaña húmedas y atestadas.

Helen se sobresaltó ante la idea de un alistamiento directo, y Michael le respondió riendo:

—Pero si es típico de nuestra familia...

—¿No querrás decirme que en todo este tiempo has creído en esa vieja historia? —protestó Helen (Emma, su criada, había muerto hacía varios años)—. Te di mi palabra de honor, y te la vuelvo a dar ahora, de que... de que todo está bien. En verdad lo está.

—Oh, no es eso lo que me preocupa. Nunca me preocupó —replicó valientemente—. Quise decir que habría comenzado a participar más pronto en el espectáculo si me hubiera alistado... como mi abuelo.

—¡No hables así! ¿O acaso temes que termine demasiado pronto?

—No tendré esa suerte. Ya sabes lo que dice Kitchener...

—Sí, pero el lunes pasado mi banquero me dijo que era imposible que la guerra se prolongara más allá de la Navidad... por razones financieras.

—Espero que tenga razón, pero nuestro coronel, que es militar de carrera, dice que será un asunto largo.

El batallón de Michael fue afortunado. La casualidad —una casualidad que significó varias "licencias"— hizo que lo utilizaran para la defensa costera en varias trincheras poco profundas cavadas en la costa de Norfolk; después lo enviaron al norte, a custodiar la desembocadura de un estuario escocés, y, por último, lo retuvieron durante varias semanas a causa de un rumor infundado de que lo destinarían a prestar servicio en tierras distantes. Sin embargo, el mismísimo día en que Michael iba a reunirse con Helen durante cuatro horas en un empalme ferroviario, su batallón fue despachado precipitadamente para ayudar a cubrir las bajas sufridas en Loos. Michael apenas si tuvo tiempo para enviarle un telegrama de despedida.

En Francia, la fortuna volvió a sonreírles. El batallón fue apostado cerca de la saliente —donde llevó una existencia meritoria y nada fatigosa, mientras se "fabricaba" el frente del Somme— y, cuando comenzó esta batalla, disfrutó de la paz en los sectores de Armentières y Levantie. Pero un comandante prudente descubrió que el batallón tenía opiniones acertadas sobre cómo proteger sus flancos y, además, sabía cavar; lo separó a hurtadillas de su división e hizo libre uso de él en los alrededores de Ypres, so pretexto de ayudar a tender unas líneas telegráficas.

Un mes después, precisamente cuando Michael acababa de escribirle a Helen que no tenía por qué preocuparse pues no ocurría nada en especial, en un amanecer lluvioso una esquirla de bomba lo mató instantáneamente. La siguiente bomba arrancó los restos de los cimientos de la pared de un granero y los extendió sobre el cuerpo de Michael con

222

tal prolijidad que sólo un experto habría adivinado que allí había sucedido algo desagradable.

Para entonces, el pueblo en que vivía Helen era ya veterano en cuestiones de guerra y había elaborado, a la manera inglesa, todo un ritual para encararlas. Cuando la encargada de la estafeta le entregó a su hija de siete años el telegrama oficial, para que se lo llevara a la señorita Turrell, le comentó al jardinero del párroco:

—Ahora le tocó el turno a la señorita Helen.

Y él replicó, pensando en su propio hijo:

—Bueno, él duró más que algunos otros...

La niña llegó a la puerta de Helen llorando a gritos, porque a menudo el señorito Michael le había regalado golosinas. Luego, Helen se encontró bajando cuidadosamente las cortinas de enrollar de la casa, una tras otra, mientras le decía a cada una con gravedad: "Desaparecido" siempre significa muerto.

Luego ocupó su lugar en la triste y monótona procesión, impelida a soportar una inevitable sucesión de emociones inútiles. Por supuesto, el párroco predicó la esperanza y profetizó que pronto recibiría noticias desde un campo de prisioneros. Varias de sus amistades le contaron casos perfectamente verídicos, pero referidos siempre a otras mujeres cuyos seres queridos les habían sido devueltos milagrosamente, tras largos meses de silencio. Otros la instaron a que se comunicara con los infalibles secretarios de organizaciones que, a su vez, podían comunicarse con neutrales benévolos, capaces de obtener información exacta hasta de los más reservados comandantes de prisiones germanas. Así lo hizo Helen: escribió y firmó todo cuanto le sugirieron o pusieron ante ella.

Cierta vez, durante una de sus licencias, Michael la había llevado a visitar una fábrica de municiones; allí asistió al proceso de fabricación de una bomba, desde la entrada del hierro sin elaborar hasta la salida del artículo semiterminado. En esa oportunidad, le sorprendió advertir que aquella cosa detestable no quedaba a solas ni por un segundo. Ahora se dijo, mientras preparaba sus documentos:

—Conmigo están fabricando una afligida parienta cercana...

A su debido tiempo, una vez que todas las organizaciones lamentaron profunda o sinceramente su incapacidad para rastrear, etcétera, etcétera, algo cedió dentro de Helen y todas sus sensaciones concluyeron en una pasividad bendita; todas, salvo la de gratitud por aquel alivio. Michael había muerto y el mundo de Helen se había paralizado, y ella había compartido de lleno el choque de esa paralización. Ahora estaba quieta mientras el mundo seguía adelante, pero eso no le concernía, no la rozaba en modo o relación alguna. Sabía esto por la facilidad con que podía deslizar el nombre de Michael en las conversaciones, inclinando la cabeza en el ángulo apropiado ante los no menos apropiados murmullos compasivos.

En medio de la bienaventurada comprensión de ese alivio, el Armisticio estalló sobre ella, con todas sus campanas, y pasó sin que Helen le prestara atención. Al cabo de otro año, ya había superado su aversión física hacia los jóvenes que regresaban con vida, de modo que podía estrecharles la mano y desearles felicidad casi sinceramente. Aunque ninguna de las secuelas de la guerra, ya fuesen nacionales o personales, le interesaba en absoluto, participó en varias comisiones de ayuda (manteniéndose a una distancia inmensa) y se oyó expresar opiniones firmes acerca de la ubicación del Monumento a los Muertos en la Guerra que su pueblo se proponía erigir.

Luego, en su calidad de parienta más cercana, recibió una comunicación oficial en el sentido de que el cadáver del teniente Michael Turrell había sido hallado, identificado y vuelto a sepultar en el Tercer Cementerio Militar de Hagenzeele. Le indicaban, como era debido, el número de la tumba y la letra de la fila correspondiente. Respaldaban la notificación un reloj, una medalla de identificación de plata, y una carta escrita en lápiz indeleble dirigida a ella.

Así, pues, Helen se sintió transportada a otro proceso de manufactura: a un mundo lleno de parientes jubilosos o angustiados, fortalecidos ahora con la certidumbre de que en la tierra había un altar sobre el que podrían depositar su amor. Pronto le dijeron a Helen —y se lo aclararon mediante horarios de trenes y buques— cuán fácil le sería ir a visitar "su" tumba y qué poco interferiría esta visita en sus ocupaciones habituales.

Como dijo la esposa del párroco:

—¡Sería tan distinto si lo hubieran matado en la Mesopotamia o aun en Gallípoli!

La agonía de que la despertaran a una especie de segunda vida impulsó a Helen a través del Canal de la Mancha. En la orilla opuesta, en un mundo nuevo de títulos abreviados, supo que podría llegar a Hagenzeele 3 en un confortable tren vespertino que se combinaba con el buque de la mañana y que, a menos de tres kilómetros de Hagenzeele, había un hotel confortable donde se podía pasar la noche bastante cómodamente para luego ir a visitar "la" tumba a la mañana siguiente. Todo esto se lo explicó una Autoridad Central, alojada en un cobertizo de tablas y papel alquitranado construido en las afueras de una ciudad arrasada, llena de remolinos de cal pulverizada y papeles llevados por el viento.

—De paso, usted conocerá, naturalmente, su tumba, ¿verdad? —dijo el funcionario.

—Sí, gracias —respondió Helen, y le enseñó la hilera y el número, copiados con la máquina portátil de Michael.

El funcionario quiso cotejar los datos con los que figuraban en uno de sus muchos registros, pero una corpulenta mujer de Lancashire se interpuso entre los dos y le rogó al hombre que le dijera dónde podría encontrar a su hijo, ex cabo del Cuerpo de Señales del Ejército. Explicó entre sollozos que su verdadero nombre era Anderson pero, como provenía de una familia respetable, se había alistado naturalmente como "Smith". Lo habían matado en Dickiebush a comienzos de 1915, y ella ignoraba el número de su tumba y cuál de sus dos nombres de pila pudo haber utilizado en su alias. Su pasaje de la agencia Cook, clase turista, expiraba al término de la Semana Santa, y ella se volvería loca si para entonces no lograba encontrar a su hijo. Dicho esto, cayó hacia adelante, sobre el pecho de Helen, pero la esposa del funcionario salió rápidamente de un pequeño dormitorio que quedaba detrás de la oficina y, entre los tres, alzaron a la mujer y la llevaron a la cama.

—Esto sucede a menudo —dijo la esposa del funcionario mientras aflojaba los apretados cordones del sombrero—. Ayer esta mujer dijo que a su hijo lo habían matado en Hooge. ¿Está segura de conocer su tumba? ¡Es tan distinto cuando se sabe cuál es!

—Sí, gracias —respondió Helen, y salió de prisa antes de que la mujer acostada comenzara a lamentarse otra vez.

El té, servido en un atestado mostrador de listones azules y verde malva, con un frente falso, la adentró aun más en la pesadilla. Pagó su cuenta junto a una inglesa fea e impasible que, al oírle preguntar por el tren que llevaba a Hagenzeele, se ofreció a viajar con ella.

—Yo también voy allí —explicó—. No a Hagenzeele 3; el mío es el de la fábrica de azúcar, pero ahora lo llaman La Rosière. Queda al sur de Hagenzeele 3. ¿Ha reservado su habitación en el hotel local?

—Oh, sí, gracias. Envié un cable.

—Eso es mejor. Algunas veces el lugar se llena bastante; otras apenas si hay un alma. Pero instalaron baños en el antiguo Lion d'Or, el hotel que queda sobre el lado oeste de la fábrica de azúcar, y por suerte atrae a mucha gente.

—Todo esto es nuevo para mí. Es la primera vez que vengo.

—¡No me diga! Pues ésta es mi novena visita desde el Armisticio. No vengo por mi cuenta. Yo no he perdido a nadie, gracias a Dios, pero... como nos sucede a todos, tengo muchos amigos que sí han perdido a alguien. Vengo con frecuencia porque he descubierto que es un alivio para ellos. Tengo que cumplir una lista de encargos bastante larga —comentó con una risa nerviosa, y dio unos golpecitos a la Kodak que llevaba en bandolera—. Esta vez debo ver dos o tres en la fábrica de azúcar y muchos más en los cementerios de los alrededores. Mi sistema consiste en guardar y ordenar las fotografías. Luego, cuando recibo una cantidad de encargos que justifique el viaje, me hago una escapada hasta aquí y los cumplo. Eso reconforta *de veras* a la gente.

—Supongo que sí —respondió Helen, con un estremecimiento, mientras subían al trencito.

—Por supuesto que sí... ¿No es una suerte haber conseguido dos asientos junto a la ventanilla?.. Debo consolarlos o, de lo contrario, no me pedirán que lo haga, ¿no cree? Aquí tengo una lista de doce o quince encargos —anunció, golpeando nuevamente la Kodak— que debería clasificar esta noche. ¡Oh, olvidé preguntarle quién es el suyo!

—Mi sobrino —contestó Helen—. Pero yo lo quería mucho.

—¡Ah, sí! A veces me pregunto si ellos lo sabrán después de muertos. ¿Qué piensa usted?

—Oh, no lo sé... No me he atrevido a pensar mucho en esa clase de cosas —contestó Helen, y estuvo a punto de alzar las manos para detenerla.

—Tal vez sea mejor así —replicó la mujer—. Supongo que la sensación de pérdida debe ser suficiente. Bueno, no la molestaré más.

Helen se sintió agradecida, pero cuando llegaron al hotel la señora Scarsworth (para entonces ya se habían presentado mutuamente) insistió en compartir la mesa con ella. Después de cenar, en la pequeña y horrible sala de estar, llena de deudos que conversaban en voz baja, la mujer le describió todos sus "encargos", incluidas las biografías de los difuntos, los lugares donde los había conocido por casualidad y un esbozo de sus parientes más cercanos. Helen aguantó hasta las nueve y media de la noche y luego huyó a su habitación.

Casi enseguida golpearon a la puerta y entró la señora Scarsworth sosteniendo ante sí, en sus manos entrelazadas, la espantosa lista.

—Sí, sí... lo sé... —comenzó a decir—. Usted está harta de mí, pero quiero decirle algo. Usted... usted no es casada, ¿verdad? Entonces, tal vez no querrá... Pero no importa, tengo que decírselo a alguien. No puedo continuar así por más tiempo.

—Por favor...

La señora Scarsworth se apoyó contra la puerta cerrada y, con la boca seca, dijo:

—Será sólo un minuto. Estas tumbas de las que acabo de hablarle, allá abajo... ¿sabe usted? En verdad, son encargos; al menos, algunas lo son —dejó vagar su mirada por la habitación—. ¡Qué empapelados curiosos tienen los belgas! ¿No le parece?... Sí, le juro que son encargos. Pero hay una, ¿comprende?, y... y para mí nada en el mundo valía tanto como él. ¿Comprende usted?

Helen asintió.

—Nadie significaba tanto para mí y, por supuesto, no debió haber sido así. Él no debió haber sido nada para mí. Pero lo fue... y lo es. Por eso me ocupo de los encargos, ¿comprende? Eso es todo.

—Pero... ¿por qué me cuenta eso? —preguntó Helen, desesperada.

228

—Porque estoy tan cansada de mentir... tan cansada...
Siempre mintiendo, año tras año. Cuando no digo mentiras,
tengo que actuarlas y pensarlas, siempre. Usted no sabe lo
que eso significa. Él lo fue todo para mí, todo lo que no debió
haber sido... lo único verdadero, el único acontecimiento
de toda mi vida; y he tenido que fingir que no lo fue. He
tenido que vigilar cada palabra que pronunciaba, pensando
qué mentira diría después... ¡durante años y años!

—¿Cuántos? —preguntó Helen.

—Seis años y cuatro meses antes de..., y dos años y
nueve meses después. Desde entonces, he ido hasta él ocho
veces. Mañana será la novena y... no puedo, no puedo volver
a su lado sin que nadie en el mundo lo sepa. Quiero ser
sincera con alguien antes de ir allí, ¿comprende usted? No
es por mí; eso no me importa porque nunca fui sincera, ni
siquiera de niña. Pero no es digno de él. Así, pues, yo... yo
tenía que contárselo. Ya no puedo guardar el secreto por más
tiempo, ¡oh, no puedo!

Alzó las manos juntas casi a la altura de la boca y las
dejó caer bruscamente, siempre entrelazadas, hasta más abajo de la cintura, hasta quedar con los brazos extendidos.
Helen avanzó hacia ella, le tomó las manos, inclinó la cabeza sobre ellas y murmuró:

—¡Oh, querida mía... querida mía!

La señora Scarsworth retrocedió con el rostro conges-
tionado y replicó:

—¡Dios mío! ¿Así es como lo toma usted?

Helen no pudo responderle. La mujer se marchó, pero transcurrió un largo rato antes de que Helen pudiera
dormirse.

A la mañana siguiente, la señora Scarsworth partió
temprano en su ronda de encargos y Helen caminó sola hasta Hagenzeele 3. El lugar, todavía en construcción, flanquea-
ba la carretera de macadán a lo largo de varios centenares

de metros, formando una barranca de entre metro y medio y dos metros de altura. Unas alcantarillas de mampostería permitían cruzar el profundo foso y servían a modo de entradas a través del muro circundante, aún sin terminar. Helen subió unos pocos escalones de tierra con el frente revestido en madera y al ver ante sí aquello, en toda su abarrotada extensión, contuvo el aliento. Ignoraba que Hagenzeele 3 ya alojaba a veintiún mil muertos. Sólo veía un implacable mar de cruces negras; unas pequeñas bandas de latón grabado, inclinadas en todos los ángulos concebibles, atravesaban su cara frontal. Fue incapaz de distinguir algún orden o concierto en aquella masa; lo único que vio fue una espesura confusa que le llegaba hasta la cintura, como un pastizal alto y súbitamente muerto que se abalanzaba sobre ella. Avanzó, se movió hacia derecha e izquierda sin esperanza y se preguntó cómo se guiaría para llegar alguna vez hasta su tumba. Allá a lo lejos, se extendía una línea de blancura. Resultó ser un grupo compacto de unas doscientas o trescientas tumbas con sus lápidas ya colocadas, sus flores ya plantadas y su pasto recién sembrado ya verdeante; en los extremos de las filas pudo ver unas letras nítidas; consultó su papel y advirtió que no era allí donde debería buscar su tumba.

Divisó a un hombre arrodillado tras una fila de lápidas; evidentemente, era un jardinero, por cuanto se ocupaba de afirmar una planta joven en la tierra blanda. Helen fue hacia él con su papel en la mano. El hombre se levantó al verla acercarse y, sin preámbulos ni saludos, le preguntó:

—¿A quién busca?

—Al teniente Michael Turrell... mi sobrino —respondió Helen, desgranando lentamente las palabras como lo había hecho miles de veces en su vida.

El hombre alzó la vista, la miró con infinita compasión, se apartó del césped recién sembrado y, dirigiéndose hacia las desnudas cruces negras, murmuró:

—Venga conmigo; le mostraré dónde yace su hijo.

Al salir del cementerio, Helen se volvió para echar una última mirada. A lo lejos vio al hombre, inclinado sobre sus plantas jóvenes, y se marchó en la suposición de que era el jardinero.

> *One grief on me is laid*
> *Each day of every year,*
> *Wherein no soul can aid,*
> *Where of no soul can hear;*
> *Where to no end is seen*
> *Except to grieve again...*
> *Ah, Mary Magdalene,*
> *Where is there greater pain?*

> *To dream on dear disgrace*
> *Each hour of every day...*
> *To bring no honest face*
> *To aught I do or say:*
> *To lie from morn till e'en...*
> *To know my lies are vain...*
> *Ah, Mary Magdalene,*
> *Where can be greater pain?*

> *To watch my steadfast fear*
> *Attend my every way*
> *Each day of every year...*
> *Each hour of every day;*
> *To burn, and ohill between...*
> *To quake and rage again...*
> *Ah, Mary Magdalene,*
> *Where shall be greater pain?*

One grave to me was given...
To guard till Judgment Day...
But God looked down from Heaven
And rolled the Stone away!
One day of all my years...
One hour of that one day...
His Angel saw my tears
And rolled the Stone away! *

* Un pesar yace sobre mí / cada día de todos los años, / en el que ninguna alma
puede ayudarme, / y del que ninguna alma puede oír; / al que no se le ve ningún
fin / como no sea volver a penar... / Ah, María Magdalena, / ¿dónde hay mayor
dolor? // Soñar con la querida deshonra / cada hora de todos los días... / No
poner cara decente / para nada de lo que digo o hago; / mentir de la mañana a
la noche, / sabiendo que mis embustes son vanos... / Ah, María Magdalena, /
¿dónde puede haber mayor dolor? // Observar cómo mi temor constante / me
acompaña por doquier, / cada día de todos los años, / cada hora de todos los
días... / Arder, y entretanto congelarme... / Temblar y enfurecerme una y otra
vez... / Ah, María Magdalena, / ¿dónde habrá mayor dolor? // Una tumba me
fue dada / para guardarla hasta el Día del Juicio... / Pero Dios miró desde el
Cielo / ¡y apartó la Lápida! / Un día de todos mis años, / una hora de ese solo
día... / Su Ángel vio mis lágrimas / ¡y apartó la Lápida!

EL RELATO MÁS HERMOSO DEL MUNDO

Rudyard Kipling

En la declaración de la revista *El Hogar*, Borges menciona este cuento como "La mejor historia del mundo". En la *Antología de la literatura fantástica*, se incluye bajo el título "El relato más hermoso del mundo". *(N. del E.)*

Se llamaba Charlie Mears; era hijo único de madre viuda; vivía en el norte de Londres y venía al centro todos los días, a su empleo en un banco. Tenía veinte años y estaba lleno de aspiraciones. Lo encontré en una sala de billares, donde el marcador lo tuteaba. Charlie, un poco nervioso, me dijo que estaba ahí como espectador; le insinué que volviera a su casa.

Fue el primer jalón de nuestra amistad. En vez de perder tiempo en las calles con los amigos, solía visitarme, de tarde; hablando de sí mismo, como corresponde a los jóvenes, no tardó en confiarme sus aspiraciones: eran literarias. Quería forjarse un nombre inmortal, sobre todo a fuerza de poemas, aunque no desdeñaba mandar cuentos de amor y de muerte a los diarios de la tarde. Fue mi destino estar inmóvil, mientras Charlie Mears leía composiciones de muchos centenares de versos y abultados fragmentos de tragedias que, sin duda, conmoverían al mundo. Mi premio era su confianza total; las confesiones y problemas de un joven son casi tan sagrados como los de una niña. Charlie nunca se había enamorado, pero deseaba enamorarse en la primera oportunidad; creía en todas las cosas buenas y en todas las cosas honrosas, pero no me dejaba olvidar que era un hombre de mundo, como cualquier empleado de banco que gana veinticinco chelines por semana. Rimaba *amor y dolor, bella y estrella*, candorosamente seguro de la novedad de esas rimas. Tapaba con apresuradas disculpas y descripciones los grandes huecos incómodos de sus dramas, y seguía adelante, viendo con tanta claridad lo que pensaba hacer que lo consideraba ya hecho, y esperaba mi aplauso.

Me parece que su madre no lo alentaba; sé que su mesa de trabajo era un ángulo del lavabo. Esto me lo contó casi al principio, cuando saqueaba mi biblioteca y poco antes de suplicarme que le dijera la verdad sobre sus esperanzas de "escribir algo realmente grande, usted sabe". Quizá lo alenté demasiado, porque una tarde vino a verme, con los ojos llameantes, y me dijo, trémulo:

—¿A usted no le molesta..., puedo quedarme aquí y escribir toda la tarde? No lo molestaré, le prometo. En casa de mi madre no tengo donde escribir.

—¿Qué pasa? —pregunté, aunque lo sabía muy bien.

—Tengo una idea en la cabeza, que puede convertirse en el mejor cuento del mundo. Déjeme escribirlo aquí. Es una idea espléndida.

Imposible resistir. Le preparé una mesa; apenas me agradeció y se puso a trabajar enseguida. Durante media hora la pluma corrió sin parar, Charlie suspiró. La pluma corrió más despacio, las tachaduras se multiplicaron, la escritura cesó. El cuento más hermoso del mundo no quería salir.

—Ahora parece tan malo —dijo lúgubremente—. Sin embargo, era bueno mientras lo pensaba. ¿Dónde está la falla?

No quise desalentarlo con la verdad. Contesté:

—Quizá no estés en ánimo de escribir.

—Sí, pero cuando leo este disparate...

—Léeme lo que has escrito —le dije.

Lo leyó. Era prodigiosamente malo. Se detenía en las frases más ampulosas, a la espera de algún aplauso; porque estaba orgulloso de esas frases, como es natural.

—Habría que abreviarlo —sugerí cautelosamente.

—Odio mutilar lo que escribo. Aquí no se puede cambiar una palabra sin estropear el sentido. Queda mejor leído en voz alta que mientras lo escribía.

—Charlie, adoleces de una enfermedad alarmante y muy común. Guarda ese manuscrito y revísalo dentro de una semana.

—Quiero acabarlo enseguida. ¿Qué le parece?

—¿Cómo juzgar un cuento a medio escribir? Cuéntame el argumento.

Charlie me lo contó. Dijo todas las cosas que su torpeza le había impedido trasladar a la palabra escrita. Lo miré, preguntándome si era posible que no percibiera la originalidad, el poder de la idea que le había salido al encuentro. Con ideas infinitamente menos practicables y excelentes se habían infatuado muchos hombres. Pero Charlie proseguía serenamente, interrumpiendo la pura corriente de la imaginación con muestras de frases abominables que pensaba emplear. Lo escuché hasta el fin. Era insensato abandonar esa idea a sus manos incapaces, cuando yo podía hacer tanto con ella. No todo lo que sería posible hacer, pero muchísimo.

—¿Qué le parece? —dijo al fin—. Creo que lo titularé "La historia de un buque".

—Me parece que la idea es bastante buena; pero todavía estás lejos de poder aprovecharla. En cambio, yo…

—¿A usted le serviría? ¿La quiere? Sería un honor para mí —dijo Charlie enseguida.

Pocas cosas hay más dulces en este mundo que la inocente, fanática, destemplada, franca admiración de un hombre más joven. Ni siquiera una mujer ciega de amor imita la manera de caminar del hombre que adora, ladea el sombrero como él o intercala en la conversación sus dichos predilectos. Charlie hacía todo eso. Sin embargo, antes de apoderarme de sus ideas, yo quería apaciguar mi conciencia.

—Hagamos un arreglo. Te daré cinco libras por el argumento —le dije.

Instantáneamente, Charlie se convirtió en empleado de banco:

—Es imposible. Entre camaradas, si me permite llamarlo así, y hablando como un hombre de mundo, no puedo. Tome el argumento, si le sirve. Tengo muchos otros.

Los tenía —nadie lo sabía mejor que yo—, pero eran argumentos ajenos.

—Míralo como un negocio entre hombres de mundo —repliqué—. Con cinco libras puedes comprar una cantidad de libros de versos. Los negocios son los negocios, y puedes estar seguro de que no abonaría ese precio si...

—Si usted lo ve así —dijo Charlie, visiblemente impresionado con la idea de los libros.

Cerramos trato con la promesa de que me traería periódicamente todas las ideas que se le ocurrieran, tendría una mesa para escribir y el incuestionable derecho de infligirme todos sus poemas y fragmentos de poemas. Después le dije:

—Cuéntame cómo te vino esta idea.

—Vino sola.

Charlie abrió un poco los ojos.

—Sí, pero me contaste muchas cosas sobre el héroe que tienes que haber leído en alguna parte.

—No tengo tiempo para leer, salvo cuando usted me deja estar aquí, y los domingos salgo en bicicleta o paso el día entero en el río. ¿Hay algo que falta en el héroe?

—Cuéntamelo otra vez y lo comprenderé claramente. Dices que el héroe era pirata. ¿Cómo vivía?

—Estaba en la cubierta de abajo de esa especie de barco de que le hablé.

—¿Qué clase de barco?

—Eran esos que andan con remos, y el mar entra por los agujeros de los remos, y los hombres reman con el agua hasta la rodilla. Hay un banco entre las dos filas de remos, y un capataz con un látigo camina de una punta a otra del banco, para que trabajen los hombres.

—¿Cómo lo sabes?

—Está en el cuento. Hay una cuerda estirada, a la altura de un hombre, amarrada a la cubierta de arriba, para que se agarre el capataz cuando se mueve el barco. Una vez, el capataz no da con la cuerda y cae entre los remeros; el héroe se ríe y lo azotan. Está encadenado a su remo, naturalmente.

—¿Cómo está encadenado?

—Con un cinturón de hierro, clavado al banco, y con una pulsera atándolo al remo. Está en la cubierta de abajo, donde van los peores, y la luz entra por las escotillas y los agujeros de los remos. ¿Usted no se imagina la luz del sol filtrándose entre el agujero y el remo, y moviéndose con el barco?

—Sí, pero no puedo imaginar que tú te lo imagines.

—¿De qué otro modo puede ser? Escúcheme, ahora. Los remos largos de la cubierta de arriba están movidos por cuatro hombres en cada banco; los remos intermedios, por tres; los de más abajo, por dos. Acuérdese de que en la cubierta inferior no hay ninguna luz, y que todos los hombres ahí se enloquecen. Cuando en esa cubierta muere un remero, no lo tiran por la borda: lo despedazan, encadenado, y tiran los pedacitos al mar, por el agujero del remo.

—¿Por qué? —pregunté asombrado, menos por la información que por el tono autoritario de Charlie Mears.

—Para ahorrar trabajo y para asustar a los compañeros. Se precisan dos capataces para subir el cuerpo de un hombre a la otra cubierta, y si dejaran solos a los remeros de la cubierta de abajo, éstos no remarían y tratarían de arrancar los bancos, irguiéndose a un tiempo en sus cadenas.

—Tienes una imaginación muy previsora. ¿Qué has estado leyendo sobre galeotes?

239

—Que yo me acuerde, nada. Cuando tengo oportunidad, remo un poco. Pero tal vez he leído algo, si usted lo dice.

Al rato salió en busca de librerías y me pregunté cómo, un empleado de banco, de veinte años, había podido entregarme, con pródiga abundancia de pormenores dados con absoluta seguridad, ese cuento de extravagante y ensangrentada aventura, motín, piratería y muerte en mares sin nombre.

Había empujado al héroe por una desesperada odisea, lo había rebelado contra los capataces, le había dado una nave que comandar, y después una isla "por ahí en el mar, usted sabe"; y encantado con las modestas cinco libras, había salido a comprar los argumentos de otros hombres, para aprender a escribir. Me quedaba el consuelo de saber que su argumento era mío, por derecho de compra, y creía poder aprovecharlo de algún modo.

Cuando nos volvimos a ver estaba ebrio, ebrio de los muchos poetas que le habían sido revelados. Sus pupilas estaban dilatadas, sus palabras se atropellaban y se envolvía en citas, como un mendigo en la púrpura de los emperadores. Sobre todo, estaba ebrio de Longfellow.

—¿No es espléndido? ¿No es soberbio? —me gritó luego de un apresurado saludo—. Oiga esto:

> *Wouldst thou — so the helmsman answered,*
> *Know the secret of the sea?*
> *Only those who brave its dangers*
> *Comprehend its mystery.* *

¡Demonio!
—*Only those who brave its danger comprehend its mystery* —repitió veinte veces, caminando de un lado a otro, olvidándome.

---

* —¿Quieres —dijo el timonel— / saber el secreto del mar? / Sólo quienes afrontan sus peligros / comprenden su misterio.

—Pero yo también puedo comprenderlo —dijo—. No sé cómo agradecerle las cinco libras. Oiga esto:

> *I remember the black wharves and the slips*
> *And the sea-tides tossing free;*
> *And the Spanish sailors with bearded lips,*
> *And the beauty and mystery of the ships,*
> *And the magic of the sea.* *

—Nunca he afrontado peligros, pero me parece que entiendo todo eso.

—Realmente, parece que dominas el mar. ¿Lo has visto alguna vez?

—Cuando era chico estuvimos en Brighton. Vivíamos en Coventry antes de venir a Londres. Nunca lo he visto…

> *When descends on the Atlantic*
> *The gigantic*
> *Storm wind of the Equinox.* **

Me tomó por el hombro y me zamarreó, para que comprendiera la pasión que lo sacudía.

—Cuando viene esa tormenta —prosiguió— todos los remos del barco se rompen, y los mangos de los remos deshacen el pecho de los remeros. A propósito, ¿usted ya hizo mi argumento?

—No, esperaba que me contaras algo más. Dime cómo conoces tan bien los detalles del barco. Tú no sabes nada de barcos.

---

* Recuerdo los embarcaderos negros, las ensenadas, / la agitación de las mareas, / y los marineros españoles, de labios barbudos, / y la belleza y el misterio de las naves / y la magia del mar.

** Cuando baja sobre el Atlántico / el titánico / viento huracanado del Equinoccio.

241

—No me lo explico. Es del todo real para mí hasta que trato de escribirlo. Anoche, en cama, estuve pensando, después de concluir Treasure Island. Inventé una porción de cosas para el cuento.

—¿Qué clase de cosas?

—Sobre lo que comían los hombres: higos podridos y habas negras y vino en un odre de cuero que se pasaban de un banco a otro.

—¿Tan antiguo era el barco?

—Yo no sé si era antiguo. A veces me parece tan real como si fuera cierto. ¿Le aburre que le hable de eso?

—En lo más mínimo. ¿Se te ocurrió algo más?

—Sí, pero es un disparate. —Charlie se ruborizó algo.

—No importa; dímelo.

—Bueno, pensaba en el cuento, y al rato salí de la cama y apunté en un pedazo de papel las cosas que podían haber grabado en los remos, con el filo de las esposas. Me pareció que eso le daba más realidad. Es tan real, para mí, usted sabe.

—¿Tienes el papel?

—Sí, pero a qué mostrarlo. Son unos cuantos garabatos. Con todo, podrían ir en la primera hoja del libro.

—Ya me ocuparé de esos detalles. Muéstrame lo que escribían tus hombres.

Sacó del bolsillo una hoja de carta, con un solo renglón escrito, y yo la guardé.

—¿Qué se supone que esto significa en inglés?

—Ah, no sé. Yo pensé que podía significar: "Estoy cansadísimo". Es absurdo —repitió— pero esas personas del barco me parecen tan reales como nosotros. Escriba pronto el cuento; me gustaría verlo publicado.

—Pero todas las cosas que me has dicho darían un libro muy extenso.

—Hágalo, entonces. No tiene más que sentarse y escribirlo.

—Dame tiempo. ¿No tienes más ideas?

—Por ahora, no. Estoy leyendo todos los libros que compré. Son espléndidos.

Cuando se fue, miré la hoja de papel con la inscripción. Después… pero me pareció que no hubo transición entre salir de casa y encontrarme discutiendo con un policía, ante una puerta marcada "Entrada Prohibida" en un corredor del Museo Británico. Lo que yo exigía, con toda la cortesía posible, era "el hombre de las antigüedades griegas". El policía todo lo ignoraba, salvo el reglamento del museo, y fue necesario explorar todos los pabellones y escritorios del edificio. Un señor de edad interrumpió su almuerzo y puso término a mi busca tomando la hoja de papel entre el pulgar y el índice y mirándola con desdén.

—¿Qué significa esto? Veamos —dijo—, si no me engaño es un texto en griego sumamente corrompido, redactado por alguien —aquí me clavó los ojos— extraordinariamente iletrado.

Leyó con lentitud:

—Pollock, Erkmann, Tauchnitz, Hennicker, cuatro nombres que me son familiares.

—¿Puede decirme lo que significa ese texto?

—He sido… muchas veces… vencido por el cansancio en este menester. Eso es lo que significa.

Me devolvió el papel; huí sin una palabra de agradecimiento, de explicación o de disculpa.

Mi distracción era perdonable. A mí, entre todos los hombres, me había sido otorgada la oportunidad de escribir la historia más admirable del mundo, nada menos que la historia de un galeote griego, contada por él mismo. No era raro que los sueños le parecieran reales a Charlie. Las Parcas, tan cuidadosas en cerrar las puertas de cada vida sucesiva, se habían distraído esta vez, y Charlie miró, aunque no lo sabía, lo que a nadie le había sido permitido mirar, con plena visión, desde que empezó el tiempo. Ignoraba enteramente el conocimiento que me había vendido por cinco libras; y perseveraría en esa ignorancia, porque los empleados de banco no comprenden la metempsicosis, y una buena educación comercial no incluye el conocimiento del griego. Me suministraría —aquí bailé, entre los mudos dioses egipcios, y me reí en sus caras mutiladas— materiales que darían certidumbre a mi cuento: una certidumbre tan grande que el mundo lo recibiría como una insolente y artificiosa ficción. Y yo, sólo yo sabría que era absoluta y literalmente cierto. Esa joya estaba en mi mano para que yo la puliera y cortara. Volví a bailar entre los dioses del patio egipcio, hasta que un policía me vio y empezó a acercarse.

Sólo había que alentar la conversación de Charlie, y eso no era difícil; pero había olvidado los malditos libros de versos. Volvía, inútil como un fonógrafo recargado, ebrio de Byron, de Shelley o de Keats. Sabiendo lo que el muchacho había sido en sus vidas anteriores, y desesperadamente ansioso de no perder una palabra de su charla, no pude ocultarle mi respeto y mi interés. Los tomó como respeto por el alma actual de Charlie Mears, para quien la vida era tan nueva como lo fue para Adán, y como interés por sus lecturas; casi agotó mi paciencia, recitando versos, no suyos, sino ajenos. Llegué a desear que todos los poetas ingleses desaparecieran de la memoria de los hombres. Calumnié las glorias más puras de la poesía, porque desviaban a Charlie de la narración directa y lo estimulaban a la imitación; pero sofrené mi impaciencia hasta que se agotó el ímpetu inicial de entusiasmo y el muchacho volvió a los sueños.

—¿Para qué le voy a contar lo que yo pienso, cuando esos tipos escribieron para los ángeles? —exclamó una tarde—. ¿Por qué no escribe algo así?

—Creo que no te portas muy bien conmigo —dije conteniéndome.

—Ya le di el argumento —dijo con sequedad, prosiguiendo la lectura de Byron.

—Pero quiero detalles.

—¿Esas cosas que invento sobre ese maldito barco que usted llama galera? Son facilísimas. Usted mismo puede inventarlas. Suba un poco la llama, quiero seguir leyendo.

Le hubiera roto en la cabeza la lámpara del gas. Yo podría inventar si supiera lo que Charlie ignoraba que sabía. Pero como detrás de mí estaban cerradas las puertas, tenía que aceptar sus caprichos y mantener despierto su buen humor. Una distracción momentánea podía estorbar una preciosa revelación. A veces dejaba los libros —los guardaba en mi casa, porque a su madre le hubiera escandalizado el gasto de dinero que representaban— y se perdía en sueños marinos. De nuevo maldije a todos los poetas de Inglaterra. La mente plástica del empleado de banco estaba recargada, coloreada y deformada por las lecturas, y el resultado era una red confusa de voces ajenas como el zumbido múltiple de un teléfono de oficina, en la hora más atareada.

Hablaba de la galera —de su propia galera, aunque no lo sabía— con imágenes de *La novia de Abydos*. Subrayaba las aventuras del héroe con citas del *Corsario* y agregaba desesperadas y profundas reflexiones morales de *Caín* de *Manfredo*, esperando que yo las aprovechara. Sólo cuando hablábamos de Longfellow esos remolinos se enmudecían, y yo sabía que Charlie decía la verdad, tal como la recordaba.

—¿Esto qué te parece? —le dije una tarde en cuanto comprendí el ambiente más favorable para su memoria, y antes de que protestara leí casi íntegra la *Saga del Rey Olaf*.

Escuchaba atónito, golpeando con los dedos el respaldo del sofá, hasta que llegué a la canción de Einar Tamberskelver y a la estrofa:

Einar, then the arrow taking
From the loosened string,
Answered: That was Norway breaking
Neath thy hand, O King. *

Se estremeció de puro deleite verbal.

—¿Es un poco mejor que Byron? —aventuré.

—¡Mejor! Es cierto. ¿Cómo lo sabría Longfellow?

Repetí una estrofa anterior:

What was that? said Olaf, standing
On the quarter-deck,
Something heard I like the stranding
Of a shattered wreck. **

—¿Cómo podía saber cómo los barcos se destrozan,
y los remos saltan y hacen z—zzzp contra la costa? Anoche
apenas… Pero siga leyendo, por favor, quiero volver a oír
"The Skerry of Shrieks".

—No, estoy cansado. Hablemos. ¿Qué es lo que sucedió anoche?

—Tuve un sueño terrible sobre esa galera nuestra. Soñé que me ahogaba en una batalla. Abordamos otro barco,
en un puerto. El agua estaba muerta, salvo donde la golpeaban
los remos. ¿Usted sabe cuál es mi sitio en la galera?

Al principio hablaba con vacilación, bajo un hermoso temor inglés de que se rieran de él.

—No, es una novedad para mí —respondí humildemente, y ya me latía el corazón.

---

 * Einar, sacando la flecha / de la aflojada cuerda, / dijo: Era Noruega la que se
   quebraba / bajo tu mano, Rey.
** ¿Qué fue eso?, dijo Olaf, erguido / en el puente de mando, / un ruido como
   de barco / roto contra la costa.

—El cuarto remo a la derecha, a partir de la proa, en la cubierta de arriba. Éramos cuatro en ese remo, todos encadenados. Me recuerdo mirando el agua y tratando de sacarme las esposas antes de que empezara la pelea. Luego nos arrimamos al otro barco, y sus combatientes nos abordaron, y se rompió mi banco, y quedé inmóvil, con los tres compañeros encima y el remo grande atravesado sobre nuestras espaldas.

—¿Y?

Los ojos de Charlie estaban encendidos y vivos. Miraba la pared, detrás de mi asiento.

—No sé cómo peleamos. Los hombres me pisoteaban la espalda y yo estaba quieto. Luego, nuestros remeros de la izquierda —atados a sus remos, ya sabe— gritaron y empezaron a remar hacia atrás. Oía el chirrido del agua, giramos como un escarabajo y comprendí, sin necesidad de ver, que una galera iba a embestirnos con el espolón, por el lado izquierdo. Apenas pude levantar la cabeza y ver su velamen sobre la borda. Queríamos recibirla con la proa; pero era muy tarde. Sólo pudimos girar un poco, porque el barco de la derecha se nos había enganchado y nos detenía. Entonces, vino el choque. Los remos de la izquierda se rompieron cuando el otro barco, el que se movía, les metió la proa. Los remos de la cubierta de abajo reventaron las tablas del piso, con el cabo para arriba, y uno de ellos vino a caer cerca de mi cabeza.

—¿Cómo sucedió eso?

—La proa de la galera que se movía los empujaba para adentro y había un estruendo ensordecedor en las cubiertas inferiores. El espolón nos agarró por el medio y nos ladeamos, y los hombres de la otra galera desengancharon los garfios y las amarras, y tiraron cosas en la cubierta de arriba —flechas, alquitrán ardiendo o algo que quemaba—, y nos empinamos más y más por el lado izquierdo, y el derecho se sumergió, y di vuelta la cabeza y vi el agua inmóvil cuando sobrepasó la borda, y luego se encurvó y derrumbó sobre nosotros, y recibí el golpe en la espalda, y me desperté.

—Un momento, Charlie. Cuando el mar sobrepasó la borda, ¿qué parecía?

Tenía mis razones para preguntarlo. Un conocido mío había naufragado una vez en un mar en calma y había visto el agua horizontal detenerse un segundo antes de caer en la cubierta.

—Parecía una cuerda de violín, tirante, y parecía durar siglos —dijo Charlie.

Precisamente. El otro había dicho: "Parecía un hilo de plata estirado sobre la borda, y pensé que nunca iba a romperse". Había pagado con todo, salvo la vida, esa partícula de conocimiento, y yo había atravesado diez mil leguas para encontrarlo y para recoger ese dato ajeno. Pero Charlie, con sus veinticinco chelines semanales, con su vida reglamentada y urbana, lo sabía muy bien. No era consuelo para mí que, una vez en sus vidas, hubiera tenido que morir para aprenderlo. Yo también debí morir muchas veces; pero detrás de mí, para que no empleara mi conocimiento, habían cerrado las puertas.

—¿Y entonces? —dije tratando de alejar el demonio de la envidia.

—Lo más raro, sin embargo, es que todo ese estruendo no me causaba miedo ni asombro. Me parecía haber estado en muchas batallas, porque así se lo repetí a mi compañero. Pero el canalla de capataz no quería desatarnos las cadenas y darnos una oportunidad de salvación. Siempre decía que nos daría la libertad después de una batalla. Pero eso nunca sucedía, nunca.

Charlie movió la cabeza tristemente.

—¡Qué canalla!

248

—No hay duda. Nunca nos daba bastante comida y a veces teníamos tanta sed que bebíamos agua salada. Todavía me queda el gusto en la boca.

—Cuéntame algo del puerto donde ocurrió el combate.

—No soñé sobre eso. Sin embargo, sé que era un puerto; estábamos amarrados a una argolla en una pared blanca y la superficie de la piedra, bajo el agua, estaba recubierta de madera, para que no se astillara nuestro espolón cuando la marea nos hamacara.

—Eso es interesante. El héroe mandaba la galera. ¿no es verdad?

—Claro que sí, estaba en la proa y gritaba como un diablo. Fue el hombre que mató al capataz.

—¿Pero ustedes se ahogaron todos juntos, Charlie?

—No acabo de entenderlo —dijo, perplejo—. Sin duda la galera se hundió con todos los de a bordo, pero me parece que el héroe siguió viviendo. Tal vez se pasó al otro barco. No pude ver eso, naturalmente; yo estaba muerto.

Tuvo un ligero escalofrío y repitió que no podía acordarse de nada más.

No insistí, pero para cerciorarme de que ignoraba el funcionamiento de su alma, le di la *Transmigración* de Mortimer Collins y le reseñé el argumento.

—Qué disparate —dijo con franqueza, al cabo de una hora—; no comprendo ese enredo sobre el Rojo Planeta Marte y el Rey, y todo lo demás. Deme el libro de Longfellow.

Se lo entregué y escribí lo que pude recordar de su descripción del combate naval, consultándolo a ratos para que corroborara un detalle o un hecho. Contestaba sin levantar los ojos del libro, seguro, como si todo lo que sabía estuviera impreso en las hojas. Yo lo interrogaba en voz baja, para no romper la corriente, y sabía que ignoraba lo que decía, porque sus pensamientos estaban en el mar, con Longfellow.

—Charlie —le pregunté—, cuando se amotinaban los remeros de las galeras, ¿cómo mataban a los capataces?

—Arrancaban los bancos y se los rompían en la cabeza. Eso ocurrió durante una tormenta. Un capataz, en la cubierta de abajo, se resbaló y cayó entre los remeros. Suavemente, lo estrangularon contra el borde, con las manos encadenadas; había demasiada oscuridad para que el otro capataz pudiera ver. Cuando preguntó qué sucedía, lo arrastraron también y lo estrangularon; y los hombres fueron abriéndose camino hasta arriba, cubierta por cubierta, con los pedazos de los bancos rotos colgando y golpeando. ¡Cómo vociferaban!

—¿Y qué pasó después?

—No sé. El héroe se fue, con pelo colorado, barba colorada, y todo. Pero antes capturó nuestra galera, me parece.

El sonido de mi voz lo irritaba. Hizo un leve ademán con la mano izquierda como si lo molestara una interrupción.

—No me habías dicho que tenía el pelo colorado, o que capturó la galera —dije al cabo de un rato.

Charlie no alzó los ojos.

—Era rojo como un oso rojo —dijo distraído—. Venía del norte; así lo dijeron en la galera cuando pidió remeros, no esclavos: hombres libres. Después, años y años después, otro barco nos trajo noticias suyas, o él volvió…

Sus labios se movían en silencio. Repetía, absorto, el poema que tenía ante los ojos.

—¿Dónde había ido?

Casi lo dije en un susurro, para que la frase llegara con suavidad a la sección del cerebro de Charlie que trabajaba para mí.

—A las Playas, Las Largas y Prodigiosas Playas —respondió al cabo de un minuto.

—¿A Furdurstrandi? —pregunté, temblando de pies a cabeza.

—Sí, a Furdurstrandi —pronunció la palabra de un modo nuevo—. Y yo vi, también…

La voz se apagó.

—¿Sabes lo que has dicho? —grité con imprudencia. Levantó los ojos, despierto.

—No —dijo secamente—. Déjeme leer en paz. Oiga esto:

But Othere, the old sea captain,
He neither paused nor stirred
Till the king listened, and then
Once more took up his pen
And wrote down every word.

And to the King of the Saxons
In witness of the truth.
Raising his noble head,
He stretched his brown hand and said,
*Behold this walrus tooth.**

—¡Qué hombres habrán sido esos para navegarse los mares sin saber cuándo tocarían tierra!

—Charlie —rogué—, si te portas bien un minuto o dos, haré que nuestro héroe valga tanto como Othere.

—Es de Longfellow el poema. No me interesa escribir. Quiero leer.

Ahora estaba inservible; maldiciendo mi mala suerte, lo dejé.

Imagínense ante la puerta de los tesoros del mundo, guardada por un niño —un niño irresponsable y holgazán, jugando a cara o cruz— de cuyo capricho depende el don de

* Pero Othere, el viejo capitán, / no se detuvo ni se movió / hasta que el rey escuchó, y entonces / volvió a tomar la pluma / y transcribió cada palabra. // Y al Rey de los Sajones, / como prueba de la verdad, / levantando la noble cara, / estiró la curtida mano y dijo, / mire este colmillo de morsa.

la llave, y comprenderán mi tormento. Hasta esa tarde Charlie no había hablado de nada que no correspondiera a las experiencias de un galeote griego. Pero ahora (o mienten los libros) había recordado alguna desesperada aventura de los vikingos, del viaje de Thorfin Karlsefne a Vinland, que es América, en el siglo nueve o diez. Había visto la batalla en el puerto; había referido su propia muerte. Pero esta otra inmersión en el pasado era aun más extraña. ¿Habría omitido una docena de vidas y oscuramente recordaba ahora un episodio de mil años después? Era un enredo inextricable y Charlie Mears, en su estado normal, era la última persona del mundo para solucionarlo. Sólo me quedaba vigilar y esperar, pero esa noche me inquietaron las imaginaciones más ambiciosas. Nada era imposible si no fallaba la detestable memoria de Charlie.

Podía volver a escribir la *Saga de Thorfin Karlsefne* como nunca la habían escrito, podía referir la historia del primer descubrimiento de América, siendo yo mismo el descubridor. Pero yo estaba a la merced de Charlie y mientras él tuviera a su alcance un ejemplar de *Clásico para Todos*, no hablaría. No me atreví a maldecirlo abiertamente, apenas me atrevía a estimular su memoria, porque se trataba de experiencias de hace mil años narradas por la boca de un muchacho contemporáneo, y a un muchacho lo afectan todos los cambios de opinión y aunque quiera decir la verdad tiene que mentir.

Pasé una semana sin ver a Charlie. Lo encontré en Grace-church Street con un libro Mayor encadenado a la cintura. Tenía que atravesar el Puente de Londres y lo acompañé. Estaba muy orgulloso de ese libro Mayor. Nos detuvimos en la mitad del puente para mirar un vapor que descargaba grandes lajas de mármol blanco y amarillo. En una barcaza que pasó junto al vapor, mugió una vaca solitaria. La cara de Charlie se alteró; ya no era la de un empleado de banco, sino otra, desconocida y más despierta. Estiró el brazo sobre el parapeto del puente y, riéndose muy fuerte, dijo:

—Cuando bramaron *nuestros* toros, los Skroelings huyeron.

La barcaza y la vaca habían desaparecido detrás del vapor antes de que yo encontrara palabras.

—Charlie, ¿qué te imaginas que son los Skroelings?

—La primera vez en la vida que oigo hablar de ellos. Parece el nombre de una nueva clase de gaviotas. ¡Qué preguntas se le ocurren a usted! —contestó—. Tengo que verme con el cajero de la compañía de ómnibus. Me espera un rato y almorzamos juntos en algún restaurante. Tengo una idea para un poema.

—No, gracias. Me voy. ¿Estás seguro que no sabes nada de los Skroelings?

—No, a menos que esté inscrito en el "Clásico" de Liverpool.

Saludó y desapareció entre la gente.

Está escrito en la *Saga de Eric el Rojo* o en la de *Thorfin Karlsefne* que hace novecientos años, cuando las galeras de Karlsefne llegaron a las barracas de Leif, erigidas por éste en la desconocida tierra de Markland, era tal vez Rhode Island, los Skroelings —sólo Dios sabe quiénes eran— vinieron a traficar con los vikingos y huyeron porque los aterró el bramido de los toros que Thorfin había traído en las naves. ¿Pero qué podía saber de esa historia un esclavo griego? Erré por las calles, tratando de resolver el misterio, y cuanto más lo consideraba, menos lo entendía. Sólo encontré una certidumbre; y ésa me dejó atónito. Si el porvenir me deparaba algún conocimiento íntegro, no sería el de una de las vidas del alma en el cuerpo de Charlie Mears, sino el de muchas, muchas existencias individuales y distintas, vividas en las aguas azules en la mañana del mundo.

Examiné después la situación.

Me parecía una amarga injusticia que me fallara la memoria de Charlie cuando más la precisaba. A través de la neblina y el humo alcé la mirada, ¿sabían los señores de la Vida y la Muerte lo que esto significaba para mí? Eterna fama, conquistada y compartida por uno solo. Me contentaría —recordando a Clive, mi propia moderación me asombró— con el mero derecho de escribir un solo cuento, de añadir una pequeña contribución a la literatura frívola de la época. Si a Charlie le permitieran una hora —sesenta pobres minutos— de perfecta memoria de existencias que habían abarcado mil años, yo renunciaría a todo el provecho y la gloria que podría valerme su confesión. No participaría en la agitación que sobrevendría en aquel rincón de la tierra que se llama "el mundo". La historia se publicaría anónimamente. Haría creer a otros hombres que ellos la habían escrito. Ellos alquilarían ingleses de cuello duro para que la vociferaran al mundo. Los moralistas fundarían una nueva ética, jurando que habían apartado de los hombres el temor de la muerte. Todos los orientalistas de Europa la apadrinarían verbosamente, con textos en pali y en sánscrito. Atroces mujeres inventarían impuras variantes de los dogmas que profesarían los hombres, para instrucción de sus hermanas. Disputarían las iglesias y las religiones. Al subir a un ómnibus preví las polémicas de media docena de sectas, igualmente fieles a la "Doctrina de la verdadera Metempsicosis en sus aplicaciones a la Nueva Era y al Universo" y vi también a los decentes diarios ingleses dispersándose, como hacienda espantada, ante la perfecta simplicidad de mi cuento. La imaginación recorrió cien, doscientos, mil años de futuro. Vi con pesar que los hombres mutilarían y pervertirían la historia; que las sectas rivales la deformarían hasta que el mundo occidental, aferrado al temor de la muerte y no a la esperanza de la vida, la descartaría como una superstición interesante y se entregaría a alguna fe ya tan olvidada que parecería nueva.

Entonces modifiqué los términos de mi pacto con los Señores de la Vida y la Muerte. Que me dejaran saber, que me dejaran escribir esa historia, con la conciencia de registrar la verdad, y sacrificaría el manuscrito y lo quemaría. Cinco minutos después de redactada la última línea, lo quemaría. Pero que me dejaran escribirlo, con entera confianza.

No hubo respuesta. Los violentos colores de un aviso del casino me impresionaron, ¿no convendría poner a Charlie en manos de un hipnotizador? ¿Hablaría de sus vidas pasadas? Pero Charlie se asustaría de la publicidad, o ésta lo haría intolerable. Mentiría por vanidad o por miedo. Estaría seguro en mis manos.

—Son cómicos, ustedes los ingleses —dijo una voz. Dándome vuelta, me encontré con un conocido, un joven bengalí que estudiaba derecho, un tal Grish Chunder, cuyo padre lo había mandado a Inglaterra para educarlo. El viejo era un funcionario hindú, jubilado; con una renta de cinco libras esterlinas al mes, lograba dar a su hijo doscientas libras esterlinas al año y plena licencia en una ciudad donde fingía ser un príncipe y contaba cuentos de los brutales burócratas de la India, que oprimían a los pobres.

Grish Chunder era un joven y obeso bengalí, escrupulosamente vestido de levita y pantalón claro, con sombrero alto y guantes amarillos. Pero yo lo había conocido en los días en que el brutal gobierno de la India pagaba sus estudios universitarios y él publicaba artículos sediciosos en el *Sachi Durpan* y tenía amores con las esposas de sus condiscípulos de catorce años de edad.

—Eso es muy cómico —dijo señalando el cartel—. Voy a Northbrook Club. ¿Quieres venir conmigo?

Caminamos juntos un rato.

—No estás bien —me dijo—. ¿Qué te preocupa? Estás silencioso.

—Grish Chunder, ¿eres demasiado culto para creer en Dios, no es verdad?

—Aquí sí. Pero cuando vuelva tendré que propiciar las supersticiones populares y cumplir ceremonias de purificación y mis esposas ungirán ídolos.

—Y se adornarán con *tulsi* y celebrarán el *purohit*, y te reintegrarán en la casta y otra vez harán de ti, librepensador avanzado, un buen *khuttri*. Y comerás comida *desi*, y todo te gustará, desde el olor del patio hasta el aceite de mostaza en tu cuerpo.

—Me gustará muchísimo —dijo con franqueza Gris Chunder—. Una vez hindú, siempre hindú. Pero me gusta saber lo que los ingleses piensan que saben.

—Te contaré una cosa que un inglés sabe. Para ti es una vieja historia.

Empecé a contar en inglés la historia de Charlie; pero Grish Chunder me hizo una pregunta en hindustani, y el cuento prosiguió en el idioma que más le convenía. Al fin y al cabo, nunca hubiera podido contarse en inglés. Grish Chunder me escuchaba, asintiendo de tiempo en tiempo, y después subió a mi departamento, donde concluí la historia.

—*Beshak* —dijo filosóficamente—. *Lekin darwaza band hai.* (Sin duda; pero está cerrada la puerta.) He oído, entre mi gente, estos recuerdos de vidas previas. Es una vieja historia entre nosotros, pero que le suceda a un inglés —a un *Mlechh* lleno de carne de vaca—, un descastado… Por Dios, esto es rarísimo.

—¡Más descastado serás tú, Grish Chunder! Todos los días comes carne de vaca. Pensemos bien la cosa. El muchacho recuerda sus encarnaciones.

—¿Lo sabe? —dijo tranquilamente Grish Chunder, sentado en la mesa, hamacando las piernas. Ahora hablaba en inglés.

—No sabe nada. ¿Acaso te contaría si lo supiera? Sigamos.

—No hay nada que seguir. Si lo cuentas a tus amigos, dirán que estás loco y lo publicarán en los diarios. Supongamos, ahora, que los acuses por calumnia.

—No nos metamos en eso, por ahora. ¿Hay una esperanza de hacerlo hablar?

—Hay una esperanza. Pero si hablara, todo este mundo —*instanto*— se derrumbaría en tu cabeza. Tú sabes que esas cosas están prohibidas. La puerta está cerrada.

—¿No hay ninguna esperanza?

—¿Cómo puede haberla? Eres cristiano y en tus libros está prohibido el fruto del árbol de la Vida, o nunca morirías. ¿Cómo van a temer la muerte si todos saben lo que tu amigo no sabe que sabe? Tengo miedo de los azotes, pero no tengo miedo de morir porque sé lo que sé. Ustedes no temen los azotes, pero temen la muerte. Si no la temieran, ustedes los ingleses se llevarían el mundo por delante en una hora, rompiendo los equilibrios de las potencias y haciendo conmociones. No sería bueno, pero no hay miedo. Se acordará menos y menos y dirá que es un sueño. Luego se olvidará. Cuando pasé el Bachillerato en Calcuta, esto estaba en la crestomatía de Wordsworth, *Arrastrando nubes de gloria*, ¿te acuerdas?

—Esto parece una excepción.

—No hay excepciones a las reglas. Unas parecen menos rígidas que otras, pero son iguales. Si tu amigo contara tal y tal cosa, indicando que recordaba todas sus vidas anteriores o una parte de una vida anterior, enseguida lo expulsarían del banco. Lo echarían, como quien dice, a la calle, y lo enviarían a un manicomio. Eso lo admitirás, mi querido amigo.

—Claro que sí, pero no estaba pensando en él. Su nombre no tiene por qué aparecer en la historia.

—Ah, ya lo veo, esa historia nunca se escribirá. Puedes probar.

—Voy a probar.

—Por tu honra y por el dinero que ganarás, por supuesto.

—No, por el hecho de escribirla. Palabra de honor.

—Aun así no podrás. No se juega con los dioses. Ahora es un lindo cuento. No lo toques. Apresúrate, no durará.

—¿Qué quieres decir?

—Lo que digo. Hasta ahora no ha pensado en una mujer.

—¿Cómo crees? —Recordé algunas de las confidencias de Charlie.

—Quiero decir que ninguna mujer ha pensado en él. Cuando eso llegue —*bus-hogya*—, se acabó. Lo sé. Hay millones de mujeres aquí. Mucamas, por ejemplo. Te besan detrás de la puerta.

La sugestión me incomodó. Sin embargo, nada más verosímil.

Grish Chunder sonrió.

—Sí. También muchachas lindas, de su sangre y no de su sangre. Un solo beso que devuelva y recuerde lo sanará de estas locuras, o…

—¿O qué? Recuerda que no sabe que sabe.

—Lo recuerdo. O, si nada sucede, se entregará al comercio y a la especulación financiera, como los demás. Tiene que ser así. No me negarás que tiene que ser así. Pero la mujer vendrá primero, me parece.

Golpearon a la puerta; entró Charlie. Le habían dejado la tarde libre, en la oficina; su mirada denunciaba el propósito de una larga conversación, y tal vez poemas en los bolsillos. Los poemas de Charlie eran muy fastidiosos, pero a veces lo hacían hablar de la galera.

Grish Chunder lo miró agudamente.

—Disculpe —dijo Charlie, incómodo—. No sabía que estaba con visitas.

—Me voy —dijo Grish Chunder.

Me llevó al vestíbulo, al despedirse:

—Éste es el hombre —dijo rápidamente—. Te repito que nunca contará lo que esperas. Sería muy apto para ver cosas. Podríamos fingir que era un juego —nunca he visto tan excitado a Grish Chunder— y hacerle mirar el espejo de tinta en la mano. ¿Qué te parece? Te aseguro que puede ver todo lo que el hombre puede ver. Déjame buscar la tinta y el alcanfor. Es un vidente y nos revelará muchas cosas.

—Será todo lo que tú dices, pero no voy a entregarlo a tus dioses y a tus demonios.

—No le hará mal; un poco de mareo al despertarse. No será la primera vez que habrás visto muchachos mirar el espejo de tinta.

—Por eso mismo no quiero volver a verlo. Más vale que te vayas, Grish Chunder.

Se fue, repitiendo que yo perdía mi única esperanza de interrogar al porvenir.

Esto no importó, porque sólo me interesaba el pasado y para ello de nada podían servir muchachos hipnotizados consultando espejos de tinta.

—Qué negro desagradable —dijo Charlie cuando volví—. Mire, acabo de escribir un poema; lo escribí en vez de jugar al dominó después de almorzar. ¿Se lo leo?

—Lo leeré yo.

—Pero usted no le da la entonación adecuada. Además, cuando usted los lee, parece que las rimas estuvieran mal.

—Léelo en voz alta, entonces. Eres como todos los otros.

Charlie me declamó su poema; no era muy inferior al término medio de su obra. Había leído sus libros con obediencia, pero le desagradó oír que yo prefería a Longfellow incontaminado de Charlie.

Luego recorrimos el manuscrito, línea por línea. Charlie esquivaba todas las objeciones y todas las correcciones, con esta frase:

—Sí, tal vez quede mejor, pero usted no comprende a dónde voy.

En eso, Charlie se parecía a muchos poetas.

En el reverso del papel había unos apuntes a lápiz.

—¿Qué es eso? —le pregunté.

—No son versos ni nada. Son unos disparates que escribí anoche, antes de acostarme. Me daba trabajo buscar rimas y los escribí en verso libre.

Aquí están los *versos libres* de Charlie:

We pulled for you when the wind was against us and the sails were low.

Will you never let us go?

We ate bread and onions when you took towns, or ran aboard quickly when you were beaten back by the foe.

The captains walked up and down the deck in fair weather singing songs, but we were below.

We fainted with our chins on the oars and you did not see that we were idle for we still swung to and fro.

Will you never let us go?

The salt made the oar-handles like shark skin; our knees were cut to the bone with salt cracks; our hair was stuck to our foreheads; and our lips were cut to our gums, and you whipped us because we could not row.

Will you never let us go?

But in a little time we shall run out of the portholes as the water runs along the oar blade, and though you tell the

others to row after us you will never catch us till you catch the
oar-thresh and tie up the winds in the belly of the sail. Aho!

Will you never let us go!*

—Algo así podrían cantar en la galera, usted sabe. ¿Nunca va a concluir ese cuento y darme parte de las ganancias?

—Depende de ti. Si desde el principio me hubieras hablado un poco más del héroe, ya estaría concluido. Eres tan impreciso.

—Sólo quiero darle la idea general… el andar de un lado para otro, y las peleas, y los demás. ¿Usted no puede suplir lo que falta? Hacer que el héroe salve de los piratas a una muchacha y se case con ella o algo por el estilo.

—Eres un colaborador realmente precioso. Supongo que al héroe le ocurrieron algunas aventuras antes de casarse.

—Bueno, hágalo un tipo muy hábil, una especie de canalla —que ande haciendo tratados y rompiéndolos—,

---

* Hemos remado con el viento en contra y con las velas bajas.
¿Nunca nos soltaréis?

Comimos pan y cebolla cuando os apoderábais de las ciudades; corrimos a bordo cuando el enemigo os rechazaba.
Los capitanes cantaban en la cubierta cuando el tiempo era hermoso; nosotros estábamos abajo.
Nos desmayábamos con el mentón en los remos; no veíais que estábamos ociosos, porque nos hamacaba la nave.
¿Nunca nos soltaréis?

Con la sal, los cabos de los remos eran ásperos como la piel de los tiburones; el agua salada nos ajaba las rodillas hasta los huesos; el pelo se nos pegaba en la frente; nuestros labios deshechos mostraban las encías. Nos azotábais porque no seguíamos remando.
¿Nunca nos soltaréis?

Pero en breve nos iremos por los escobenes como el agua que se va por el remo y aunque los otros remen detrás, no nos agarrarán hasta que agarren lo que aventan los remos y hasta que aten los vendavales en el hueco de la vela.
¿Nunca nos soltaréis?

un hombre de pelo negro que se oculte detrás del mástil, en las batallas.

—Los otros días dijiste que tenía el pelo colorado.

—No puedo haber dicho eso. Hágalo moreno, por supuesto. Usted no tiene imaginación.

Como yo había descubierto en ese instante los principios de la memoria imperfecta que se llama imaginación, casi me reí, pero me contuve, para salvar el cuento.

—Es verdad; tú sí tienes imaginación. Un tipo de pelo negro en un buque de tres cubiertas —dije.

—No, un buque abierto, como un gran bote.

Era para volverse loco.

—Tu barco está descrito y construido, con techos y cubiertas; así lo has dicho.

—No, no ese barco. Ése era abierto, o semiabierto, porque… Claro, tiene razón. Usted me hace pensar que el héroe es el tipo de pelo colorado. Claro, si es el de pelo colorado, el barco tiene que ser abierto, con las velas pintadas.

Ahora se acordará, pensé, que ha trabajado en dos galeras, una griega, de tres cubiertas, bajo el mando del "canalla" de pelo negro; otra, un *dragón* abierto de vikingo, bajo el mando del hombre "rojo como un oso rojo", que arribó a Markland. El diablo me impulsó a hablar.

—¿Por qué "claro", Charlie?

—No sé. ¿Usted se está riendo de mí?

La corriente había sido rota. Tomé una libreta y fingí hacer muchos apuntes.

—Da gusto trabajar con un muchacho imaginativo como tú —dije al rato—. Es realmente admirable cómo has definido el carácter del héroe.

—¿Le parece? —contestó ruborizándose—. A veces me digo que valgo más que lo que mi ma… que lo que la gente piensa.

—Vales muchísimo.

—Entonces ¿puedo mandar un artículo sobre Costumbres de los Empleados de Banco, al *Tit-Bits*, y ganar una libra esterlina de premio?

—No era, precisamente, lo que quería decir. Quizá valdría más esperar un poco y adelantar el cuento de la galera.

—Sí, pero no llevará mi firma. *Tit-Bits* publicará mi nombre y mi dirección, si gano. ¿De qué se ríe? Claro que los publicarían.

—Ya sé. ¿Por qué no vas a dar una vuelta? Quiero revisar las notas de nuestro cuento.

Este vituperable joven que se había ido, algo ofendido y desalentado, había sido tal vez remero del *Argos*, e innegablemente, esclavo o compañero de Thorfin Karlsefne. Por eso le interesaban profundamente los concursos de *Tit-Bits*. Recordando lo que me había dicho Grish Chunder, me reí fuerte. Los Señores de la Vida y la Muerte nunca permitirían que Charlie Mears hablara plenamente de sus pasados, y para completar su revelación yo tendría que recurrir a mis invenciones precarias, mientras él hacía su artículo sobre empleados de banco.

Reuní mis notas; las leí: el resultado no era satisfactorio. Volví a leerlas. No había nada que no hubiera podido extraerse de libros ajenos, salvo quizá la historia de la batalla en el puerto. Las aventuras de un vikingo habían sido noveladas ya muchas veces; la historia de un galeote griego tampoco era nueva y, aunque yo escribiera las dos, ¿quién podría confirmar o impugnar la veracidad de los detalles? Tanto me valdría redactar un cuento del porvenir. Los Señores de la Vida y la Muerte eran tan astutos como lo había insinuado Grish Chunder. No dejarían pasar nada que pudiera inquietar o apaciguar el ánimo de los hombres. Aunque estaba convencido de eso, no podía abandonar el cuento. El entusiasmo alternaba con la depresión, no una vez, sino muchas en las siguientes semanas. Mi ánimo variaba con el sol de marzo y con las nubes indecisas. De noche, o en la belleza de una mañana de primavera, creía poder escribir esa historia y conmover a los continentes. En los atardeceres lluviosos percibí que podría escribirse el cuento, pero que no sería otra cosa que una pieza de museo apócrifa, con falsa pátina y falsa herrumbre. Entonces maldije a Charlie de muchos modos, aunque la culpa no era suya.

Parecía muy atareado en certámenes literarios; cada semana lo veía menos a medida que la primavera inquietaba la tierra. No le interesaban los libros ni el hablar de ellos y había un nuevo aplomo en su voz. Cuando nos encontramos yo no proponía el tema de la galera; era Charlie el que lo iniciaba, siempre pensando en el dinero que podría producir su escritura.

—Creo que merezco por lo menos el veinticinco por ciento —dijo con hermosa franqueza—. He suministrado todas las ideas, ¿no es cierto?

Esa avidez era nueva en su carácter. Imaginé que la había adquirido en la City, que había empezado a influir en su acento desagradablemente.

—Cuando la historia esté concluida hablaremos. Por ahora, no consigo adelantar. El héroe rojo y el héroe moreno son igualmente difíciles.

Estaba sentado junto a la chimenea, mirando las brasas.

—No veo cuál es la dificultad. Es clarísimo para mí —contestó—. Empecemos por las aventuras del héroe rojo, desde que capturó mi barco en el sur y navegó a las Playas.

Me cuidé muy bien de interrumpirlo. No tenía ni lápiz ni papel, y no me atreví a buscarlos para no cortar la corriente. La voz de Charlie descendió hasta el susurro y refirió la historia de la navegación de una galera hasta Furdurstrandi, de las puestas del sol en el mar abierto, vistas bajo la curva de la vela, tarde tras tarde, cuando el espolón se clavaba en el centro del disco declinante "y navegábamos por ese rumbo, porque no teníamos otro", dijo Charlie. Habló del desembarco en una isla y de la exploración de sus bosques, donde los marineros mataron a tres hombres que dormían bajo los pinos. Sus fantasmas, dijo Charlie, siguieron a nado la galera, hasta que los hombres de a bordo echaron suertes y arrojaron al agua a uno de los suyos, para aplacar a los dioses desconocidos que habían ofendido. Cuando escasearon las provisiones se alimentaron de algas marinas y se les hincharon las piernas, y el capitán, el hombre de pelo rojo, mató a dos remeros amotinados, y al cabo de un año entre los bosques levaron anclas rumbo a la patria y un incesante viento los condujo con tanta fidelidad que todas las noches dormían. Esto, y mucho más, contó Charlie. A veces era tan baja la voz que las palabras resultaban imperceptibles. Hablaba de su jefe, el hombre rojo, como un pagano habla de su dios; porque él fue quien los alentaba y los mataba imparcialmente, según más les convenía; y él fue quien empuñó el timón durante tres noches entre hielo flotante, cada témpano abarrotado de extrañas fieras que "querían navegar con nosotros" dijo Charlie, "y las rechazábamos con los remos".

Cedió una brasa y el fuego, con un débil crujido, se desplomó atrás de los barrotes.

—Caramba —dijo con un sobresalto—. He mirado el fuego hasta marearme. ¿Qué iba a decir?

—Algo sobre la galera.

—Ahora recuerdo. Veinticinco por ciento del beneficio, ¿no es verdad?

—Lo que quieras, cuando el cuento esté listo.

—Quería estar seguro. Ahora debo irme. Tengo una cita.

Me dejó.

Menos iluso, habría comprendido que ese entrecortado murmullo junto al fuego era el canto de cisne de Charlie

Mears. Lo creí preludio de una revelación total. Al fin burlaría a los Señores de la Vida y la Muerte.

Cuando volvió, lo recibí con entusiasmo. Charlie estaba incómodo y nervioso, pero los ojos le brillaban.

—Hice un poema —dijo.

Y luego, rápidamente:

—Es lo mejor que he escrito. Léalo.

Me lo dejó y retrocedió hacia la ventana.

Gemí, interiormente. Sería tarea de una media hora criticar, es decir alabar, el poema. No sin razón gemí, porque Charlie, abandonando el largo metro preferido, había ensayado versos más breves, versos con un evidente motivo. Esto es lo que leí:

> The day is most fair, the cheery wind
> Halloos behind the hill,
> Where he bends the wood as seemeth good,
> And the sapling to his will!
> Riot, o wind; there is that in my blood
> That would not have thee still!
> She gave me herself, O Earth, O Sky;
> Grey sea, she is mine alone!
> Let the sullen boulders hear my cry,
> And rejoice tho'they be but stone!
> Mine! I have won her, O good brown earth,
> Make merry; 'Tis hard on Spring;
> Make merry; my love is doubly worth
> All worship your fields can bring!
> Let the hind that tills you feel my mirth
> At the early harrowing! *

* El día es hermoso, el viento jocundo / grita detrás de la colina, / donde doblega el bosque, a su antojo / y el renuevo, a su voluntad. / Amotínate, oh Viento, que hay algo en mi sangre / que rima con tu frenesí.

—El verso final es irrefutable —dije con miedo en el alma. Charlie sonrió sin contestar.

Red cloud of the sunset, tell it abroad;
I am Victor. Greet me, O Sun,
Dominant master and absolute lord
Over the soul of one! *

—¿Y? —dijo Charlie, mirando sobre mi hombro. Silenciosamente, puso una fotografía sobre el papel. La fotografía de una muchacha de pelo crespo y boca entreabierta y estúpida.

—¿No es… no es maravilloso? —murmuró, ruborizado hasta las orejas—. Yo no sabía, yo no sabía… vino como un rayo.

—Sí, vino como un rayo. ¿Eres muy feliz, Charlie?

—¡Dios mío… ella… me quiere!

Se sentó, repitiendo las últimas palabras. Miré la cara lampiña, los estrechos hombros ya agobiados por el trabajo de escritorio y pensé dónde, cuándo y cómo había amado en sus vidas anteriores.

Después la describió, como Adán debió describir ante los animales del Paraíso la gloria y la ternura y la belleza de Eva. Supe, de paso, que estaba empleada en una cigarrería, que le interesaba la moda y que ya le había dicho cuatro o cinco veces que ningún otro hombre la había besado.

Hizo don de sí misma, oh Tierra, oh Cielo; / ¡mar gris, es toda mía! / ¡que los hoscos peñascos oigan mi grito / y se alegren aunque sean de piedra!

¡Mía! La he ganado, ¡oh, buena tierra parda, / regocíjate, la Primavera está próxima!; / regocíjate, mi amor vale dos veces / el culto que puedan rendirle vuestros campos / que el labriego que te ara sienta / mi dicha al madrugar para el trabajo.

* Roja nube del ocaso, revélalo: Soy vencedor; / salúdame, oh Sol, amo total y señor absoluto / sobre el alma de Ella.

Charlie hablaba y hablaba; yo, separado de él por millares de años, consideraba los principios de las cosas. Ahora comprendí por qué los Señores de la Vida y la Muerte cierran tan cuidadosamente las puertas detrás de nosotros. Es para que no recordemos nuestros primeros amores. Si no fuera así, el mundo quedaría despoblado en menos de un siglo.

—Ahora volvamos a la historia de la galera —le dije aprovechando una pausa.

Charlie miró como si lo hubieran golpeado.

—¡La galera! ¿Qué galera? ¡Santos cielos, no me embrome! Esto es serio. Usted no sabe hasta qué punto.

Grish Chunder tenía razón. Charlie había probado el amor, que mata el recuerdo, y el cuento más hermoso del mundo nunca se escribiría.

BOLA DE SEBO

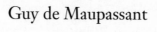

Guy de Maupassant

Durante varios días atravesaron la ciudad los restos de un ejército derrotado que, más que tropa, parecía una horda desbandada. Los hombres tenían la barba larga y sucia, los uniformes hechos jirones, y avanzaban visiblemente abatidos, sin bandera ni regimiento. Se veían abrumados, vencidos por el cansancio, incapaces de pensar o de tomar una resolución, marchando sólo por el efecto de la costumbre y cayendo rendidos tan pronto como se detenían. La mayoría de ellos eran movilizados, gente pacífica, tranquilos rentistas exhaustos y doblados bajo el peso del fusil; otros eran jóvenes voluntarios, impresionables y entusiastas, con la misma disposición para el ataque que para la huida; también, y mezclados con ellos, iban algunos *culottes* rojos, restos de una división diezmada en una terrible batalla, artilleros sombríos alineados junto a los infantes; y, de vez en cuando, aparecía el casco brillante de un dragón de paso tardo, que seguía penosamente el andar ligero de los soldados de infantería.

A su turno marchaban, con aire de facinerosos, las legiones de francotiradores, bautizadas con epítetos heroicos: "Los vengadores de la derrota", "Los ciudadanos de la tumba", "Los compañeros de la muerte".

Los jefes, antiguos comerciantes de telas o granos, ex negociantes de sebo o jabón, guerreros circunstanciales convertidos en oficiales gracias a sus escudos o por el tamaño de sus bigotes, cubiertos de armas, de franelas y galones, hablaban con voz estruendosa, discutían planes de batalla, pretendiendo sostener solos sobre sus espaldas fanfarronas a una Francia agonizante cuando, en realidad, temían por momentos a sus propios soldados, verdadera horda de bribones, valientes hasta lo indecible, saqueadores y libertinos.

Se decía que los prusianos iban a entrar en Ruán.

La Guardia Nacional, que llevaba meses practicando prudentes acciones de reconocimiento en el bosque, fusilando de vez en cuando a sus propios centinelas y aprestándose al combate cuando algún conejito se movía entre la maleza, ahora retornaba a sus hogares. Sus armas, sus uniformes, toda la mortífera parafernalia que hasta ese momento constituía el terror de los caminos, desapareció súbitamente.

Los últimos soldados franceses acababan de atravesar el Sena para llegar a Pont-Audemer por Saint-Sever y Bourg-Achard. Detrás de ellos marchaba, desesperado, el general, sin poder intentar algo con esos restos dispersos, él mismo arrastrado por la gran debacle de un pueblo habituado a vencer y ahora desastrosamente vencido, a pesar de su valentía legendaria.

Una calma profunda, una espera terrible y silenciosa se adueñó de la ciudad. Muchos burgueses acomodados, entumecidos en el comercio, esperaban ansiosamente a los invasores, temblando ante la posibilidad de que juzgasen como armas de combate sus asadores o sus grandes cuchillos de cocina.

La vida parecía haberse detenido; los negocios se cerraron, las calles enmudecieron. Cada tanto, algún habitante intimidado por semejante silencio se deslizaba con rapidez a lo largo de las casas.

La angustia de la espera se hizo tan insoportable que sólo se deseaba que el enemigo por fin llegara.

En la tarde del día que siguió a la marcha de las tropas francesas, algunos ulanos, salidos de Dios sabe dónde, atravesaron velozmente la ciudad. Luego, un poco más tarde, una masa negra bajó desde Sainte-Catherine, en tanto que otras dos oleadas de invasores aparecían por los caminos de Darnetal y de Boisguillaume. Las vanguardias de los tres cuerpos se reunieron al mismo tiempo en la plaza del Ayuntamiento, y por todas las calles vecinas llegaba el ejército alemán desplegando sus batallones, que hacían resonar los adoquines bajo su paso duro y rítmico.

Las voces de mando, gritadas por una voz gutural y desconocida, resonaban dentro de las casas, que parecían muertas y desiertas, mientras que detrás de los postigos cerrados algunos ojos inquietos espiaban a los invasores, dueños de la ciudad, de las fortunas y de las vidas por "derecho de conquista". Los habitantes, en sus oscuras habitaciones, experimentaban la desesperación que provocan los cataclismos, las grandes hecatombes de la tierra, contra las cuales toda precaución y toda fuerza resultan inútiles, porque la misma sensación reaparece cada vez que se altera el orden restablecido de las cosas, cuando no existe más seguridad, cuando todo lo que se hallaba bajo la protección de las leyes de los hombres y de la naturaleza se encuentra a merced de una brutalidad inconsciente y feroz. El terremoto que aplasta entre los escombros de las casas a un pueblo entero; el río desbordado que arrastra y confunde los cuerpos de campesinos ahogados junto a los cadáveres de bueyes y las vigas arrancadas de las viviendas, o el ejército victorioso masacrando a los que se defienden, haciendo a los demás prisioneros, saqueando en nombre de las armas y ofrendando a un dios al compás del cañón, son otros tantos flagelos terribles que destruyen toda creencia en la justicia eterna, toda la confianza que nos han enseñado a tener en la protección del cielo y en la razón del hombre.

273

Sin embargo, llamaban a cada puerta pequeños destacamentos que luego desaparecían dentro de las casas: era la ocupación que seguía a la invasión. Comenzaba para los vencidos el deber de mostrarse amables con los vencedores.

Al cabo de algunos días y superado el terror inicial, imperó una nueva calma. En muchas familias el oficial prusiano compartía la mesa. A veces era bien educado y, por cortesía, se compadecía de Francia, expresando su repugnancia por tener que tomar parte en aquella guerra. Se le agradecía ese sentimiento ya que quizás, algún día, podría ser necesaria su protección. Con adulaciones podría evitarse, acaso, tener que alimentar a más hombres. ¿Y por qué ofender a alguien de quien se dependía, al fin y al cabo? Actuar de esa manera sería menos valentía que temeridad —y la temeridad no era por entonces un defecto de los burgueses de Ruán, como lo había sido en aquellos tiempos de heroicas defensas, que glorificaron e hicieron ilustre a la ciudad. Finalmente, se decían, razón suprema de la urbanidad francesa, estaba perfectamente permitido ser amables en la intimidad, siempre que no se mostrara en público familiaridad alguna con el soldado extranjero. En la calle se comportaban como si no se conocieran, pero dentro de la casa hablaban con gusto, y el alemán permanecía cada noche más tiempo, junto al calor del hogar común.

La ciudad recobraba poco a poco su aspecto normal. Los franceses no salían con frecuencia, pero los soldados prusianos transitaban por las calles a todas horas. Además, los oficiales de los húsares azules que arrastraban con arrogancia sus grandes y mortales armas por los adoquines, no demostraban a los simples ciudadanos mayor desprecio del que les habían manifestado un año antes los oficiales cazadores franceses que frecuentaban los mismos cafés.

Sin embargo, algo especial se percibía en el ambiente; algo sutil y desconocido; una atmósfera ajena e intolerable, como un olor generalizado: el olor de la invasión. Ese olor llenaba las casas y las plazas públicas, modificaba el sabor de los alimentos, produciendo la impresión que se tiene cuando se viaja a tierras muy lejanas, entre tribus bárbaras y amenazadoras.

Los vencedores exigían dinero. Los habitantes siempre pagaban; por otra parte, eran ricos. Pero cuanto más opulento se vuelve un negociante normando, más lo hace sufrir cualquier sacrificio, cualquier merma en su fortuna por pequeña que sea, viéndola pasar a manos de otros.

Mientras tanto, a dos o tres leguas de la ciudad, siguiendo el curso del río, hacia Croisset, Dieppedalle o Biessart, los marineros y los pescadores sacaban del agua con frecuencia el cadáver de algún alemán, hinchado bajo su uniforme, asesinado con un cuchillo o a golpes, con la cabeza aplastada por una piedra o arrojado al agua de un empujón desde lo alto de un puente. El cieno del río amortajaba esas venganzas oscuras, salvajes y legítimas, heroísmos anónimos, mudos ataques desprovistos de auras gloriosas pero más peligrosos que las batallas libradas a la luz del día.

Porque el odio hacia el invasor suele armar los brazos de algunos intrépidos, prestos a morir por una idea.

Pero como los vencedores, a pesar de haber sometido la ciudad bajo el rigor de su disciplina inflexible, no habían cometido ninguna de las brutalidades que la fama les atribuía a lo largo de su marcha triunfal, se rehicieron los ánimos de los vencidos y la necesidad del negocio retornó a los corazones de los comerciantes de la región. Algunos tenían grandes intereses comprometidos en El Havre, ocupado todavía por el ejército francés, y buscaron la manera de llegar por tierra a ese puerto, yendo en coche a Dieppe, donde podrían embarcar.

Gracias a la influencia de algunos de los oficiales alemanes conocidos, obtuvieron del general en jefe una autorización de salida.

Así, pues, después de reservar una espaciosa diligencia de cuatro caballos para diez personas, previamente inscritas en el establecimiento de un alquilador de coches, resolvieron partir un martes por la mañana, muy temprano, con objeto de evitar la curiosidad y la aglomeración de la gente.

Hacía ya unos días que la helada había endurecido la tierra, y el lunes, a eso de las tres, densos nubarrones empujados por un viento norte dejaron caer una nevada que no se interrumpió durante toda la tarde y toda la noche.

A las cuatro y media de la madrugada, los viajeros se reunieron en el patio del Hotel de Normandía, donde debían tomar la diligencia.

Llegaron muertos de sueño y tiritando de frío bajo sus mantas y abrigos. Apenas se distinguían en la oscuridad, y la superposición de pesados abrigos invernales hacía que todos esos cuerpos se parecieran a los curas barrigones enfundados en sus largas sotanas. Sin embargo, dos hombres pudieron reconocerse; un tercero los abordó y conversaron:

—Llevo a mi mujer —dijo uno.

—Yo también.

—Y yo.

El primero añadió:

—No pensamos volver a Ruán y, si los prusianos se acercan a El Havre, nos embarcaremos para Inglaterra.

Siendo de una naturaleza semejante, todos tenían los mismos proyectos.

El coche estaba todavía sin enganchar. Un farolito, llevado por un mozo de cuadra, aparecía por momentos en una puerta oscura, para desaparecer inmediatamente por otra. El ruido producido por los cascos de los caballos era amortiguado por la paja y el estiércol, y se oía una voz de hombre dirigiéndose a las bestias, a intervalos razonable o blasfemadora. Un ligero rumor de cascabeles anunciaba el manejo de los arneses; el murmullo se convirtió pronto en un tintineo claro y continuo, regulado por los movimientos del animal, apagándose de pronto para reanudarse luego con una brusca sacudida que acompañaba el ruido seco de las herraduras al golpear el suelo.

La puerta se cerró de golpe. Cesó todo ruido. Los burgueses, helados, enmudecieron y permanecían inmóviles y rígidos.

Una ininterrumpida cortina de copos blancos caía lanzando destellos, desdibujaba las formas, espolvoreando las cosas con una espuma helada; y en el profundo silencio de la ciudad, sepultada bajo el invierno, sólo se oía ese roce vago, innombrable y flotante de la nieve al caer; sensación más que ruido, mezcla de átomos ligeros que parecían llenar el espacio, cubrir el mundo.

El hombre reapareció con su linterna, tirando del extremo del ronzal un caballo triste que lo seguía de mala gana. Lo arrimó a la lanza, aseguró los tiros y dio varias vueltas para asegurar los arneses, porque sólo podía utilizar una mano, ya que con la otra sostenía la lámpara. Cuando iba en busca del segundo caballo, reparó en los pasajeros inmóviles, blancos ya por la nieve, y les dijo:

—¿Por qué no suben al coche? Al menos, estarán resguardados.

Sin duda no se les había ocurrido, y ante aquella invitación se precipitaron a ocupar sus asientos. Los tres hombres instalaron a sus mujeres en el fondo y subieron enseguida; luego, las otras formas, indecisas y veladas, se ubicaron a su vez en los últimos sitios libres sin intercambiar ni una palabra.

El piso del carruaje estaba cubierto de paja, y los pies se hundían en ella. Las señoras del fondo encendieron unas pequeñas estufas de cobre que funcionaban con un carbón químico mientras charlaban a media voz, enumerando las ventajas y repitiendo cosas por todas ya conocidas.

Finalmente, lista la diligencia con seis caballos en vez de cuatro, debido a que el tiro era más pesado, una voz desde afuera preguntó:

—¿Ha subido todo el mundo?

Otra voz respondió desde adentro:

—Sí.

Y la diligencia partió.

Avanzaba muy despacio, a paso lento. Las ruedas se hundían en la nieve, la caja entera rechinaba con sordos crujidos; los animales resbalaban, resoplaban, echaban vaho; y el gigantesco látigo del cochero restallaba sin descanso, volteaba en todas las direcciones, enrollándose y desenrollándose como una delgada serpiente y azotando bruscamente alguna grupa abultada, que se tensionaba entonces bajo un esfuerzo más violento.

Amanecía imperceptiblemente. Aquellos ligeros copos que un viajero, ruanés pura sangre, había comparado con una lluvia de algodón, dejaron de caer. Un turbia claridad se filtraba entre los nubarrones pesados y oscuros, volviendo más resplandeciente la blancura del campo, por donde aparecía ya una hilera de árboles vestidos de escarcha, ya una choza con una capucha de nieve.

En la triste claridad de esa aurora, los viajeros se miraban con curiosidad.

Ocupando los mejores asientos del fondo, dormitaban frente a frente el señor y la señora Loiseau, negociantes de vinos al por mayor en la calle de Grand-Port.

Antiguo dependiente de un patrón arruinado en los negocios, Loiseau había comprado las existencias e hizo fortuna. Vendía a muy bajo precio un pésimo vino a los modestos taberneros del campo, y pasaba entre sus conocidos y amigos por un bribón consumado, un verdadero normando rebosante de astucia y jovialidad.

Su reputación de ladrón estaba tan extendida que una tarde, en la prefectura, el señor Tournel, autor de cuentos y canciones, espíritu agudo y sutil, gloria local, propuso a unas damas que parecían bastante aburridas jugar una partida de *Loiseau vole* *; la frase también voló por los salones del prefecto y de allí saltó a la ciudad, haciendo reír durante un mes entero a toda la provincia.

Loiseau también era célebre por sus inagotables agudezas y por sus bromas, buenas o pesadas. Nadie dejaba de referirse a él sin agregar inmediatamente: "Este Loiseau es impagable".

De pequeña estatura, exhibía una barriga hinchada como un globo rematada por un rostro colorado entre dos patillas canosas.

Su mujer, alta, robusta, resuelta, dueña de una voz potente y de decisiones rápidas, era el orden y la aritmética del negocio que Loiseau animaba con su alegre jovialidad.

Junto a ellos, con aire más digno, como si perteneciera a una casta superior, se encontraba el señor Carré-Lamadon, hombre importante del ramo del algodón, dueño de tres hilanderías, caballero de la Legión de Honor y miembro del Consejo General. Mientras duró el Imperio fue jefe y capitaneaba un grupo de oposición tolerante, sin más objeto que hacer valer sus condescendencias cerca del gobierno, al cual había combatido siempre "con armas corteses", según su propia expresión. La señora Carré-Lamadon, mucho más joven que su marido, era el consuelo de los oficiales de buena familia enviados de guarnición a Ruán.

Sentada frente a su esposo y junto a la señora de Loiseau, pequeñita, bonita, envuelta en su abrigo de pieles, contemplaba con ojos lastimosos el lamentable interior de la diligencia.

* Juego de palabras intraducible: *L'oiseau vole* quiere decir "El pájaro vuela", y *Loiseau vole* significa "Loiseau roba". *(N. del E.)*

A su lado se hallaban instalados el conde y la condesa Hubert de Bréville, descendientes de uno de los más nobles y antiguos linajes de Normandía. El conde, viejo aristócrata, de impresionante aspecto, hacía lo posible para exagerar con los artificios de su tocado su natural parecido con el rey Enrique IV, quien, según la leyenda gloriosa de la familia gozó, dándole fruto de bendición, a una señora de Bréville, cuyo marido fue por esta honra singular, nombrado conde y gobernador de provincia.

Colega del señor Carré-Lamadon en el Consejo General, representaba en el departamento al partido orleanista. Su enlace con la hija de un humilde consignatario de Nantes fue siempre un misterio. Pero como la condesa lució desde un principio aristocráticas maneras, recibiendo en su casa con una distinción que se hizo proverbial, y hasta dio qué decir sobre si estuvo en relaciones amorosas con un hijo de Luis Felipe, la agasajaron las damas de más noble alcurnia; sus reuniones fueron las más brillantes y encopetadas, las únicas donde se conservaron tradiciones de rancia etiqueta y en las cuales era difícil ser admitido.

Las posesiones de los Bréville producían —al decir de las gentes— unos quinientos mil francos de renta.

Por un extraño azar, las señoras de aquellos tres caballeros acaudalados, representantes de la sociedad pudiente, serena y fuerte, personas distinguidas y sensatas, que veneran la religión y los principios, se hallaban juntas a un mismo lado. La condesa tenía además por vecinas a dos monjitas, que hacían correr sin cesar entre sus dedos las cuentas de los rosarios, desgranando padrenuestros y avemarías. Una era vieja, con el rostro descarnado, carcomido por la viruela, como si hubiera recibido en pleno rostro una perdigonada. La otra, muy endeble, inclinaba sobre su pecho de tísica una cabeza primorosa y delicada, consumida por la fe devoradora de los mártires y de los iluminados.

Frente a las monjas, un hombre y una mujer atraían todas las miradas.

El hombre, muy conocido en todas partes, era Cornudet, el demócrata, el terror de las gentes respetables. Hacía veinte años que salpicaba su barba rubia con la cerveza de todos los cafés populares. Con sus hermanos y amigos había derrochado una fortuna bastante importante heredada de su padre, antiguo confitero, y aguardaba con impaciencia el triunfo de la República, para obtener al fin el puesto merecido por los innumerables tragos amargos que le impusieron sus ideas revolucionarias. El día 4 de septiembre, al caer el gobierno, a causa de un error —o de una broma dispuesta intencionadamente— se creyó nombrado prefecto; pero al ir a tomar posesión del cargo, los ordenanzas de la Prefectura, únicos empleados que allí quedaban, se negaron a reconocer su autoridad y eso lo contrarió hasta el punto de renunciar para siempre a sus ambiciones políticas. Buenazo, inofensivo y servicial, había organizado la defensa con un ardor incomparable, haciendo abrir zanjas en las llanuras, talando las arboledas próximas, poniendo cepos en todos los caminos; y al aproximarse los invasores, orgulloso de su obra, se replegó rápidamente a la ciudad. Ahora suponía que su presencia sería más provechosa en El Havre, necesitado tal vez de nuevos atrincheramientos.

La mujer que iba a su lado era una de las que se llaman galantes, famosa por su gordura prematura, que le valió el sobrenombre de Bola de sebo; bajita, mantecosa, con las manos abotargadas y los dedos estrangulados en las falanges —como rosarios de salchichas gordas y enanas—, con una piel suave y lustrosa, con un pecho enorme, rebosante, continuaba siendo apetecible y solicitada, tal era el placer que su frescura producía. Su rostro era como una manzanita colorada, como un capullo de amapola a punto de reventar; eran sus ojos negros, magníficos, velados por grandes pestañas, y su boca provocativa, pequeña, húmeda, palpitante de besos, con unos dientecitos apretados, resplandecientes de blancura.

Poseía también —a juicio de algunos— ciertas cualidades muy estimadas.

En cuanto la reconocieron las señoras que iban en la diligencia, comenzaron a murmurar; y las frases "vergüenza pública", "mujer prostituida", fueron pronunciadas con tal descaro que le hicieron levantar la cabeza. Fijó en sus compañeros de viaje una mirada tan provocativa y arrogante, que impuso de pronto un silencio absoluto; y todos bajaron la vista excepto Loiseau, en cuyos ojos asomaba más deseo reprimido que disgusto exaltado.

Pronto la conversación se rehízo entre las tres damas, cuya recíproca simpatía aumentaba por instantes con la presencia de la muchacha, convirtiéndose casi en intimidad. Creíanse obligadas a estrecharse, a protegerse, a reunir su honradez de mujeres legales contra la vendedora de amor, contra la desvergonzada que ofrecía sus atractivos a cambio de algún dinero; porque el amor legal acostumbra ponerse muy hosco y malhumorado en presencia de su semejante, el amor libre.

También los tres hombres, agrupados por sus instintos conservadores en oposición a las ideas de Cornudet, hablaban de intereses con alardes fatuos y desdeñosos, ofensivos para los pobres. El conde Hubert relataba las pérdidas que le ocasionaban los prusianos, a las que se sumarían las reses robadas y las cosechas abandonadas, con una altivez de gran señor diez veces millonario, en cuya fortuna tantos desastres no lograban hacer mella. El señor Carré-Lamadon, precavido industrial, se había curado en salud, enviando a Inglaterra seiscientos mil francos, una bicoca que preparaba por si algo llegara a ocurrir. Y Loiseau dejaba ya vendido a la Intendencia del ejército francés todo el vino de sus bodegas, de manera que le debía el Estado una suma de importancia, que haría efectiva en El Havre.

Se miraban los tres con benevolencia y agrado; aun cuando su calidad era muy distinta, los hermanaba el dinero, porque pertenecían los tres a la francmasonería de los pudientes que hacen sonar el oro al meter las manos en los bolsillos del pantalón.

El coche avanzaba tan lentamente, que a las diez de la mañana no había recorrido aún cuatro leguas. Se habían apeado varias veces los hombres para subir las cuestas a pie, haciendo ejercicio. Comenzaron a intranquilizarse, porque habían salido con la idea de almorzar en Tôtes y ya desconfiaban de poder llegar allí antes del anochecer. Miraban a lo lejos ansiosamente, con deseo de divisar alguna posada en la carretera, cuando el coche se atascó en la nieve y estuvieron dos horas detenidos.

Aumentaba el hambre y se perturbaban las inteligencias. No se veía ninguna taberna, porque la temida invasión de los prusianos y el paso del ejército francés habían espantado todas las industrias.

Los caballeros corrían en busca de provisiones de caserío en caserío, acercándose a todos los que veían próximos a la carretera; pero no pudieron conseguir ni un pedazo de pan, absolutamente nada, porque los campesinos, desconfiados y ladinos, ocultaban sus provisiones, temerosos de que al pasar el ejército francés, falto de víveres, tomara por la fuerza cuanto encontrara.

Era poco más de la una cuando Loiseau anunció que sentía un gran vacío en el estómago. A todos los demás les ocurría lo mismo y la irreprimible necesidad, manifestándose a cada instante con más fuerza, hizo languidecer las conversaciones, imponiendo al fin un silencio absoluto.

De cuando en cuando alguien bostezaba; otro lo seguía inmediatamente y todos, cada uno conforme a su calidad, a su carácter, a su educación, abrían la boca, ostensible o disimuladamente, cubriendo con la mano las fauces ansiosas, que despedían un aliento a angustia.

Bola de sebo se inclinó varias veces como si buscara alguna cosa debajo de sus faldas. Vacilaba un momento, contemplando a sus compañeros de viaje; luego, se erguía tranquilamente. Los rostros palidecían y se crispaban por instantes. Loiseau aseguraba que pagaría mil francos por un jamoncito. Su esposa dio un respingo en señal de protesta, pero después se calmó: para la señora era un martirio la sola idea de un derroche y no comprendía que ni en broma se dijeran semejantes atrocidades.

—La verdad es que me siento al borde del desmayo —advirtió el conde—. ¿Cómo es posible que no se me ocurriera traer provisiones?

Todos reflexionaban de un modo análogo.

Cornudet llevaba un frasquito de ron. Lo ofreció y los otros rehusaron secamente. Pero Loiseau, menos aparatoso, se decidió a beber unas gotas y, mientras lo devolvía, agradeció el obsequio con estas palabras:

—Al fin y al cabo, calienta el estómago y distrae un poco el hambre.

Se reanimó y propuso alegremente que debían, ante la necesidad apremiante, como los náufragos de la vieja canción, comerse al más gordo. Esta broma en que se aludía muy directamente a Bola de sebo, pareció de mal gusto a los viajeros bien educados. Nadie la tomó en cuenta y solamente Cornudet sonreía. Las dos monjas acabaron de farfullar sus oraciones y, con las manos hundidas en sus anchas mangas, inmóviles, bajaban los ojos obstinadamente y sin duda ofrecían al cielo el sufrimiento que les enviaba.

Por fin, a las tres de la tarde, mientras la diligencia atravesaba llanuras interminables y solitarias, lejos de todo

284

poblado, Bola de sebo se inclinó resueltamente para sacar de debajo del asiento una cesta.

Tomó primero un plato de fina loza; luego, un vasito de plata y, después, una fiambrera donde había dos pollos asados y trozados, cubiertos de gelatina; en la cesta dejó otros manjares y golosinas, todo con un aspecto apetitoso y envuelto cuidadosamente: pasteles, queso, frutas, las provisiones dispuestas para un viaje de tres días, con el objeto de no comer en las posadas. Cuatro botellas asomaban el cuello entre los paquetes.

Bola de sebo tomó un ala de pollo y se puso a comerla, con mucha pulcritud, sobre medio panecillo de los que llaman "regencias de Normandía".

El perfume de las viandas estimulaba el apetito de los otros y agravaba la situación, produciéndoles abundante saliva y contrayendo sus mandíbulas dolorosamente. Rayó en ferocidad el desprecio que a las viajeras inspiraba la muchacha; la hubieran asesinado, arrojándola por una ventanilla con sus cubiertos, su vaso de plata, su cesta y sus provisiones.

Loiseau devoraba con los ojos la fiambrera de los pollos. Y dijo:

—La señora fue más precavida que nosotros. Hay gente que no descuida jamás ningún detalle.

Bola de sebo hizo un ofrecimiento amable:

—¿Usted gusta? ¿Le apetece algo, caballero? Es penoso pasar todo un día sin comer.

Loiseau hizo una reverencia de hombre agradecido.

—Francamente, acepto; el hambre obliga. Hay que adaptarse a las circunstancias. ¿No es cierto, señora?

Y lanzando entorno una mirada, prosiguió:

—En momentos difíciles como el presente, consuela encontrar almas generosas.

Llevaba en el bolsillo un periódico y lo extendió sobre sus piernas para no mancharse los pantalones; y con la punta de un cortaplumas pinchó una pata de pollo, muy lustrosa, recubierta de gelatina. Le dio un mordisco y comenzó a comer tan complacido que aumentó con su alegría la desventura de los demás, que ya no pudieron reprimir un suspiro de angustia.

Con palabras cariñosas y humildes, Bola de sebo propuso a las monjitas que tomaran algún alimento. Las dos aceptaron sin hacerse rogar; y, con los ojos bajos, se pusieron a comer de prisa, después de pronunciar a media voz una frase de cortesía. Tampoco se mostró esquivo Cornudet a las insinuaciones de la muchacha y, con ella y las monjitas, tendiendo un periódico sobre las rodillas de los cuatro, formaron en la parte posterior del coche una especie de mesa.

Las mandíbulas trabajaban sin descanso; las bocas se abrían y cerraban hambrientas y feroces. Loiseau, en un rinconcito, se despachaba muy a su gusto, queriendo convencer a su esposa para que se decidiera a imitarlo. Se resistía la señora; pero, al fin, víctima de un estremecimiento doloroso como un calambre, accedió. Entonces el marido, con floreos retóricos, le pidió permiso a su "encantadora compañera de viaje" para servir a la dama una tajadita.

Bola de sebo se apresuró a decir:

—Desde luego, caballero.

Y sonriéndole con amabilidad, le alcanzó la fiambrera.

Al destaparse la primera botella de burdeos, se presentó un conflicto. Sólo había un vaso, el vaso de plata. Se lo iban pasando el uno al otro, después de restregar el borde con una servilleta. Cornudet, por galantería, sin duda, aplicó sus labios donde los había puesto la muchacha.

Envueltos por la satisfacción ajena y sumidos en la propia necesidad, ahogados por las emanaciones provocadoras y excitantes de la comida, el conde y la condesa de Breville y el señor y la señora de Carré-Lamadon padecieron el suplicio espantoso que ha inmortalizado el nombre de

Tántalo. De pronto, la hermosa esposa del fabricante lanzó un suspiro que atrajo todas las miradas; su rostro estaba pálido, compitiendo en blancura con la nieve que sin cesar caía; se cerraron sus ojos y su cuerpo languideció: se desmayó. Muy trastornado, el marido imploraba un socorro que los demás, aturdidos a su vez, no sabían cómo procurarle, hasta que la mayor de las monjitas, apoyando la cabeza de la señora sobre su hombro, deslizó entre sus labios el vaso de plata lleno de vino. La enferma se repuso; abrió los ojos, volvieron sus mejillas a colorearse y dijo, sonriente, que se hallaba mejor que nunca; pero lo dijo con la voz desfallecida. Entonces la monjita, insistiendo para que agotara el burdeos que había en el vaso, advirtió:

—Es hambre, señora; es hambre lo que tiene usted.

Bola de sebo, desconcertada, ruborosa, dirigiéndose a los cuatro viajeros que no comían, balbuceó:

—Yo les ofrecería con mucho gusto...

Mas se interrumpió, temerosa de ofender con sus palabras la susceptibilidad exquisita de aquellas nobles personas; Loiseau completó la invitación a su manera, librando del apuro a todos:

—¡Qué caramba! Hay que amoldarse. ¿No somos hermanos todos los hombres, hijos de Adán, criaturas de Dios? Basta de cumplidos y a remediarse caritativamente. Acaso no encontremos ni un refugio para dormir esta noche. Al paso que vamos, ya será mañana muy entrado el día cuando lleguemos a Tôtes.

Los cuatro dudaban, silenciosos, ya que nadie quería asumir la responsabilidad del "sí".

El conde transigió, por fin, y dijo a la tímida muchacha, dando a sus palabras un tono solemne:

—Aceptamos muy agradecidos, señora.

El primer paso ya se había dado. Una vez cruzado el Rubicón, lo demás fue cosa fácil. Vaciaron la cesta. Comieron, además de los pollos, una terrina de *foie-gras*, una empanada, un pedazo de lengua, frutas, dulces, pepinillos y cebollitas en vinagre.

No era posible devorar las viandas y no mostrarse atentos. Por lo tanto entablaron una conversación general en la que la muchacha pudiese intervenir; al principio los violentaba un poco, pero Bola de sebo, muy discreta, los condujo delicadamente a una confianza que hizo desvanecer todas las prevenciones. Las señoras de Bréville y de Carré-Lamadon, que tenían un trato muy exquisito, se mostraron afectuosas y delicadas. Principalmente la condesa lució esa dulzura suave de gran señora que a todo puede arriesgarse, porque no hay en el mundo miseria que logre manchar el rancio lustre de su alcurnia. Estuvo deliciosa. En cambio, la señora Loiseau, que tenía un alma de gendarme, no quiso doblegarse: hablaba poco y comía mucho.

Trataron de la guerra, naturalmente. Adujeron infamias de los prusianos y heroicidades realizadas por los franceses; todas aquellas personas que huían del peligro alababan el valor.

Arrastrada por las historias que unos y otros referían, la muchacha contó, emocionada y humilde, los motivos que la obligaron a marcharse de Ruán.

—Al principio creía que me sería fácil permanecer en la ciudad vencida, ocupada por el enemigo. Había en mi casa muchas provisiones y supuse más cómodo mantener a unos cuantos alemanes que abandonar mi patria. Pero cuando los vi, no pude contenerme; su presencia me alteró; me descompuse y lloré de vergüenza todo el día. ¡Oh! ¡Quisiera ser hombre para vengarme! Débil mujer, con lágrimas en los ojos los veía pasar, veía sus corpachones de cerdo y sus puntiagudos cascos, y mi criada tuvo que sujetarme para que no les tirase los trastos a la cabeza. Después se alojaron en mi casa, y al ver junto a mí a aquella gentuza, ya no pude contenerme y me arrojé al cuello de uno para estrangularlo. ¡No son más duros que los otros, no! ¡Se hundían mis dedos en su garganta! Y lo hubiera matado si entre todos no me lo quitan. Ignoro cómo salí, cómo pude salvarme. Unos vecinos me ocultaron y, al fin, me dijeron que podía irme a El Havre... Así vengo.

La felicitaron; aquel patriotismo que ninguno de los viajeros había sido capaz de sentir agigantaba, sin embargo, la figura de la muchacha, y Cornudet sonreía, con una sonrisa complaciente y protectora de apóstol; del mismo modo oye un sacerdote a un penitente alabar a Dios, porque los revolucionarios barbudos monopolizan el patriotismo como los clérigos monopolizan la religión. Luego habló doctrinalmente, con énfasis aprendido en las proclamas que a diario pone alguno en cada esquina, y remató su discurso con un párrafo elocuente en el que desollaba magistralmente a "ese crápula de Badinguet".

Bola de sebo se exaltó y lo contradijo; no, no pensaba como él; era bonapartista, y su indignación arrebolaba su rostro cuando tartamudeaba:

—¡Yo hubiera querido verlos a todos ustedes en su lugar! ¡A ver qué hubieran hecho! ¡Ustedes tienen la culpa! ¡El emperador es su víctima! Si gobernaran personas de su calaña, ¡mejor sería abandonar Francia!

Cornudet, impasible, sonreía desdeñosamente; pero el asunto tomaba ya un cariz alarmante cuando el conde intervino, esforzándose por calmar a la muchacha exasperada. Lo consiguió a duras penas, proclamando con autoridad que todas las opiniones son respetables.

Entre tanto, la condesa y la esposa del industrial, que profesaban a la República el odio implacable de las gentes distinguidas y reverenciaban con instinto femenino a todos los gobiernos altivos y despóticos, involuntariamente se sentían atraídas hacia la prostituta, cuyas opiniones eran semejantes a las suyas.

La cesta quedó vacía. Repartida entre diez personas, aun pareció escasez su abundancia y casi todos lamentaron prudentemente que no hubiera más. La conversación proseguía, menos animada desde que no hubo nada que engullir.

Caía la noche. La oscuridad era cada vez más densa y el frío, punzante, penetraba y estremecía el cuerpo de Bola de sebo, a pesar de su gordura. La señora condesa de Breville le ofreció su estufa, cuyo carbón químico había sido renovado ya varias veces, y la muchacha se lo agradeció mucho, porque tenía los pies helados. Las señoras Carré-Lamadon y Loiseau corrieron las suyas hasta los pies de las monjas.

El cochero había encendido los faroles. Iluminaban con vivo resplandor las grupas sudorosas de los caballos y, a uno y otro lado, la nieve del camino, que parecía deshacerse bajo los reflejos temblorosos.

En el interior del coche nada se veía; pero de pronto hubo un movimiento entre Bola de sebo y Cornudet. Loiseau, que disfrutaba de una vista penetrante, creyó advertir que el hombre barbudo apartaba rápidamente la cabeza para evitar el castigo de un puño cerrado y certero.

En el camino aparecieron unos puntos luminosos. Llegaban a Tôtes, por fin. Después de catorce horas de viaje, la diligencia se detuvo frente al Hotel del Comercio.

Abrieron la portezuela y algo terrible hizo estremecer a los viajeros; eran los golpes de la vaina de un sable sobre el empedrado. Inmediatamente se escucharon unas palabras dichas por un alemán.

La diligencia se había parado y nadie se apeaba, como si temieran que los acuchillasen al salir. Se acercó a la portezuela el cochero con un farol en la mano y, alzándolo, alumbró de súbito las dos hileras de rostros pálidos, cuyas bocas abiertas y ojos turbios denotaban sorpresa y espanto. Junto al cochero, recibiendo también el chorro de luz, aparecía un oficial prusiano, joven, excesivamente delgado y rubio con el uniforme ajustado como un corsé, ladeada la gorra plana, que le hacía parecerse a un botones de un hotel inglés. Sus desmesurados bigotes de largos y duros pelos, se afilaban indefinidamente hasta rematar en un solo pelo rubio, tan delgado que no era fácil ver dónde terminaba; parecían tener las mejillas tirantes con su peso, violentando también las comisuras de la boca.

En francés-alsaciano indicó a los viajeros que se apearan.

Las dos monjitas, humildemente, obedecieron primero con una santa docilidad propia de las personas acostumbradas a la sumisión. Luego, el conde y la condesa; enseguida, el fabricante y su esposa. Loiseau hizo pasar delante a su robusta media naranja y, al poner los pies en tierra, dijo al oficial:

—Buenas noches, caballero.

El prusiano, insolente como todos los poderosos, no se dignó contestar.

Bola de sebo y Cornudet, aun cuando se hallaban más próximos a la portezuela que todos los demás, se apearon últimos, erguidos y altaneros en presencia del enemigo. La muchacha trataba de contenerse y mostrarse tranquila; el revolucionario resobaba su rojiza barba con mano inquieta y algo temblona. Los dos querían mostrarse dignos, imaginando que representaba cada cual a su patria en una situación tan desagradable; y de un modo semejante, fustigados por la frivolidad acomodaticia de sus compañeros, la muchacha estuvo más altiva que las mujeres honradas, y el otro, decidido a dar ejemplo, reflejaba en su actitud la misión de indómita resistencia que ya había lucido con el trabajo de hundimiento de los caminos.

Entraron en la espaciosa cocina de la posada y el prusiano, después de pedir el permiso de salida firmado por el general en jefe, donde constan los nombres de todos los viajeros y se detalla su profesión y estado, los examinó detenidamente, comparando a las personas con las referencias escritas.

Luego dijo en tono brusco:

—Está bien.

Y se retiró.

Respiraron todos. Aún tenían hambre y pidieron de cenar. Tardarían media hora en poder sentarse a la mesa y, mientras las criadas hacían los preparativos, los viajeros curioseaban las habitaciones que les destinaban. Abrían sus puertas a un largo pasillo, al extremo del cual una mampara de cristales raspados lucía un expresivo número.

Iban a sentarse a la mesa cuando se presentó el posadero. Era un antiguo chalán, asmático y obeso, que padecía constantes ahogos, con resoplidos, ronqueras y estertores. De su padre había heredado el nombre de Follenvie.

Al entrar hizo esta pregunta:

—¿La señorita Elisabeth Rousset?

Bola de sebo, sobresaltándose, dijo:

—¿Qué ocurre?

—Señorita, el oficial prusiano quiere hablar con usted ahora mismo.

—¿Para qué?

—Lo ignoro, pero quiere hablarle.

—Es posible. Yo, en cambio, no quiero hablar con él.

Hubo un momento de preocupación; todos pretendían adivinar el motivo de aquella orden. El conde se acercó a la muchacha:

—Señorita, es necesario reprimir ciertos ímpetus. Una intemperancia de su parte podría originar trastornos graves. No se debe nunca resistir a quien puede aplastarnos. La entrevista no revestirá importancia y, sin duda, tiene por objeto aclarar algún error deslizado en el documento.

Los demás se adhirieron a una opinión tan razonable; instaron, suplicaron, sermonearon y, al fin, la convencieron, porque todos temían las complicaciones que pudieran sobrevenir. La muchacha dijo:

—Lo hago solamente por complacerlos.

La condesa le estrechó la mano al decir:

—Agradecemos el sacrificio.

Bola de sebo salió y aguardaron a servir la comida para cuando volviera.

Todos se lamentaban de no haber sido llamados en su lugar, temerosos de que la muchacha irascible cometiera una indiscreción, y cada cual preparaba mentalmente mil simplezas en el caso de comparecer.

Pero a los cinco minutos la muchacha reapareció, encendida, exasperada, balbuciendo:

—¡Miserable! ¡Ah, miserable!

Todos quisieron averiguar lo sucedido; pero ella no respondió a las preguntas y se limitaba a repetir:

—Es asunto mío, sólo mío, y a nadie le importa.

Se sentaron entonces alrededor de una sopera humeante que exhalaba un exquisito aroma a coles. Pese al incidente, la cena transcurrió en un clima alegre. Como era muy aceptable la sidra, el matrimonio Loiseau y las monjas la tomaron, para economizar. Los otros pidieron vino, excepto Cornudet, que pidió cerveza. Tenía una manera especial de descorchar la botella, de hacer espuma, de contemplarla, inclinando el vaso, y de alzarlo para observar al trasluz su transparencia. Cuando bebía, su larga barba —del color de su brebaje predilecto— se estremecía de placer; guiñaba los ojos para no perder de vista su vaso y sorbía con tanta solemnidad como si aquélla fuese la única misión de su vida. Se diría que parangonaba en su espíritu, hermanándolas, confundiéndolas en una, sus dos grandes pasiones: la cerveza y la Revolución, y seguramente no le fuera posible paladear aquélla sin pensar en ésta.

El posadero y su mujer comían al otro extremo de la mesa. El señor Follenvie, resoplando como una locomotora reventada, se ahogaba demasiado como para poder hablar mientras comía, pero ella no callaba ni un solo instante. Refería todas sus impresiones desde que vio a los prusianos por vez primera, qué hacían, qué decían los invasores, maldiciéndolos y odiándolos porque le costaba dinero mantenerlos y también porque tenía un hijo soldado. Se dirigía siempre a la condesa, orgullosa de que la oyese una dama tan noble.

Luego bajaba la voz para decir cosas delicadas, y su marido, interrumpiéndola de cuando en cuando, aconsejaba:

—Sería más prudente que te callases.

Pero ella, sin hacer caso, proseguía:

—Sí, señora; esos hombres no hacen más que atracarse de cerdo y patatas, de patatas y cerdo. Y no crea usted que son pulcros. ¡Oh, nada pulcros! Todo lo ensucian y donde les apura… lo sueltan, con perdón sea dicho. Hacen el ejercicio durante algunas horas, todos los días, y anda por arriba y anda por abajo, y vuelve a la derecha y vuelve a la izquierda. ¡Si labrasen los campos o trabajasen en las carreteras de su país! Pero no, señora; esos militares no sirven para nada. El pobre tiene que alimentarlos mientras aprenden a destruir. Yo soy una vieja sin estudios; a mí no me han educado, es cierto; pero al ver que se fatigan y se revientan en ese ir y venir mañana y tarde, me digo: habiendo tanta gente que trabaja para ser útil a los demás, ¿por qué otros procuran, a fuerza de tanto sacrificio, ser perjudiciales? ¿No es abominable que se maten los hombres, ya sean prusianos o ingleses, o polacos o franceses? Vengarse de uno que nos hizo daño merece castigo y el juez lo condena; pero si degüellan a nuestros hijos, como reses llevadas al matadero, no es condenable, no se castiga; se dan condecoraciones al que destruye más. ¿No es cierto? Nada sé, nada me han enseñado; tal vez por mi falta de instrucción ignoro ciertas cosas y me parecen injusticias.

Cornudet dijo solemnemente:

—La guerra es una salvajada cuando se hace contra un pueblo tranquilo; es una obligación cuando sirve para defender la patria.

La vieja murmuró:

—Sí, defenderse ya es otra cosa. Pero ¿no deberíamos antes ahorcar a todos los reyes que tienen la culpa?

Los ojos de Cornudet se abrillantaron.

—¡Magnífico, ciudadana!

El señor Carré-Lamadon reflexionaba. Sí, era fanático admirador de la gloria y el heroísmo de los famosos capitanes; pero el sentido práctico de aquella vieja le hacía calcular el provecho que reportarían al mundo todos los brazos que se adiestran en el manejo de las armas, todas las energías infecundas, consagradas a preparar y sostener las guerras, si se aplicasen a industrias que necesitan siglos de actividad.

Loiseau se levantó y, acercándose al posadero, le habló en voz baja. Oyéndolo, Follenvie reía, tosía, escupía; su enorme vientre rebotaba gozoso con las bromas del forastero, y le compró seis barriles de burdeos para la primavera, cuando se hubiesen retirado los invasores.

Acabada la cena, como estaban rendidos de cansancio, se fueron todos a sus habitaciones.

Pero Loiseau, observador minucioso y sagaz, cuando su mujer se hubo acostado, aplicó los ojos y el oído alternativamente al agujero de la cerradura para descubrir lo que llamaba "misterios de pasillo".

Al cabo de una hora, aproximadamente, vio pasar a Bola de sebo, más apetitosa que nunca bajo una bata de casimir bordeada de encajes blancos. Sostenía con la mano una vela y se dirigía a la habitación del fondo del pasillo. Cuando la muchacha se retiraba, minutos después, Cornudet abrió su puerta y la siguió en calzoncillos.

Hablaban en voz baja y luego se detuvieron. Bola de sebo defendió enérgicamente la entrada de su alcoba. Loiseau, a pesar de sus esfuerzos, no pudo comprender lo que decían; pero, al fin, como levantaron la voz, escuchó al vuelo algunas palabras. Cornudet, obstinado, resuelto, decía:

—¿Por qué no quieres? ¿Qué te importa?

Ella, con indignada y arrogante apostura, le respondió:

—Amigo mío, hay circunstancias que obligan mucho; no siempre se puede hacer todo y, además, aquí sería una vergüenza.

Sin duda, Cornudet no comprendió y, como se obstinase, insistiendo en sus pretensiones, la muchacha, más arrogante aún y en voz más recia, le dijo:

—¿No lo comprende?... ¿Habiendo prusianos en la casa, tal vez pared por medio?

Y calló. Ese pudor patriótico de cantinera que no se permite libertades frente al enemigo debió de reanimar la desfallecida fortaleza del revolucionario, quien, después de besarla para despedirse afectuosamente, se retiró a paso de lobo hasta su alcoba.

Loiseau, bastante excitado, abandonó su observatorio, hizo una cabriola en el dormitorio, se colocó el pañuelo de seda en la cabeza y, al meterse de nuevo en la cama, despertó a su antigua y robusta compañera, la besó y le dijo al oído:

—¿Me quieres mucho, vida mía?

Reinaba el silencio en toda la casa. Y al poco rato se alzó, resonando en todas partes, un ronquido que bien podía provenir de la bodega o del desván; un ronquido alarmante, monstruoso, acompasado, interminable, con estremecimientos de caldera en ebullición. El señor Follenvie dormía.

Como habían convenido en proseguir el viaje a las ocho de la mañana, todos bajaron temprano a la cocina; pero la diligencia, cubierta por la nieve, permanecía en el patio, solitaria, sin caballos ni cochero. En vano lo buscaron por los desvanes y las cuadras. No lo hallaron dentro de la posada y salieron a buscarlo, encontrándose todos de pronto en la plaza, frente a la iglesia, entre casas de un solo piso, donde se veían soldados alemanes. Uno pelaba patatas; otro, muy barbudo y enorme, acariciaba a una criaturita de pecho que lloraba y la mecía sobre sus rodillas intentando apaciguarla, y las campesinas, cuyos hijos y maridos estaban "en las tropas de la guerra", indicaban por signos a los obedientes vencedores los trabajos que debían hacer: cortar leña, revolver la sopa, moler café. Uno incluso lavaba la ropa de su patrona, una pobre vieja impedida.

El conde, sorprendido, interrogó al sacristán que salía de la casa del cura. El viejo ratón de iglesia le respondió:

—¡Ah!, éstos no son malos; creo que no son prusianos: vienen de más lejos, ignoro de qué país; y todos han dejado en su pueblo un hogar, una mujer, unos hijos; la guerra no los divierte. Juraría que también sus familias lloran mucho, que también se perdieron sus cosechas por falta de brazos; que allí como aquí amenaza una espantosa miseria tanto a los vencedores como a los vencidos. Después de todo, en este pueblo no podemos quejarnos, porque no maltratan a nadie y nos ayudan trabajando como si estuvieran en su casa. Ya ve usted, caballero: entre los pobres hay siempre caridad... Son los ricos los que hacen las guerras crueles.

Cornudet, indignado por la recíproca y cordial condescendencia establecida entre vencedores y vencidos, volvió a la posada, porque prefería encerrarse aislado en su habitación a ver tales oprobios. Loiseau tuvo, como siempre, una frase oportuna y graciosa: "Repueblan"; y el señor Carré-Lamadon pronunció una solemne frase: "Restituyen".

Pero no encontraban al cochero. Después de muchas indagaciones, lo descubrieron sentado tranquilamente, con el ayudante del oficial prusiano, en una taberna.

El conde lo interpeló:

—¿No le habíamos dicho que enganchara a las ocho?

—Sí; pero después me dieron otra orden.

—¿Cuál?

—No enganchar.

—¿Quién?

—El oficial prusiano.

—¿Por qué motivo?

—Lo ignoro. Pregúnteselo. Yo no soy curioso. Me prohíben enganchar y no engancho. Ni más ni menos.

—Pero ¿le ha dado esa orden el mismo oficial?

—No; el posadero, en su nombre.

—¿Cuándo?

—Anoche, al retirarme.

Los tres caballeros volvieron a la posada bastante intranquilos.

Preguntaron a Follenvie, y la criada les dijo que el señor no se levantaba hasta muy tarde, porque apenas lo dejaba dormir el asma; tenía terminantemente prohibido que lo llamasen antes de las diez, como no fuera en caso de incendio.

Quisieron ver al oficial, pero tampoco era posible, aun cuando se hospedaba en la casa, porque únicamente Follenvie podía tratar asuntos civiles con él.

Mientras los maridos aguardaban en la cocina, las mujeres volvieron a sus habitaciones para ocuparse de las minucias de su tocado.

Cornudet se instaló bajo la amplia campana del hogar, donde ardía un buen leño; mandó que le acercaran un veladorcito de hierro y que le sirvieran un jarro de cerveza; sacó la pipa que gozaba entre los demócratas casi de tanta consideración como el personaje que fumaba en ella —una pipa que parecía servir a la patria tanto como Cornudet—, y se puso a fumar entre sorbo y sorbo, chupada tras chupada.

Era una hermosa pipa de espuma de mar, primorosamente curada, tan negra como los dientes que la oprimían pero brillante, perfumada, con una curvatura favorable a la mano, de una forma tan discreta que parecía una facción más de su dueño.

Y Cornudet, inmóvil, tan pronto fijaba los ojos en las llamas del hogar como en la espuma que coronaba su jarro de cerveza; después de cada sorbo se acariciaba satisfecho con la mano flaca su cabellera sucia y se chupaba el bigote cubierto de espuma.

Loiseau, con el pretexto de salir a estirar las piernas, recorrió el pueblo para negociar sus vinos en todos los comercios. El conde y el industrial discutían acerca de cuestiones políticas y profetizaban sobre el porvenir de Francia. Según el uno, todo lo remediaría el advenimiento de los Orléans; el otro solamente confiaba en un redentor ignorado, un héroe que apareciera cuando todo agonizase; un Duguesclin, una Juana de Arco y ¿por qué no un invencible Napoleón I? ¡Ah! ¡Si el príncipe imperial no fuese demasiado joven! Oyéndolos, Cornudet sonreía como quien ya conoce los misterios del futuro y su pipa embalsamaba el ambiente.

A las diez bajó Follenvie. Le hicieron varias preguntas apremiantes, pero él sólo pudo contestar:

—El comandante me dijo: "Señor Follenvie, no permita usted que mañana enganchen la diligencia. Esos viajeros no saldrán de aquí hasta que yo lo disponga".

Entonces resolvieron entrevistarse con el oficial prusiano. El conde le remitió su tarjeta, en la cual escribió Carré-Lamadon su nombre y sus títulos.

El prusiano les hizo decir que los recibiría cuando hubiese almorzado. Faltaba una hora.

Aparecieron las damas y comieron un poco, a pesar de la inquietud. Bola de sebo parecía estar enferma y extraordinariamente trastornada.

Estaban terminando el café cuando el ordenanza se presentó a buscar a los señores.

Loiseau se agregó a la comisión; intentaron arrastrar a Cornudet, pero dijo que no entraba en sus cálculos pactar con los enemigos. Y volvió a instalarse cerca del fuego, frente a otro jarro de cerveza.

Los tres caballeros entraron en la mejor habitación de la casa, donde los recibió el oficial, tendido en un sillón, con los pies encima de la chimenea, fumando en una larga pipa de loza y envuelto en una espléndida bata, recogida tal vez en la residencia campestre de algún burgués de dudoso gusto. No se levantó ni saludó, ni los miró siquiera. Era un magnífico ejemplar de la natural grosería del militar victorioso.

—¿Qué desean ustedes? —dijo, finalmente, al cabo de unos instantes.

—Deseamos proseguir nuestro viaje, caballero.

—No.

—¿Sería usted lo bastante bondadoso para comunicarnos la causa de tan imprevista detención?

—Mi voluntad.

—Me atrevo a recordarle, respetuosamente, que traemos un salvoconducto, firmado por el general en jefe, que nos permite llegar a Dieppe. Y supongo que nada justifica tales rigores.

—Nada más que mi voluntad. Pueden ustedes retirarse.

Hicieron una reverencia y se retiraron.

La tarde fue desastrosa: no sabían cómo explicar el capricho del prusiano y se les ocurrían las ideas más inverosímiles. Todos en la cocina se torturaban imaginando cuál podría ser el motivo de su detención. ¿Los conservarían como rehenes? ¿Por qué? ¿Los llevarían prisioneros? ¿Pedirían por su libertad un rescate de importancia? El pánico los enloqueció. Los más ricos se espantaban con esos pensamientos; se creían ya obligados, para salvar la vida en aquel trance, a derramar tesoros entre las manos de un militar insolente. Se derretían el cerebro inventando mentiras aceptables, fingimientos engañosos que salvaran su dinero del peligro haciéndolos aparecer como infelices arruinados. Loiseau, disimuladamente, guardó en el bolsillo la pesada cadena de oro de su reloj. Al oscurecer crecieron sus aprensiones. Encendieron la lámpara y, como aún faltaban dos horas para la comida, resolvieron jugar a las treinta y una. Hasta el mismo Cornudet apagó su pipa y cortésmente se acercó a la mesa.

El conde tomó los naipes. Bola de sebo hizo treinta y una y pronto el interés del juego calmó el temor que los obsesionaba. Cornudet pudo advertir que la señora y el señor Loiseau, de común acuerdo, hacían trampas.

Cuando iban a servir la comida, Follenvie apareció y dijo:

—El oficial prusiano pregunta si la señorita Elisabeth Rousset se ha decidido ya.

Bola de sebo, en pie, al principio descolorida, luego arrebatada, sintió un impulso de cólera tan grande que no le fue posible hablar. Después dijo:

—Contéstele a ese canalla, sucio y repugnante, que nunca me decidiré a eso. ¡Nunca, nunca, nunca!

El posadero se retiró. Todos rodearon a Bola de sebo, solicitada, interrogada por todos para revelar el misterio de aquel recado. Se negó al principio, hasta que explotó, exasperada.

—¿Qué quiere?... ¿Qué quiere?... ¡Qué quiere?... ¡Nada! ¡Acostarse conmigo!

La indignación instantánea no tuvo límites. Se alzó un clamor de protesta contra semejante iniquidad. Cornudet rompió un vaso al dejarlo con violencia sobre la mesa. Se exaltaron todos, como si a todos alcanzara el sacrificio exigido a la muchacha. El conde manifestó que los invasores inspiraban más repugnancia que terror, portándose como los antiguos bárbaros. Las mujeres prodigaban a Bola de sebo una piedad noble y cariñosa. Las monjas callaban, con los ojos bajos.

Cuando la efervescencia hubo pasado, comieron. Se habló poco. Meditaban.

Se retiraron pronto las señoras y los caballeros organizaron una partida de ecarté, invitando a Follenvie con el propósito de sondearlo con habilidad acerca de los recursos más convenientes para vencer la obstinada insistencia del prusiano. Pero Follenvie sólo pensaba en sus cartas, ajeno a cuanto le decían y sin contestar a las preguntas, limitándose a repetir:

—Al juego, al juego, señores.

Fijaba tan profundamente su atención en los naipes, que hasta se olvidaba de escupir y respiraba con un estertor angustioso. Producían sus pulmones todos los registros del asma, desde los más graves y profundos a los chillidos roncos y destemplados que lanzan los polluelos cuando aprenden a cacarear.

No quiso retirarse cuando su mujer, muerta de sueño, bajó en su busca, y la vieja se volvió sola, porque tenía por costumbre levantarse con el sol, mientras su marido, natural trasnochador, estaba siempre dispuesto a no acostarse hasta el alba.

Cuando se convencieron de que no era posible arrancarle ni media palabra, lo dejaron para irse cada cual a su alcoba.

Tampoco fueron perezosos para levantarse al otro día, con la esperanza que les hizo concebir su deseo cada vez mayor de continuar libremente su viaje. Pero los caballos descansaban en los pesebres y el cochero no aparecía. Entonces se entretuvieron dando paseos en torno a la diligencia.

Desayunaron silenciosos, indiferentes ante Bola de sebo. Las reflexiones de la noche habían modificado sus juicios; ya casi odiaban a la muchacha por no haberse decidido a buscar en secreto al prusiano, preparando un alegre despertar, una sorpresa muy agradable a sus compañeros. ¿Había nada más justo? ¿Quién lo hubiera sabido? Pudo salvar las apariencias, dando a entender al oficial prusiano que cedía para no perjudicar a tan ilustres personajes. ¿Qué importancia hubiera tenido eso para alguien como Bola de sebo?

Todos pensaban lo mismo, pero ninguno declaraba su opinión.

Al mediodía, para distraer el aburrimiento, propuso el conde que diesen un paseo por las afueras. Se abrigaron bien y salieron; sólo Cornudet prefirió quedarse junto a la lumbre y las dos monjitas pasaban las horas en la iglesia o en casa del párroco.

El frío, cada vez más intenso, les pellizcaba las orejas y las narices; los pies les dolían al andar; cada paso era un martirio. Y al descubrir la campiña les pareció tan horrorosamente lúgubre su extensa blancura, que todos retrocedieron a la vez con el corazón oprimido y el alma helada.

Las cuatro señoras iban delante y las seguían a corta distancia los tres caballeros.

Loiseau, muy seguro de que los otros pensaban como él, preguntó si aquella meretriz no daba señales de acceder, para evitarles que se prolongara indefinidamente su detención. El conde, siempre cortés, dijo que no podía exigirle a una mujer sacrificio tan humillante cuando ella no se lanzaba por impulso propio.

El señor Carré-Lamadon hizo notar que si los franceses, como estaba proyectado, realizaban una ofensiva para recuperar Dieppe, la batalla probablemente se desarrollaría en Tôtes. Semejante ocurrencia inquietó a los otros dos.

—¿Y si huyéramos a pie? —dijo Loiseau.

—¿Cómo es posible, pisando nieve y con las señoras? —exclamó el conde—. Además, nos perseguirían y luego nos juzgarían como prisioneros de guerra.

—Es cierto; no hay escape.

Y callaron.

Las señoras hablaban de vestidos; pero en su ligera conversación flotaba una inquietud que las hacía opinar de opuesto modo.

Cuando apenas lo recordaban, apareció el oficial prusiano en el extremo de la calle. Sobre la nieve que cerraba el horizonte se perfilaba su gran cuerpo de talle oprimido y caminaba con las rodillas separadas, con ese movimiento propio de los militares que procuran salvar del barro las botas primorosamente abrillantadas.

Se inclinó al pasar junto a las damas y miró despreciativo a los caballeros, quienes tuvieron suficiente coraje para no descubrirse, aun cuando Loiseau echase mano al sombrero.

La muchacha se ruborizó hasta las orejas y las tres señoras casadas padecieron la humillación de que las viera el prusiano en la calle con la mujer a quien él trataba tan groseramente.

Y hablaron de su empaque, de su rostro. La señora Carré-Lamadon, que por haber sido amiga de muchos oficiales podía opinar con fundamento, juzgó al prusiano aceptable y hasta se dolió de que no fuera francés, muy segura de que seduciría con el uniforme de húsar a no pocas mujeres.

Ya en casa, no se habló más del asunto. Se cruzaron algunas acritudes con motivos insignificantes. La cena, silenciosa, terminó pronto, y cada uno fue a su alcoba con ánimo de buscar en el sueño un recurso contra el hastío.

Bajaron por la mañana con los rostros fatigados, se mostraron irascibles y las damas apenas dirigieron la palabra a Bola de sebo.

La campana de la iglesia tocó a gloria. La muchacha recordó de pronto su casi olvidada maternidad (pues tenía una criatura en casa de unos labradores de Yvetot). El anunciado bautizo la enterneció y quiso asistir a la ceremonia.

Ya libres de su presencia, y reunidos los demás, se agruparon, comprendiendo que tenían algo que decirse, algo que acordar. A Loiseau se le ocurrió proponer al oficial que se quedara con la muchacha y dejase a los otros proseguir tranquilamente su viaje.

Follenvie fue con la embajada y volvió inmediatamente ya que, sin oírlo siquiera, el oficial repitió que ninguno se iría mientras él no quedara complacido.

Entonces estalló el temperamento plebeyo de la señora Loiseau.

—No podemos hacernos viejos aquí. ¿No es su oficio complacer a todos los hombres? ¿Cómo se permite rechazar a uno? ¡Si la conoceremos! En Ruán aceptó cuanto se le presentaba; hasta los cocheros tienen que ver con ella. Sí, señora, el cochero de la Prefectura. Lo sé de buena tinta; como que toman vino de casa. Y hoy, que podría sacarnos de un apuro sin la menor violencia, ¡hoy hace remilgos la muy zorra! En mi opinión, ese prusiano es un hombre muy correcto. Ha vivido sin trato de mujeres muchos días; hubiera preferido seguramente a cualquiera de nosotras, pero se contenta, para no abusar de nadie, con la que pertenece a todo el mundo. Respeta el matrimonio y la virtud, ¡cuando es el amo, el señor! Le bastaría decir: "Quiero" para obligar a viva fuerza, entre soldados, a la elegida.

Las damas se estremecieron. Los ojos de la señora Carré-Lamadon brillaron; sus mejillas palidecieron, como si ya se viese violada por el prusiano.

Los hombres discutían aparte y llegaron a un acuerdo.

Al principio, Loiseau, furibundo, quería entregar a la miserable atada de pies y manos. Pero el conde, fruto de tres abuelos diplomáticos, prefería tratar el asunto hábilmente y propuso:

—Tratemos de convencerla.

Se unieron a las damas. La discusión se generalizó. Todos opinaban en voz baja, con mesura. Principalmente las señoras proponían el asunto con rebuscamiento de frases ocultas y rodeos encantadores, para no proferir palabras vulgares.

Un extraño no hubiera entendido nada, tantas eran las precauciones que observaban al hablar. Pero como el baño de pudor que defiende a las damas distinguidas en sociedad es muy tenue, aquella brutal aventura las divertía y esponjaba, sintiéndose a gusto, en su elemento, regodeándose en un lance de amor, con la sensualidad propia de un cocinero goloso que prepara una cena exquisita sin poder probarla siquiera.

Se alegraron, porque la historia les hacía mucha gracia. El conde se permitió alusiones bastante atrevidas —pero decorosamente apuntadas— que hicieron sonreír. Loiseau estuvo menos correcto pero sus audacias no lastimaron los oídos pulcros de sus oyentes. La idea, expresada brutalmente por su mujer, persistía en los razonamientos de todos: "¿No es el oficio de la muchacha complacer a los hombres? ¿Cómo se permite rechazar a uno?". La delicada señora Carré-Lamadon imaginaba tal vez que, puesta en tan duro trance, rechazaría menos al prusiano que a otro cualquiera.

Prepararon el asedio, lo que tenía que decir cada uno y las maniobras correspondientes; quedó en regla el plan de ataque, las artimañas y astucias que debieran abrir al enemigo la ciudadela viviente.

Cornudet no entraba en la discusión, completamente ajeno al asunto.

Estaban todos tan preocupados, que no sintieron llegar a Bola de sebo; pero el conde, advertido al punto, hizo una señal que los demás comprendieron.

Callaron y la sorpresa prolongó aquel silencio. La condesa, más versada en disimulos y tretas de salón, le dirigió esta pregunta:

—¿Estuvo bien el bautizo?

Bola de sebo, emocionada, les relató todo y acabó con esta frase:

—Algunas veces consuela mucho rezar.

Hasta la hora del almuerzo se limitaron a mostrarse amables con ella, para inspirarle confianza y docilidad a sus consejos.

Ya en la mesa, emprendieron la conquista. Primero, una conversación superficial acerca del sacrificio. Se citaron ejemplos: Judit y Holofernes; y, sin venir al caso, Lucrecia y Sextus. Cleopatra, esclavizando con los placeres de su lecho a todos los generales enemigos. Y apareció una historia fantaseada por aquellos millonarios ignorantes, conforme a la cual iban a Capua las matronas romanas para adormecer entre sus brazos amorosos al fiero Aníbal, a sus lugartenientes y a sus falanges de mercenarios. Citaron a todas las mujeres que han detenido a los conquistadores ofreciendo sus encantos para dominarlos con un arma poderosa e irresistible; que vencieron con sus caricias heroicas a monstruos repulsivos y odiados; que sacrificaron su castidad a la venganza o a la sublime abnegación.

Discretamente se mencionó a la inglesa de noble estirpe que se dejó inocular una horrible y contagiosa enfermedad para transmitírsela con fingido amor a Bonaparte, quien se libró milagrosamente gracias a una repentina debilidad en el momento de la cita fatal.

Y todo se decía con delicadeza y moderación, estallando a veces un pretendido entusiasmo con el fin de invitar a la emulación.

De todos aquellos rasgos ejemplares se podía deducir que la misión de la mujer en la tierra se reducía solamente a sacrificar su cuerpo, abandonándolo de continuo entre la soldadesca lujuriosa.

Bola de sebo no despegaba los labios. La dejaron reflexionar toda la tarde.

Cuando iban a sentarse a la mesa para comer apareció Follenvie para repetir la frase de la víspera.

—Nunca me decidiré a eso. ¡Nunca, nunca!

Durante la comida, los aliados tuvieron poca suerte. Loiseau dijo tres impertinencias. Se devanaban los sesos para descubrir nuevas heroicidades —sin que saltase al paso ninguna—, cuando la condesa, tal vez sin premeditarlo, sintiendo un irresistible impulso de rendir a la Iglesia un homenaje, se dirigió a una de las monjas —la más respetable por su edad— y le rogó que refiriese algunos actos heroicos de la historia de los santos que habían cometido excesos criminales a los ojos humanos y aceptados por la Divina Piedad, que los juzgaba conforme a la intención, sabiendo que se ofrecían a la gloria de Dios o a la salud y provecho del prójimo. Era un argumento contundente. La condesa lo comprendió y, ya fuese por una tácita condescendencia natural en todos los que visten hábitos religiosos, o sencillamente por una casualidad afortunada, lo cierto es que la monja contribuyó al triunfo de los aliados con un formidable refuerzo. La habían juzgado tímida y se mostró arrogante, violenta, elocuente. No tropezaba en incertidumbres de la casuística; su doctrina parecía forjada en hierro; su fe no vacilaba jamás y no enturbiaba su conciencia ningún escrúpulo. Le parecía sencillo el sacrificio de Abraham; también ella hubiese matado a su padre y a su madre por obedecer un mandato divino; y, a su juicio, nada podía desagradar al Señor cuando las intenciones eran meritorias. Aprovechando la condesa tan favorable argumentación de su improvisada cómplice, la condujo a parafrasear un edificante axioma, "el fin justifica los medios", con esta pregunta:

—¿Supone usted, hermana, que Dios acepta cualquier camino y perdona siempre, cuando la intención es honrada?

—¿Quién lo duda, señora? Un acto condenable puede, con frecuencia, ser meritorio por la intención que lo inspira.

Y continuaron discurriendo acerca de las decisiones recónditas que atribuían a Dios, porque lo suponían interesado en sucesos que, en verdad, no deben importarle mucho.

La conversación así encarrilada por la condesa tomó un giro hábil y discreto. Cada frase de la monja contribuía poderosamente a vencer la resistencia de la cortesana. Luego, apartándose del asunto ya de sobra repetido, la monja hizo mención de varias fundaciones de su Orden; habló de la superiora, de sí misma, de la hermana San Sulpicio, su acompañante. Iban llamadas a El Havre para asistir a cientos de soldados que padecían viruelas. Detalló las miserias de tan cruel enfermedad, lamentándose de que, mientras inútilmente las retenía el capricho de un oficial prusiano, algunos franceses podían morir en el hospital, faltos de auxilio. Su especialidad fue siempre asistir al soldado; estuvo en Crimea, en Italia, en Austria y, al referir azares de la guerra, se mostraba de pronto como una hermana de la caridad belicosa y entusiasta, sólo nacida para recoger heridos en lo más recio del combate; una especie de sor María Rataplán, cuyo rostro desencarnado y descolorido era la imagen de las devastaciones de la guerra.

Cuando hubo terminado, el silencio de todos afirmó la oportunidad de sus palabras.

Después de cenar, cada cual se fue a su alcoba y al día siguiente no se reunieron hasta la hora del almuerzo.

La condesa propuso, mientras almorzaban, que deberían ir de paseo por la tarde. Y el conde, que llevaba del brazo a la muchacha en aquella excursión, se quedó rezagado. Todo estaba convenido.

En tono paternal, franco y un poquito displicente, propio de un "hombre serio" que se dirige a un pobre ser, la llamó niña, con dulzura, desde su elevada posición social y su honradez indiscutible, y sin preámbulos entró de lleno en el asunto.

—¿Prefiere vernos aquí víctimas del enemigo y expuestos a sus violencias, a las represalias que seguirían indudablemente a una derrota? ¿Lo prefiere usted a doblegarse a una liberalidad muchas veces por usted consentida?

Ella callaba.

El conde insistía, razonable y atento, sin dejar de ser "el señor conde", muy galante, con afabilidad, hasta con ternura si la frase lo exigía. Exaltó la importancia del servicio y el "imborrable agradecimiento". Después comenzó a tutearla de pronto, alegremente.

—No seas tirana; permite al infeliz que se vanaglorie de haber gozado a una criatura como no debe haberla en su país.

La muchacha, sin despegar sus labios, fue a reunirse con el grupo de señoras.

Ya en casa, se retiró a su cuarto, sin aparecer ni a la hora de la comida. La esperaban con inquietud. ¿Qué decidiría?

Al presentarse Follenvie, dijo que la señorita Elisabeth se hallaba indispuesta, que no la esperasen. Todos aguzaron el oído. El conde se acercó al posadero y le preguntó en voz baja:

—¿Ya está?

—Sí.

Por decoro no preguntó más; hizo una mueca de satisfacción dedicada a sus acompañantes, que respiraron satisfechos, y se reflejó una alegre sonrisa en los rostros.

Loiseau no pudo contenerse:

—¡Caramba! Convido con champán para celebrarlo.

Y a la señora Loiseau se le amargaron aquellas alegrías cuando apareció Follenvie con cuatro botellas.

Se mostraban a cual más comunicativo y bullicioso; una gran alegría llenaba los corazones. El conde advirtió que la señora Carré-Lamadon era muy apetecible y el industrial tuvo frases insinuantes para la condesa. La conversación fue viva, jovial, ingeniosa.

De pronto, Loiseau, con los ojos muy abiertos y los brazos en alto, gritó:

—¡Silencio!

Todos callaron, estremecidos.

—¡Chist! —y arqueaba mucho las cejas para imponer atención.

Al poco rato dijo con suma naturalidad:

—Tranquilícense. Todo va como una seda.

Pasado el susto, rieron festejando la gracia.

Luego repitió la broma.

—¡Chist!

Y cada quince minutos insistía. Como si hablara con alguien del piso alto, daba consejos de doble sentido, producto de su ingenio de comisionista. Ponía de pronto la cara larga y suspiraba al decir:

—¡Pobrecita!

O mascullaba una frase rabiosa:

—¡Prusiano asqueroso!

Cuando estaban distraídos, gritaba:

—¡No más! ¡No más!

Y como si reflexionase, añadía entre dientes:

—¡Con tal que volvamos a verla y no la haga morir, el miserable!

A pesar de que aquellas bromas eran de gusto deplorable, divertían a los que las toleraban y a nadie indignaban, porque la indignación, como todo, es relativa y conforme al medio en que se produce. Y la atmósfera que poco a poco se había creado alrededor de ellos estaba cargada de pensamientos lascivos.

Al fin, hasta las damas hacían alusiones ingeniosas y discretas. Se había bebido mucho y los ojos encandilados chisporroteaban. El conde, que hasta en sus abandonos conservaba su respetable apariencia, tuvo una graciosa ocurrencia, comparando su goce con el que pueden sentir los exploradores polares, bloqueados por el hielo, cuando ven abrirse un camino hacia el sur.

Loiseau, alborotado, se levantó a brindar.

—¡Por nuestro rescate!

Todo el mundo se puso de pie, aclamándolo. Las dos monjitas, cediendo a la general alegría, humedecían sus labios en aquel vino espumoso que no habían probado jamás. Les pareció algo así como limonada gaseosa, pero más fino.

Loiseau advertía:

—¡Qué lástima!, si hubiera un piano, podríamos bailar un rigodón.

Cornudet, que no había dicho ni media palabra, hizo un gesto desapacible. Parecía sumergido en pensamientos graves y de cuando en cuando se estiraba las barbas con violencia, como si quisiera alargarlas más aún.

Hacia medianoche, al despedirse, Loiseau, que se tambaleaba, le dio un manotazo en la barriga, tartamudeando:

—¿No está usted satisfecho? ¿No se le ocurre decir nada?

Pero Cornudet levantó bruscamente la cabeza y dirigiendo al grupo una mirada terrible, respondió:

—Sí, por cierto. Se me ocurre decir que lo que han hecho es una infamia.

Se levantó y se fue repitiendo:

—¡Una infamia!

Fue como haberles tirado un jarro de agua. Loiseau quedó confundido; pero se repuso con rapidez, soltó la carcajada y exclamó:

—Están verdes; para usted... están verdes.

Como no lo comprendían, explicó los "misterios del pasillo". Entonces rieron desaforadamente; parecían locos de júbilo. El conde y el señor Carré-Lamadon lloraban de tanto reír. ¡Qué historia! ¡Era increíble!

—Pero, ¿está usted seguro?

—¡Tan seguro! Como que lo vi.

—¿Y ella se negaba...?

—Por la proximidad... vergonzosa del prusiano.

—¿Es cierto?

—¡Certísimo! Podría jurarlo.

El conde se ahogaba de risa; el industrial tuvo que sujetarse con las manos el vientre, para no estallar.

Loiseau insistía:

—Y ahora comprenderán ustedes que no le divierta lo que pasa esta noche.

Reían sin fuerzas ya, fatigados, aturdidos.

Acabó la tertulia. Pero la señora Loiseau, que tenía el carácter como una ortiga, hizo notar a su marido, cuando se acostaban, que la señora Carré-Lamadon, "la muy pilla", rió de mala gana, porque pensando en lo de arriba se le pusieron los dientes largos.

—El uniforme las vuelve locas. Francés o prusiano, ¿qué más da? ¡Mientras haya galones! ¡Dios mío! ¡Es una pena; cómo está el mundo!

Y durante la noche resonaron continuamente, a lo largo del oscuro pasillo, estremecimientos, rumores tenues

apenas perceptibles, roces de pies desnudos, alientos entre-
cortados y crujir de faldas. Ninguno durmió y por debajo
de todas las puertas asomaron, casi hasta el amanecer, pálidos
reflejos de las bujías. El champán suele producir tales efectos y,
según dicen, da un sueño intranquilo.

Por la mañana, un claro sol de invierno hacía brillar
la nieve. La diligencia, ya enganchada, revivía para proseguir
el viaje, mientras las palomas de blanco plumaje y ojos ro-
sados, con las pupilas muy negras, picoteaban el estiércol,
erguidas y oscilantes entre las patas de los caballos.

El cochero, envuelto en una piel de carnero, llenaba
su pipa en el pescante; los viajeros, ufanos, veían cómo les em-
paquetaban las provisiones para el resto del viaje.

Sólo faltaba Bola de sebo, y al fin apareció.

Se presentó algo inquieta y avergonzada; cuando se
detuvo para saludar a sus compañeros, se habría dicho que
ninguno la veía, que ninguno reparaba en ella. El conde
ofreció el brazo a su mujer para alejarla de un contacto im-
puro.

La muchacha quedó aturdida; pero, sacando fuerzas,
dirigió a la esposa del industrial un saludo humildemente
pronunciado. La otra se limitó a hacer una leve inclinación
de cabeza, imperceptible casi, a la que siguió una mirada
muy altiva, como de virtud que se rebela para rechazar una
humillación que no se perdona. Todos parecían violentados
y despreciativos a la vez, como si ella llevara una infección
purulenta que pudiera contagiarles.

Fueron acomodándose ya en la diligencia y la muchacha entró después de todos para ocupar su asiento.

Simulaban no verla o no conocerla; sin embargo la
señora Loiseau la miraba de reojo, indignada, y dijo en voz
baja a su marido:

—Menos mal que no estoy a su lado.

El coche arrancó. Proseguían el viaje.

Al principio nadie hablaba. Bola de sebo no se atrevió a levantar los ojos. Se sentía a la vez indignada contra sus compañeros, arrepentida por haber cedido a sus peticiones y manchada por las caricias del prusiano, a cuyos brazos la empujaron todos hipócritamente.

Pronto la condesa, dirigiéndose a la señora Carré-Lamadon, puso fin al silencio angustioso:

—¿Conoce usted a la señora Etrelles?

—¡Vaya! Es amiga mía.

—¡Qué mujer tan agradable!

—Sí; es encantadora, excepcional. Todo lo hace bien: toca el piano, canta, dibuja, pinta.... Una maravilla.

El industrial hablaba con el conde y, confundidas con el estrepitoso crujir de cristales, hierros y maderas, se oían algunas de sus palabras: "...Cupón...Vencimiento... Prima... Plazo...".

Loiseau, que había escamoteado los naipes de la posada, engrasados por tres años de servicio sobre mesas nada limpias, comenzó a jugar al bésigue con su mujer.

Las monjitas, agarradas al grueso rosario pendiente de su cintura, hicieron la señal de la cruz y de pronto sus labios, cada vez más presurosos, en un suave murmullo, parecían haberse lanzado a una carrera de oremus; de cuando en cuando besaban una medallita, se persignaban de nuevo y proseguían su especie de gruñir continuo y rápido.

Cornudet, inmóvil, reflexionaba.

Después de tres horas de camino, Loiseau, recogiendo las cartas, dijo:

—Tengo hambre.

Y su mujer alcanzó un paquete atado con un cordel, del cual sacó un trozo de carne asada. Lo partió en tajadas delgadas, con pulso firme, y ella y su marido comenzaron a comer tranquilamente.

—Un ejemplo digno de ser imitado —advirtió la condesa.

Y comenzó a desenvolver las provisiones preparadas para los dos matrimonios. Venían metidas en una de esas cajas de loza alargadas cuya tapa tiene pintada una cabeza de liebre, indicando su contenido: un suculento pastel de liebre cuya carne sabrosa, hecha picadillo, estaba cruzada por collares de fina manteca y otras agradables añadiduras. Un buen pedazo de queso, liado en un papel de periódico, lucía la palabra "sucesos" en una de sus caras.

Las monjitas comieron una longaniza que olía mucho a especias, y Cornudet, sumergiendo ambas manos en los bolsillos de su gabán, sacó de uno cuatro huevos duros y del otro un panecillo. Peló uno de los huevos, dejando caer en el suelo el cascarón y partículas de yema sobre sus barbas.

Bola de sebo, en el azoramiento de su triste despertar, no había dispuesto ni pedido merienda y exasperada, iracunda, veía cómo sus compañeros masticaban plácidamente. Al principio la crispó un arranque tumultuoso de cólera y estuvo a punto de arrojar sobre aquellas gentes un chorro de injurias que se le venían a los labios; pero tanto era su desconsuelo, que su congoja no le permitió hablar.

Ninguno la miró ni se preocupó de su presencia; la infeliz se sentía sumergida en el desprecio de la turba honrada que la obligó a sacrificarse y después la rechazó, como un objeto inservible y asqueroso. No pudo menos que recordar su hermosa cesta de provisiones devoradas por aquellas gentes; los dos pollos bañados en su propia gelatina, los pasteles y la fruta, y las cuatro botellas de burdeos. Pero su furor cedió de pronto, como una cuerda tirante que se rompe, y sintió ganas de llorar. Hizo esfuerzos terribles para vencerse; se irguió, se tragó las lágrimas como los niños, pero asomaron al fin a sus ojos y rodaron por sus mejillas. Una tras otra, cayeron lentamente, como las gotas de agua que se filtran a través de una piedra; y rebotaban en la curva oscilante de su pecho. Mirando a todos resuelta y valiente, pálido y rígido el rostro, se mantuvo erguida, con la esperanza de que no la vieran llorar.

Pero advertida la condesa, hizo al conde una señal. Se encogió de hombros el caballero, como si quisiera decir: "No es mía la culpa".

La señora Loiseau, con una sonrisita maliciosa y triunfante, susurró:

—Se avergüenza y llora.

Las monjitas reanudaron su rezo después de envolver en un papelucho el sobrante de longaniza.

Y entonces Cornudet —que digería los cuatro huevos duros— estiró sus largas piernas bajo el asiento frontero, se reclinó, cruzó los brazos y sonriente, como un hombre que acierta con una broma pesada, comenzó a canturrear La Marsellesa.

En todos los rostros pudo advertirse que no era el himno revolucionario del gusto de los viajeros. Nerviosos, desconcertados, intranquilos, se removían, manoteaban; ya solamente les faltó aullar como los perros al oír un organillo.

Y el demócrata, en vez de callarse, amenizó la broma añadiendo a la música su letra:

Patrio amor que a los hombres encanta,
conduce nuestros brazos vengadores;
libertad, libertad sacrosanta,
combate por tus fieles defensores.

Avanzaba con rapidez la diligencia sobre la nieve ya endurecida, y hasta Dieppe, durante las eternas horas de aquel viaje, sobre los baches del camino, bajo el cielo pálido y triste del anochecer, en la oscuridad lóbrega del coche, proseguía con una obstinación rabiosa el canturreo vengativo y monótono, obligando a los fatigados y exasperados ánimos rimar sus crispaciones con la medida y los compases del odioso canto.

Y Bola de sebo lloraba sin cesar; a veces, un sollozo incontenible se mezclaba con las notas del himno entre las tinieblas de la noche.

LA PATA DE MONO

William Wymark Jacobs

I

La noche era fría y húmeda, pero en la pequeña sala de Laburnum Villa los postigos estaban cerrados y el fuego ardía vivamente. Padre e hijo jugaban al ajedrez; el primero tenía ideas personales sobre el juego y ponía al rey en tan desesperados e inútiles peligros, que provocaba el comentario de la vieja señora que tejía plácidamente junto a la chimenea.

—Oigan el viento —dijo el señor White; había cometido un error fatal y trataba de que su hijo no lo advirtiera.

—Lo oigo —dijo éste moviendo implacablemente la reina—. Jaque.

—No creo que venga esta noche —dijo el padre con la mano sobre el tablero.

—Mate —contestó el hijo.

—Esto es lo malo de vivir tan lejos —vociferó el señor White con imprevista y repentina violencia—. De todos los barriales, éste es el peor. El camino es un pantano. No sé en qué piensa la gente. Como hay sólo dos casas alquiladas, no les importa.

—No te aflijas, querido —dijo suavemente su mujer—, ganarás la próxima vez.

El señor White alzó la vista y sorprendió una mirada de complicidad entre madre e hijo. Las palabras murieron en sus labios y disimuló un gesto de fastidio.

—Ahí viene —dijo Herbert White al oír el golpe del portón y unos pasos que se acercaban. Su padre se levantó con apresurada hospitalidad y abrió la puerta; lo oyeron condolerse con el recién venido.

Luego, entraron. El forastero era un hombre fornido, con los ojos salientes y la cara rojiza.

—El sargento mayor Morris —dijo el señor White, presentándolo. El sargento les dio la mano, aceptó la silla que le ofrecieron y observó con satisfacción que el dueño de casa traía whisky y unos vasos y ponía una pequeña pava de cobre sobre el fuego.

Al tercer vaso le brillaron los ojos y empezó a hablar. La familia miraba con interés a ese forastero que hablaba de guerras, de epidemias y de pueblos extraños.

—Hace veintiún años —dijo el señor White sonriendo a su mujer y a su hijo—. Cuando se fue era apenas un muchacho. Mírenlo ahora.

—No parece haberle sentando tan mal —dijo la señora White amablemente.

—Me gustaría ir a la India —dijo el señor White—. Sólo para dar un vistazo.

—Mejor quedarse aquí —replicó el sargento moviendo la cabeza. Dejó el vaso y, suspirando levemente, volvió a sacudir la cabeza.

—Me gustaría ver esos viejos templos y faquires y malabaristas —dijo el señor White—. ¿Qué fue, Morris, lo que usted empezó a contarme los otros días, de una pata de mono o algo por el estilo?

—Nada —contestó el soldado, apresuradamente—. Nada que valga la pena oír.

—¿Una pata de mono? —preguntó la señora White.

—Bueno, es lo que se llama magia, tal vez —dijo con desgano el sargento.

Sus tres interlocutores lo miraron con avidez. Distraí-
damente, el forastero llevó la copa vacía a los labios; volvió
a dejarla. El dueño de casa la llenó.

—A primera vista, es una patita momificada que no
tiene nada de particular —dijo el sargento mostrando algo
que sacó del bolsillo.

La señora retrocedió, con una mueca. El hijo tomó la
pata de mono y la examinó atentamente.

—¿Y qué tiene de extraordinario? —preguntó el señor
White quitándosela a su hijo, para mirarla.

—Un viejo faquir le dio poder mágico —dijo el sargento mayor—. Un hombre muy santo... Quería demostrar
que el destino gobierna la vida de los hombres y que nadie
puede oponérsele impunemente. Le dio este poder: tres hombres pueden pedirle tres deseos.

Habló tan seriamente que los otros sintieron que sus
risas desentonaban.

—Y usted, ¿por qué no pide las tres cosas? —preguntó Herbert White.

El sargento lo miró con tolerancia.

—Las he pedido —dijo, y su rostro curtido palideció.

—¿Realmente se cumplieron los tres deseos? —preguntó la señora White.

—Se cumplieron —dijo el sargento.

—¿Y nadie más pidió? —insistió la señora.

—Sí, un hombre. No sé cuáles fueron las dos primeras cosas que pidió; la tercera, fue la muerte. Por eso entré
en posesión de la pata de mono.

Habló con tanta gravedad que produjo silencio.

—Morris, si obtuvo sus tres deseos, ya no le sirve el
talismán —dijo, finalmente, el señor White—. ¿Para qué lo
guarda?

El sargento sacudió la cabeza:

—Probablemente he tenido alguna vez la idea de venderlo; pero creo que no lo haré. Ya ha causado bastantes desgracias. Además, la gente no quiere comprarlo. Algunos sospechan que es un cuento de hadas; otros quieren probarlo primero y pagarme después.

—Y si a usted le concedieran tres deseos más —dijo el señor White—, ¿los pediría?

—No sé —contestó el otro—. No sé.

Tomó la pata de mono, la agitó entre el pulgar y el índice y la tiró al fuego. White la recogió.

—Mejor que se queme —dijo con solemnidad el sargento.

—Si usted no la quiere, Morris, démela.

—No quiero —respondió terminantemente—. La tiré al fuego; si la guarda, no me eche la culpa de lo que pueda suceder. Sea razonable, tírela.

El otro sacudió la cabeza y examinó su nueva adquisición. Preguntó:

—¿Cómo se hace?

—Hay que tenerla en la mano derecha y pedir los deseos en voz alta. Pero le prevengo que debe temer las consecuencias.

—Parece de *Las mil y una noches* —dijo la señora White. Se levantó a preparar la mesa—. ¿No le parece que podrían pedir para mí otro par de manos?

El señor White sacó del bolsillo el talismán; los tres se rieron al ver la expresión de alarma del sargento.

—Si está resuelto a pedir algo —dijo agarrando el brazo de White—, pida algo razonable.

El señor White guardó en el bolsillo la pata de mono. Invitó a Morris a sentarse a la mesa. Durante la comida el talismán fue, en cierto modo, olvidado. Atraídos, escucharon nuevos relatos de la vida del sargento en la India.

—Si en el cuento de la pata de mono hay tanta verdad como en los otros —dijo Herbert cuando el forastero cerró la puerta y se alejó con prisa, para alcanzar el último tren—, no conseguiremos gran cosa.

—¿Le diste algo? —le preguntó la señora, mirándolo atentamente.

—Una bagatela —contestó el señor White, ruborizándose levemente—. No quería aceptarlo, pero lo obligué. Insistió en que tirara el talismán.

—Sin duda —dijo Herbert, con fingido horror—, seremos felices, ricos y famosos. Para empezar tienes que pedir un imperio, así no estarás dominado por tu mujer.

El señor White sacó del bolsillo el talismán y lo examinó perplejamente.

—No se me ocurre nada para pedirle —dijo con lentitud—. Me parece que tengo todo lo que deseo.

—Si pagaras la hipoteca de la casa serías feliz, ¿no es cierto? —dijo Herbert poniéndole la mano sobre el hombro—. Bastará con que pidas doscientas libras.

El padre sonrió avergonzado de su propia credulidad y levantó el talismán; Herbert puso una cara solemne, hizo un guiño a su madre y tocó en el piano unos acordes graves.

—Quiero-doscientas-libras —pronunció el señor White.

Un gran estrépito del piano contestó a sus palabras. El señor White dio un grito. Su mujer y su hijo corrieron hacia él.

—Se movió —dijo mirando con desagrado el objeto y lo dejó caer—. Se retorció en mi mano como una víbora.

—Pero yo no veo el dinero —observó el hijo, tomando el talismán y poniéndolo sobre la mesa—. Apostaría a que nunca lo veré.

—Habrá sido tu imaginación, querido —dijo la mujer mirándolo ansiosamente.

Sacudió la cabeza antes de responder:

—No importa. No ha sido nada. Pero me dio un susto.

Se sentaron junto al fuego y los dos hombres acabaron de fumar sus pipas. El viento era más fuerte que nunca. El señor White se sobresaltó cuando se golpeó una puerta en los pisos altos. Un silencio inusitado y deprimente los envolvió hasta que se levantaron para ir a acostarse.

—Se me ocurre que encontrarás el dinero en una gran bolsa, en el medio de la cama —dijo Herbert al darles las buenas noches—. Una aparición horrible, agazapada encima del ropero, te acechará cuando estés guardando tus bienes ilegítimos.

Ya solo, el señor White se sentó en la oscuridad, y miró las brasas, y vio caras en ellas. La última era tan simiesca, tan horrible, que la miró con asombro; se rió, molesto, y buscó en la mesa su vaso de agua para echárselo encima y apagar la brasa; sin querer, tocó la pata de mono; se estremeció, limpió la mano en el abrigo y subió a su cuarto.

II

A la mañana siguiente, mientras tomaba el desayuno en la claridad del sol invernal, se rió de sus temores. En el cuarto había un ambiente de prosaica salud que faltaba la noche anterior; y esa pata de mono, arrugada, tirada sobre el aparador, no parecía terrible.

—Todos los viejos militares son iguales —dijo la señora White—. ¡Qué idea, la nuestra, escuchar esas tonterías! ¿Cómo puede creerse en talismanes, en esta época? Y si consiguieras las doscientas libras, ¿qué mal podrían hacerte?

—Pueden caer de arriba y lastimarle la cabeza —dijo Herbert.

—Según Morris, las cosas ocurrían con tanta naturalidad que parecían coincidencias —dijo el padre.

—Bueno, no vayas a encontrarte con el dinero antes de mi vuelta —dijo Herbert levantándose de la mesa—. No sea que te conviertas en un avaro y tengamos que repudiarte.

La madre se rió, lo acompañó hasta afuera y lo vio alejarse por el camino; de vuelta a la mesa del comedor, se burló de la credulidad del marido. Sin embargo, cuando el cartero llamó a la puerta, corrió a abrirla y, cuando vio que sólo traía la cuenta del sastre, se refirió con cierto malhumor a los militares de costumbres intemperantes.

—Me parece que Herbert tendrá tema para sus bromas —dijo al sentarse.

—Sin duda —dijo el señor White—. Pero, a pesar de todo, la pata se movió en mi mano. Puedo jurarlo.

—Habrá sido en tu imaginación —dijo la señora suavemente.

—Afirmo que se movió. Yo no estaba sugestionado. Era... ¿Qué sucede?

Su mujer no le contestó. Observaba los misteriosos movimientos de un hombre que rondaba la casa y no se decidía a entrar. Notó que el hombre estaba bien vestido y que tenía una galera nueva y reluciente; pensó en las doscientas libras. El hombre se detuvo tres veces en el portón; por fin se decidió a llamar. Apresuradamente, la señora White se quitó el delantal y lo escondió debajo del almohadón de la silla.

Hizo pasar al desconocido. Éste parecía incómodo. La miraba furtivamente, mientras ella le pedía disculpas por el desorden que había en el cuarto y por el guardapolvo del marido. La señora esperó cortesmente que les dijera el motivo de la visita; el desconocido estuvo un rato en silencio.

—Vengo de parte de la compañía Maw & Meggins —dijo por fin.

La señora White tuvo un sobresalto.

—¿Qué pasa? ¿Qué pasa? ¿Le ha sucedido algo a Herbert? Su marido se interpuso.

—Espera, querida. No te adelantes a los acontecimientos. Supongo que usted no trae malas noticias, señor. —Y lo miró patéticamente.

—Lo siento... —empezó el otro.

—¿Está herido? —preguntó, enloquecida, la madre. El hombre asintió.

—Malherido —dijo pausadamente—. Pero no sufre.

—Gracias a Dios —dijo la señora White, juntando las manos—. Gracias a Dios.

Bruscamente comprendió el sentido siniestro que había en la seguridad que le daban y vio la confirmación de sus temores en la cara significativa del hombre. Retuvo la respiración, miró a su marido que parecía tardar en comprender, y le tomó la mano temblorosamente. Hubo un largo silencio.

—Lo agarraron las máquinas —dijo en voz baja el visitante.

—Lo agarraron las máquinas —repitió el señor White, aturdido.

Se sentó, mirando fijamente por la ventana; tomó la mano de su mujer, la apretó en la suya, como en sus tiempos de enamorados.

—Era lo único que nos quedaba —le dijo al visitante—. Es duro.

El otro se levantó y se acercó a la ventana.

—La compañía me ha encargado que le exprese sus condolencias por esta gran pérdida —dijo sin darse vuelta—. Le ruego que comprenda que soy tan sólo un empleado y que obedezco las órdenes que me dieron.

No hubo respuesta. La cara de la señora White estaba lívida.

—Se me ha comisionado para declararles que Maw & Meggins niega toda responsabilidad en el accidente —prosiguió el otro—. Pero en consideración a los servicios prestados por su hijo, les remite una suma determinada.

El señor White soltó la mano de su mujer y, levantándose, miró con terror al visitante. Sus labios secos pronunciaron la palabra:

—¿Cuánto?

—Doscientas libras —fue la respuesta.

Sin oír el grito de su mujer, el señor White sonrió levemente, extendió los brazos, como un ciego, y se desplomó, desmayado.

III

En el cementerio nuevo, a unas dos millas de distancia, marido y mujer dieron sepultura a su muerto y volvieron a la casa transidos de sombra y de silencio.

Todo pasó tan pronto que al principio casi no lo entendieron y quedaron esperando alguna otra cosa que les aliviara el dolor. Pero los días pasaron y la expectativa se transformó en resignación, esa desesperada resignación de los viejos, que algunos llaman apatía. Pocas veces hablaban, porque no tenían nada que decirse; sus días eran interminables hasta el cansancio.

Una semana después, el señor White, despertándose bruscamente en la noche, estiró la mano y se encontró solo. El cuarto estaba a oscuras; oyó, cerca de la ventana, un llanto contenido. Se incorporó en la cama para escuchar.

—Vuelve a acostarte —dijo tiernamente—. Vas a tomar frío.

—Mi hijo tiene más frío —dijo la señora White y volvió a llorar.

Los sollozos se desvanecieron en los oídos del señor White. La cama estaba tibia, y sus ojos pesados de sueño. Un despavorido grito de su mujer lo despertó.

—¡La pata de mono! —gritaba desatinadamente—. ¡La pata de mono!

El señor White se incorporó alarmado.

—¿Dónde está? ¿Qué sucede?

Ella se acercó.

—La quiero. ¿No la has destruido?

—Está en la sala, sobre la repisa —contestó asombrado—. ¿Para qué la quieres?

Llorando y riendo se inclinó para besarlo, y le dijo histéricamente:

—Sólo ahora he pensado... ¿Por qué no he pensado antes? ¿Por qué tú no pensaste?

—¿Pensaste en qué? —preguntó.

—En los otros dos deseos —respondió enseguida—. Sólo hemos pedido uno.

—¿No fue bastante?

—No —gritó ella triunfalmente—. Le pediremos otro más. Búscala pronto y pide que nuestro hijo vuelva a la vida.

El hombre se sentó en la cama, temblando.

—Dios mío, estás loca.

—Búscala pronto y pide —le balbuceó—; ¡mi hijo, mi hijo!

El hombre encendió la vela.

—Vuelve a acostarte. No sabes lo que estás diciendo.

—Nuestro primer deseo se cumplió. ¿Por qué no hemos de pedir el segundo?

—Fue una coincidencia.

—Búscala y desea —gritó con exaltación la mujer. El marido se dio vuelta y la miró.

—Hace diez días que está muerto y además (no quiero decirte otra cosa) lo reconocí por el traje. Si ya entonces era demasiado horrible para que lo vieras...

—Tráemelo —gritó la mujer arrastrándolo hacia la puerta—. ¿Crees que temo al niño que he criado?

El señor White bajó en la oscuridad, entró en la sala y se acercó a la repisa. El talismán estaba en su lugar. Tuvo miedo de que el deseo todavía no formulado trajera a su hijo hecho pedazos, antes de que él pudiera escaparse del cuarto. Perdió la orientación. No encontraba la puerta. Tanteó alrededor de la mesa y a lo largo de la pared y de pronto se encontró en el zaguán, con el maligno objeto en la mano.

Cuando entró en el dormitorio, hasta la cara de su mujer le pareció cambiada. Estaba ansiosa y blanca y tenía algo sobrenatural. Le tuvo miedo.

—Pídelo —gritó con violencia.

—Es absurdo y perverso —balbuceó.

—Pídelo —repitió la mujer.

El hombre levantó la mano:

—Deseo que mi hijo viva de nuevo.

El talismán cayó al suelo. El señor White siguió mirándolo con terror. Luego, temblando, se dejó caer en una silla mientras la mujer se acercó a la ventana y levantó la cortina. El hombre no se movió de ahí, hasta que el frío del alba lo traspasó. A veces miraba a su mujer, que estaba en la ventana. La vela se había consumido; hasta apagarse, proyectaba en las paredes y el techo sombras vacilantes.

Con un inexplicable alivio ante el fracaso del talismán, el hombre volvió a la cama; un minuto después, la mujer, apática y silenciosa, se acostó a su lado.

No hablaron; escuchaban el latido del reloj. Crujió un escalón. La oscuridad era opresiva; el señor White juntó coraje, encendió un fósforo y bajó a buscar una vela.

Al pie de la escalera el fósforo se apagó. El señor White se detuvo para encender otro; simultáneamente, resonó un golpe furtivo, casi imperceptible, en la puerta de entrada.

Los fósforos cayeron. Permaneció inmóvil, sin respirar, hasta que se repitió el golpe. Huyó a su cuarto y cerró la puerta. Se oyó un tercer golpe.

—¿Qué es eso? —gritó la mujer.

—Una laucha —dijo el hombre—. Una laucha. Se me cruzó en la escalera.

La mujer se incorporó. Un fuerte golpe retumbó en toda la casa.

—¡Es Herbert! ¡Es Herbert! —La señora White corrió hacia la puerta, pero su marido la alcanzó.

—¿Qué vas a hacer? —le dijo ahogadamente.

—¡Es mi hijo; es Herbert! —gritó la mujer, luchando para que la soltaran—. Me había olvidado que el cementerio está a dos millas. Suéltame; tengo que abrir la puerta.

—Por amor de Dios, no lo dejes entrar —dijo el hombre, temblando.

—¿Tienes miedo de tu propio hijo? —gritó—. Suéltame. Ya voy, Herbert; ya voy.

Hubo dos golpes más. La mujer se libró y huyó del cuarto. El hombre la siguió y la llamó mientras bajaba la escalera. Oyó el ruido de la tranca de abajo; oyó el cerrojo; y luego la voz de la mujer, anhelante:

—La tranca —dijo—. No puedo alcanzarla.

Pero el marido, arrodillado, tanteaba el piso en busca de la pata de mono.

—Si pudiera encontrarla antes de que eso entrara...

Los golpes volvieron a resonar en toda la casa. El señor White oyó que su mujer acercaba una silla; oyó el ruido de la tranca al abrirse; en el mismo instante encontró la pata de mono y, frenéticamente, balbuceó el tercer y último deseo.

Los golpes cesaron de pronto; aunque los ecos resonaban aún en la casa. Oyó retirar la silla y abrir la puerta. Un viento helado entró por la escalera; y un largo y desconsolado alarido de su mujer le dio valor para correr hacia ella y luego hasta el portón. El camino estaba desierto y tranquilo.

EL DIOS DE LOS GONGS

Gilbert Keith Chesterton

Era una de esas tardes destempladas y vacías de principios de invierno, cuando el día parece más de plata que de oro y más de peltre que de plata. Si resultaba deprimente en cien desoladas oficinas y soñolientos salones, era aun más deprimente en las planas costas de Essex, donde la monotonía se hacía aun más inhumana debido a que la rompía, muy de tarde en tarde, un farol que parecía menos civilizado que un árbol o un árbol que parecía más feo que un farol. Una ligera nevada se había derretido un poco, quedando sólo unas cuantas manchas de nieve, que también parecían más plomizas que plateadas, una vez cubiertas por el sello de la escarcha. No había vuelto a nevar, pero por la orilla misma de la costa quedaba una banda de nieve vieja, paralela a la pálida banda de espuma del mar.

La línea del mar parecía helada, de tan vívida como resultaba, con su color azul violeta, como la vena de un dedo helado. En millas y más millas a la redonda no había más ser vivo que dos caminantes, que marchaban a buen paso, aunque uno tenía las piernas mucho más largas y daba unas zancadas mucho más largas que el otro.

No parecía un lugar o un momento muy adecuado para unas vacaciones, pero el padre Brown tenía pocas vacaciones y tenía que tomárselas cuando podía y siempre prefería, si era posible, tomarlas en compañía de su viejo amigo Flambeau, ex ladrón y ex detective. Al sacerdote se le había antojado visitar su vieja parroquia de Cobhole y a ella se dirigía, en dirección nordeste, por la costa.

Tras caminar una o dos millas más, se encontraron con que la costa empezaba a convertirse en un verdadero malecón, formando algo parecido a un paseo marítimo. Los feos faroles empezaron a hacerse más frecuentes y más ornamentados, aunque seguían siendo igual de feos. Media milla más allá el padre Brown se sorprendió de ver primero pequeños laberintos de macetas sin flores, cubiertas con las plantas bajas, aplastadas y pálidas, que se parecen más a un pavimento de mosaico que a un jardín, colocadas entre escuálidos senderos ondulados salpicados de bancos con respaldos ondulados. Al padre Brown le pareció olisquear el ambiente de un cierto tipo de ciudad costera por la que no tenía particular afición, y al mirar el paseo adelante junto al mar vio algo que despejó todas sus dudas. En la distancia gris se levantaba el amplio estrado para la orquesta, típico de las ciudades marítimas, semejante a una seta gigantesca con seis patas.

—Creo que nos acercamos a un lugar de esparcimiento —dijo el padre Brown, subiéndose el cuello del abrigo y tapándoselo mejor con la bufanda de lana.

—Me temo —respondió Flambeau— que es un lugar de esparcimiento que poca gente busca en estos momentos. Tratan de animar estos sitios en invierno, pero nunca lo consiguen, salvo en Brighton y las ciudades de siempre. Esto debe de ser Seawood, me parece, el experimento de lord Pooley. Trajo a los cantantes sicilianos en Navidad y se habla de que se va a celebrar un gran combate de boxeo. Pero tendrán que tirar al mar todo este horrible lugar. Es tan deprimente como un vagón de tren abandonado.

Habían llegado al pie del estrado y el cura lo contemplaba con una curiosidad algo extraña, con la cabeza un poco inclinada hacia un lado, como un pájaro. Era el tipo de construcción convencional, bastante vulgar, propia de sus funciones: una cubierta plana, dorada aquí y allá, levantada sobre seis esbeltos pilares de madera pintada, todo ello erguido unos cinco pies por encima del paseo marítimo sobre una plataforma redonda de madera como un tambor. Pero había algo fantástico en la nieve, combinada con algo artificial en el oro, que perseguía a Flambeau y a su amigo porque lo asociaban con algo que no lograban precisar, pero que sabían que era a la vez artístico y exótico.

—Ya lo tengo —dijo Flambeau por fin—. Es japonés. Es como esos caprichosos grabados japoneses, donde la nieve de la montaña parece azúcar y el dorado de las pagodas es como el dorado de un pastel de jengibre. Tiene exactamente el aspecto de un templete pagano.

—Sí —dijo el padre Brown—. Echemos un vistazo al dios. —Y con una agilidad totalmente inesperada en él, se izó de un salto sobre la plataforma.

—Bueno, de acuerdo —dijo Flambeau riéndose. Y un instante después su propia y gigantesca figura era visible en esa curiosa elevación.

A pesar de que la diferencia de altura era pequeña, en esos espacios abiertos daba la sensación de permitir ver cada vez más lejos a través de la tierra y del mar. Tierra adentro los pequeños jardines invernales se fundían con una maleza confusa y grisácea; más allá, en la distancia, se veían los graneros bajos y largos de una granja solitaria y, más lejos aún, nada más que las extensas llanuras de East Anglia. En el mar no había velas ni señales de vida, salvo algunas gaviotas, e incluso éstas parecían copos de nieve rezagados y parecían flotar más que volar.

Flambeau se volvió bruscamente al oír una exclamación detrás de él. Parecía venir de más abajo de lo esperable y dirigirse más a sus talones que a su cabeza. Sin poder evitar reírse de lo que veía, tendió la mano en el acto: por alguna razón desconocida, la plataforma había cedido bajo el peso del padre Brown y el desdichado hombrecito había caído hasta el nivel del paseo marítimo. Era lo bastante alto, o lo bastante bajo, como para que sólo asomara la cabeza en el agujero de la madera rota, por lo que parecía la cabeza del Bautista sobre una bandeja. Su rostro tenía una expresión de desconcierto, como quizá la tuvo también en su momento san Juan Bautista.

Pero enseguida empezó a reírse.

—Esta madera debe estar podrida —dijo Flambeau—. Aunque me parece extraño que aguante mi peso y que usted se haya colado por ella en la parte más debilitada. Déjeme que lo ayude a salir.

Pero el curita miraba con expresión curiosa las esquinas y los bordes de madera que suponían podrida, y su ceño manifestaba preocupación.

—Venga —exclamó impaciente Flambeau, que seguía con su mano, grande y morena, extendida—. ¿No quiere usted salir?

El sacerdote sujetaba una astilla de madera entre el índice y el pulgar y no replicó de inmediato. Por fin dijo pensativamente:

—¿Que si quiero salir? Pues no. Más bien creo que quiero entrar. —Y se zambulló en la oscuridad bajo el suelo de madera tan bruscamente que su sombrero de teja se quedó arriba, sobre las planchas de madera, sin cabeza que lo sujetara.

Flambeau miró una vez más hacia el interior y hacia el mar y una vez más no vio más que un mar tan invernal como la nieve y una nieve tan lisa como el mar.

De repente oyó tras él un ruido de pasos precipitados y el curita salió agitadamente del agujero, más rápido de lo que había entrado. Su rostro ya no expresaba desconcierto, sino más bien decisión y, quizá por efecto del reflejo de la nieve, parecía una pizca más pálido que de costumbre.

—¿Y bien? —preguntó su corpulento amigo—. ¿Ha encontrado usted al dios del templo?

—No —respondió el padre Brown—. He encontrado lo que a veces es más importante: el sacrificio.

—¿Qué demonios quiere usted decir? —exclamó muy alarmado Flambeau.

El padre Brown no respondió. Se quedó contemplando con el ceño fruncido el paisaje. Y de repente señaló con el dedo:

—¿Qué es esa casa que hay allí?

Siguiendo su dedo, Flambeau advirtió por primera vez las esquinas de un edificio más próximo que la granja, pero tapado casi totalmente por una hilera de árboles. Era un edificio amplio y estaba bastante apartado de la costa, pero el brillo de algún ornamento sugería que formaba parte del mismo proyecto de decoración que el estrado para la orquesta, los jardincillos y los bancos de hierro con respaldo ondulado.

El padre Brown bajó de un salto del estrado y su amigo lo siguió; y a medida que caminaban en dirección al edificio, los árboles se iban separando a derecha e izquierda, permitiendo ver un hotel pequeño y bastante vulgar, semejante a los que abundan en los lugares de veraneo, el hotel del Salón Bar, más que el Salón del Bar. Casi toda la fachada era de estuco dorado y cristal decorado y entre el gris paisaje marino y los grises árboles que parecían brujas, su cursilería tenía algo de espectral y melancólico. Ambos sintieron difusamente que si en ese establecimiento ofrecieran algo de comer o de beber, sería el jamón de cartón piedra y el vaso vacío de las representaciones teatrales.

En esto, sin embargo, no acertaron del todo. A medida que se acercaban al lugar, vieron frente al bufet, que

339

aparentemente estaba cerrado, uno de los bancos de hierro de respaldo ondulado que había adornando los jardines, pero mucho más largo, ya que ocupaba casi toda la extensión de la fachada. Probablemente estaba colocado de manera que los visitantes pudieran sentarse en él para contemplar el mar, pero uno no esperaría encontrarse a nadie ahí sentado con tan mal tiempo.

Sin embargo, justo delante de la parte más alejada de ellos había una mesita redonda de restaurante, sobre la que aparecía una botella pequeña de chablis y una bandeja con almendras y pasas. En el banco, tras la mesa, estaba sentado un joven de cabellos oscuros, sin sombrero, que miraba al mar en un estado de sorprendente inmovilidad.

Pero aunque parecía una figura de cera cuando estaban a cuatro yardas de él, cuando estuvieron a tres yardas saltó como un muñeco de resorte y dijo con tono deferente aunque no servil:

—¿Quieren entrar, caballeros? No tengo personal en estos momentos, pero yo mismo les puedo servir algo sencillo.

—Muy agradecidos —dijo Flambeau—. ¿Así que es usted propietario?

—Sí —dijo el hombre moreno, volviendo a adoptar parte de su actitud inmóvil—. Mis camareros son todos italianos y pensé que era justo que vieran cómo su compatriota vencía al negro, si es que realmente lo logra. ¿Están ustedes enterados de que se va a celebrar por fin la gran pelea entre Malvoli y Ned el Negro?

—Me temo que no tenemos tiempo de abusar de su hospitalidad —dijo el padre Brown—. Pero a mi amigo le encantaría tomar una copa de jerez para combatir el frío y brindar por el éxito del campeón latino.

Flambeau no entendía lo del jerez, pero no tenía nada que objetar, así que se limitó a decir afablemente:

—Muchas gracias.

—Jerez. Sí, señor, sin duda —dijo su anfitrión volviéndose hacia su hotel—. Perdónenme si los detengo unos minutos. Como ya les he dicho, no tengo personal... —Y se dirigió hacia las negras ventanas de su fonda, cerrada y apagada.

—Oh, en realidad no importa —empezó Flambeau. Pero el hombre volvió a tranquilizarlo.

—Tengo las llaves —dijo—. Y podría encontrar el camino a oscuras.

—Yo no quise... —empezó el padre Brown.

Se vio interrumpido por una voz humana que gritaba desde las entrañas del hotel desierto. La voz, como un trueno, decía un nombre extranjero incomprensible y el propietario del hotel se movió más deprisa en dirección al lugar de donde salía la voz, en busca del jerez para Flambeau. Los testimonios probaron que el propietario, entonces y luego, nunca había dicho más que la verdad literal. Pero tanto Flambeau como el padre Brown han confesado a menudo que en todas sus aventuras (nada edificantes) nada les había helado la sangre tanto como esa voz de ogro, que resonaba de repente en un hotel silencioso y vacío.

—¡Mi cocinero! —exclamó apresuradamente el dueño—. Me había olvidado de mi cocinero. Está a punto de irse. ¿Jerez, señor?

Efectivamente, apareció en la puerta un enorme bulto blanco, con gorro y delantal blancos de cocinero, pero con el innecesario acento de un rostro negro.

Flambeau había oído decir frecuentemente que los negros resultaban buenos cocineros. Pero, sin poder precisar el porqué, había algo en el contraste del color y raza que aumentó su sorpresa de que el propietario del hotel respondiera al llamado del cocinero y no éste a la llamada del propietario. Pero consideró que los cocineros son proverbialmente arrogantes y además el propietario había vuelto trayendo el jerez y eso era lo que importaba.

—Me extraña bastante —dijo el padre Brown— que haya tan poca gente en la playa con esta importante pelea anunciada. Sólo hemos tropezado con un hombre en todo este lugar.

El dueño del hotel se encogió de hombros.

—Vienen del otro lado de la ciudad, desde la estación, a tres millas de aquí. Sólo les interesa el deporte y se limitarán a dormir en un hotel. Después de todo, no es una época adecuada para tostarse en la playa.

—O en el banco —dijo Flambeau, señalando a la mesita.

—Yo tengo que vigilar —dijo el hombre del rostro inmóvil. Era un tipo tranquilo, de rasgos regulares, bastante cetrino. Sus ropas oscuras no tenían nada especial, salvo que su corbata negra llegaba muy arriba, como un alzacuello, y se sujetaba con un alfiler de oro con una cabeza grotesca. Tampoco había nada notable en su rostro, a excepción de algo que era probablemente un mero tic nervioso: la costumbre de entrecerrar un ojo, dando la impresión de que el otro era más grande o quizás artificial.

El silencio que se produjo fue roto por el anfitrión:

—¿Dónde más o menos se encontraron ustedes con ese único hombre? —preguntó con calma.

—Curiosamente —respondió el cura—, cerca de aquí, justo al lado del estrado de la música.

Flambeau, que se había sentado en el largo banco de hierro para terminar su jerez, lo dejó sobre la mesa, se levantó y miró con asombro a su amigo. Abrió la boca para hablar y luego la volvió a cerrar.

—Curioso —dijo el hombre moreno pensativamente—. ¿Qué aspecto tenía?

—Era bastante oscuro cuando lo vi —empezó el padre Brown—, pero era...

Como ya se ha dicho, se puede probar que el dueño del hotel dijo la verdad exacta. Sus palabras, referentes a que el cocinero estaba a punto de salir, se cumplieron al pie de la letra, porque el cocinero apareció poniéndose los guantes en ese preciso instante.

Pero su aspecto era muy diferente de la confusa masa blanca y negra que habían visto un momento antes en el umbral. Iba vestido de pies a cabeza de la manera más llamativa. Llevaba en la ancha y negra cabeza un sombrero de copa negro ladeado, un sombrero que el ingenio francés compara con ocho espejos. Pero de alguna manera el negro era como el sombrero. Era también negro y sin embargo su reluciente piel reflejaba la luz en ocho o más ángulos. No es necesario decir que llevaba botines blancos y una banda blanca dentro del chaleco. La roja flor del ojal se destacaba agresivamente, como si hubiera crecido allí de repente. Y en su forma de llevar el bastón en una mano y un cigarro en la otra había una cierta actitud que todos recordamos cuando hablamos de prejuicios raciales, una actitud inocente e insolente al mismo tiempo, como de bailarín negro.

—Algunas veces —dijo Flambeau, mirándolo mientras se alejaba— no me sorprende que los linchen.

—A mí nunca me sorprende una acción diabólica —dijo el padre Brown—. Pero —continuó mientras el negro, que seguía poniéndose los guantes con ostentación, se alejaba a buen paso hacia la ciudad, extraña figura de music-hall en medio de un escenario gris y helado—, como decía, no podría describir muy minuciosamente al hombre, pero tenía patillas y bigotes floridos y anticuados, oscuros o teñidos, como en los retratos de los financieros extranjeros; en torno al cuello llevaba una larga bufanda color púrpura que flotaba al viento al caminar. Estaba sujeta en la garganta de modo muy parecido a como las niñeras sujetan los pañales de los niños, con un alfiler de gancho. Pero en este caso —añadió el cura contemplando plácidamente el mar— no era un alfiler de gancho.

El hombre sentado en el largo banco de hierro miraba también plácidamente hacia el mar. Ahora que estaba de nuevo tranquilo, Flambeau estaba seguro de que uno de sus ojos era, por naturaleza, más grande que el otro. Ahora tenía los dos bien abiertos y a Flambeau le daba la impresión de que el ojo izquierdo se agrandaba por momentos.

—Era un alfiler muy largo, de oro, con la cabeza tallada de un mono o algo así —continuó el cura— y estaba prendido de una manera bastante extraña... Llevaba quevedos y un amplio y negro...

El hombre inmóvil continuó mirando al mar y sus ojos podrían haber pertenecido a dos hombres diferentes. De repente se movió veloz como un rayo.

El padre Brown estaba de espaldas a él y en ese instante podría haber caído de bruces, muerto.

Flambeau carecía de armas, pero sus grandes y morenas manos reposaban en el extremo del banco de hierro. La forma de sus hombros se alteró súbitamente y levantó el banco entero como el hacha de un verdugo a punto de caer. La mera altura del banco, que mantenía verticalmente, lo hacía parecer una larga escalera de hierro por la que invitara a los hombres a trepar hasta las estrellas. Pero la larga sombra que proyectaba a la uniforme luz del crepúsculo hacía parecer a Flambeau un gigante blandiendo la torre Eiffel. El desconocido se asustó de esa sombra antes de asustarse del golpe del hierro, por lo que vaciló y esquivó el golpe y luego se precipitó adentro del hotel, dejando abandonada la daga plana y brillante que había dejado caer.

—Tenemos que salir de aquí en el acto —exclamó Flambeau, lanzando sobre la playa el gigantesco banco con furiosa indiferencia. Sujetó al curita por el codo y lo hizo correr por el gris y desnudo jardín trasero, al final del cual había una puerta cerrada. Flambeau la examinó con contenida impaciencia y luego dijo:

—La puerta está cerrada con llave.

En ese momento cayó una pluma negra de uno de los decorativos pinos, rozando el ala de su sombrero. Flambeau se sobresaltó más que con la pequeña y distante detonación que se había producido un momento antes. Luego se oyó otra detonación también distante, y la puerta que trataba de abrir se estremeció debido a la bala que se incrustó en ella. Flambeau tomó aliento y empujó la puerta con sus poderosos hombros, haciendo saltar al mismo tiempo tres goznes y una cerradura, lo que le permitió salir al desierto sendero, portando la enorme puerta del jardín como Sansón llevó las puertas de Gaza.

Luego arrojó la puerta del jardín por encima del muro, en el mismo instante en que un tercer disparo levantaba nieve y polvo detrás de sus talones. Sin ceremonias levantó al curita, se lo cargó a los hombros y echó a correr hacia Seawood tan rápido como se lo permitían sus largas piernas. No depositó en el suelo a su pequeño compañero hasta haber recorrido casi dos millas. No se podía decir que hubiera sido una escapatoria digna, a pesar del modelo clásico de Anquises, pero el rostro del padre Brown lucía una amplia sonrisa.

—Bueno —dijo Flambeau, tras un impaciente silencio, mientras reanudaban la marcha de modo más convencional a través de las calles de las afueras de la ciudad, donde no tenían por qué temer ningún ataque.

—No sé qué significa todo esto, pero creo que puedo dar crédito a mis propios ojos y afirmar que no se encontró usted con el hombre al que describió con tanta precisión.

—Sí que lo encontré, en cierto modo —dijo Brown, mordiéndose un dedo con gesto nervioso—. De verdad que sí. Y estaba demasiado oscuro para verlo bien, porque fue bajo el estrado de música. Pero me temo que no lo describí tan precisamente, después de todo, porque sus anteojos estaban rotos y caídos bajo su cuerpo y el largo alfiler de oro no estaba clavado en la bufanda púrpura sino en su corazón.

—Y supongo —dijo el otro en voz más baja— que el tipo del ojo de cristal tuvo algo que ver con ello.

—Yo tenía la esperanza de que sólo tuviera que ver un poco —respondió Brown con voz bastante preocupada—, y puede que me haya equivocado en lo que hice. Actué impulsivamente. Pero temo que este asunto tiene raíces profundas y oscuras.

Atravesaron en silencio unas cuantas calles. Los faroles amarillos empezaban a encenderse en la fría y azulada luz crepuscular y era evidente que se acercaban a zonas más céntricas de la ciudad. En las paredes había carteles de vivos colores que anunciaban el combate entre los boxeadores Ned el Negro y Malvoli.

—Bueno —dijo Flambeau—. Yo nunca asesiné a nadie, ni siquiera en mi época de delincuente, pero casi simpatizo con cualquiera que lo haga en un lugar tan deprimente como éste. De todos los basureros de la creación, dejados de la mano de Dios, creo que los más tristes son los lugares como ese estrado, que quieren ser alegres pero resultan desoladores. Puedo imaginar perfectamente a un hombre morboso sintiendo que tiene que matar a su rival en la soledad e ironía de semejante atmósfera. Recuerdo un paseo que di una vez por las maravillosas colinas de Surrey, sin pensar en otra cosa más que en aulagas y calandrias, cuando salí a un vasto círculo de terreno y me encontré con una estructura enorme y muda, con fila tras fila de asientos, tan grande como un anfiteatro romano y completamente vacía. Un pájaro volaba lentamente sobre ella. Era el Gran Auditorio de Epsom. Y tuve la sensación de que nadie podía ser feliz en ese sitio nunca más.

—Es curioso que mencione usted Epsom —dijo el cura—. ¿Recuerda el llamado "misterio de Sutton", porque dos de los sospechosos, dos heladeros, creo recordar, vivían en Sutton? Finalmente fueron puestos en libertad. Se encontró a un hombre estrangulado, se dijo, en los Downs, cerca de esa región. Me consta, gracias a un policía irlandés amigo mío, que lo encontraron cerca del gran auditorio de Epsom, oculto nada más que por una de las puertas inferiores, que estaba abierta.

—Es raro —asintió Flambeau—. Pero más bien confirma mi idea de que esos lugares de diversión tienen un aspecto horriblemente solitario fuera de temporada, porque si no el hombre no habría sido asesinado allí.

—No estoy seguro de que... —empezó Brown y se calló.

—¿No está usted seguro de que fuera asesinado? —preguntó su compañero.

—No estoy seguro de que fuera asesinado fuera de temporada —respondió con sencillez el curita—. ¿No cree usted que hay algo raro en esta soledad, Flambeau? ¿Está usted seguro de que un asesino astuto desearía siempre que el lugar fuera solitario? Muy rara vez está uno completamente solo. Y, siendo así, cuanto más solo está uno, más probabilidades tiene uno de ser visto. No; creo que tiene que haber alguna otra... Ah. Hemos llegado al Palacio o Pabellón o como lo llamen.

Habían desembocado en una placita, brillantemente iluminada, cuyo principal edificio estaba adornado con carteles de colores brillantes y flanqueado por dos fotografías gigantescas de Malvoli y Ned el Negro.

—¡Caramba! —exclamó sorprendido Flambeau, al ver que su amigo el cura subía firmemente por la ancha escalera—. No sabía que el pugilismo era su nueva afición. ¿Va a ver el combate?

—No creo que vaya a haber ningún combate —replicó el padre Brown.

Atravesaron rápidamente una serie de estancias; atravesaron la sala misma de combate, que ocupaba un espacio más elevado, con sus cuerdas y llena de asientos y palcos, y el cura siguió sin mirar o detenerse hasta que llegó junto a un empleado sentado frente a un escritorio delante de una puerta sobre la que se leía "Comité". El cura se detuvo y pidió ver a lord Pooley.

El empleado dijo que Su Señoría estaba muy ocupado porque la pelea iba a empezar pronto, pero el padre Brown tenía una tediosa y bienhumorada capacidad de insistencia para la cual la mente burocrática no suele estar preparada. Unos momentos después el sorprendido Flambeau se encontró en presencia de un hombre que gritaba instrucciones a otro hombre que salía de la habitación: "Cuidado con las cuerdas después del cuarto…".

—¡Bueno! ¿Y qué se les ofrece a ustedes?

Lord Pooley era un caballero y, como la mayoría de los pocos que nos quedan, estaba preocupado, especialmente por motivos económicos. Tenía cabellos rubios cenicientos, ojos febriles y una nariz prominente, quemada por el frío.

—Una palabra nada más —dijo el padre Brown—. He venido para impedir que maten a un hombre.

Lord Pooley saltó de su asiento como un resorte.

—¡No estoy dispuesto a aguantar más estas historias! —exclamó—. ¡Usted y sus comités y curas y peticiones! ¿No había curas en los viejos tiempos, cuando se peleaba sin guantes? Ahora luchan con los guantes reglamentarios y no existe la menor posibilidad de que muera ninguno de los boxeadores.

—No me refería a los boxeadores —replicó el curita.

—Bien, bien, bien —dijo el aristócrata, con un toque gélido de humor—. ¿A quién van a matar? ¿Al árbitro?

—No sé a quién van a matar —replicó el padre Brown con mirada pensativa—. Si lo supiera, no le estropearía la función. Me limitaría a ayudar a escapar a la víctima. Nunca he visto nada malo en el boxeo. Pero en estas circunstancias, debo pedirle que anuncie la suspensión del combate, por el momento.

—¿Alguna otra cosa? —dijo burlonamente el caballero de ojos febriles—. ¿Y qué les dice usted a las dos mil personas que han venido a presenciarlo?

—Les digo que habrá mil novecientas noventa y nueve vivas cuando lo hayan visto —replicó el padre Brown.

Lord Pooley miró a Flambeau y le dijo:

—¿Está loco su amigo?

—En absoluto —fue la respuesta.

—Además —continuó impaciente Pooley—, la situación es aun peor. Ha venido un grupo enorme de italianos para apoyar a Malvoli, gente cetrina y salvaje de algún país extraño, en cualquier caso. Ya sabe usted cómo son estas gentes mediterráneas. Si suspendo el combate aparecerá aquí Malvoli como una fiera al frente de todo un clan corso.

—Señoría, es cuestión de vida o muerte —dijo el cura—. Toque el timbre, dé el recado y vea si es Malvoli quien responde.

El aristócrata golpeó el timbre que había sobre la mesa con un extraño aire de curiosidad que antes no tenía. Dijo al empleado que apareció inmediatamente en la puerta: "Tengo que anunciar algo muy importante al auditorio dentro de un momento. Entretanto, tenga usted la bondad de decir a los dos campeones que el combate debe posponerse".

El empleado se lo quedó mirando como si fuera un demonio y luego desapareció.

—¿Con qué autoridad dice usted lo que dice? —preguntó bruscamente lord Pooley—. ¿A quién ha consultado?

—He consultado a un estrado de música —dijo el padre Brown, rascándose la cabeza—. Pero no, me equivoco. También he consultado un libro. Lo compré en un puesto callejero de Londres, y muy barato.

El padre Brown sacó de su bolsillo un volumen pequeño y grueso, encuadernado en piel, y Flambeau, mirando por encima del hombro del cura, vio que era un libro sobre viajes antiguos y que tenía una hoja doblada como indicador.

—"La única forma en la que el vudú..." —empezó el padre Brown, leyendo en voz alta.

—¿En la que qué? —preguntó Su Señoría.

—"... en la que el vudú" —repitió el lector, casi con regodeo— "está ampliamente organizado fuera de la propia Jamaica es en la forma conocida como el mono o el dios de los gongs, que es muy poderoso en muchos lugares de los dos continentes americanos, especialmente entre los mulatos, muchos de los cuales parecen de raza blanca. Se diferencia de la mayoría de las formas de adoración del demonio y de los sacrificios humanos en que no se derrama sangre en el altar, sino mediante una especie de asesinato en medio de una muchedumbre. Los gongs suenan ensordecedoramente en el momento en que se abren las puertas del altar y se revela el dios-mono; casi toda la congregación clava sus ojos extáticos en él. Pero después..."

La puerta de la habitación se abrió de golpe y el elegante negro apareció en el umbral, con ojos llameantes y con su sombrero de copa todavía inclinado insolentemente en la cabeza.

—¡Eh! —gritó, mostrando sus dientes de mono—. ¿Qué es esto? ¡Eh, eh! ¡Quieren ustedes robar el premio a un caballero de color!... ¿Creen ustedes que van a salvar a esa basura italiana...?

—Lo único que se ha hecho es posponer la pelea —dijo con calma el aristócrata—. Se lo explicaré enseguida.

—¿Quién es usted para...? —gritó Ned el Negro, empezando a enfurecerse.

—Mi nombre es Pooley —replicó el otro con encomiable calma—. Soy el secretario de la organización y le aconsejo que abandone usted inmediatamente esta habitación.

—¿Quién es este tipo? —exigió el negro campeón, señalando desdeñosamente al cura.

—Mi nombre es Brown —fue la respuesta—. Y le aconsejo que abandone inmediatamente este país.

El campeón se lo quedó mirando unos segundos y luego, ante la sorpresa de Flambeau y los demás, salió, cerrando tras él la puerta con un portazo.

—Bueno —dijo el padre Brown, estirando su cabello canoso—, ¿qué les parece a ustedes Leonardo da Vinci? Una hermosa cabeza italiana.

—Óigame bien —dijo lord Pooley—. He asumido una responsabilidad bastante grande fiándome de su palabra. Creo que tendría usted que darme alguna explicación más.

—Tiene usted toda la razón, Señoría —respondió Brown—. Y no me llevará mucho tiempo. —Puso el librito de piel en el bolsillo de su abrigo y continuó:— Creo que conocemos todo lo que esto nos puede aclarar, pero puede usted mirarlo luego y comprobar si tengo razón. Ese negro que acaba de salir tan fanfarronamente es uno de los hombres más peligrosos de la tierra, porque tiene el cerebro de un europeo con los instintos de un caníbal. Ha convertido lo que era una limpia y sensata carnicería entre sus bárbaros compañeros en una sociedad secreta de asesinos, muy moderna y científica. Él no sabe que yo lo sé y tampoco, la verdad sea dicha, que no puedo probarlo.

Se produjo un silencio y el hombrecito prosiguió:

—Pero si yo quisiera matar a alguien, ¿sería realmente lo mejor asegurarme de que me encuentro a solas con esa persona?

Lord Pooley, cuyos ojos recuperaron su brillo helado al mirar al diminuto sacerdote, se limitó a decir:

—Si usted quiere asesinar a alguien, se lo recomendaría.

El padre Brown, sacudiendo la cabeza como si fuera un asesino de mucha mayor experiencia, dijo con un suspiro:

—Eso opina Flambeau. Pero reflexione usted. Cuanto más solitaria se siente una persona, menos segura puede estar de que está sola. Necesita tener a su alrededor espacios vacíos y esos espacios vacíos la hacen más evidente. ¿No ha visto usted nunca desde un lugar alto a un labrador, o a un pastor desde las vallas? ¿No ha paseado nunca por el borde de un acantilado y ha visto a un hombre caminando por la playa? ¿No habría usted visto si mataba a un cangrejo y no habría usted sabido si se trataba de un acreedor? ¡No, no, no! Para un asesino inteligente, como usted o yo podríamos ser, asegurarse de que nadie lo mira a uno es un plan imposible.

—Pero entonces, ¿qué otro plan hay?

—Sólo hay uno —dijo el sacerdote—: asegurarse de que todo el mundo está mirando otra cosa. Un hombre es estrangulado junto al gran estrado de música de Epsom. Cualquiera podría haber visto cómo ocurría mientras el estrado estuviera vacío; un vagabundo oculto entre los setos o un motorista que bajara por las colinas. Pero nadie lo habría visto mientras el estrado estuviera lleno y todo el auditorio gritara enfervorizado cuando el artista favorito hiciera su aparición... o no la hiciera. Retorcer una bufanda, arrojar un cuerpo detrás de una puerta son cosas que se podrían hacer en un instante, siempre que fuese en ese instante. Eso es lo que ocurrió, claro está —continuó dirigiéndose a Flambeau—, con ese pobre tipo que estaba debajo del estrado de música. Lo metieron por el agujero (que no era casual) justo en el momento culminante del espectáculo, cuando saludaba un gran violinista o cuando empezó a cantar un gran cantante o llegó a un punto especial de su actuación. Y aquí, naturalmente, cuando se produjera, el puñetazo que deja fuera de combate no sería el único. Ése es el truquito que Ned el Negro ha adoptado de su antiguo dios de los gongs.

—A propósito, Malvoli... —empezó a decir Pooley.

—Malvoli —dijo el cura— no tiene nada que ver con esto. Seguro que se ha traído a algunos italianos, pero nuestros amables amigos no son italianos. Son ochavones y mulatos africanos de distintos colores, pero me temo que nosotros, los ingleses, pensamos que todos los extranjeros se parecen mientras sean morenos y sucios. También me temo —añadió con una sonrisa— que los ingleses se niegan a distinguir ante la personalidad moral producida por mi religión y la que nace del vudú.

La primavera había estallado con todo su esplendor en Seawood, llenando la costa de familias y equipos de baño, predicadores itinerantes y trovadores negros, antes de que los dos amigos volvieran a ver el lugar y mucho antes de que el fragor de la persecución de la extraña sociedad secreta hubiera cesado. El secreto de su propósito había perecido con ellos.

El hombre del hotel apareció muerto flotando a la deriva en el mar como si fuera un montón de algas; su ojo derecho estaba cerrado y en paz pero el ojo izquierdo estaba abierto y brillaba como el cristal a la luz de la luna. Ned el Negro había sido encontrado a una o dos millas del lugar y había matado a tres policías con su puño izquierdo. El oficial restante supo reaccionar y el negro se escapó. Pero esto bastó para inflamar a todos los periódicos ingleses y durante uno o dos meses el principal propósito del imperio británico fue impedir que el brutal petimetre negro escapara por algún puerto inglés. Se sometió a los más extraordinarios interrogatorios a las personas que se pudieran parecer al asesino, aun remotamente, obligándolas a frotarse la cara antes de embarcar, como si cada tez blanca fuera maquillaje. Todos los negros de Inglaterra se vieron sometidos a normas especiales y obligados a presentarse a la policía. Los barcos que zarpaban se negaban a embarcar a un negro, como se habrían negado a embarcar un basilisco. La gente, en efecto, había averiguado cuán terrible, vasta y silenciosa era la fuerza de la bárbara sociedad secreta, y cuando Flambeau y el padre Brown se apoyaban en el parapeto del paseo marítimo, en abril, el Hombre Negro significaba en Inglaterra casi lo mismo que había significado antaño en Escocia.

—Tiene que estar todavía en Inglaterra —observó Flambeau—, y muy bien escondido, por cierto. Lo habrían encontrado en los puertos si se hubiera pintado de blanco la cara.

—La verdad es que es un hombre muy listo —dijo el padre Brown en tono de disculpa—. Y estoy seguro de que no se pintaría de blanco la cara.

—Entonces ¿qué haría?

—Creo —respondió el padre Brown— que se la pintaría de negro.

Flambeau, que estaba apoyado, inmóvil, sobre el parapeto, se echó a reír y exclamó:

—¡Mi querido amigo! ¡Qué ocurrencia!

El padre Brown, también apoyado e inmóvil sobre el parapeto, movió un dedo un instante en dirección a los negros con máscaras de hollín que cantaban en la playa.

HISTORIA DE ABDULA, EL MENDIGO CIEGO

Las mil y una noches

...El mendigo ciego que había jurado no recibir ninguna limosna que no estuviera acompañada de una bofetada, refirió al Califa su historia:

—Comendador de los Creyentes, he nacido en Bagdad. Con la herencia de mis padres y con mi trabajo, compré ochenta camellos que alquilaba a los mercaderes de las caravanas que se dirigían a las ciudades y a los confines de nuestro dilatado imperio.

"Una tarde que volvía de Bassorah con mi recua vacía, me detuve para que pastaran los camellos; los vigilaba, sentado a la sombra de un árbol, ante una fuente, cuando llegó un derviche que iba a pie a Bassorah. Nos saludamos, sacamos nuestras provisiones y nos pusimos a comer fraternalmente. El derviche, mirando mis numerosos camellos, me dijo que, no lejos de ahí, una montaña recelaba un tesoro tan infinito que aun después de cargar de joyas y de oro los ochenta camellos, no se notaría mengua en él. Arrebatado de gozo me arrojé al cuello del derviche y le rogué que me indicara el sitio, ofreciendo darle en agradecimiento un camello cargado. El derviche entendió que la codicia me hacía perder el buen sentido y me contestó:

"Hermano, debes comprender que tu oferta no guarda proporción con la fineza que esperas de mí. Puedo no hablarte más del tesoro y guardar mi secreto. Pero te quiero bien y te haré una proposición más cabal. Iremos a la montaña del tesoro y cargaremos los ochenta camellos; me darás cuarenta y te quedarás con otros cuarenta, y luego nos separaremos, tomando cada cual su camino.

"Esta proposición razonable me pareció durísima; veía como un quebranto la pérdida de los cuarenta camellos y me escandalizaba que el derviche, un hombre harapiento, fuera no menos rico que yo. Accedí, sin embargo, para no arrepentirme hasta la muerte de haber perdido esa ocasión.

"Reuní los camellos y nos encaminamos a un valle, rodeado de montañas altísimas, en el que entramos por un desfiladero tan estrecho que sólo un camello podía pasar de frente.

"El derviche hizo un haz de leña con las ramas secas que recogió en el valle, lo encendió por medio de unos polvos aromáticos, pronunció palabras incomprensibles, y vimos, a través de la humareda, que se abría la montaña y que había un palacio en el centro. Entramos, y lo primero que se ofreció a mi vista deslumbrada fueron unos montones de oro sobre los que se arrojó mi codicia como el águila sobre la presa, y empecé a llenar las bolsas que llevaba.

"El derviche hizo otro tanto; noté que prefería las piedras preciosas al oro y resolví copiar su ejemplo. Ya cargados mis ochenta camellos, el derviche, antes de cerrar la montaña, sacó de una jarra de plata una cajita de madera de sándalo que, según me hizo ver, contenía una pomada, y la guardó en el seno.

"Salimos; la montaña se cerró; nos repartimos los ochenta camellos y valiéndome de las palabras más expresivas le agradecí la fineza que me había hecho; nos abrazamos con sumo alborozo y cada cual tomó su camino.

"No había dado cien pasos cuando el numen de la codicia me acometió. Me arrepentí de haber cedido mis cuarenta camellos y su carga preciosa, y resolví quitárselos al derviche, por buenas o por malas. 'El derviche no necesita esas riquezas —pensé—; conoce el lugar del tesoro; además, está hecho a la indigencia.'

"Hice parar mis camellos y retrocedí corriendo y gritando para que se detuviera el derviche. Lo alcancé.

"—Hermano —le dije—, he reflexionado que eres un hombre acostumbrado a vivir pacíficamente, sólo experto en la oración y en la devoción, y que no podrás nunca dirigir cuarenta camellos. Si quieres creerme, quédate solamente con treinta; aun así te verás en apuros para gobernarlos.

"—Tienes razón —me respondió el derviche—. No había pensado en ello. Escoge los diez que más te acomoden, llévatelos y que Dios te guarde.

"Aparté diez camellos que incorporé a los míos; pero la misma prontitud con que había cedido el derviche encendió mi codicia. Volví de nuevo atrás y le repetí el mismo razonamiento, encareciéndole la dificultad que tendría para gobernar los camellos, y me llevé otros diez. Semejante al hidrópico que más sediento se halla cuanto más bebe, mi codicia aumentaba a la condescendencia del derviche. Logré, a fuerza de besos y de bendiciones, que me devolviera todos los camellos con su carga de oro y de pedrería. Al entregarme el último de todos, me dijo:

"—Haz buen uso de estas riquezas y recuerda que Dios, que te las ha dado, puede quitártelas si no socorres a los menesterosos, a quienes la misericordia divina deja en el desamparo para que los ricos ejerciten su caridad y merezcan, así, una recompensa mayor en el Paraíso.

"La codicia me había ofuscado de tal modo el entendimiento que, al darle gracias por la cesión de mis camellos, sólo pensaba en la cajita de sándalo que el derviche había guardado con tanto esmero.

"Presumiendo que la pomada debía encerrar alguna maravillosa virtud, le rogué que me la diera, diciéndole que un hombre como él, que había renunciado a todas las vanidades del mundo, no necesitaba pomadas.

"En mi interior estaba resuelto a quitársela por la fuerza, pero, lejos de rehusármela, el derviche sacó la cajita del seno y me la entregó.

"Cuando la tuve en las manos, la abrí; mirando la pomada que contenía, le dije:

"—Puesto que tu bondad es tan grande, te ruego que me digas cuáles son las virtudes de esta pomada.

"—Son prodigiosas —me contestó—. Frotando con ella el ojo izquierdo y cerrando el derecho, se ven distintamente todos los tesoros ocultos en las entrañas de la tierra. Frotando el ojo derecho, se pierde la vista de los dos.

"Maravillado, le rogué que me frotase con la pomada el ojo izquierdo.

"El derviche accedió. Apenas me hubo frotado el ojo, aparecieron a mi vista tantos y tan diversos tesoros que volvió a encenderse mi codicia. No me cansaba de contemplar tan infinitas riquezas, pero como me era preciso tener cerrado y cubierto con la mano el ojo derecho, y esto me fatigaba, rogué al derviche que me frotase con la pomada el ojo derecho, para ver más tesoros.

"—Ya te dije —me contestó— que si aplicas la pomada al ojo derecho, perderás la vista.

"—Hermano —le repliqué sonriendo—, es imposible que esta pomada tenga dos cualidades tan contrarias y dos virtudes tan diversas.

"Largo rato porfiamos; finalmente el derviche, tomando a Dios por testigo de que me decía la verdad, cedió a mis instancias. Yo cerré el ojo izquierdo, el derviche me frotó con la pomada el ojo derecho. Cuando los abrí, estaba ciego.

"Aunque tarde, conocí que el miserable deseo de riquezas me había perdido y maldije mi desmesurada codicia. Me arrojé a los pies del derviche.

"—Hermano —le dije—, tú que siempre me has complacido y que eres tan sabio, devuélveme la vista.

"—Desventurado —me respondió—, ¿no te previne de antemano y no hice todos los esfuerzos para preservarte de esta desdicha? Conozco, sí, muchos secretos, como has podido comprobar en el tiempo que hemos estado juntos, pero no conozco el secreto capaz de devolverte la luz. Dios te había colmado de riquezas que eras indigno de poseer; te las ha quitado para castigar tu codicia.

"Reunió mis ochenta camellos y prosiguió con ellos su camino, dejándome solo y desamparado, sin atender a mis lágrimas y a mis súplicas. Desesperado, no sé cuántos días erré por esas montañas; unos peregrinos me recogieron.

LOS REGALOS PERFECTOS

O'Henry

La traducción literal del título del relato de O'Henry "The Gift of the Magi" es "El regalo de los Reyes Magos". Borges prefirió llamarlo "Los regalos perfectos" cuando decidió su publicación, el 14 de octubre de 1933, en la *Revista Multicolor de los Sábados*, suplemento literario semanal del diario *Crítica*, que dirigía junto a Petit de Murat en los años 1933 y 1934. No existe ninguna seguridad de que la traducción que aquí presentamos haya sido realizada por el mismo Borges. Para mantener la unidad en el estilo, como en el texto se utiliza indistintamente "pesos" y "dólares", hemos preferido unificar la moneda según esta última nominación y convertir los números arábigos a su forma en letras. *(N. del E.)*

Un dólar y ochenta y siete centavos. Eso era todo. Un dólar y ochenta y siete centavos, reunidos uno a uno, a fuerza de regatear centavo tras centavo al almacenero, al verdulero, al carnicero, sintiendo las mejillas ardiendo con la vergüenza que significa esa mezquindad. Tres veces contó Delia esta pequeña suma. Un dólar y ochenta y siete centavos. ¡Y al otro día sería Navidad! Se echó, gimiendo, en su angosta cama, recordando aquella máxima en la que se explica que la vida está hecha de contrariedades, sinsabores y cosas por el estilo.

Dejemos a Delia entregada a estos pensamientos y dirijamos una mirada a su hogar: un piso amueblado por el que se pagaban ocho dólares semanales. En la puerta del vestíbulo había un buzón en el cual no se hubiera podido echar ninguna carta, y un timbre eléctrico del cual ningún dedo humano hubiera conseguido arrancar un sonido. Debajo de éste aparecía una tarjeta, que ostentaba el nombre de "James Dillingham Young". El "Dillingham" había sido desplegado a todos los vientos, durante aquel antiguo período de prosperidad en el que su poseedor ganaba treinta dólares semanales. Ahora, cuando el ingreso fue disminuido a veinte dólares, las letras de "Dillingham" aparecían confusas, como si estuvieran pensando seriamente en irse contrayendo hasta convertirse en una modesta y vulgar "D". Pero, en cambio, a cualquier hora que Mr. James Dillingham Young llegara a su casa, Mrs. James Dillingham Young, a quien hemos presentado como Delia, lo llamaba "Jim" y lo abrazaba muy fuerte, lo cual era muy lindo.

Delia terminó de llorar y pasó el cisne por sus mejillas. Luego se paró al lado de la ventana y comenzó de nuevo a buscar una solución a su problema. Mañana sería Navidad y ella disponía solamente de un dólar y ochenta y siete centavos para comprar algún regalo a su Jim. Veinte dólares semanales no alcanzan para mucho. Los gastos resultaron mucho mayores que lo que había calculado. Siempre sucede así. Solamente un dólar con ochenta y siete centavos para hacer un regalo a Jim. Su Jim. Muchas horas felices pasó Delia imaginando algún presente bonito para él. Alguna cosa fina, rara, de valor; algo que se pareciera un poco al honor de pertenecer a Jim.

Entre las ventanas del cuarto había un espejo incrustado en la pared. Quizás alguno de vosotros habrá visto uno de esos espejos en un piso de ocho dólares. Una persona muy delgada y muy ágil podría, observando su reflejo en una rápida sucesión de franjas longitudinales, obtener una idea algo fantástica de su aspecto. Delia, siendo esbelta, había dominado este arte. Se apartó de la ventana y se detuvo delante del espejo. Sus ojos brillaban, pero sus mejillas se habían tornado pálidas. Con un movimiento rápido, soltó sus cabellos y dejó que cayeran en todo su largo.

El matrimonio Dillingham Young poseía dos tesoros de los cuales se sentía muy orgulloso: uno lo constituía el reloj de oro de Jim, que había pertenecido primero a su abuelo y después a su padre. El otro era el cabello de Delia. Si la reina de Saba hubiera vivido en el piso que el patio separaba del suyo, Delia se hubiera sentado en la ventana a secar la masa espléndida de sus cabellos, sólo para que empalidecieran las joyas y la belleza de la reina. Si el portero hubiera sido el mismo rey Salomón, con todos sus tesoros apilados en el sótano, Jim nunca hubiera dejado de sacar su reloj cuando pasara delante de él, sólo para ver cómo se pellizcaba la barba con envidia.

Allí, ante el espejo, el cabello de Delia caía cubriéndola, ondeado y brillante como una cascada de oscuras aguas. Le llegaba hasta debajo de las rodillas y envolvía su cuerpo como un manto. Rápidamente lo recogió y después de una última vacilación se puso su viejo tapado y su viejo sombrero, y con los ojos brillantes todavía abrió la puerta y bajó las escaleras como una exhalación. Se detuvo delante de un negocio que ostentaba esta inscripción: "Mme. Sofroine. Especialista en pelucas y peinados". Delia entró.

—¿Compraría usted mi cabello? —preguntó a Mme. Sofroine.

—Sí. Compro cabello —contestó la aludida—. Sáquese el sombrero y veamos cómo luce el suyo.

De nuevo ondeó la oscura cascada.

—Veinte dólares —dijo Madame, tocando el cabello con dedos expertos.

Delia aceptó.

Las siguientes dos horas fueron para ella un sueño rosado. Olvidó la metamorfosis que las tijeras obraron en su cabeza. Sólo sabía que estaba recorriendo negocios en busca del regalo para Jim. Por fin lo encontró. Seguramente había sido hecho para él. No había ninguno parecido en todos los demás negocios. Lo sabía bien. En su afanosa búsqueda no le quedó lugar sin revolver. Se trataba de una cadena de platino para reloj, simple y neta en su dibujo, proclamando su real valor por sí misma y no por medio de vanidosos adornos. Así deberían ser todas las cosas buenas. Era verdaderamente digna del reloj. Tan pronto como la vio, comprendió que estaba destinada a Jim. Veintiún dólares le pidieron por ella y volvió a su casa con los ochenta y siete centavos restantes. Con semejante cadena en su reloj, Jim, estando acompañado de alguien, se sentiría ansioso acerca de la hora y la consultaría a cada momento. Antes no podía hacerlo sin avergonzarse, pues su precioso reloj pendía de una humildísima y vieja tira de cuero.

Cuando Delia llegó a su casa, su feliz aturdimiento pasó a otros pensamientos más prácticos. Buscó sus tijeras de enrular, encendió el gas y comenzó a reparar los destrozos que se habían cometido en su cabello. En menos de cuarenta minutos, su cabeza se cubrió de pequeños, cortísimos rulos, los que le daban un maravilloso aspecto de pillete rabonero. Se miró al espejo, largo rato, cuidadosamente.

—Si Jim no me mata —se dijo— antes de dirigirme una segunda mirada, me dirá que parezco una corista de Coney Island. Pero, ¿qué hubiera podido hacer con un dólar y ochenta y siete centavos?

A las siete en punto el café estuvo listo y la sartén preparada para cocinar las chuletas. Jim nunca tardaba. Delia escondió la cadena en su mano y se sentó frente a la puerta por donde siempre entraba él. De pronto oyó su paso en la escalera y empalideció.

—¡Dios mío, haced que me encuentre bonita aún! —rogó. La puerta se abrió y entró Jim. Era delgado y muy serio. ¡Pobre muchacho! Tenía sólo treinta y dos años y ya tenía un hogar sobre sus espaldas. Necesitaba un sobretodo nuevo y estaba sin guantes.

Se detuvo al entrar, quedando completamente inmóvil. Sus ojos estaban fijos sobre Delia, que no pudo descifrar la expresión que se retrataba en ellos. No era ira, ni sorpresa, ni desaprobación, ni horror, ni ninguno de los sentimientos para los que estaba preparada.

Delia se levantó y corrió hacia él:

—Jim querido —gimió—. ¡No me mires así! Corté mi cabello y lo vendí porque no hubiera podido pasar Navidad sin hacerte un regalo. Ya crecerá otra vez. A ti no te importa. ¿No es cierto?

—¿Te has cortado el cabello? —preguntó trabajosamente Jim, como llegando a esa conclusión después de una paciente labor mental.

—Lo corté y lo vendí —repitió ella.

Jim dirigió una mirada curiosa a todos los rincones del cuarto.

—¿Dices que tu cabello se ha ido? —preguntó con un aire casi idiota.

—No necesitas buscarlo —observó Delia—. Lo vendí y ya no está aquí. Mañana es Navidad, querido. No te enojes. ¿Pondré a cocinar las chuletas?

Jim consiguió despejar su aturdimiento y abrazó a Delia. Seamos discretos y, por diez segundos, fijemos nuestra atención en cualquier otro objeto. Ocho dólares por semana o un millón anual: ¿en qué se diferencian? Un matemático podría dar la errónea respuesta.

Los Reyes Magos traían valiosos regalos pero esto no les concernía a ellos. Dilucidaremos más tarde esta afirmación tenebrosa.

Jim sacó un paquete del bolsillo de su sobretodo y lo arrojó sobre la mesa.

—No pienses mal de mí, Delia —dijo—. No creas que tu cabello cortado o cualquier otra transformación te haría menos linda a mis ojos. Pero si desenvuelves este paquete comprenderás el porqué de mi expresión al verte así.

Dedos blancos y febriles desataron el piolín y quitaron la envoltura; un grito de alegría, e inmediatamente un femenino cambio e histéricas lágrimas y lamentos necesitaron el pronto empleo de todas las virtudes persuasivas de Mr. Dillingham Young.

Porque allí estaban las peinetas, el juego de peinetas que Delia admiró mucho tiempo en una vidriera de Broadway. Eran hermosas, de carey legítimo, recamadas de pedrería. Sabía que eran muy caras. Las había deseado con ahínco y sin la menor esperanza. Y ahora eran suyas; pero las trenzas que hubieran podido lucirlas no estaban ya. Sin embargo, oprimió las peinetas contra su pecho y dirigió una profunda mirada a Jim. De pronto dio un gritito al recordar que él no había visto aún su regalo. Abrió la palma de la mano, extendiéndola ansiosamente hacia él. El precioso metal parecía brillar animado por el ardiente espíritu de Delia.

—¿No es una preciosura, Jim? —preguntó—. Anduve toda la ciudad para conseguirla. Me imagino que desde este momento consultarás la hora cien veces por día. Dame tu reloj. Quiero ver cómo queda con la cadena.

En lugar de obedecer, Jim se tumbó en la cama, con las manos detrás de la cabeza, sonriendo.

—Delia —dijo—, dejemos nuestros regalos de Navidad y guardémoslos para más adelante. Son demasiado hermosos para usarlos ahora. Yo vendí el reloj para poder comprar tus peinetas... Y ahora, supongamos que pones a cocinar las chuletas.

Los Reyes Magos, como se sabe, eran hombres previsores y maravillosamente sabios, que traían regalos a los niños. Ellos inventaron el arte de regalar cosas en Navidad. Siendo tan sabios, sus regalos serían sabios también y tal vez existiría el privilegio de cambiarlos si eran repetidos... Yo he relatado aquí la aventura de dos niños locos en un pisito, que insensatamente sacrificaron el uno para el otro los mayores tesoros de su casa. Pero en una palabra final para los sabios de estos días, dejemos dicho que de cuantos reciben regalos, estos dos fueron los más sabios. De todos cuantos entregan y reciben regalos, los que son como ellos son los más sabios. En todo son los más sabios. Los verdaderos Reyes Magos son ellos.

DE LO QUE ACONTECIÓ A UN DEÁN DE SANTIAGO CON DON ILLÁN, EL GRAN MAGO QUE VIVÍA EN TOLEDO

Infante don Juan Manuel

Otro día hablaba el conde Lucanor con Patronio, su consejero, y contábale algo que le había ocurrido de esta manera:

—Patronio, vino un hombre a rogarme que le ayudara en un asunto, y prometióme que haría por mí todo lo que fuese para mi provecho y mi honra. Y yo comencé a ayudarlo cuanto pude en aquel asunto. Y antes de que aquel negocio hubiese realmente acabado, creyendo él que estaba resuelto, llegó un momento en que correspondía que él hiciese algo por mí y le rogué que lo hiciese, y se excusó. Y después se presentó otra cosa que podía hacer por mí, y de nuevo se excusó; y así hizo en todo lo que le rogué que hiciese por mí. Y aquel asunto para el cual él me pidió ayuda no está aún resuelto, ni se resolverá mientras yo no lo quisiere. Y por la confianza que tengo en vos y en vuestro entendimiento, ruégoos que me aconsejéis lo que haga en esto.

—Señor conde —dijo Patronio—, para que hagáis en esto lo que debéis, mucho querría que supieses lo que aconteció a un deán de Santiago con don Illán, el gran mago que vivía en Toledo.

Y el conde le preguntó cómo fuera aquello.

—Señor conde —dijo Patronio—, en Santiago había un deán que tenía un deseo muy grande de conocer el arte de la nigromancia, y oyó decir que don Illán de Toledo sabía

de ésta más que nadie de los que entonces vivían. Y por tanto fue a Toledo para aprender aquella ciencia. Y el día que
llegó a Toledo se dirigió enseguida a casa de don Illán y encontró que estaba leyendo en una habitación muy apartada;
y luego que llegó a él éste lo recibió muy bien y díjole que
no quería que le diese ninguna razón del porqué de su venida
hasta que hubiesen comido. Y cuidó muy bien de él e hízo-
le preparar muy buen alojamiento y todo lo que necesitaba,
y le dio a entender que le complacía mucho su venida.

”Y después que hubieron comido, habló privadamen-
te con él y le contó la razón de su venida, y rogóle muy
encarecidamente que le enseñase aquella ciencia, que él tenía
muy gran deseo de aprenderla. Y don Illán díjole que él era
deán y hombre de alto rango y que podría llegar a elevado
estado, y los hombres que tienen elevado estado, cuando han
resuelto todo lo suyo según sus deseos, olvidan muy pronto
lo que otro ha hecho por ellos, y que él dudaba de que, una
vez hubiese aprendido aquello que quería saber, le hiciese
tanto bien como le prometía. Y el deán le prometió y le aseguró que, con cualquier bien que él tuviese, nunca haría sino
lo que él le pidiese.

”Y en estas conversaciones estuvieron desde que hubieron comido hasta que fue hora de cenar. Y una vez que
el acuerdo quedó muy bien aclarado entre ambos, dijo don
Illán al deán que aquella ciencia no se podía aprender sino
en un lugar muy apartado y que esa misma noche le quería
mostrar dónde habían de estar hasta que hubiese aprendido
aquello que quería saber. Y tomóle de la mano y lo llevó a
una habitación. Y apartándose de los demás, llamó a una criada de la casa y le dijo que preparase perdices para que cena-
sen esa noche, pero que no las pusiese a asar hasta que él se
lo mandase.

”Y cuando hubo dicho esto llamó al deán; y entraron
ambos por una escalera de piedra muy bien labrada y fueron

descendiendo por ella muy largo trecho de manera que parecía que llegaban tan abajo que el río Tajo pasaba sobre ellos. Y cuando llegaron al final de la escalera, hallaron un alojamiento muy bueno en una habitación muy bien presentada que allí había, donde estaban los libros en que había de estudiar. Se sentaron y se pusieron a mirar por cuáles libros debían comenzar. Y estando ellos en esto, entraron dos hombres por la puerta y diéronle una carta que le enviaba el arzobispo, su tío, en que le hacía saber que estaba muy enfermo y le rogaba que, si quería verlo vivo, fuese pronto a donde él estaba. Al deán causaron mucho pena estas noticias, de una parte por la enfermedad de su tío, de otra porque tendría que dejar el estudio que había comenzado. Pero decidió no dejar tan pronto aquel estudio y escribió su carta de respuesta y la envió al arzobispo, su tío.

"De allí a unos tres días llegaron otros hombres a pie, que traían otras cartas al deán, en las cuales le hacían saber que el arzobispo había fallecido, y que estaban reunidos todos los de la iglesia para elegirle sucesor, y que confiaban con la ayuda de Dios elegirlo a él. Y por esta razón no se molestase en ir a la iglesia, porque mejor era para él que lo eligiesen estando en otra parte que estando en la iglesia.

"Y al cabo de siete u ocho días vinieron dos escuderos muy bien vestidos y muy bien aparejados, y cuando llegaron hasta él le besaron la mano y mostráronle las cartas en que constaba que lo habían elegido arzobispo.

"Y cuando don Illán oyó esto, se acercó al electo y díjole que agradecía mucho a Dios estas buenas noticias que llegaban a su casa; y pues Dios le hacía tanto bien, le pedía por favor que el cargo de deán que quedaba vacante se lo diese a un hijo suyo. El electo le contestó que le rogaba aceptase que se lo diese a un hermano suyo; pero que él lo ayudaría de modo que quedara bien pagado, y que le rogaba que se fuese con él a Santiago y llevara con él a aquel hijo suyo. Don Illán le dijo que lo haría.

"Y se fueron para Santiago; y cuando llegaron allí fueron muy bien recibidos y con muchos honores. Y como vivieron allí un tiempo, un día llegaron al arzobispo mensajeros del Papa con cartas en que le otorgaba el obispado de Tolosa y le concedía el privilegio de que pudiese dar el arzobispado a quien él quisiese. Cuando don Illán esto oyó, recordándole muy encarecidamente lo que con él había convenido, le pidió la merced de que diese el arzobispado a su hijo. Y el arzobispo le rogó que consintiese que lo recibiese un tío suyo, hermano de su padre. Y don Illán dijo que entendía que le hacía gran perjuicio, pero que lo consentía con tal de que fuese seguro que se lo repararía más adelante. El arzobispo le prometió de muchos modos que así lo haría y rogóle que fuese con él a Tolosa.

"Y al llegar a Tolosa fueron muy bien recibidos por condes y por cuantos hombres buenos había en el lugar. Y cuando ya llevaban dos años viviendo allí, llegáronle mensajeros del Papa con cartas en que el Papa lo hacía cardenal y le concedía el privilegio de dar el obispado de Tolosa a quién él quisiese. Entonces se le acercó don Illán y díjole que, pues le había fallado tantas veces en lo que con él se había comprometido, ya aquí no había lugar de poner excusa ninguna para no darle alguna de aquellas dignidades a su hijo. Y el cardenal rogóle que consintiese que aquel obispado pasase a un tío suyo, hermano de su madre, que era hombre muy anciano; pero que, pues él era cardenal, fuese con él a la corte, donde tendría mucho con qué favorecerle. Y don Illán quejóse mucho de ello, pero consintió en lo que el cardenal quiso, y fuese con él a la corte.

"Y cuando allí llegaron fueron muy bien recibidos por los cardenales y por cuantos estaban en la corte, y residieron en ella muy largo tiempo. Y don Illán insistía cada día al cardenal que concediese algún cargo a su hijo, y aquél se excusaba.

"Y estando así en la corte, murió el Papa; y todos los cardenales eligieron a aquel cardenal como Papa. Entonces se dirigió a él don Illán y díjole que ya no le podía dar más excusas para no cumplir lo que le había prometido. Y el Papa le dijo que no le insistiese tanto, que siempre habría ocasión en que él pudiese razonablemente otorgarle un favor. Y don Illán se enojó entonces mucho, recordándole cuántas cosas le había prometido y no le había cumplido ninguna, y diciéndole que eso lo había sospechado desde la primera vez que hablara con él. Y pues había llegado a aquel estado y no cumplía lo que le había prometido, ya no podía esperar de él bien alguno. Y de esta observación se quejó mucho el Papa y comenzó a amenazarlo diciéndole que si seguía importunándolo lo haría encarcelar, que era hereje y brujo, y que bien sabía él que no tenía otro modo de ganarse la vida ni otro oficio en Toledo donde vivía, sino el arte de la nigromancia.

"Y cuando don Illán vio cuán mal le recompensaba el Papa todo lo que por él había hecho, despidióse de él, y ni siquiera le quiso dar el Papa algo para que comiese en el camino. Entonces don Illán dijo al Papa que, pues no tenía otra cosa para comer, tendría que volver a las perdices que mandara asar aquella noche; y llamó a la mujer y díjole que asase las perdices.

"Cuando esto dijo don Illán, hallóse el Papa en Toledo, como deán de Santiago que era cuando allí llegó, y tan grande fue la vergüenza que tuvo que no supo qué decir. Y don Illán díjole que se fuese en buena hora, que había probado bastante cómo era, y que tendría por muy mal empleado si comiese su parte de las perdices.

"Y vos, señor conde Lucanor, pues veis que tanto hacéis por aquel hombre que os pide ayuda y no os da a cambio mayores mercedes, opino que no tenéis por qué esforzaros ni aventuraros mucho para llegar a un punto en que os dé tal recompensa como el deán dio a don Illán.

El conde tuvo esto por buen consejo, e hízolo así y le fue bien.

Y porque entendió don Juan que este ejemplo era muy bueno, hízolo escribir en este libro e hizo estos versos que dicen así:

> *A quien mucho ayudares*
> *Y no te lo agradeciere,*
> *Menos ayuda tendrás de él*
> *Cuando a gran honra subiere.*

Notas sobre los autores

GILBERT KEITH CHESTERTON nació en Londres, en 1874. Antes de escribir, Chesterton incursionó en la pintura, para luego dedicarse a la crítica literaria, la poesía, la teología y el periodismo. Sin embargo, el mundo lo reconoce por su contribución al género policial, que enriqueció al crear la figura del Padre Brown. Murió en 1936. Obras: *The Defendant* (1901), *Robert Browning* (1903), *Heretics* (1905), *The Man Who Was Thursday* (1908), *Orthodoxy* (1909), *What's Wrong with the World* (1910), *The Innocence of Father Brown* (1911), *The Wisdom of Father Brown* (1914, en donde se publicó originalmente "El dios de los gongs"), *Robert Louis Stevenson* (1927).

En 1985 Borges escribió en el prólogo a *La cruz azul y otros cuentos* de su Biblioteca Personal: "Cuando el género policial haya caducado, el porvenir seguirá leyendo estas páginas, no en virtud de la clave racional que el Padre Brown descubre, sino en virtud de lo sobrenatural y monstruoso que antes hemos temido".

JOSEPH CONRAD (Józef Teodor Konrad Korzeniowski): Hijo de un revolucionario polaco, nació en Ucrania el 3 de diciembre de 1857. Autor tardío, fue marinero hasta los cuarenta años. En 1886 obtuvo la nacionalidad inglesa y el certificado de patrón de buque. Viajó por los mares orientales y en

1890 comandó un vapor fluvial en el Congo. Su obra reelabora gran parte de su experiencia como viajero, como puede verse en el África de "Heart of Darkness" ("El corazón de las tinieblas", 1902). En Conrad la aventura y el horror se convierten en la medida del hombre, de sus virtudes y debilidades. Murió en Kent, Inglaterra, en 1924.

Obras: *Almayer's Folly* (1895), *Lord Jim* (1900), *Nostromo* (1904), *The Shadow Line: A Confession* (1917).

En el prólogo a *El corazón de las tinieblas* de su Biblioteca Personal, Borges afirma que se trata de "acaso el más intenso de los relatos que la imaginación humana ha labrado".

FRANCIS BRET HARTE nació en Albany, Nueva York, el 25 de agosto de 1836. Dedicó gran parte de su vida a escribir tanto novelas como artículos y relatos que se publicaron en diversos diarios y revistas. Fue sucesivamente minero, maestro de escuela, cajista de imprenta, periodista, viajante de una compañía, profesor universitario, editor y otras muchas cosas. En 1878 aceptó ser cónsul en Alemania, para luego ocupar el mismo puesto en Glasgow, Escocia. En 1885 se retiró de la carrera diplomática. Murió en 1902 en Frimley, Surrey, Inglaterra.

Obras: *The Luck of Roaring Camp* (1868), *Tales of the Argonauts* (1875), *A Sapho of Green Springs* (1891), *Stories in Light and Shadow* (1898), *Mr. Jack Hamlin's Meditation* (1899), *Under the Redwoods* (1901).

"Outcasts of Poker-Flat" ("Los expulsados de Poker-Flat") fue publicado por primera vez en la revista *Overland Monthly* (enero de 1869). Sobre su autor, Borges escribió en la nota preliminar a *Bocetos californianos*: "Bret Harte comparte una facultad con Chesterton y con Stevenson: la invención (y la enérgica fijación) de memorables rasgos visuales".

EL INFANTE DON JUAN MANUEL nació en 1282 en Escalona, España, y murió en Córdoba en 1348. Fue príncipe de la corona de Castilla y sobrino de Alfonso el Sabio. Su obra revela una clara preocupación por la política de su tiempo. Formado en la cultura latina y de vasta erudición islámica, desarrolló el arte de la narración hasta límites insospechados para la mentalidad medieval. Se lo reconoce como uno de los padres de la prosa española. Obras: *Libro de los Estados*, *Libro del caballero et del escudero*, *Libro de los exiempos del Conde Lucanor et de Patronio*, al que pertenece "De lo que aconteció a un deán de Santiago con don Illán, el gran mago que vivía en Toledo".

WILLIAM WYMARK JACOBS nació en 1863 y murió en 1943, en Londres. Sus contemporáneos festejaron los sketchs humorísticos de su invención. Los cuentos de Jacobs, frecuentemente historias de marineros, reflejan un gran poder de observación y sentido del humor. Obras: *Many Cargoes* (1896), *Sea Urchins* (1898), *The Skippers' Wooing* (1911), *Sea Whispers* (1926).

"The Monkey's Paw" ("La pata de mono") se publicó originalmente en *The Lady of the Barge* (1902) y fue llevada al teatro. Sobre ese relato, Borges y Bioy Casares opinaban que era una versión trágica y admirable del cuento popular de los tres deseos (Prólogo a la *Antología de la literatura fantástica*).

RUDYARD KIPLING nació en Bombay en 1865. Construyó una obra sutil en matices y personajes, que en 1907 le valió el Premio Nobel de Literatura. Escribió novelas, cuentos y artículos periodísticos, pero debe su lugar de privilegio a los relatos breves, en los que se aprecia su inclinación por lo exótico y romántico. Elaboró una apreciación personal del imperialismo británico, que se trasunta en sus historias. Kipling aprendió el hindi antes que el inglés. Murió en Londres en 1936. Obras: *Plain Tales from the Hills* (1887), *The Light that Failed* (1891), *Barrak-Room Ballads* (1892), *Many Inventions* (1893, de donde fue extraído "El cuento más hermoso del mundo"), *Stalky and Co.* (1899), *Kim* (1901), *The Jungle Book* (1894-95), *Actions and Reactions* (1909), *Debits and Credits* (1926), *Something of Myself* (editado en 1937).

En marzo de 1937, Borges escribió en la revista *El Hogar*: "Al igual que todos los hombres, Rudyard Kipling fue muchos hombres —el caballero inglés, el imperialista, el bibliófilo, el interlocutor de soldados y de montañas—; pero ninguno con más convicción que el artífice. *El craftsman*, para decirlo con la misma palabra a la que volvió siempre su pluma. En su vida no hubo pasión como la pasión de la ética". Y en 1986, en su prólogo a los *Cuentos* publicados en su Biblioteca Personal: "No hay uno solo de los cuentos de este volumen que no sea, a mi parecer, una breve y suficiente obra maestra".

GUY DE MAUPASSANT nació en 1850, en el castillo de Miromesnil, Tourville-sur-Arques, Francia. Trabajó en la administración pública hasta los treinta años y fue amigo de Gustave Flaubert. Los relatos breves de Maupassant (escribió doscientos quince) son reconocidos como la cumbre del género en lengua francesa. Una enfermedad nerviosa, unida a una vida desordenada, lo llevaron a la enajenación mental y a la muerte, el 6 de julio de 1893, en París. Obras: *La Maison Tellier* (1881), *Une vie* (1883), *Mademoiselle Fifi* (1883), *Les soeurs Rondoli* (1884), *Miss Harriet* (1884), *Bel-Ami* (1885), *Le Horla* (1887), *Pierre et Jean* (1888).

"Bola de sebo" ("Boule de Suif") significó la consagración de Maupassant como escritor, al ser seleccionado por Émile Zola para el volumen colectivo *Les soirées de Médam*, publicado en abril de 1880.

LAS MIL Y UNA NOCHES es una antología de relatos breves de Oriente, cuyos antecedentes se reconocen en la narrativa oral. Su recopilación en forma de libro se supone realizada entre los siglos XII y XVI. Fue conocida en Europa gracias al numismático y orientalista francés Antoine Galland. Presentada como la serie de relatos que la princesa Shahrázád refiere cada noche a su esposo el Rey para postergar un día su propia muerte, *Las mil y una noches* es una obra vastísima en la que no están ausentes el erotismo, la fabulación y la intriga.

Borges escribió en 1986 en el prólogo a *Las mil y una noches* de su Biblioteca Personal: "El libro es una serie de sueños cuidadosamente soñados. [...] Los siglos pasan y la gente sigue escuchando la voz de Shahrázád".

O'HENRY (William Sidney Porter) nació en Carolina del Norte en 1862. Fue farmacéutico, vaquero y periodista. En 1894 fundó una revista humorística, *The Rolling Stone*. Estuvo preso en Ohio por malversación de fondos durante varios años. En prisión, empezó a escribir los relatos que le darían fama. Sus cuentos, imaginativos y técnicamente perfectos, constituyen uno de los puntos más elevados en la literatura norteamericana moderna. Murió en 1910, consumido por el alcoholismo y la tuberculosis. Obras: *Cabbages and Knights* (1904), *The Four Million* (1906, que incluye el relato "The Gift of the Magi"), *Heart of the West* (1907), *The Gentle Grafter* (1908), *Roads of Destiny* (1909).

Acerca de "Los regalos perfectos", Borges expresó en *Introducción a la literatura norteamericana*: "O'Henry nos ha dejado más de una breve y patética obra maestra, como 'The Gift of the Magi' ".

EDGAR ALLAN POE nació en 1809 en Boston. Fue editor, periodista y poeta. Su obra es considerada como una de las más vitales e influyentes de la literatura universal: inventó el relato policial, renovó la crítica literaria y sentó las bases del cuento moderno. Poe ingresó en 1830 en la Academia Militar de West Point y fue expulsado al año siguiente por su afición al juego y a la bebida. A pesar de su notoriedad, tuvo que soportar penurias económicas que, junto con la enfermedad de su esposa, sus conflictos emocionales y sus problemas con el alcohol, hicieron de su vida una existencia desgraciada. Murió en Baltimore en 1849. Entre sus obras se cuentan *The Narrative of Arthur Pym* (1893), *Tales of the Grotesque and the Arabesque* (1840), *The Raven and other Poems* (1845), *Tales* (1845, en donde fue publicado "El escarabajo de oro"), *The Prose Romances of Edgar A. Poe* (1843).

En 1986, en el prólogo a los *Cuentos de Poe* en su Biblioteca Personal, Borges afirma que "la literatura es inconcebible sin Whitman y sin Poe".

MAY SINCLAIR nació en 1870 en Rock Tery, Cheshire, Inglaterra, y murió en Aylesbury, en 1946. Comenzó escribiendo poesías y ensayos filosóficos para dedicarse luego al género narrativo a partir de 1896, año en el que se publicó su primera novela. Sus relatos y novelas suelen mezclar lo fantástico y lo erótico. En 1904 conoció el éxito en su país con *The Divine Fire*, aclamada por la crítica y el público en general. Desde 1916 integró la Real Sociedad de Literatura de Londres. Obras: *The Three Sisters* (1914), *May Oliver* (1919), *The Life and Death of Harriet Frean* (1922), *The Allingham* (1927).

"Donde su fuego nunca se apaga" fue publicado por primera vez en *Unncanny Stories* (1923).

Fuentes

CHESTERTON, GILBERT KEITH: "El dios de los gongs". En *La sabiduría del Padre Brown*, Editorial Alianza, Madrid,1989. Traducción de Alicia Briberg.

CONRAD, JOSEPH: "El corazón de las tinieblas". En *El corazón de las tinieblas. La soga al cuello*, Hyspamérica Ediciones Argentina, Buenos Aires, 1985. Traducción de Sergio Pitol cedida por Editorial Lumen, Barcelona.

HARTE, FRANCIS BRET: "Los expulsados de Poker-Flat". En *Bocetos californianos*, Biblioteca de "La Nación", Buenos Aires, 1909. Sin mención del traductor.

JACOBS, WILLIAM WYMARK: "La pata de mono". En *Antología de la literatura fantástica*, Editorial Sudamericana, Buenos Aires, 1965.Traducción de Jorge Luis Borges, Adolfo Bioy Casares y Silvina Ocampo.

JUAN MANUEL (Infante Don): "De lo que aconteció a un deán de Santiago con don Illán, el gran mago que vivía en Toledo". En *De lo que aconteció a un rey con su privado y otros relatos*, Colección Relato Corto, Editorial Aguilar, Madrid, 1996.

KIPLING, RUDYARD: "El cuento más hermoso del mundo". En *Antología de la literatura fantástica*, Editorial Sudamericana, Buenos Aires, 1965. Traducción de Jorge Luis Borges, Adolfo Bioy Casares y Silvina Ocampo.

_____ "El jardinero". En *El ojo de Alá y otros cuentos*, Editorial Abril, Buenos Aires, 1984. Traducción de Zoraida Valcárcel.

LAS MIL Y UNA NOCHES: "Historia de Abdula, el mendigo ciego".

En *Antología de la literatura fantástica*, Editorial Sudamericana, Buenos Aires, 1965. Traducción de Jorge Luis Borges, Adolfo Bioy Casares y Silvina Ocampo.

MAUPASSANT, GUY DE: "Bola de sebo". En *Bola de sebo y otros relatos*, Colección Relato Corto, Editorial Aguilar, Madrid, 1994. Traducción de Grupo Santillana Ediciones Generales.

O'HENRY: "Los regalos perfectos". En *Revista Multicolor de los Sábados* Nº 10, 14 de octubre de 1933, Buenos Aires. Traducción atribuida a Jorge Luis Borges.

POE, EDGAR ALLAN: "El escarabajo de oro". En *El escarabajo de oro y otros relatos*, Colección Relato Corto, Editorial Aguilar, Madrid, 1994. Traducción de Grupo Santillana Ediciones Generales.

SINCLAIR, MAY: "Donde su fuego nunca se apaga". En Revista *El Hogar*, 26 de julio de 1935. Traducción de Xul Solar.

Otros títulos en
Punto de Lectura

El Cuentos memorables se termino de imprimir en
diciembre de 2009, en Impresos Grafit, Joaquín Baranda
16, Col. El Santuario, C.P. 09820, México. D.F.